在场的词语

鲁院文学批评小集

著 郭艳

作家出版社

郭艳

　　笔名简艾,安徽舒城人,中国社会科学院文学博士,文学评论家,文联第十届全委会委员,鲁迅文学院教研部主任、研究员。在《中国现代文学研究丛刊》《南方文坛》《天涯》《当代作家评论》《小说评论》等期刊发表论文百万字。出版专著《像鸟儿一样轻,而不是羽毛:80后青年写作与代际考察》《边地想象与地域言说——鲁院文学现场批评小集》、长篇小说《小霓裳》《青铜鼠人》。长期负责鲁院的教学组织管理工作,主持鲁院高研班的研讨,推进形成独特的"鲁院风格研讨"和中外交流的重要平台"鲁院论坛"。主持和参与了多个中国作协重点扶植项目。在文学刊物推出批评专栏文章,是当下文学现场活跃的批评家之一。

目
录

低语与独白

低·语·与·独·白

回归传统诗文，阅读审美之书

传统中国是个诗歌的国度，诗歌形态从四言、五言、七言古诗发展到盛唐之音的格律诗，再到长短参差的宋词和元曲，最为优雅繁盛的语词、修辞、意象和意境都蕴涵在海量的诗词歌赋中。传统中国的文人但凡识字即会吟诗，只不过诗作的高低差异很大。中国人历来对于文字有着宗教般的感情，对于诗词歌赋的吟诵在某种程度上的确替代了宗教。

文学在中国很早就被称为"经国之大业"，我们现在所理解的小说文本承载的人性特质、人文精神和审美意蕴在传统中国更多的是由文学中的诗歌、散文来承担的。两千五百多年前老子对于道的孜孜以求，孔子逝者如斯夫的哲学追问，庄子对于自然万物逍遥精神的体悟，印度佛教中国化之后与儒家和道家相互间的交融互补，这些无疑建构了中国的人文传统以及与此相对应的精神人格。两千三百多年前中国诗人屈原面对时空宇宙发问："遂古之初，谁传道之？上下未形，何由考之？"在终极的天问中凸显了东方智慧强烈的精英意识和天下情怀。之后司马迁以"千人之诺诺，不如一士之谔谔"的姿态，用《史记》的秉笔直书，在史学和文学的两维中凸显了中国士人的智识与胸襟。随之，范仲淹"先天之忧而忧，后天下之乐而乐"，张载"为天地立心，为生民立命，为往圣继绝学，为万世开太平"，种种人文气韵绵延不绝、空谷传响。这些无疑是属于中国传统人文精神的精髓，是具有人类性的东方文化中独特的精神资源。

从文学角度来说，这种精神人格外化成一句句让我们读起来或潸然泪下或经脉贲张的诗句。不要用什么唐诗压卷之作来表征，仅仅随手找出关于离别、怀乡、羁旅的诗句，例如"昔我往矣，杨柳依依；今我来思，雨雪霏霏""谁言寸草心，报得三春晖""近乡情更怯，不敢问来人""君自故乡来，应知故乡事""床前明月光，疑是地上霜。举头望明月，低头思故乡""每逢佳节倍思亲，少小离家老大回，乡音无改鬓毛衰"……这样的诗句可以如魔法长卷一样无限地延展再延展。一旦吟诵起这些诗句，审美思维即会接通千古，解析无数代文化基因和密码，在这一审美之书的浸润中，穿越物质主义生存的欲望和黑暗，抵达精神领域的光亮处。进入唐诗宋词意境，我们会深陷汉语的奇异瑰丽和无穷魅性，而如孔子所云——不知老之将至。

传统散文更是一个非常庞大的体系，这个体系是包括各类历史著作在内的卷帙浩繁的作品。中国传统社会的经书和史书几乎都是那个时代最好的散文作品，是中国知识分子通过文字和著述参与国家各个层面生活的见证。中国传统知识分子作为传统社会"士、农、工、商"四个阶层中"士"的代表，其实依然是和皇权、封建道统产生制衡的非常重要的一个部分。中国传统社会不完全是西方工业革命之前的贵族世袭制度，而是有着自上而下或者自下而上的变动和流通，而"士"阶层在这种变动中往往起着非常重要的作用。传统散文在相当大的程度上记录了中国传统社会的人文理想和士人对于社会人生的躬行实践。

中国古典审美范畴和意蕴表达大多都蕴藏在传统诗文中，一般中国人自白话文运动之后，就很难读懂古诗文，且中国知识界忙于近现代历次革命运动而没有完成古典诗歌的现代阐释和现代传播。现在这个文学传统仅仅在大学的中文系传播，且面对着日益功利化的学科设置，传统诗歌完全沦为了极少部分人的个人爱好。因为翻译的问题，西方知识文化界也对于中国传统诗文知之甚少。无论是当下的中国或者世界，如果不了解传统中国的诗歌与散文，那么在很大程度上无法真正理解传统中国。

阅读中国现当代文学，体认民族苦难和社会转型之步履维艰

小说在当下可谓是最为繁盛的文体。中国白话叙事从唐传奇开始，这些类白话小说是传统中国文学中更贴近故事与人物的叙述，是一种类似于感伤文学的叙事。这种叙事并非集中体现了传统中国人文精神中最为阔大和辽远的部分，比如天人合一、和美虚静、和而不同等等。到了宋元话本之后，白话文学无疑在市民阶层获得了极大的发展，日渐成为一个无法忽略的文学传统。明末清初的金圣叹，提出了"六部才子书"，乃至最后由胡适他们提出的"中国四大古典名著"。至民国时代，俗文学在民众中的影响还是非常有限的。普通民众依然会从启蒙读物的"三、百、千"开始接触传统中国，即进入私塾开始学习《三字经》《百家姓》和《千字文》，这三部幼童读物近些年开始在大陆重现，被重新阅读和研习。《三字经》以最精炼的语言概括了一个中国人如何理解天、地、人之间的关系，如何尊卑礼让和好学上进，同时以极简约的语言叙述了中国的历史更迭。《百家姓》其实是通过姓氏的方式传递了中华文化符号中的众多信息。《千字文》作为四字韵文的美文，无疑是一种文明达到鼎盛时期的通俗书面总结。传统中国人的人格建构从这里开始。伴随着儒家的四书五经对于各类社会关系和社会生活的阐释，让传统中国人生活在一个完全不同于西方社会的封闭自足的文化环境中。这种封闭的文化生存状态重群体抑个人，有着君君臣臣的超稳定结构，天然和个体的自由价值有着巨大的冲突。无论这种文化

人格的特征如何，站在东半球的传统中国人的眼神是确定的。

自新文化运动废除文言以来，文言文学遗产的现代转型一直没有完成，直到今天，现代白话文依然还处于不成熟的时期，我们运用现代汉语依然无法达到和古代汉语同样的审美意蕴。中国现当代文学还很年轻，虽然也出现了一批经典作品和作家，但是由于中国社会自身独特的历史发展进程和国际境遇，中国现当代文学更多地体现了一个民族国家在现代转型过程中的困厄与艰难。

中国现当代文学叙事大多是在国家民族危机或者自身经历重大政治经济变革的背景上展开，呈现了普通人日常生活的种种欲求。这些欲求包括中国人面对强大的官僚体制、赋税、徭役和饥荒所产生的最为直接的行动，中国近现代小说大多是在这样一个层面上反映中国人的现实生存和精神面貌，但是大多数的中国人的精神状态并非如此简单直接。近现代社会产生的大量小说体现了中国人从古典精神向现代意识的转变，文学在与主流意识形态几乎同质的写作过程中，让我们以阅读的方式感受到中国社会过于峻急的变化，同时这种断裂式的变化让中国人极快地从传统走向并非幸福意义上的现代。

现当代文学一方面给我们提供了理想审美意义上的中国乡土，沈从文的《边城》就是一个最为鲜明的象征符码——诗意的乡土，纯真良善的乡人，含蓄蕴藉的感伤情调。一方面又有大量的文本揭示乡土生存的苦难和不幸，其主题几乎涉及到人生活的各个层面，战争、饥荒、疾病、苛政、礼教……鲁迅作为民国知识精英的代表，其小说叙述恰恰远离自身知识阶层的日常与精神状态，塑造了阿Q、祥林嫂、吕纬甫、华老栓这些中国乡土上踯躅无助的死魂灵。茅盾从时代新人的苦闷到对于民族资本家和小资产者与时代之间关系的摹写，巴金从对封建家族礼教的控诉到对于知识分子与时代精神气息的探寻与把握，无论是《激流》《雾》《雷》《电》的激情，还是《子夜》《寒夜》和《第四病室》的沉思与反省，五四一代作家以文学来惊醒和疗救民众，感奋忧思之中带着殷殷的入世情怀。而当代文学更多呈现出的则是对于宏大政治与历史的文学叙事，20 世纪 50 年代红色经典以理想主义为特征，在建构红色革命历史的同时，也重新温习了中国近现代社会以来的民族苦难与阶级争斗。"文革"后的伤痕、反思、寻根和改革小说无疑在用后一个时代的前行来解构前一个时代的失误与伤痛，所不同的是，中国文学不再是阐释被殖民形象的文本，而是阐释一个民族、一个国家如何从传统进入极具中国特色的现代生活。由此，我们才能够理解高加林、陈奂生对于农民进城问题的文学解读，乔厂长与 1980 年代中国改革和工业化的精神联系。在进入欲望化抒写之前，中国现当代文学无疑大多是忧愤之书，在浓缩的现代转型时空中，中国人的生存跌宕起伏，历经波折，文学也流派迭起主义丛生。

重新阅读提供精神能量的智识之书，
建构现代人格与当代抒情

一方面现实苦难的确是文学应当观照的内容，另一方面当我们步入新的历史情境之后，如何在历史景深和审美维度上去呈现和照亮现实生存本身？从精神建构性的角度来说，仅有忧愤之书不够，而应该加上对于智识之书的阅读。所以看《边城》的时候，不妨一起阅读费孝通的《乡土中国》，看《牡丹亭》《水浒传》《红楼梦》时，不妨也读读鲁迅的《中国小说史略》，看《三国演义》《明朝那些事》的时候，不妨看看钱穆的《国史大纲》、黄仁宇的《万历十五年》。看《围城》的时候，不妨读读钱锺书的《谈艺录》和《管锥篇》。当下社会最需要的是重新建构新的现代人格，恰恰是五四一代的学者和学术著作在智识的层面让我们看到中国现代人格精神的曙光，在为人为文和学术修养方面给我们留下了诸多对于中国人从传统到现代转型的思考。

文学作品的确是分建构性和解构性的。18、19 世纪的现实主义作品告诉我们世界应该是什么样子，老托尔斯泰《复活》《战争与和平》中深厚的人道主义光芒至今还让我们感受到人性深处的苦难和温暖，雨果笔下卡西莫多的悲剧美学意蕴，肖洛霍夫《静静的顿河》的史诗气概，巴尔扎克对于法国社会深刻的洞见，罗曼·罗兰的《约翰·克里斯多夫》艺术心灵的美好与纯粹等等。这些伟大的经典依然能够穿越时空，浸润我们的精神和灵魂。以古典爱情为例，中国的《牡丹亭》《西厢记》《梁山伯与祝英台》，无疑体现了中国传统社会中个体对于爱情的追求和向往，但是这些爱情故事都是以冲破传统封建礼教为目的，属于前现代文化情境。而当下更需要对于现代人爱情观的解析与探讨，由此西方 18、19 世纪的古典爱情依然可以提供现代人格基础上对于婚姻爱情的观照。英国文学中夏洛蒂·勃朗特的《简·爱》、盖斯凯尔夫人《南方与北方》，简·奥斯汀《傲慢与偏见》《理智与情感》《艾玛》等等，古典时期的爱情看似不合时宜，实际上当下每一个陷入爱情的人何尝不是和古典时期一样期待一份最为纯粹的爱情？（当然欲望诉求和婚姻投机者应该不在我们的讨论范围内）。这些关于爱情的作品，恰恰是在社会学层面考量了所有世俗条件对于爱情的考验（而我们的青春文学写作，往往是和他人无关的两个年轻人之间的情感纠葛），《简·爱》中对于门第、阶级、财产的纠结，《南方与北方》中没落贵族和新兴资产阶级在经济、文化和价值观方面的冲突，更不用说简·奥斯汀笔下津津乐道的每个有钱的单身汉都需要找一个妻子，在财产、门第、性情、修养和个性等各个层面来考验恋爱中的男男女女。而所有的一切又都以建立有爱情又有理性的婚姻为目的。这些古典时代的爱情依然要比触目惊心的绯闻、男同女同和滥情肥皂剧更能涵养滋润我们的心灵。

现代主义和后现代主义文学提出这样的追问：世界何以如此阴

暗、荒诞和碎片化？从卡夫卡的那只著名的大甲壳虫《变形记》，到荒诞派戏剧《等待戈多》、黑色幽默《第二十二条军规》等等，这些具有先锋性思想的现代作家更加关注现代个体对于体制、国家机器和生存无意义的探寻，从反面提醒红尘中忙忙碌碌的现代人：活着是为了什么？我们活着，可是我们的存在有问题。解构性的文学不是为了欲望表达和宣泄情绪，冷静的窥视和洞察不是爆料和窥私。这些作家之所以这样写，是因为他们对于人类终极和未来依然有着无限的期待和理想。面对现代社会资本全球化和日渐僵硬的技术官僚体制，人类似乎越来越难以把握未来，当下的精神生存日益板结和僵化，由此西方社会才会出现对于多元政治、经济、文化的诉求，其中当然也包含着对于多元文学生态的期待。从这个意义上来说，在对于现代后现代的阅读中，我们依然寻找幽暗灵魂潜行的光亮，看到诸多作家那躲藏在文本背面的明亮眼神。

当下多媒体传播在带来便捷信息的同时，海量的垃圾信息拥堵着审美思维与表达。我们获得了前所未有的图文信息，而现代人格精神建构依然在知识、历史、审美等方面缺乏足够的积淀。由此我们有理由重新阅读能够提供精神能量的文学之书，建立自己有效的阅读谱系，找到激发自己正能量的文学经典。通过对古今中外文学和文化情境的互读，更好地理清当下的中国情境和中国现象自身，回归历史常识，恰切表达自身对于当下中国的现代认知。从自己平庸的个体生存中走出，通过文学阅读和书写建构真正的现代人格和当代抒情。

后启蒙时代的启蒙者

—— 中外文学阅读与国族经验表达

　　中国启蒙话语可以上溯到清末民初的"新民"，经历"五四新文化"天真激进的话语阐释，"1980 年代思想解放潮流"的反思内省等等，这些启蒙行为的实质和内涵今天看起来，更多精英文化的理想主义色彩，带着强烈的概念化和思想先行的特征。但是启蒙国民、启迪国人心智的精神建构无疑一直有着明确的问题指向性和现实意义。当下中国社会依然是从传统向现代转型，在中国特色的现代发展中，启蒙的任务远未完成。与此同时，全球化时代我们又不可避免地走入到了一个信仰匮乏、知识爆炸、信息混乱、价值多层叠加的时空结点。我们享受科学理性带来物质便利和享乐快感，似乎什么都懂，可是我们对最基本的现代人格认知模糊。随着传统价值观崩溃，权威遭到质疑，宗教信仰坍塌，理性开始受到嘲弄，我们似乎已经祛魅，但是这种越过现代启蒙的祛魅和物质主义、欲望话语结合在一起，往往让我们对于人与人、人与自然、人与社会之间扭曲的关系无从发现或者视而不见。我们的心智并未真正被启蒙，却无可救药地进入了后启蒙时代。如何建构中国人的现代人格精神，在文学文本中呈现和照亮转型时期中国人精神的成长，如何成为后启蒙时代的启蒙者。当下中国写作正是在这个意义上非常重要。

　　刚刚进入写作的时候，个人才华无疑是最重要的因素。作家在展示才华的同时，的确需要用智识和理性思考来拓展自己的文学工作。作为一种职业，作家无疑要具备从事这个行业最基本的常识判断和职业训练。作家之间自然有着各种类别划分：经典作家、通俗文学作家、畅销书作家、类型文学作家等等，各类作家在人类精神谱系中所占的地位有很大的不同。对于当下的写作者来说，面对自己的个人生活和社会现实，认真定位自己的写作不仅仅是对自己负责也是对写作负责。对于文字的严格要求、对于文字本身的敬畏感和道德感是一个作家最基本也是最根本的品质。当写作从自发状态进入自觉状态之后，才华成为一种写作的背景和精神特质，而写作技术、学养、眼界、对整体性社会经验的努力把握则成为一个成熟作家所应具备的职业品质，才能真正成为作家。我们成为真正的作家，接着写出重要作品，从而成为重要作家。

作为一个时代中人，广泛阅读是自然和必要的。当我们在一个相当宽泛的意义上去看写作和阅读的时候，我们才能分辨出自己真正的爱好，没有较大的阅读量则没有真正的分辨能力。在大量阅读的基础上，才能最终从文字的海洋中游弋而出，奔向真正的经典，包括评价经典和写出经典。没有一定知识储备和阅读量的写作，会出现两种状态：一种是根据别人的阅读谱系去读书和写作，从而不能成为真正意义上的发现自我和照亮他者的写作；一种是成为某种片面深刻的写作者，趣味上的偏好带来阅读和写作上的偏见乃至陋见。对于一个没有辨识文学经验和文学精神特质的现代写作者来说，对于现实经验的整体感知和把握会存在着相当多片面的认知和判断。个体写作方式和风格的选择是独特的，然而海量中外经典的阅读却是独特风格形成的基石。同时站在中外文学浩如烟海的经典中，对于文学文本阅读的思考和反省可能比广泛阅读本身更重要。

对于具有超稳定乡土文化心理结构的中国人来说，"现代"是一个很复杂的词语，一方面现代包含了西方现代的时间意识，直线矢量为核心的现代时间观不断否定"过去"和"现在"，具有追求"未来"和追求进步的特性；一方面现代也呈现出工具理性对于人的控制和奴役。同时中国现阶段政治、经济、族群、文化承载着更多具有中国特质的复杂内涵，因此在谈论现代社会和现代小说的时候，瞻前顾后的比较和纵横左右的参照视野是非常重要的。我们选取近现代中国社会几个时间点为坐标：1644 清军入关、1840 鸦片战争、1911 辛亥革命、1919 新文化运动。在这几个时间点附近，我们来考察一下中外作家的经典作品和他们所承载的国族经验表达。

莎士比亚"英雄的英国化身"
与汤显祖"晚明的浪漫爱情"

清军入关前五十年左右，西半球的不列颠帝国和东半球的明帝国无疑都热衷于戏剧表演。

汤显祖和莎士比亚是同时代的人，两人几乎同时出现在东西方文学舞台，又同时陨落。在伊丽莎白时代的英国，演员的地位近于乞丐和类似的卑微者，莎士比亚却以演员和剧作家的天才与勤奋成为整个欧美文学的中心。哈罗德·布鲁姆在《西方正典》中认为："他在认知的敏锐，语言的活力和创造的才情上都超过所有其他西方作者。"① 莎士比亚是西方经典的核心，他笔下人物对于自我的追问和倾述，让无数的阅读者在其中发现穿越时代的熟悉感与陌生感混合的永恒气息。哈姆莱特不仅仅是丹麦王子，他超越了戏剧本身。福斯塔夫无疑是文学史最复杂最丰富的喜剧人物形象，成就了"福斯塔夫式背景"。莎士比亚的戏剧用词有两万九千多个，风格多变，广泛吸纳民谣、俚语、古谚语、滑稽幽默语甚至外来词汇，大量运用比喻、隐喻、双关语，集当时英语之大成，可以说奠定了现代英语词汇的基础。莎士比亚的戏剧往往具有某种普遍性，我们在大量阅读莎翁剧作的时候，甚至会发现戏剧中的人物其实就是自

---

① 见《西方正典》，（美）哈罗德·布鲁姆著，江宁康译，译林出版社，2011 年。

己。莎士比亚无疑是古典贵族时代英国国力上升时期的化身，莎士比亚是他那个"时代的灵魂"。

莎士比亚从贫民一路奋斗，最终以绅士的身份荣归故里斯特拉福德。和莎翁不同，同时代东方的汤显祖显然不是一个职业的剧作家，汤显祖出身中国绅士阶层，他的职业是官员。汤显祖生于书香门第，从小即读"非圣之书"，师从泰州学派罗汝芳，敬仰李贽。汤显祖作为官员和学者的人生经历坎坷波折，他疏离传统官僚体制，在烂熟的中国传统体制中，他并非如鱼得水，而是"意气慷慨"，乃至"蹭澄穷老"。然而中国文人传统历来以对抗官僚体制而获得存在感，临川才子汤显祖以"临川四梦"四两拨千斤般穿透封建科举官场的重重厚帐幕，让青春诗意在晚明的戏剧舞台上繁花似锦，一派春光烂漫。《牡丹亭》和莎翁《哈姆雷特》一样已经被传演了四百多年，依然有着无限的舞台空间和生命力。汤显祖的戏剧无疑传达了晚明社会聚积的社会精神能量，以柳梦梅的方式呈现出那种对于生命和自我的发现、追问与幻想，他无疑和莎士比亚一样是时代精神的集大成者。

狄更斯"资产阶级的英国"
与魏源"师夷长技以制夷"

1840 年前后是英国工业革命蓬勃发展时期，属于英国发展黄金时期的维多利亚时代。同时这个时期也是英国社会贫富差距扩大，劳资矛盾尖锐的时代，大工业时代带来严重污染和疾病，伦敦"雾都"也由此而来。狄更斯是英国批判现实主义的经典作家，他以无比悲悯和体贴的笔触去描写工业化过程中英国社会各色人物。《雾都孤儿》和《老古玩店》对贫民儿童悲惨的生活状况进行了深刻的摹写，小女孩"小内尔之死"成了"维多利亚时代的伤感"，而

《荒凉山庄》则直接导致了英国议会对大法官法院的改革，堪比斯托夫人引发美国南北战争《汤姆叔叔的小屋》。狄更斯作为维多利亚时代的冷峻观察者，一如茨威格所言，莎士比亚代表了伊丽莎白时代"英雄的英国的化身"，而狄更斯则是维多利亚时代"资产阶级的英国的象征……是他那个世纪里内心意图与时代的精神需要完全相符的、惟一的伟大作家"①。狄更斯在《双城记》开篇对法国大革命时期的评价颇为经典："这是最好的时代，这是最坏的时代；这是智慧的时代，这是愚蠢的时代；这是信仰的时期，这是怀疑的时期；这是光明的季节，这是黑暗的季节；这是希望之春，这是失望之冬；人们面前有着各样事物，人们面前一无所有；人们正在直登天堂，人们正在直下地狱。"②狄史斯的批判现实主义对于当下的中国经验表达依然有效。

"晚清""1840年"对于现代中国是屈辱与苦难的象征符号，在史学家笔下，中国从传统走向并非幸福意义上的现代似乎就从这里开始。林纾的翻译在中国近代文学史中占有浓墨重彩的一笔，而中国文学此时声息微弱，直至新文化运动。对于老大而古旧的中国来说，外辱和内乱无疑都成为一个无法快速"进步"的原因。在这样一个内忧外患的时代情境中，真正代表一代精英思考的应该是林则徐、魏源等一批中国知识分子。魏源被喻为近代中国最早睁眼看世界的人物之一。《海国图志》是中国最早一部记述世界各国地理、历史、经济、政治、军事、科学技术，乃至宗教文化等内容的书，附有世界地图、各大洲地图和分国地图等等。这本书的目的非常明确，就是学习欧美资本主义国家的科学技术，学习西方文明，兴利除弊，挽救衰落的大清帝国，抵抗列强的侵略。然而在这本书出版一百六十多年之后，中国依然面对着一个强大的西方，民智在

---

① 《三大师》，第37–38页，（奥）斯·茨威格著，申文林译，人民文学出版社，2001年。

② 《双城记》，（英）查尔斯·狄更斯著，罗稷南译，上海译文出版社，1983年。

物质主义和欲望话语的支配下，依然有着饱食终日而无所用心的蒙昧。写作者在技术层面的欧美和拉美化，而在精神层面的世俗化和平庸化，这些非但无法超越自己的国族经验去书写全球性的精神文化危机，即便对于自己文化内部的利弊也很少有体察的耐心。《海国图志》曾对日本明治维新起了巨大影响，梁启超则指出："《海国图志》之论，实支配百年来之人心，直至今日犹未脱离净尽。"[①] 当下很多世界地理图书比一百六十多年前的这本书更科学更细致更全面，然而这本书所提供的恰恰是我们这个时代所匮乏的知识分子的家国意识和人文情怀。

老托尔斯泰"现在时的俄罗斯" 与梁启超"老中国的少年梦"

放眼十九世纪广袤的俄罗斯，老托尔斯泰依然是中心的中心，他卷帙浩繁的创作反映了 1861 年农奴制废除之后到 1905 年革命之间重要的社会现象。他的天才在于现在时地对俄罗斯的深切观照，这种身体力行的观照以悲悯、体恤和爱的方式呈现在他的文本世界中。长篇巨制《战争与和平》《安娜·卡列尼娜》和《复活》让托尔斯泰被誉为从文艺复兴以来，惟一能挑战荷马、但丁与莎士比亚的伟大作家。托尔斯泰一生对于自身精神、信仰和哲学孜孜以求，以一个思想者、教育者和社会改良者"绝知此事要躬行"的姿态行走在俄罗斯大地上。这样的写作远远不是所谓深入生活的浮光掠影，而是将灵魂深深镶嵌在自己所生存的土地上，现在、当下、此时、此地就是最重要的生活经验，而一个时代一个国家的经验也是如此。托尔斯泰时常会有着锥心自问的精神困境，就是在这种自虐式的自我追问中塑造出了具有青春活力的俄罗斯人物形象：聂赫留

---

① 《中国近三百年学术史》，梁启超著，商务印书馆，2011 年。

多夫、玛丝洛娃、安娜·卡列尼娜、安德烈、彼尔、娜达莎……"现在时的俄罗斯"国族经验的表达直到今天依旧有着超越时代的经典性。他对当下现实生存的精神潜入和灵魂自省依然是老托尔斯泰成为经典最为隐秘而复杂的原因。

当老托尔斯泰在俄罗斯庄园林荫道上散步的时候，一批人则在风雨飘摇的东方不遗余力地呼唤一个新的少年中国，梁启超可以算作是其中最重要的代表之一。梁启超是晚清一位百科全书式的人物，是连接晚清和五四之间非常重要的人物。他游历欧洲，介绍欧洲的图书馆学和图书分类方法，引进西方文化和文学新观念。创办《新小说》，创立"新文体"，推进当时文风的改良。他是中国第一个在文章中使用"中华民族"一词的人，无疑是中国近代史上同时具有国际视野和国族意识的启蒙思想先驱之一。维新变法失败之后，1900年他写了《少年中国说》，这篇文章旨在倡导"新民"，启发民智，他以后的人生轨迹无论是政坛还是学界，都围绕着这样一种强国兴邦的国族意识。梁启超的学术是有现实担当的，他1918年赴欧了解到西方文明的问题和弊端，主张光大传统文化，用东方固有文明来拯救世界。以《中国近三百年学术史》为代表的一系列史学著作从哲学和思想层面分析清代学术，既有中国学术传统家法又借鉴西方学术研究经验，可惜至今未受到应有的重视。阅读梁启超的人生和他的学术著作，可以看到中国近代大思想家兼容并包中西方文明的心胸与气度，同时对于饱读诗书的中国知识分子来说，以年轻开放的姿态精心研究本国人文和学术传统，才能真正拥有旧邦维新的学养和见识。一个烂熟的古旧文明的确需要逐梦的少年心性和勇气。

鲁迅"铁屋中的国民性"
和卡夫卡"现代人的困境"

　　鲁迅和卡夫卡都经历了二十世纪初不同寻常的岁月。辛亥革命（1911）和五四新文化运动（1919）对于鲁迅的思想甚至于个人生活都产生了巨大的影响。但是在鲁迅沉重的笔墨中，现代体制尚未建立的中国依然充斥着各色国民的劣根性，辛亥革命从未显示出其划时代的意义，而仅仅摹写了其破落和失败。今天如何理解《药》中那个光明的尾巴？对于革命的理解，对于革命与改良之间的理解都应该在不同的层面上重新思考。相比较而言，《孔乙己》和《狂人日记》则是那个时代短篇小说的翘楚，《野草》则更是鲁迅精神哲学的诗意表现。如果想对鲁迅的知识谱系有着更多了解的话，阅读《中国小说史略》可以了解作为学者的鲁迅。鲁迅学医的背景，弃医从文的经历，日本文学的影响等等，我们都很熟悉，但是更为隐秘的是鲁迅自身对于传统文化深入的浸淫和濡染，他 1913 年校《嵇康集》，1914 年研究佛经，1915 年校《会稽郡故书杂集》，这一时期喜欢搜集并研究金石拓本。这些都发生在辛亥革命之后的几年时间中，于此我们又怎样理解广为传播的鲁迅要求年轻人"不读或少读中国书"？鲁迅在新文化运动之后，陆续写出《呐喊》和《彷徨》，同时也逐步完成了《中国小说史略》的研究。鲁迅在对于中国哲学、古籍和学术源流的梳理、辨析和研究中，他得以站在中国文化整体经验之中来言说时代精神及其病症，由此他的言说是有精神依托和文化根基的。鲁迅等一代知识分子大多具有这样内省国族文化的自觉和吸纳他邦文明的清醒，由此才会呈现出中国现代知识分子吐故纳新的责任与担当。鲁迅自身的文学写作和学术研究无疑是以启蒙为基点从传统到现代转型的典范。当下中国学者或者作家在这两个方面无疑都有着相当大的盲点和缺失。

1919 年东半球的古老文明被争取"德先生"和"赛先生"的新文化运动所震惊，而此时正值欧洲一战之后，现代社会制度则经历着现代启蒙以来前所未有的挑战，经济萧条，社会腐败，普遍的穷困状态，奥匈帝国版图内这种社会状况尤其突出。卡夫卡就生活在那样一个充满矛盾冲突甚至于贫穷的欧洲，这个欧洲和当下改良了近一百年的欧洲有着巨大的差异性。卡夫卡小说运用象征手法，揭示了一种荒诞的充满非理性色彩的景象，表达个人式的、忧郁的、孤独的情绪。他直接影响了 20 世纪 30、40 年代的超现实主义、四五十年代的荒诞派，直到 60 年代美国"黑色幽默"也奉之为典范。

英国诗人奥登评价卡夫卡时说："卡夫卡与我们时代的关系最近似但丁、莎士比亚、歌德与他们时代的关系。卡夫卡对我们至关重要，因为他的困境就是现代人的困境。"[①]百年前欧洲的社会生活状况使得卡夫卡终生生活在痛苦与孤独之中，对于社会的陌生感、孤独感和恐惧感成了创作的永恒主题。同时卡夫卡具有非常驳杂的国族与文化身份：他是奥匈帝国的臣民，生长在捷克的布拉格，在一家意大利保险公司做小职员，母语是德语，血统是犹太人，而他本人又终生与犹太人的生活、宗教和习俗保持着非常大的距离。由此似乎可以推测我们对于卡夫卡感到如此之亲切的缘由，现代社会最为本质的痛苦是现代人怀疑宗教、质疑理性、颠覆权威之后的失落、虚无和孤独感，是现代人无法厘清自身文化身份认同的困惑与迷惘。在一个全球性的日渐僵化的现代制度中，尽管从理论上讲我们很清楚"我是我自己"这一现代性的理论认知，然而生存在日益物化、工具化的过程中，我们离现代自我对自己的承诺越来越远，由此卡夫卡所提供的"甲壳虫""城堡"意象依然对人类生存和命运具有直指人心的隐喻性。

---

① 《卡夫卡的问题》，见《外国现代派作品选》第一册，第 752 页，上海文艺出版社，1980 年。

重建现代世俗生活精神的合法性
——略论当下中国青年写作

当下中国青年写作的社会情境
和以往时代具有本质性的差异

中国作为民族国家的物质生存条件和生活境遇日渐现代，社会全方位又千疮百孔地进入全球一体化，物质以最坚硬的方式改变了东方中国的生存样态，小农经济和自给自足在中国的任何一个偏僻角落都无法藏身，被规划成所谓现代的村庄和流动在大都市的农民工们，成为隐藏在中国都市文化暗夜中的巨大阴影，也成为中国社会现代性方案最为锥心的疼痛。时间以无声而炫目的方式让所有能够操持汉字的写作者们进入一个迥异于传统的现代，即便是蚁族，他们在城乡结合部的蜗居中也以最世界化的网络方式表达他们对于当下中国生存的感知。

中国当下的青年写作者远离学而优则仕的古典人生样态，也不同于近百年中国社会外辱内乱的苦难境遇，同时也日渐远离政治、阶级斗争意识形态桎梏下板结固化的思维模式，写作者们被抛入传统到现代的巨大社会转型中，个体盲目地置身于无序而焦虑的生活流之中。这些人是时光中的闲逛者，是生活夹缝中的观察者，是波涛汹涌资本浪潮中的溃败者，是城乡结合部逡巡于光明与阴暗的流浪者……而对于这些人来说，当下中国社会狂想般无极限的现实存在，真的如波德莱尔所言"一切对我都成为寓言"①。由此从文学史背景而言，中国青年写作者与古典文学兴观群怨、怡情养性的诗教传统断裂，写作既无法直接和庙堂国家接轨，又无法真正回到自娱自乐的文人文化状态。1990 年代中国进入市场经济时代，文学则进入新写实的日常性书写，但是中国社会远未进入"历史的终结"，现代民族国家在政治、经济、法律、文化等方面依然有着众多未完成方案。从现代国民个体来说，国民劣根性非但没有根除，反而有了新的发展，国民们普遍重商轻学，重钱轻义，重 GDP 轻礼义廉耻，而文学似乎也自动终结对于宏大整体社会经验的反思和内省，全方位进入中国社会最为个人化的生存图景，"一地鸡毛"式的叙事冲动和叙事文本充斥着文学写作。小林们的"日常性"被喻为灰色的庸常的乃至无意义的生存样态。因为难以找到市民庸俗生存的价值诉求，新写实呈现出"一地鸡毛"式的零散与琐碎，文本的深度和意义被消平。新写实之后，中国当代文学开始了一个无法清晰判别流派和现象的时期，正是在这样一个时间节点上，1970、1980 年代作家开始出场，并在相当大的程度上赋予近二十年中国青年写作新的文学意味和审美价值追求。对于在哲学文化意识上倾向于历史循环论和时空轮回的民族来说，中国当代文学最近二十年的写作中，时间终于显示出其线性、不可逆的现代性特征。也可以这样说，当下中国青年写作开始显露出了中国当代文学自身的现代性美学特征，且在更大范围内将持续对汉语写作产生质变性的影响。这种时间的文学意义可以从"平视"的文化选择、现代日常性审美和重建现代世俗生存合法性等角度进行梳理和探讨。

---

① 波德莱尔：《天鹅》，转引自《巴黎十九世纪的首都》，（德）瓦尔特·本雅明著，刘北成译，商务印书馆，2013 年。

文化身份认同的"代际"与文化选择的"平视"

从代际来考察作家往往为人所诟病，但中国近三十年社会急遽变革，从这种变革带来精神结构裂变的角度，代际划分有着文化身份与精神共同体的意味。中国当下纯文学写作尤其是期刊写作的主力是中青年作家，或者可以说主要是大批的70后作家以及一部分80后作家。作为一个文学批评工作者，有着十年在当代文学现场深度介入的经历，目睹70后成长的共同情感与精神体验，看到了80后整个青春文学高潮，也见证了70后作家夹缝中的突围。当下坚持文学写作，尤其是期刊写作的作者，大多是70后作家。与此同时，青春文学作为一种类型文学写作会一直存在，但是作为一种特定文化现象的80后青春文学写作热潮已经退去①。当下依然坚持期刊写作的1970、1980年代出生的作家都可以放在中国青年写作的范畴里。中国近三十年超速发展，除了社会经济和物质生活样态的巨大变化，文化形态和艺术表达方式也多元芜杂。近三十年的中国文学几乎汇聚了东西方文学几百年的样态，同时又表现出不同时空地域的巨大差异性，作者和读者对文学的源流和文学本质的认知也大相径庭。由此，以年龄划分写作有一定合理性，相同年龄段的写作者大多有着较为一致的文化文学选择，也会形成对于历史和现实较为同质的理解和言说。十年中会产生几代不同知识结构和文化观念的写作者，从文学史的角度来说，任何一个代际都具有独特的研究价值和意义。70后作家自身文学追求较为纯粹，知识结构相对合理。这一批人的精神成长期在1990年代，那是一个通过商品经济和个人化方式去政治化的时代。作为和中国经济发展同步人生发展的70后一代，他们较为深切地体验到了体制与非体制、中国与西方、资本与理想等的差异，在相当大的程度上对于中国现实有着物质和精神

---

① 具体阐释见《像鸟儿一样轻，而不是羽毛》，郭艳著，文化艺术出版社，2012年。

结构上的自我认知和价值判断。70 后一代没有太多苦难记忆，恰恰是后苦难的时代情境给予这一代人平常心态，开始以"平视"的视角去看待西方文化，以一种平常心看古今中外的传统与继承，把文学放在较为常态的状态来打量，对于中西方文化有着平等的接受，这些对于中国写作者来说的确是一个质的变化。中国 1950 年代（包括 1960 年代）作家在看西方文化和西方文学的时候，大多是"仰视"，希望通过对于西方叙事技术的借鉴来重新叙写当下中国，例如对于拉美魔幻现实主义和欧美现代主义的接受和传播，这些西方叙事文本所传递的写作经验一直以来是当代中国作家非常重要的写作资源。

1950 年代作家与共和国一起成长，先天带有宏大叙事特征，他们有强大主流意识形态支撑坚实的历史与意义共识。1960 年代作家则适逢 1980 年代活跃的时代文化氛围，他们致力于突破前辈作家的影响焦虑，热衷于先锋探索，至今依然保持着较为敏锐的文体和问题意识。而正是前辈作家对于西方文学片面深刻的汲取，产生了先锋文学，当下重要的中青年作家无疑都吸取了先锋文学的丰厚养分。无论怎样评价先锋文学对于中国当下青年写作的意义都不过分，先锋文学给中国当代文学带来了小说形式上的一次反叛，同时解构了主流意识形态对于文学的束缚。但是先锋文学完成了解构使命，却依然没有完成对于当代文学个人主体性的建构。先锋作家主体膨胀，并不是说先锋就一定具有作家个人性，先锋文学恰恰是空心的，缺乏正在成长的中国现代人的主体性——或者说现代人格在1980 年代先锋文学中依然阙如。社会形态从传统向现代转型，文化意识和生活方式也随着物质生活水平的提升日渐现代，传统人格和现代人格、传统价值观念和现代价值观念、传统审美和现代审美等等方面都日渐嬗变。在现代民族国家建构的过程中，无疑需要一批和国族文化、现代人格建构相匹配的文学经典和文学大师出现，由此西方批判现实主义作家不仅仅是批判现实，更重要的是以文学的方式重建现代世俗生活的合法性,例如狄更斯与工业革命时期的英国,马克吐温、斯通夫人与南北战争前后的美国,托尔斯泰与19世纪的俄国,巴尔扎克与大革命时期的法国……现代个体对于世俗生活合法性的追求以一个个文学人物形象呈现在国族想象的文学叙事中。中国自辛亥革命以来的现代民族国家建构更为复杂,在历经战乱、灾荒和饥饿的国族建构历史中,在不断重述历史的文学作品中,我们看到的是一个又一个想象中国的方法。这些想象的方法无疑将个体日常性更多融入国仇家恨、命运无常乃至生存艰难,个体性也日渐消弭在群体性的历史镜像之中。随着中国社会近三十年的平稳发展,70后作家才有可能开始注重现代日常和个体生存经验的审美维度,而现代日常经验的文学性和审美维度的转换则是一个较为漫长的培育过程。而我们当下的日常生活,越来越陷入被物质遮蔽的境遇,我们怎样去直击被遮蔽之后的个体精神生活?我们如何找到现代性悖论中光亮性的东西,包括意象,也包括意境。艺术不是发现幽暗,而是在幽暗区域挣扎,在探索中抵达光亮。这些都是当下中国青年作家一直做的文学工作。70后作家及其文本没有得到特别深入而及时的阐释,也没有建立起和文学史同步的意义价值体系。因为1950年代、1960年代作家(尤其1950年代作家)他们的成长和文学史同步,优秀作品刊发出来以后立刻就会进入研究者的视野,进而进入文学史。当下中国青年写作也有很多好作品,但是好作品往往被芜杂的文学现象所遮蔽,从这个角度上来说,批评家的确必须有着高度的经典和文学史意识,认真梳理出70后作家的经典性文本,使之进入文学史。70后作家中短篇写作非常有特点,他们并不是特别追求短篇技术层面的炉火纯青,而是更注重让主体进入个体精神空间,这个精神空间又是日常化的,在日常的文学性叙事中试图赋予现代生存某种诗学意味。

现代日常生活经验与文学的审美性

中国传统社会和现代社会的日常生存经验具有本质的差异性。日常性在中国乡土社会中天然具备诗意，所谓荷锄晚归的劳作和把酒话桑麻的闲聊都具备采菊东篱的闲适韵味。然而，这种诗意仅仅是贵族文人阶层远观的凝视和遥想，真正日常进行农事活动的农民个体并无美感体验。中国传统社会又有着严格的文官制度以及由此滋生的君臣父子长幼尊卑的等级制度，引车卖浆者流和诗礼簪缨之家无论如何都不可能在同一个层面，器物文化实质上是贵族文化，与普罗大众无关。现代文明的标志之一就是普通人基本权利的获得，随着社会日渐富裕，大众文化崛起，大多数人过着几乎同质的现代日常生活，日常性成为现代生活永恒的过程和结果。然而在新写实小说那里，温饱的日常并没有呈现出任何审美性，反而在庸常中陷入难以自拔的零度书写和无意义叙事。现代人在日渐告别饥饿和战争的日常中既无法体验苦难又无法获得更多的幸福感，现代病由此产生，而现代人的精神病症和现代物质生存方式密切相关。生存苦难以及苦难叙事并未终结，但是更多后苦难时代成长的个体无疑将视域从民族国家几十年的苦难经历延伸至当下现代个体平庸生存的具体镜像中，并企图对这种新的现代生存方式进行打量与剖析，描述其中被物化的现代人日常的生活图景与精神困境。如果从这个层面上来说，**最近二十年的中国青年写作恰恰在新写实之后赋予当代写作清晰的个体存在感，这种个人主体性日渐在一个审美现代性的维度上开始了对于中国当下生存的文学性叙事。**

西方审美现代性表现为以生命与感性为主体性立法，从而达到反对理性绝对权威与传统道德的目的，以审美的原则来代替一切其他的精神与社会原则，以审美为中心、将审美视为最高价值，表现了一种游戏式的心态，或称为及时行乐意识。这些是以波德莱尔为代表的现代物欲世界开出的"恶之花"。与此相对应，我们再来解读中国当下青年写作时，就会时时发现中国文学的审美现代性绝对不是西方审美现代性的翻版，恰恰走上和西方审美现代性不同的路向。现代物质主义生存方式无疑是人被"物化"的过程，具体到近二十年的中国社会，即人们为了挣钱而出卖劳动力、身体甚至于灵魂的过程。中国作家无法用游戏笔墨与及时行乐精神来解构被物化的人和人群，写作依然在坚硬的现实情境中游走，但是的确又有了新质的变化。新写实是对于庸常生活本身的叙事，没有个体的主体意识，而当下青年写作更专注于城市平民、农民工、个体劳动者日常生存精神状态的叙写；对于乡土的描写从家族史的视角转换成了对于乡村伦理和底层政治的寓言和反讽；从对于都市刺激性印象和美女欲望的叙写转换成都市漂泊感的倾情叙事；小巷人物志消融在县城追新求异又无聊乏味的庸常世界中……

两千年前后《贫嘴张大民的幸福生活》①依然以传统审美和传统价值取向中的宽容、乐观和中国式喜感让文坛和读者体验了城市平民的精神价值追求和人生理想。然而十多年过去了，张大民的生存状态已经无法和当下真正接轨，庸常生活中的无奈和溃败感无疑席卷了当下生存的精神空间，个体生存比起小林们和张大民们已经繁荣了很多，但在物质主义无限扩张的空间中，大多数中国人前所未有地感受到了自身个体精神合法性的危机。体现在文学审美范畴中，往往就是一系列失败者形象的出现。例如在狄青小说集《闭嘴》②中，出现了一系列**弱男庸人**（懦弱而庸常的人）形象，通过这些当代生活中几乎算是失败者的男性形象，一方面颠覆了1950年代传统现实主义红色经典人物，也解构了1980年代以来理想主义的高蹈（这二者在当代文学史上都曾经承担了最为重要的阐释生活和文学审美的功能）。这类作品恰恰将目光投入到以前文学史所回

---

① 《贫嘴张大民的幸福生活》，华艺出版社，1999年。

② 《闭嘴》，狄青著，载《中篇小说选刊》，2012年增刊2期。

避和轻贱的庸人形象。这些活着的庸人既没有经历宏大政治历史的洗礼，也没有经历灾荒、饥饿或战争的苦难，而仅仅是卑微甚至于苟且地活着——然而这些恰恰是我们这个时代的生存真相。一个作家试图写这些人物，自然是希望为笔下人物寻找到活着的价值和意义，从艺术审美的角度赋予这些人物现实存在和艺术的合法性。这类写作从当下日常生存经验审美性的角度，叙述了从传统到现代转型过程中，现代个体新的城市经验，同时关注工人阶级市民化这一独特社会身份转换过程的精神伤痛与情感体验。

中国传统审美经验其实是以乡土社会为审美对象的，枯藤老树昏鸦小桥流水人家，无疑都是典型乡村风物中的意象和意境。然而，随着中国乡土社会的裂变，仅仅对于过去乡土净化式的回忆毕竟无法抵达当下乡土社会最为幽深的区域，于是"底层写作"以标签式的符号表明传统乡土及其民情风俗的式微与终结。[1]资本在吞噬乡土伦理风俗的同时，现代文明的基本常识依然在遥远的乡村阙如。近期更为年轻的写作者开始重新从现代农村个体精神维度来叙述新的乡土社会的道德伦理嬗变。杨仕芳《而黎明将至》[2]在浓郁的乡土氛围中倾诉罪与罚的忏悔意识，这类更为年轻的乡土叙事带着青春期的纤弱与敏感，但却以忏悔意识惊醒乡土叙事沉重的伦理重负，给予乡土人物以人性的自觉和尊严。陈继明《芳邻》[3]重新书写了当下乡土社会中的"懒汉"形象，灰宝是个失败的人，然而作者却给予这个人物足够的理解与尊重。刘荣书小说集《冰宫殿》[4]游走在乡村少年记忆幽深处，撕开村镇日常生存的宁静，呈现出乡村伦理秩序中晦暗的冷漠、自私与麻木。一个个心智或清明或懵懂的少年行走在前现代的中国乡土场域中，悲伤、欢欣、痛苦和仇恨都

---

[1] 对于"底层"概念应保持相当的警惕，但是作为一种文学现象的概括，在一定程度上是有效的。

[2] 《而黎明将至》，杨仕芳著，载《湖南文学》，2015年1期。

[3] 《芳邻》，陈继明著，载《十月》，2015年4期。

[4] 《冰宫殿》，刘荣书著，作家出版社，2014年。

裹挟在时代转型的强悍进程中，呈现出一个小说叙述者对于当下乡土中国充满痛感的诗意叙事。

中国城市化的过程中，数以亿计进城的淘金者可以汇聚成一个巨大的奔跑的人。这个从乡土出走的巨人漂在中国的大中城市，吸引他们的是现代城市和城市生存方式：个体的、自我的、封闭的，冷漠的，又各自相安的私人化生活。贫富差距依旧触目惊心，然而却被混迹于快餐店、超市、百货公司甚至于公园景点的人流冲淡，且在无数的霓虹灯和广告的暗示下，人人都觉得自己正在或将要拥有机遇与财富，成为城市的主人。农民工依然是当下最具中国特色的城市经验的一部分，王十月《国家订单》《无碑》①等作品塑造了典型的农民工的生活状态。文本里有着众多日常生存的具象摹写，打工者艰苦的日常生活，卑贱的社会地位，令人愤慨的人身歧视，人与人之间的龃龉，利益上的矛盾冲突乃至龌龊的人性，甚至于描写了孤立无援的罢工行为，展示了众多底层民众作为人的劣根性，同时也对于涉世未深的农村青年寄予了深切的同情。在对于打工生活具象的摹写中，作者希望能够为无数打工者寻找城市的精神家园。对于一部分向往都市生活的外出打工者来说，迁徙已经成为一种习惯，回望身后的故乡已经身影模糊，可是城市之门仅仅打开一个小缝，而且代表着物质主义喧嚣下赤裸裸的利益关系。无数个外来务工人员埋葬了他们的青春，这种无言的沉默的被埋葬的青春换来几十年中国社会城市化进程的快速发展，社会对于这群无名者的奉献与付出并没有相应的呼应与回报，这些文字是对这种被遗忘的人们的诗意祭奠。新写实的"庸常"在这里被转换成为对于庸常生存的间离，文本不再描叙庸常本身，而是进入庸常内部去发现平庸个体的生存境遇，这种生存境遇是庸常的，但是小说却试图赋予小人物更多对于自身生存状态的自知与自觉，由此才会在"底层"

---

① 《国家订单》，王十月著，中国社会出版社，2009年；《无碑》，王十月著，花城出版社，2009年。

标签中凸显出一定"人"的温度和被物化过程中"人的精神向度"。中国广大乡土依然作为现代性未完成的方案广泛存在，人的身心摇动不安，情感混乱迷惑，灵魂下沉挣扎。农民进城和大学生在城市的屈辱遭际一样成为新的问题小说，这些和社会同步的写作，在相当大的程度上双向解构了对于"现代文明"的认知——所谓的"进步"依然是一个必须被不断质疑和重新估量的词语。

县城作为中国城市和广大乡土的连接点，能够映射众多属于中国的时代精神特质。县域作为城市和乡土的结合处，具备了时代转型时期一切的时尚元素，但又都是变形的，同时县域也天然承载着传统的一切因袭，又小心翼翼地改变着。正如中国现状远非代际和断裂所能解释的一样，中国当下县城生活具备了阐释中国人精神景观的诸多可能性。传统与现代在县域以一种最触目的戏剧性方式存在，并给我们提供非常直观的"人间悲喜剧"。然而作为最具备现实阐释力度的县域生存及其政治经济和精神情感叙事依然在当下写作中阙如。曹寇《在县城》等创作中尽管呈现出某种庸常的存在和无意义的当下，但是依然没有触及县域生活的社会伦理和经济文化内核。

当下中国，温饱之后的庸常生活折磨着无法畅想的理想主义，对于没有历史感的一代人来说，既无回到旧时代的可能，也无法投入一个新时代，于是对于无意义和庸常的叙事成为一种时代情绪，在当下小说的叙事空间中如幽灵般游荡。现代日常生存经验及其文学叙事在当下中国文学情境中既是一种新质的体现，同时也是当下中国青年写作的问题所在。因为当下中国青年写作者无疑有着一个先天的知识结构缺陷，这一缺陷恰恰不是西方文化，而和中国传统文化与文学的隔膜与断裂①，这些让他们的写作一旦进入历史或者触及现实问题的时候，叙事往往变得语焉不详。

---

① 这种知识结构的缺陷和教育体制与时代文化情境相关，在此不做分析。

当下中国青年写作重建世俗生活精神的合法性

对于西方文化而言，现时代是上帝死了，人重新找回自己的时代。人对自我的认同确立了现代个体的合法性，而文化的自我表达是通过各种各样的文化形态实现的。对于西方社会而言，对人的理性、情感、意志和艺术创新的肯定表明了现代个体合法性认同的确立，中国的现时代是一个与西方现时代迥然不同的过程，似乎更应该表述为代表天和天命的帝制瓦解，儒家伦理体系渐次衰微，多元文化思想日渐兴盛，中国人开始试图找回个体自我的时代。中国社会中人被"物化的过程"不同于西方社会的"恶之花"的象征寓意，个体游戏式的及时行乐的审美维度在强大的社会现实面前无法立足。中国青年写作对于中国现代化转型过程的摹写更多关注城市平民日常生存的合法性追求，乡村流变剧痛中新的精神情感体验，关注更为弱势的边缘群体（如老年人、弱智人群），同时将目光投向打工者在城市生存的精神诉求等等。当下中国青年写作最突出的价值和意义在于重建世俗生活精神的合法性，完成新写实所未能完成的对于世俗生活精神特质的呈现，寻求中国现代社会从传统向现代转型的意义和价值诉求。

因为当下文学创作依然处于动态发展中，下面选取本年度几个文本，以此来呈现近期中国青年写作部分新的特点，这三个点分别是个体自身生存状态精神合法性的追问，边缘人群的情感生活及个体尊严，老人作为独立个体的精神情感归宿。

当下中国世俗生活之喧闹繁荣，只要看看夏天夜晚的大排档就可以深知个体生活的市井繁荣。日常繁荣生活的背后，个体如何反思？石一枫《地球之眼》①虚构了一个直面当下伦理困境的主人公，通过安小南的追问直击了犬儒主义的生存方式和精致利己主义的自

---

① 《地球之眼》，石一枫著，载《十月》，2015 年 3 期。

欺欺人，同时也在反物质主义叙事的基调上丰富了当下城市生存经验的摹写。

对于边缘人群的叙事可以看出物质主义、尤其是世俗伦常对于弱势群体的巨大伤害。这种世俗伦常不是儒家所说的人伦日用，也不是民俗学或社会学意义上的民风民俗，而恰恰是在民俗学历史价值意义评估背后，凸显出传统乡村生活经验中人性的阴影与缺陷——一种集体无意识的人性冷漠和精神麻木，同时也存在着智识与见识上的浅陋和情感上的自私褊狭。中国人历来对于残疾人有着杂耍和戏谑的心态，在文学作品中，当傻子不再被当做一种消解主流意识形态或者社会政治历史的边缘叙述者，而是作为一个真正意义上的人出现时，作家对于他们的关注和摹写，无疑才和现代人的精神痛感叙事接轨，从而在人性层面提供了更为丰盈的场景与人物。近期，钟求是《找北京》①、孙频《圣婴》②、雷默《傻子和玻璃瓶》③不约而同将视角对准了弱智者的个体命运。一个社会对待弱智群体的态度实质上折射出人们真正的文明程度和教养水准。当现代文明遭遇传统人性人情的时候，如何面对自己灵魂深处的道德律令？放在当下语境中，雷默对于所谓现代文明反叛的叙事策略无疑是值得考量的，这种"反动"的叙事模式是对于当下道德与伦理失衡的警醒与反思。

同时在传统伦理坍塌的当下，老龄化及其相关问题成为继留守儿童之后，更为隐秘的社会暗疾存在。姚鄂梅《傍晚的尖叫》④叙述两个老年已婚妇女从各自厌倦的婚姻家庭中出走，这种出走是对几十年忍耐庸常、琐碎与不堪的一种反抗，虽然带着急迫中的狼狈和辛酸，却有着一股坚韧中的硬气和悍然。这些对于中国老人的

---

① 《找北京》，钟求是著，载《十月》，2015 年 3 期。

② 《圣婴》，孙频著，载《作品》，2015 年 4 期。

③ 《傻子和玻璃瓶》，雷默著，载《十月》，2015 年 3 期。

④ 《傍晚的尖叫》，姚鄂梅著，载《花城》，2015 年 3 期。

叙事远离传统伦理框架中的中和与隐忍，而是注入了更多个人主体性欲求，充分诉说作为现代人的精神情感状体，社会身份重压下的日常也因为这种疏离的抗争而显示出无可争议的人性深度和文学向度。

现代日常经验和个体世俗生存的合法性在遭遇大时代的战争、饥荒的时候，往往会沦落为草芥和浮尘，因此不可否认，现代社会转型及其审美性时常在纤弱和变态的个人性中游走，个体人性之维或者幽深晦暗，或者刚健阳光，或者混沌不明……小说家的使命是拾起人类命运的碎片记忆。碎片记忆是易于拾取的，而人类命运的叙事则是考验作家对于整体社会经验的文学性表达。如何从个体记忆的故事叙事层面进入人性和历史的纵深，从而体现出对于人类命运的关注，即便是记忆碎片，也是人类命运的记忆碎片。对于中国叙事者来说，如何通过现代转型的镜像来看中国城市和乡土，才是当下资本全球化过程中更为理性客观的视角。对于一个作家来说，如何记忆非常重要，对于一个人和一个民族来说，作家如何言说意味着一个民族的记忆要记下什么。如何在痛感叙事中起舞，在小说虚构中构建精神力量，可能是当下中国青年写作在重建现代世俗生活合法性时需要思考的题中之义。

城市文学写作与中国当下经验表达

　　城市自古有之，中国曾经有过非常繁盛的古代城市。较早对于古代城市的文学叙述可以上溯到两千年前班固《两都赋》，班固在汉大赋宫室游猎之外，开拓了写京都的题材。公元二世纪张衡《二京赋》已经集中笔力铺写长安和洛阳东西南北宫室、动植物、民情风俗，同时也有对商贾、游侠、骑士、辩论之士、角抵百戏、杂技幻术等的生动摹写。中国古代城市具有功利性（包括政治功利和物质功利）、世俗性、娱乐性，这三种特性构成了古代城市文学最核心的意义要素，成为古代城市文学审美取向最突出的特征。古代文学中对于城市的发现和叙事大多集中于都市、商贸、勾栏、瓦肆的文学想象，明清话本小说已经呈现出对市民文化兴起和物质消费主义的摹写。但是一如传统与现代的对应关系一样，古代城市和现代城市依然有着本质的区别，从政治、经济和文化模式来说，现代城市无疑是社会从传统到现代转型的产物。同时中国现代城市本身带有鲜明的后发外生型现代国家的印记，所谓的现代城市也具备了相当复杂的中国式现代性特征——新旧杂糅与面目难辨。现代城市是和现代人相对应的概念，中国现代城市作为一种现代审美象征符号已然和中国古代城市决然不同，同时中国现代城市生存也不能等同于狄更斯、乔伊斯、卡夫卡、卡佛、库切、门罗所生活的西方现代城市。中国当下城市文学的发生、发展和变异都存在着文化观念、代际分野和地域不平衡等多元特征。

悲情——以乡土文化心理
和价值诉求叙述现代城市生存

　　古代城市中的人和广大乡土社会中的人同属一个稳定的乡土文化心理结构，有着同构的政治、道德、伦理、情感和审美取向。古代城市更类似于一个人生的驿站，功名利禄和衣锦还乡是传统社会相辅相成的人生主题，对于大多数进入城市的人来说，告老还乡依然是最为安稳的人生结局和生命方式。在这种同质的文化模式中，城市更多上演皇权的更迭，文官制度与皇权的博弈，当然也有着士人商贾情爱悲欢的点缀，古代城市无疑是乡土价值观念的延伸和扩展。随着现代城市的兴起，商品意识和物质消费主义日渐在大城市成为主流价值取向，同时中国乡土社会的心理和价值诉求依然存在，从农村进入城市的每一个人都带着中国乡土社会价值观念和熟人社会交往经验。拥有这种经验的群体刚刚进入城市的时候，往往惊诧于现代城市这种异质文化赤裸裸的功利、冷漠、自私与无情。城市当然具备上述种种特质，同时现代城市相对宽松的个体自由、平等文明、价值多元的观念在相当大的程度上被当代文学叙事的乡土价值取向所遮蔽。

　　1980 年高晓声《陈奂生上城》①无疑是最早也最为典型的以乡土心理模式叙述城市以及农村人对于城市物质主义的反应，高晓声呈现出了中国农民的复杂性，既幽默诙谐又有直指灵魂幽暗处的戏谑嘲弄。三十多年过去了，当代文学面对城市的时候，依然保有着相当浓厚的乡土心理和价值诉求。2013 年方方《涂自强的个人悲伤》②是一部力图勾勒当下中国青年城市生活经验的作品，涂自强的感受很多青年人在进入城市的时候都经历过，但是文本中涂自强显然是

---

① 《陈奂生上城》，高晓声著，载《人民文学》，1980 年第 2 期。

② 《涂自强的个人悲伤》，方方著，北京十月文艺出版社，2013 年 5 月。

一个传统意义上的乡村读书人。他进入城市之后，依然保留了乡村的淳朴和温良，但是这种保留是以拒绝了解城市为前提的。由此，在涂自强的个人经历中，我们往往会看到基于道义和道德的成就感，而从来没有个体心智的成长感，从而也无法体验城市精神和城市物质切实的愉悦和快感，当然也无法体验现代人面对物质主义隐蔽的罪恶感。其次，无论当下的教育制度如何，涂自强接触现代城市之后，没有多少主体的反思能力，无法通过启蒙形成"我是我自己"的现代认知，所以他的身体、情感和思想依然属于传统，具体就是属于乡土和父母。由此涂自强和娘共患难的生活折射了中国数千年的文化隐喻，而这些是最能打动中国人的情感和价值元素，涂自强的个人遭遇引起的情感和道义共鸣就成为必然。涂自强眼中的城市只剩下永远无果的奋斗和充满屈辱的悲伤。即便这样，涂自强依然无法进入城市，甚至于直到生命终结也无法体验到一丝属于现代城市精神的感受。小说呈现出乡土文化遭遇现代城市的"悲情"，而涂自强强大的乡土文化价值取向则成为悲情的原因——涂自强人生奋斗的目标和古人是同质的：衣锦还乡和荣归故里，只不过他以更加卑微的形式表现出来。城市在某个层面无疑是冷漠无情和势利冷酷的，乡土文化心理和价值结构中所褒扬的忠厚、踏实、勤奋甚至仁义的品性和它遭遇之后，往往产生了强烈的"悲剧性"，这是涂自强的悲伤具有普遍感染力所在。因此方方《涂自强的个人悲伤》尽管描写了一个大学生在现代城市的个人奋斗史，却依然无法和城市精神气质有着一丝联系，同时这种悲剧性依然无法解释无数个涂自强前赴后继地奔赴城市的动力和原因。由此可见，这类以乡土文化价值取向来外观当下城市经验的作品，提供了乡土文化式微中的悲情与哀伤，却无法提供真正的城市精神体验和情感表达，由此也阻隔了对于城市个体精神状态的呈现和探究。

沈从文早期的一些描写城市的作品和《八骏图》显然也是属于这一类作品，但是沈从文那一代知识分子显然感觉到自身对于城市的把握和界定是模糊和不明确的，虽然身在其中，却对变动而复杂的城市经验缺乏精神上的勾连和情感上的认同，由此沈从文塑造他的"希腊小庙"，转入《边城》系列对于中国乡土文化和审美的正面叙述。鲁迅的作品很少自身经历和知识分子城市生存的叙写，他写孔乙己、阿Q、祥林嫂、吕纬甫一系列的人物，而唯独没有摹写和自己最为密切的大学场景和知识分子文化现场。对于鲁迅那一代行走于现代和传统两端的知识分子来说，现代人格和现代生活情境尚在形成之中，俯拾皆是的国民劣根性在城市和乡村滋生蔓延。他们自身血液中流淌的乡土文化心理在向现代转型，在决心自食中依然彷徨于无地。可能因为无法对刚刚进入的城市提供属于深刻观察和洞见的文学，他们大多选择了在日记中记录自己城市生存的流水账，而在文本层面叙述日益破败的乡土社会和日渐溃烂的乡土文化的负面品性。

繁荣地活着及其背后：
个体人现代世俗生存合法性的言说

对于一个重群体轻个人的文化来说，1980年代文学乃至政治理想主义依然体现了"诗可以兴、观、群、怨"的传统。对于1980年代的中国人来说，伤痕、反思、寻根、改革文学所对应的人则是：我们是有伤痕的、反思的、寻找传统的、改革的一代人，"我们"的观念深入人心，也在情感和价值诉求上有着一代人宏大叙事的高韬和满足。毋庸置疑，作为现代个体的人依然没有出现。如果说先锋小说最大的意义在于终结了主流意识形态对于文学的理想主义价值诉求，那么1990年代以来新写实主义对于城市平民生存的叙事则开始了对中国现代社会世俗生存合法性的言说。这是一种从宏大叙事转入个人化生存的描写，因为难以找到市民庸俗生存的价值诉求，新写实呈现出一地鸡毛式的零散与琐碎，文本的深度和意义被消平。政治压力消解之后，凡人灰色生存并无多少精神诉求，同时也缺乏乡土社会心理的道义支撑，"活着"是目的、过程也同时是意义本身。然而，事情总是会起变化的。在社会物质日渐丰裕的同时，从买房买车、喝咖啡、K歌到各类娱乐活动的大众化和日常化，中国社会世俗生活日渐繁荣。伴随着中国社会的城市化进程，这种对于日常生存的鸡零狗碎的关注一步步逼近现代城市生存的核心——物质的、消费的、享乐主义的个人生存悄然兴起。中国人在经历了近现代无数次殖民、战乱、政治运动之后，终于以常态现代人的心态去考虑自己的日常生活，对于现代生存的温和态度成为一种价值共识。小林们已然从"灰色生活"中走出来，发现个体也能"繁荣地活着"。当然这种繁荣的世俗生存是以精英文化日渐萎缩、大众文化兴起和个体精神空间日益逼仄为代价的。

现代城市生活并不具有天然的合法性，尤其在一个道德主义盛行的社会传统中。《人生》①中高加林抛弃刘巧珍的行为在1980年代是可耻的，到了2000年，刘巧珍们也进城了，所以刘巧珍们再也无法获取道德和情感的优越感。同样在传统社会中，人的生活是要被赋予某种道义和情感支撑的，买田置地、诗礼传家无疑会光宗耀祖，金榜题名、学而优则仕彰显家国天下，这些都指向超验的道德理想追求，而直言个体行为"皆为利来，皆为利往"是可耻的。所以，个体直接追求电灯、电话、楼上楼下、私车、私房、24小时热水的生活是不被承认的，也是不具有合法性的。然而，对于现代城市生活来说，现代人最基本生存权就体现在基本物质的满足，所有的现代城市精神必须在这样一个前提下才有发生的可能性。由此我们不难理解，从明清话本的欲望书写转型为当下城市日常经验的表达是一个漫长的质变过程。

小林们的灰色生活不再是70后一代叙事的中心，而丰富多彩的

---

① 《人生》，路遥著，载《收获》，1982年第3期。

繁荣生活对嘉丽们更具有诱惑性。魏微在《化妆》[①]中并没有写嘉丽们在贫穷生活中的挣扎，她更愿意写嘉丽在都市生存中心智与情感的生长。在十年时间里，嘉丽们经历了不停跳槽、换公司、开律师事务所，终于开着奥迪驰骋在通往乡间别墅的马路上。可是嘉丽不快乐！《化妆》非常有力地呈现了嘉丽化妆生活背后心智和情感的生长，这种城市理性催生下的心智与情感生长如野草般芜杂，又如小兽般蛮横。嘉丽的爱情似乎有些老套，一个年轻女孩情感上相信了一个中年男人的爱情，理智上明白这种欲望纠缠中的幽暗，十年之后化妆见面也不过是要自欺欺人地证实自己年轻时的一个梦罢了。然而现实依然给出最为惊人的答案：情感从来都是用最锋利的刀刃刺向那颗尚有温度的心灵。由此张科长十年之后的撞门声无疑具有隐喻性质：城市生活中短暂的温情与付钱消费有着或明或暗的关系，唯有化妆之后的生存才具有抛却本心之后的丰富多彩与酣畅淋漓，戴着面具的繁荣生活似乎是现代人追求的目标也是过程、结果和意义本身。魏微的过人之处在于文本的腔调是嘉丽的，从而赋予了嘉丽自省和反思的能力，由此"化妆"的寓意才会有着扩张的象征性：戴着面具生存是现代人最为本质的特征之一。在传统社会中，我们更戴着各色面具生活，所以乡土的淳朴良善也伴随着乡愿和野蛮，只不过因为心智没有开化，无从了解自己的面具罢了。从这一点上来讲，魏微无疑直指现代城市个体生存本质：面具下的生活带着群体生存的虚伪和荒诞，繁荣生活中包裹着个体日益惊醒的肉身和灵魂。[②]张楚《七根孔雀羽毛》[③]中的宗建明和老婆曹书娟也曾经过着小林们的生活，但作者同样对"一地鸡毛"的生活并无叙

---

① 《化妆》，见《姐姐和弟弟》，魏微著，山东文艺出版社，2005 年 12 月。

② "城市个体欲望书写与明清话本小说对食色性过度描写的异同"是个非常复杂的问题，本文暂不做讨论。毋庸讳言，面对现代城市的时候，当下很多作家（包括一批 70 后作家在内）依然处于一种不自知不自明的写作状态，纠缠在职场、官场、商场的酒肉食性。

③ 《七根孔雀羽毛》，张楚著，上海文艺出版社，2012 年。

事热情。这篇小说着力于主人公宗建明戏剧人生的叙述，一个现代城市普通人所能够遇到的事情无疑他都遇上了：工作的烦恼，婚外情，离婚，向前妻索要赌资，讨女人欢心，和情人及情人女儿一起生活，离婚后想念儿子，最后为了给儿子买房子铤而走险……小说中各色人物轮番登场，一次次上演着平庸而雷同的表演：官场、商场加上婚外情，但是张楚的重心在于一个城市平庸个体在这些繁荣生活背后的挣扎与痛楚，宗建明时常很混账但是无疑保留一颗有温度的敏感的心，由此小说中打开的是现代城市个体的内心独白和精神痛楚的呻吟。这是一个试图甩掉面具的现代个体，所以在别人眼中他是不堪的——无能的丈夫、不负责任的父亲、赌徒、花心男人甚至于也没有任何真正的朋友。作者在戏剧性冲突中呈现出的宗建明却是当下生活中众多城市男性的集结号，现代城市中的男性都会在宗建明折射的棱面中发现自己的一丝影子，同时又很释然地告诉自己：我比宗建明强多了，我至少还不至于……张楚的才华在于对城市男性日常幽暗生存的精雕细刻，给一个平庸冷漠的烂胚子拍了一个非常棒的特写。生活一塌糊涂的男人宗建明在日渐溃烂，但却因为保有一颗拒斥现代面具生活的心灵而赢得了我们的同情。

从乡土田园牧歌情境和宏大叙事背景来看，现代城市生存无疑是灰色的，但是现代城市就是钢筋混凝土中物质主义的生存，以至于还能开出各色现代艺术之花。至于现代生存和艺术仅仅是灰色、冷漠、虚妄、孤独还是有着平等自由多元基调上的明亮、温情与爱，可能正是当下面对现代城市的作家所应该思考的问题。

当下城市文学在表现现代世俗生活庸常与无奈的同时，日常精神向度的逼仄成为难以逾越的障碍。尤其对于70后写作来说，日常经验的碎片化、焦灼感、漂泊感和无根性让他们难以进入社会生活整体性经验模式的书写，对于政治、历史、文化的深度模式的把握力不从心，在表现生活的同时，感觉到自己无法把握正在发生变化的城市甚至于乡土。然而70后正是以这种对于日常经验的固守才完成了先锋文学没有完成的任务——从文学题材和精神气质上真正与主流意识形态的宏大叙事告别，开始一种现代性的写作，寻找作为现代个人主体性的中国人。先锋文学形式上狂飙张扬，而个人主体性是空心的。70后面对城市经验的写作，关注中国人日常世俗经验，第一次直接描述几千年来中国人一直忽略的自我、个体和日常的关系。在消解日常生活与道统、政治甚至于理想主义之后，探讨现代日常经验的精神与价值诉求。中国现代城市也因此开始有了"个体人"的精神气息而非仅仅是皇权、政治、高楼大厦和灯红酒绿的浮华气息。这种人不是市井豪门西门庆的酒色财气，也并非是贪腐堕落的各色官员、学者，更非周旋于权力与金钱之间的商人、公务员、企业白领、三陪女，而是日渐开启了现代心智的中国普通人，这类普通人的日常和经验已经可以内省和反思当下中国现代人生存本质。因此尽管精神上是逼仄的，但是从文学史意义上来说，70后一代对于城市日常经验的书写无疑具有根本的变革意义。当然这一类具有内心自觉意识的写作，无疑被一个问题所困扰：我似乎是我自己，但又完全无法左右自己的命运，生存的意义和价值遭到很大的质疑。没有任何怀疑的生存是值得警惕的，然而怀疑一切的生存依然是值得警惕的。

与此同时，城市作为个人生存的场域，尤其在中国社会分层日益加剧的情境中，底层生活的新旧杂糅与艰难困苦呈现出更为复杂的特征。在这里，生活的磨难、生存的艰辛、精神的痛苦与无奈更为彰显，同时因为这里更多乡土伦理和心理结构的价值诉求，所以很难生长现代人的精神生活，因此也无法提供和现代城市精神一致的审美与价值意义体系。小林们的灰色生活依然在现代城市轮番上演，可是平庸生存的正面叙述似乎没有任何可以言说的价值，所以小林们的庸常生活一方面被"摹写繁荣生活及其背后"的小说所替代，一方面又被更加有力的苦难叙事所替代。当下很大一批以城市为题材的写作都是这类对于社会底层甚至边缘人群的摹写，大量以城市为描写对象的文本，开始以城市底层苦难为叙述对象，城市中各类身份边缘的人物，诸如打工者、三陪女以及延伸到式微乡土的留守老人与儿童等等。这类文本以苦难化叙事来寻找道义、道德和情感的价值认同，但是叙事重心大多在于身体欲望的故事化，而没有精神与灵魂的内省与自觉意识。这类写作的量非常巨大，由此也导致了当下城市文学写作在相当大的程度上表现为欲望化、同质化、平面化和庸俗化的心灵模式和情感诉求。

性话语及其维度：现代城市
精神气质的光影捕捉与意象呈现

斯宾格勒认为："城市的新心灵采用一种新语言，它很快就和文化本身的语言等同起来。广阔的乡村及其村落人类受了伤害；它不能了解这种语言，它感到狼狈，缄默无言。"[1]城市语言表达的本质是城市心灵，而城市心灵如何看待婚姻爱情（即性话语）则显示出和乡土心灵全然不同的特征。除却现代城市表层的情境和意象，性话语是考察作家把握人性深度和意义最为直接和重要的元素。

在中国，人们（特别是知识分子）即使在谈恋爱或谈论与性有关的话题时，也往往与谈论政治、道德结合在一起。也就是说，对性的谈论是与对政治或道德权力的利用（或依附或对抗）结合在一起的。个人情感被泛政治化和道德化。再经过理学藩篱的囚禁，中国人的情感生活大大地内向化了。历代禁欲主义思想……将人的性征遮盖得严严实实。同时它又通过这种压抑将人的放纵的欲望在想象里发挥得最为淋漓尽致[2]。从《诗经》后妃之德开始，屈原香草

---

① 《西方的没落》，斯宾格勒著，第2卷第4章，中译本第203页，商务印书馆，1993年。

② 《文学台湾》，黎湘萍著，第50页，人民文学出版社，2003年。

美人喻君子政治理想，即便《三言》很多章节秽语甚多，也总是以"喻世、警世、醒世"为旨要。五四文学借"性的苦闷"来反抗封建专制，左翼文学的中心即革命（政治）加恋爱，解放区文学《小二黑结婚》通过新式婚姻家庭观念表达明确的政治意义，杨沫《青春之歌》小资产阶级林道静的婚恋观亦与政治革命纠缠不清，张贤亮《绿化树》中灵与肉的挣扎与政治更是密不可分，刘巧珍对高加林爱情中所体现的道德优越感……总而言之，中国文学叙事对待性话语的态度或者是借性话题（婚姻、恋爱、婚外情）抵达政治或道德层面的阐释，或者在性话语极度压抑的状态中，通过性话语想象进入过度的欲望宣泄，譬如《金瓶梅》的写作。

中国社会现代城市兴起的过程中，欲望书写乃至欲望宣泄的小说依然存在，尤其是网络媒体上充斥着大量诲淫诲盗的色情作品，这些依然是性话语极度压抑下的产物。同时作为传统纯文学作品，如何面对消解宏大叙事之后的性话语，其实是一个非常复杂且不易解决的问题。中国都市文学对漂泊的都市人的"性心理"的浓厚兴趣曾经一度创造过足以表现当时"城市心灵"的话语和形象，新感觉派运用蒙太奇和性心理分析对于都市性心理的大胆而新奇的尝试，丁玲早期《莎菲女士的日记》中大胆女性意识中对于两性关系的直陈与坦言。中国知识分子能够欣赏民间各种各样的歌谣（包括猥亵的民歌），但是却很难欣赏这类性话语，它正说明当时人们对于现代城市心灵的陌生，也说明中国的知识分子依旧保持着乡土中国的传统——他们对性的兴趣，他们的性话语，往往联系着传统知识分子的对于政治或道德的某种诉求的，离开了这一点，性话语似乎便会丧失它的意义[①]。

那么，现代社会普通人的性心理和性话语在当下该如何呈现？张爱玲如是解释她的"传奇"的目的："在传奇里寻找普通人，在

---

① 《文学台湾》，黎湘萍著，第 67 页，人民文学出版社，2003 年。

普通人里寻找传奇。"①钱钟书在《围城》序里也说:"在这本书里,我想写现代中国某一部分社会、某一类人物。写这类人,我没忘记他们是人类,只是人类,具有无毛两足动物的基本根性。"②不幸婚姻中的曹七巧在极度压抑中变态,方鸿渐在无爱的婚姻中进退失据。这两个人物都彻底丧失了人的自由——自由选择和自由表达。在钱钟书和张爱玲的小说里,性话语具有西方化特征,它不诉诸政治,而成为考察人性及其人性弱点的方式③。

近年甘肃作家弋舟中篇小说《等深》④受到广泛关注,小说叙述了"我"帮助情人找到失踪儿子的故事,这是一篇结构和意蕴都颇耐寻味的小说。这篇小说的成功在于出色地用故事演绎了当下几个非常敏感的问题:婚外情、少年人失踪、少年暴力犯罪等等,甚至于有着隐秘的政治隐喻。这篇小说依然遵循着中国传统价值观的性话语体系,作者完全是男性视角,从人性角度开始叙述,以政治或道德隐喻结束。首先,小说一开始"我"即以拯救者的面目出现,占有道义上的天然优势,随着情人丈夫和孩子相继失踪的调查,我发现了情人的不忠,情人对于孩子疏忽的母爱,甚至在对于情人丈夫出走原因的回忆与推测中,情人丈夫周又坚反而成为一个理想主义者——不见容于历史与当下的精神洁癖者,周又坚是个纯粹的高尚的人。周又坚面对生活中一系列的打击以癫痫或者失踪的名义遁逃似乎具有某种的合法性。但是他的儿子拿着利器复仇的"古风"和他的"不宽恕"成为某种合法是可疑的,因为它们直接的后果就是对于人性自身复杂性的排斥,从而在一个简单粗暴的层面上处理复杂的人性问题,小说也直接将人性问题处理为道德(情人不忠)和政治(周又坚的精神洁癖)问题,这种对待两性

---

① 《传奇题记》,见《传奇》,张爱玲著,上海杂志出版社,1944年。
② 《围城》,钱钟书著,人民文学出版社,1991年。
③ 《文学台湾》,黎湘萍著,第64页,人民文学出版社,2003年。
④ 《等深》,弋舟著,载《小说选刊》,2012年11号。

问题的视点无疑暗合中国乡土社会历来的性与道德和政治之间的隐喻。其次，作为一个女人，情人在处理婚姻、家庭、孩子的伦理和情感被简单化，在小说中仅仅描述为情人自己的眼泪和孩子对母亲的怜惜，而情人一直苦苦支撑的现实生存反而充斥着谎言、欺骗和冷漠，甚至于在道德上需要一个赎回自己的机会。最后，小说中的我始终处于救赎者的位置，丝毫没有愧疚和内省的忏悔意识，一边和情人保持着"最可信赖的关系"，一边给情人孩子树立周又坚道义和理想父亲的形象。我的伪善和矫情被救赎者的同情心所遮蔽，我成为那个向下一代解释生活是什么的人，从而完成自己在身体和精神上的清洁与救赎。"我"所提及的"我们那个时代的趣味"显然成为某种道德或情感的避难所，我因为对周又坚政治理想主义的捍卫抹平了我在人性层面需要救赎的罪恶。所以在小说中只看到廉价的同情没有诚挚的愧疚与悲悯。由此可见，在这样一篇出色的小说中，文本也仅仅止于人物行动的探讨，而没有进入人性深度的探究。戏剧元素很齐备，唯独没有人性层面的丰富性和内省意识。"偷情"作为一种常见的文学叙述对象，如何写出新意？在中国作家这里往往还是诉诸于政治或道德的隐喻，以此来增加寓意的深度，而无法在人性内涵上面对自己灵魂的真实。所以当下大多数城市题材小说依然无法提供细腻复杂的人性认知。我们在阅读索尔·贝娄、卡佛、库切和门罗的时候，受到最大冲击和震撼的恰恰是日常经验中的丰富性和穿透力，细腻而真挚的生活感知，坦陈而理性的技术表达，时时达到"于无声处听惊雷"的阅读效果。现代城市生存是一种"后苦难叙事"，当温饱解决之后，人的苦难当然更多是精神层面，而更为多元的对于现代生存的理解、体悟和言说可能比以宏大政治、道德理念来解释生活更加符合现代人的生活本质。

　　自现代社会以来，尤其是现代大都市在中国的兴起，城市商品经济和物质消费文化构成了新的文化观念和行为模式。随着现代城市生活方式的日益成熟，1980年代在中国大中城市出生的人已经将城市所提供的物质主义和日常享乐看成理所当然的存在，城市终于成为一代人天然的故乡，一如我们对于传统乡土的存在感觉一样。城市故乡对现代人意味着什么？这个故乡不同于传统乡土贫穷苦难中的田园牧歌，也迥异于淳朴良善中的蒙昧落后。城市故乡天然地和传统社会的宗法礼教、人伦风俗以及情感价值诉求保持了相当的距离。这个现代故乡更多公交地铁穿行的噪音，阳光在摩天大厦缝隙中若隐若现，商场游乐场奔涌着躁动的人流；它可能隐匿在一缕缕咖啡的香气中，在面包房新出炉面包的热气里，是明亮午后快餐店草莓圣代冰淇淋的味道；它是午夜或凌晨地铁站等候的清冷，是超市中拿着方便面矿泉水和口香糖的便利，也无法阻挡面对橱窗中昂贵品牌服饰的购买冲动，甚至是试戴钻石戒指时那一抹珠光宝气的炫目。而村上春树小说中的都市景观更为经典，超市、汉堡店、洗衣店、现代化小公寓，公寓中千篇一律的抽水马桶……温馨的叙述中，机械复制时代的林林总总，沾染了温柔的情感，让人有归家的感觉。漂泊无根的都市人，坐在麦当劳中吃一片面包，喝一杯红茶，那份安稳与满足，直逼在壁炉前喝咖啡、读小说的古典情调。食物千篇一律，无数个人却在喧闹中独自沉吟。都市景观在这里具有了古典时代城堡与庄园般的存在。谁能够把城市写得如此像安居故乡又具有如此古典的情调？村上春树小说成为现代城市物质与精神生活的某种象征，他受到城市小资和青年人的追捧也绝非偶然。

后启蒙：转型的现代人格与中国经验表达

中国城市尚处在传统向现代的转型，一线大城市自身孕育着和国际都市文化同质的现代精神气质，同时又存在相当多元的差异性，由此才会呈现出所谓城市文学写作的问题。一方面，但凡被称为作家的人大多生活在城市，同时也以城市作为叙事的对象，可是呈现出的文本却没有多少现代城市精神可言，即便是批判现实的作品，也无法达到狄更斯时代对于英国现实的摹写，这里所缺乏的不是写作技巧，而是对于现代国家和现代城市自身的观照与理解。作为一个现代人，面对自己文化的历史与当下，该如何去理解身处其中的城市、城市中的族群、个体的人与群体之间的现代伦理法则，是否具备现代人最为基本的人格认知和文化意识？当下的城市文学问题不仅仅是一个文学问题，而是中国作家面对传统－现代转型的文化问题。

由此，无法不提及狄更斯和他的小说，狄更斯是维多利亚时代的冷峻观察者，莎士比亚代表了伊丽莎白时代"英雄的英国的化身"，而狄更斯则是维多利亚时代"资产阶级英国的象征"。狄更斯在《双城记》开篇对法国大革命时期的评价颇为经典："这是最好的时代，这是最坏的时代；这是智慧的时代，这是愚蠢的时代；这是信仰的时期，这是怀疑的时期；这是光明的季节，这是黑暗的季节；这是希望之春，这是失望之冬；人们面前有着各样事物，人们面前一无所有；人们正在直登天堂，人们正在直下地狱。"[①]狄更斯生活于英国资产阶级上升时期，信仰基督教，更因为对维多利亚时代英国有着这样的理解，他笔下城市平民主人公大多虽然贫贱却有着坚定而明确的信念，有理性有尊严地活着。人性中的善良、宽容和悲悯依然作为强大的精神力量穿透在工业革命林立的烟囱中，给英国现代个体成长提供一系列的精神滋养。当下中国社会依然是从传统向现代转型，在中国特色的现代发展中，启蒙的任务远未完成。与此同时，全球化时代我们又不可避免地走入到了一个信仰匮乏、知识爆炸、信息混乱、价值多层叠加的时空结点。我们享受科学理性带来物质便利和享乐快感，似乎什么都懂，可是我们对最基本的现代人格认知模糊。随着传统价值观崩溃，权威遭到质疑，宗

---

① 《双城记》，狄更斯著，罗稷南译，上海译文出版社，1983 年。

教信仰坍塌，理性开始受到嘲弄，我们似乎已经祛魅，但是这种越过现代启蒙的祛魅和物质主义、欲望话语结合在一起，往往让我们对于人与人、人与自然、人与社会之间扭曲关系无从发现或者视而不见。我们的心智并未真正被启蒙，却无可救药地进入了后启蒙时代。如何建构中国人的现代人格精神，在文学文本中呈现和照亮转型时期中国人精神的成长，如何成为后启蒙时代的启蒙者，城市文学写作该如何表达中国经验……中国城市文学写作或许正是在这个意义上非常重要。

载《当代作家评论》2014 年 6 期

看到牛桥大学的玛丽·贝登:
良家、知识、女性
——兼谈当下女性的文学表达

  伍尔夫在《一间自己的房子》中杜撰了一个牛桥大学,以此说明妇女在以男性为中心的高等学府遭遇的不公平待遇,而玛丽·贝登则代表着徘徊在牛桥大学之外不得入的女性们。与此同时,玛丽们还在大英博物馆看到由大量男性作家撰写的论述女性的作品,某些教授认为女性的智力、体力和道德均低于男性。这些政治上非常不正确的观点,其实在现代日常生活中依然流行。在中国当下的现实语境中,现代化大城市优质"剩女"越来越多,与此同时,"看脸"时代的众多女性已然不再讨论牛桥大学和玛丽们的存在。

  标题用了知识又用了良家,其实这对于男性和女性来说都具有某种程度的冒犯。比如知识女性就是一个很可疑的词,为什么没有知识男性?知识是和启蒙相联系的,知识女性是被启蒙的女性吗?那么接受怎样的知识和教育就能算作知识女性?同样,良家是个传统的概念,应该是和娼家相对应的,算是对尊崇传统伦理规范女性的一种泛指。良家对于现代女性来说更是闪烁着鬼魅的影子,良家是传统守旧的女人,是男权话语的产物和泛黄的古董。而从"小三"每每期待转正为良家夫人来看,良家依然是对于婚姻关系中女性价值和意义很高程度的认可。与此同时,良家和知识女性又有着怎样的关系?知识女性是否对良家妇女的道德伦理价值规范弃之如敝屣?良家的合理性和合法性内核和现代女性有怎样的承继关系?谈现代女性必然要和女性主义相关联,女性主义如何在异性恋、单亲、同性恋等等形态复杂的现代婚姻样态中穿行？

被解构的女性称谓："良家"与"女同志"

对于中国女性自身来说，这一百多年来文学所描述的女性精神发展历史，更多的是呈现苦难中的女性以及女性精神被压抑扭曲的历史。换句话说，文学作品往往通过对于传统"妻性"和"母性"苦难的呈现，暗示女性应从传统社会伦理束缚中挣脱出来，其实是良家妇女被解构的文学史。鲁迅笔下的祥林嫂集中了中国乡土社会良家妇女所有的不幸，甚至于让我们时时深感：社会底层的良家似乎和悲惨厄运有着某种天然的联系。子君是中国式的娜拉，子君的葬礼隐喻着中国式娜拉的末途。巴金笔下的曾树生从良家到职业女性，其中独立的艰辛和心路的悲凉透着一股彻骨的寒气。《死水微澜》中塑造了一个不守妇道的蔡大嫂，她独立刚强，对于情感和生活都有着极强的主动驾驭能力，传统人性和不守传统妇德奇妙地结合在一个乡土女性身上。丁玲笔下的莎菲有着狂野强悍的内心，突兀冲动的独白无疑是女性主体性的深刻表达。茅盾笔下的章秋柳、丁舞阳等接受五四自由解放思潮的新女性，她们都躲避厄运般地躲避传统良家的生活轨迹和命运。林徽因以良家少妇身份，向自己的丈夫承认自己同时爱上了两个男人，那样一种娇痴中跋扈的天真，的确让后来的女性瞠目。张爱玲《倾城之恋》中，白流苏作为一个接受过教育的新女性，若非乱世的炮火，差一点就要做良家而不可得。即便是这样，白流苏依然要保持着一个新女性的身段，她不肯轻易将自己当商品在婚姻市场上随意交易，交易之后做一个无味的良家，或者做一个心思诡异的不安于室的良家。总之，中国现代白话文学叙事赋予传统良家苦难和厄运，在对于"妻性"和"母性"牺牲精神的摹写中，透露出良家宿命般悲哀的末途。五四以来的新女性几乎都有意无意地回避良家的生活和婚姻路径，尽管她们其实无力真正改变自己注定的良家命运，在母性、妻性与新女性之间挣扎。

新中国建立之后，李双双作为农村新女性的文化符码解构着传统过气的良家妇女。在革命理想主义的照耀下，这种良家妇女眼中只有小家庭，没有社会理想和高韬的道德品质，流于见识的平庸和见解的浅陋。通过男女都一样的叙事策略，当代中国社会的男女平等曾经达到非常高的程度，然而，"男女都一样"既是对性别歧视的颠覆，同时也是对女性作为一个独立性别群体的否认。中国女性不再以"良家"这一男权文化规范所界定的价值判断作为标准，"女同志"让中国女性得到空前的解放，完成了对"良家妇女"的合法性解构，同时也完成了传统男权规范下对女性精神和肉体奴役的消除。然而，在解构的同时，女性却丧失了明确的性别指称，"女性在挣脱了历史枷锁的同时，又失去了自己的精神性别[①]"。

常态女性形象的匮乏与女性主体性精神的后退

当"良家"真正被解构掉，"新女性"和"女同志"也成为泛黄的旧影像，中国当下女性如何"被"称谓？现实中女性称谓的困难来自于女性自身定位的可疑。"良家"被五四新民启蒙所解构，"女同志"则为物质欲望所消解。中国常态女性形象在日常和文学叙事突然成为一个沉默的区域。尽管1980年代女性作家林白、陈染等明确的女性经验表达引起文坛关注，这些和艾晓明女性主义文本解读一起，成为那个时代女性主义的符号。然而伴随着女性主义思潮而来的并非是女性精神主体性的建构，在"良家""女同志"之后，生活和文学都没有真正给予中国女性一个身心安适的身份与称

---

① 《涉渡之舟》，戴锦华著，北京大学出版社，2007年。

谓。于是女性仅仅复归到传统"母亲""妻子"和"女儿"的身份，作为性别的女性依然缺乏最基本的现代性内蕴。1990 年代以来，文学叙事进入一种玉体横陈的欲望表达。从文学主体上来说，"70 后"女作家登场时的"身体写作"和"美女写作"遮蔽了这一批女作家对于现代都市生存的新感觉和新体验，而是在消费和传播上和物质主义兴起接轨，也就说消费了她们作为女性和美女的身份。当下女性作家的写作和 1980 年代有着非常大的不同，女性作家不再强调自己写作者的女性身份，同时在文本中也很少有着明确的女性主义倾向。女性作家在塑造女性角色的时候，更多认同男权主义对于女性的定义与规约，主要表现在女主人公以"色欲"获得各种政治和经济的现实利益，常常以励志、言情和现代婚姻困扰为叙事外壳，内核却是权力、金钱和身体欲望的表达。关于乡土女性的塑造更多良家的不幸和娼家的活色生香。在城市女性塑造中，更多婚外情的纠结和身体在情感暗夜中的欢腾和刺激，而鲜有对于人性深处女性独特性的幽暗独白。由此，欲望化的女体和物质主义的女性引起大众对于女性精神形象过于单一和褊狭的理解。与此同时，这种叙事策略在精神主体性表达上并没与超出丁玲笔下的莎菲们，甚至于连茅盾笔下女性主人公的精神纠结都在物质主义的逼压下萎缩为零。这些无疑显示出当下女性写作和女性题材写作对于女性精神主体性表达的退让。

　　近些年，对于女性作家婚恋题材的文化消费，尤其在关于张爱玲、萧红、丁玲等女作家的文本叙事中，对于她们女性婚恋经历的过度猎奇，而忽略这些女性的主体性精神欲求。作者用物质主义价值观穿越回民国，在一定程度上恰恰消解了这些作家女性精神主体性的特立独行。这些文学作品和文化事件对于中国女性自身现代精神主体性的建构都显示出南辕北辙的特征。

面目模糊的女性形象
与当下女性文学表达的反现实性

在当下物质主义语境中，新媒体更侧重于对于女性身体和欲望的符号化表达。无论女性的出生、教育、文化和职业背景如何，欲望的迷失和沉沦是女性叙事的主题。与此同时，女性人物谱系反而日渐模糊。究其原因，随着中国社会进入转型阶段，自身现代性特征日益呈现出复杂样态，日常性经验中的普通女性因其**缺乏故事性**而无法成为典型的文学形象。由此，很难在文学作品中看到常态的女性，比如少有对于女教师、女医生甚至于女农民在传统到现代转型时期的生存图景与精神裂变的深度摹写，取而代之的是欲望化生存中面目模糊的女人们。漂浮在大城市各个角落的"北漂们"或者"南漂们"（当然包括农民工），这些人物本身具备这个时代最为触目的苦难特征，先天有着苦难叙事以及与之相关联的苦难救赎与升华，由此苦难、沉沦、救赎甚至于升华成为这类叙事的主题。而深植于城市边缘群落的女农民工则被更为触目的男农民工叙事所遮蔽，女性则以被侮辱被伤害的地位充当了苦难和欲望叙事最直接的道具和背景。

因此当下文学的女性形象色彩斑斓却有着一成不变的非现代性特征，女性文学人物内蕴五味杂陈，却始终无法清晰地表达作为女性自身的身体与精神体验，从地底下还未发出声音，就处于欲语还休的状态。女性在文学叙事中或者是被侮辱被伤害的形象，或者是欲望挣扎的形象，或者是良家妇女被抛弃的形象。都市职业女性的精神情感生活除却婚外情，鲜有被提及。然而，在中国近三十年社会现代化过程中，正常的坚持好好过日子的女性是大多数，正是因为有着这样坚韧而善良的女性，绝大多数中国家庭才能在社会巨变中维持着最基本的平衡样态。然而，为什么这样的女性群体及其精神特征在文学叙事中缺席？女性在近三十年的文学想象中被欲望化为一个个扭曲变形的符号，从红颜祸水到玉体横陈，从妻妾宫斗到职场小三……写尽了"女"和"性"，却没有写大多数女性在这个时代付出最多的事情——好好过日子。"过"字裹挟着太多的意绪和情感，对于大多数无法倾诉苦难的人来说，沉默是一种无奈的选择，而隐忍那种埋藏在心里的苦难才叫坚强，这种隐忍让小人物的生存具有尊严和历史感。正是这样的中国女性以自己的坚韧和聪慧在重重苦难面前完成了属于个体精神的历史存在感。如果说1950年代对于高、大、全人物的塑造是虚假的，那么，对于当下女性单一的欲望化叙事无疑是反现实性，尤其遮蔽了中国现代化过程中，大多数中国女性在常态生活中所体现出的身心成长，以及伴随着这种成长所体现出来的对于生存本身的隐忍、宽容和真诚。

女性的困境大抵来自两个方面：一是经济上的，一是法律习俗的。在现代社会，如果女性实现了自身经济的独立，且在法律和习俗层面获得了相当大的自主权利，那么女性的困境无疑会更大程度地从外部转向自身。为什么要提及当下日常经验中的中国女性？因为作为常态女性的"良家"和"女同志"被解构之后，中国普通女性身份认同依然悬置。现实中常态女性的精神和身体即便有着伤痛，也依然在坚韧平和中好好地"过日子"。而在新媒体平台上，大众文化和文学叙事更多对当下女性进行欲望化符号化的处理，或者依然沿袭着"良家"和"女同志"的叙事套路。例如在相当多的关于女知识分子的文本中，女博士（生）、女硕士（生）成了既没有学识又没有生活基本素养的人，大多热衷于争夺自己师母的位置，在错综复杂的欲望纠葛中成就自己暧昧难言的功利主义人生。这种人生选择在高校女性群体中并非没有，但是依然是极少数。大多数知识女性依然选择了常态人生和正常婚恋。选择日常性，也就选择了日常性对于人性的侵蚀与打磨。日常性的平庸、滞重会侵蚀着人的激情与活力，然而时间的悠长安然也会打磨焦躁不安的心性。一个真正成熟的现代女性无疑能够在日常性中蜕变成为真正独立的母亲、妻子和女人，从而在现代日常性中构建自身的主体性精神。现实生活中很多知识女性都沿着这样的路径一路走来，一方面让传统"良家"的合理内涵在新的时代情境中有着现代意义上的延展，一方面又极具现代职业女性的精神和经济的独立性。当下日常性中的中国知识女性投向传统的那一瞥是如此的化腐朽为神奇：良家中的母性转换成为现代母亲的责任与义务，良家中的妻性转换为对于现代婚姻的尊重和维护，玉体横陈中的红颜祸水转换成身心愉悦的独立与自信。女同志的简单粗疏转换成为女人的美丽嫣然……伍尔夫曾经说过："成为自己比什么都重要"。从传统"良家"的妻性、母性和"女同志"的模糊性到现代女性"成为自己心目中的母亲、妻子和女人"，女性精神主体性建构无疑是一个漫漫长途。尽管文学叙事中牛桥大学和玛丽·贝登们依然缺席，然而，现实生活中看到牛桥大学的玛丽·贝登们已然在路上。

载《广州文艺》2017 年 6 期

魏微的小说创作：一个时代的早熟者

阅读魏微是一个审视自我成长的过程，在魏微笔下，所有的人物、场景、情感和思绪都带着过去时的伤感，轻轻拨动着一代人不再敏感的心弦，这根如游丝般牵扯着逝去传统与情感的弦，一直紧绷着，直到在魏微的文字中，发出一声轻轻的叹息，叹息又在恍惚的忧伤中漫散成为泪水，泪水中一个个满怀愁绪的少女在做旧的老照片中发出微微的光亮，再次惊醒了我们沉睡的少女时代。魏微在她的诗意境界的营造中，让一代人的青春显示出触目惊心的颓败与荒凉。她是一个时代的早熟者，她一直在沉睡的我们耳边轻轻地呼唤，醒来吧，醒来吧，无论你做的是怎样的一个梦。多年之后，魏微的小说依然显示着无可替代的意义和价值；同时，因为是在十多年后重新审视魏微的写作，当然是带着某种"后见之明"对她提出更高的期待，期待她走向更为宽阔辽远的文学场域，为我们带来新的惊喜与感动。

追溯的乡土与想象的爱情

我们向现代出走的方式往往是自绝后路式的，带着对于生养自己的父母与土地的内疚与无情，我们义无反顾地奔波在通向未来的路上。《乡村、穷亲戚和爱情》让人想起了久违的乡土和乡下的亲戚，带着一种重温旧梦的感觉。当"我"跪在田野上痛哭流泪的时候，乡土以一种非常本真的方式植入"我"的身体与记忆。在魏微的文本中，她略去了中国传统乡土中的苦难与愚昧无知，笔触略过中国农民的劣根性，反之，她抒写了江淮农村的淳朴温情和乡野情趣，但那毕竟不是真实的乡土，而是小城少女单纯心智中的传统与传统之中的农民。陈平子是民间乡土社会的一个能人，然而在整个传统农业文化遭受危机的时代，陈平子依然只能在自得其乐的贫穷中点缀他人的婚丧嫁娶，甚至只能在夹缝中支撑自己单薄脆弱的生存。陈平子的这种怡然自得一方面固然是天性使然，一方面也可能是一根筋式的执拗和固执。时代变了，人的生存和生存方式的变化当然是无可避免的。对于一个正值壮年且头脑清楚明白的农民来说，固守传统生存方式而不思变，也并非是一种有意识的行为，往往是一种对现实无能为力的表现。"我"对这种人的爱情带着理想主义的色彩，颇有些突兀与惊人，但是在魏微笔下，一切又显得合情合理。带着忧郁和感伤的气质，"我"沉溺于对于乡村守望者陈平子的遐思与幻想，以此来满足自己对于中国乡村最后一丝想象。在汽车开出村子的一刹那，"我"必定是松了一口气。十年来的中国历史进程进一步显示，魏微笔下的乡土日益成为一个遥想和追溯的对象。

相悖的经验与"逃离"的诗意

日常经验在魏微笔下有了两种相悖的方向：忆旧式的日常经验是飘浮在薛家巷的诗意，带着坦然的阳光和宁静的心，叙述被忆者的一日三餐、日复一日的平淡生活，那是《大老郑的女人》中对于日常诗意的刻画与叙述；一种则是现在时的日常性经验，这种经验魏微喜欢用"物质地活着"来表达。无论是逛街、恋爱、调情、工作甚至做爱，在文本中都充溢着探究的狐疑，现在时的日常经验被魏微消解成了无意义的存在。于是，出现了一个非常致命的问题：当下是什么？魏微小说中一直存在着一个"逃离"的主题，从故乡出生地的逃离，如《父亲来访》；从既有的生活中逃离，如《化妆》《到远方去》《暧昧》……现在时的人生似乎就是一系列的逃离。似乎在越过少女成长期的青涩与纯真之后，文本中的嘉丽、长大后的"我"，都开始了一种逃离过去的生活：一方面是义无反顾的逃离，一方面又是对于过去揪心的牵挂与惦记。这种牵挂与惦记的结局往往又是黑色幽默式的，比如嘉丽被十年前的情人误认为是娼妓，《回家》中"我"被父母无端的猜疑，《父亲来访》中父亲一再延宕的来访，《暧昧》中无法穿越彼此身体的障碍，《到远方去》对于庸常的回归……在对于现在时日常生存的解构中，魏微深得现代派手法的精髓，彻底解构了当下与当下的诗意——我们挣扎在物欲的快感中，却体验着末日的沉沦。

这里涉及到一个代际写作非常有意思的问题，作为站立在传统与乡土两端的"70后"写作者，我们如何回溯中国传统的乡土？中国传统乡土在这一代人的知识文化结构体系中的意义和价值，其实一直是被悬置的。因为一方面我们无法获得像前辈作家那样和乡土之间的血肉亲情，无法在身心两个方面与传统发生实质性的联系，用魏微的话来说，这是冷漠无情却又无奈的一种背弃。"我"大学四年都不愿意回到小城，可见小城对于"我"的压抑与逼迫，同时另一方面，深植于农业文化转型中的"我"，无疑又时时置身于乡土贫穷、凋敝和丑陋的现状中。当我们看到流离失所的求乞者，看到扛着大包小包辗转迁徙的农民工，看到刻在他们脸上的贫穷、无助，甚至于贫苦中纯粹的快乐与欣喜，我们知道这些都是我们至亲的亲人，是另一个自己。但是相对于古代诗意的传统，我们拼命抛弃的是现当代中国农业文明式微中的一切沉重与苦难。于是，"我"留恋的是过去时忆旧中的诗意，以及在这种诗意中对于农业文明残存温情的遥想和抚摸。魏微写作中的哀情和感伤让我们欲哭无泪。但我认为，魏微文本对于现在时的解读还远远不够，尤其是随着近十年社会文化生活的变迁，一种文化类型的质变以更为直接的方式出现在城市和乡村中。在对于当下的认知中，还应该包含着对于现代性本身诗意的理解与穿透。物质赐予我们的不应是精神上的沉沦，而应是在科技物质结构中对于宇宙更为透彻的理解与观照。作为类似于"历史中间物"的一群人、一代人，我们应思考，该如何更为自觉地向着生存的肌理与内核去探求当下并思考未来，该如何以新的面目植入自己对于传统与现代的精神性建构。

先锋与日常：欲望书写与伦理

《一个年龄的性意识》对于研究魏微是一个非常重要的文本，青春期的性意识与写作、写作者和当下物质主义的关系，实际上是一个非常复杂的问题，但是魏微细腻的笔法让我产生了许多想法。当魏微在感叹她的写作更加纯洁了时，事实上，她已经越过对于性本身的探讨，转而探讨建立在各种性关系上的伦理和社会文化层面的问题，探讨伦理和性心理层面的女性精神状态。魏微的这种转变无疑是中国当代话语环境中的某种策略，同时这种策略更显示出了她对于中国当下的精准理解与把握。

魏微在中短篇集《姐姐弟弟》中，在他人或自己的身体陷阱里，痛感从身体出发走向了内心。似曾相识的身体与无法辨别的欲望在这里相遇，于是，通过性意识作品反观的是一个时代在自我（身体和心灵）之上的双重投射。当从小县城出走的"70后"对于生活的物质主义还有所警醒的时候，对于生活在 90 年代大都市的青少年来说，这种物质主义却已经是他们最基本的生存方式了。身体是物质最直接的标志，在对于身体的认知上，欲望的满足不再是一种禁区，于是我们看到的是坦然面对物质（包括性）的年轻身体和眼神。在"80后"的写作中，对于身体的观念和魏微辈有所不同，表示着一种代际之间的差别。对于还能对自己的物质主义生活有所警觉的一代人来说，由于自己和传统农业文化中最后的一丝血脉联系，还能感受到当下的贫穷、简陋甚至于苦难。在魏微的小说中，当物质主义带着享乐的、自私的甚至于冷酷的面目一路逼压下来，面对欲望化的都市和物质主义生存方式，"我"和嘉丽们似乎别无选择，但却又无法获得身体与精神上双重的满足。从这个视点出发，我想才能更好地理解魏微在小说中对围绕着各种性关系的伦理和社会文化的精准而细微的处理。

14年前，短篇小说《一个年龄的性意识》通过几个同龄人对于性意识的交流，探讨了前辈女作家林白、陈染等人刚烈的女权主义倾向。而更能体现女性主义对于男性欲望与欲望表达方式的嘲弄与反讽的作品则是《乔治和一本书》。魏微从先锋转入日常经验，并在对于日常经验的精细温暖的叙事中，凸显出她对于特定时代性心理与伦理文化的温良打量，但是在这种温良中又透视出某种深入骨髓的人性悲凉。

載2011年9月26日《文艺报》

（唯一一篇用笔名"简艾"发表的批评文章）

非日常性写作与"70后"一代人的精神气息
——李浩小说论

李浩出生在 20 世纪 70 年代初，是一个敏感者、观察者和思考者。李浩是寂寞的，寂寞的不仅仅是他两本小说集，更为寂寞的是一种无人能够透彻理解的属于 20 世纪 70 年代歌者的沉痛之音。作为同时代的阅读者，读到李浩作品的时候，他已经出版了第一部小说集《谁生来是刺客》，写这些文字的时候，李浩出版了他的第二部小说集《侧面的镜子》。在严谨理性的写作姿态中，他的创作显示出中国现代小说家对于当下生存的知性反思。节制简约的文本意识，呈现出技巧层面的多样性，表现了对于小说整体诗意境界的追求。

李浩的小说对于评论者来说很有吸引力，不仅仅因为文本内涵具有多重的解读可能性，还在于他文本的可重复阅读性。精准的用词造句和冷峻严酷的文本情境，都将一个有别于日常性写作的作者推到评论者的面前。我更愿意称李浩为 20 世纪 70 年代生人的歌者，他的小说带着浓浓的非日常性，却散发着属于一代人独有的精神气息。在沉默低吟的倾诉中，呈现了一个被自我照亮的世界。李浩在这个被自己心性智慧照亮的世界中艰难跋涉，并在自己设定的文学性维度上倾诉对于世界的复杂体验。

20 世纪 70 年代出生的一代人无疑是沉默的，因为他们不具备所有可以发言的条件。回顾当代中国人的成长史，对于历经磨难的老三届（初中和高中），对于 20 世纪 50 年代和 80 年代的大学生，对于 20 世纪 80 年代生人，他们都有发出自己群体声音的历史舞台和社会文化背景。又因为社会文化情境对于所谓的美女写作、欲望化写作的过分关注，在凸现一部分 70 年代生人的精神生存面目的同时，恰恰忽略了属于更多的 70 后生人的生存经验和精神气质。这一代人被称为"经济适用男"和"经济适用女"，他们少年时期接受的是理想主义的社会政治文化教育，青年时期在懵懵懂懂中被抛入市场商业利益的大潮，人生的中年在显示成熟的同时却过早尝到了属于衰败的气息。这一代人中的很多人永远仅仅是怯懦地将自己的胸怀放在不能为人所见的心口，捂着、郁闷和焦灼着。

即便在同代人中间，一如丹尼·贝尔所说的身份认同也是多元和自相矛盾的。有对于身体、物质、权力、欲望的沉溺与迷恋，有对于传统深情脉脉的认同，更有着对于当下生存状态不满足中的小满意……因此，他们的声音无疑是凌乱、琐碎与犹疑的，于是沉默成为一种常态出现在一代人的生存、话语和文本之中。然而，这一代人的确有着属于他们对于当下的复杂经验世界的独特感知，且以一种被压抑的沉痛之音的方式存在，李浩恰恰是在这样一个维度上出场。

村镇视角与写作视域

中国人和农村乡土无论如何都有着千丝万缕的联系，我们绝大多数人来自乡土，却怀抱着走出乡土农门的梦想。无数代的中国青少年前赴后继，继续着一个做城里人的梦想。姑且不论这种梦想在上个世纪是怎样刺痛着中国农村普通家庭的身心与灵魂，当我们回首上个世纪的时候，这绝对是中国城市化过程的最重要的记忆之一。在中国城市化转型过程中，我们的写作在相当大的程度上写出了如何"进城"，但是却没有及时地反观这种转型期独有的精神气质和特征。一方面因为强大的传统中国价值伦理和审美习惯，同时还因为我们自身写作视域的局限。对于转型中的农村有着感同身受，表达出了大众的普通经验，却无法表达出作为小说家对于集体经验的看法。一方面对于城市经验缺乏物质主义的体验，审美感受上模糊难辨，对于"进城"的感受大多停留在被物质主义打压的层面。而李浩站在村镇意象的视点上，较为精准地提出了他对于这个时代作为小说家的看法和观点，内敛而沉静地叙述着他对于当下中国社会情境的想象与叙事。

作为城乡中转之地的村镇与村镇的文化形态（包括县城和县级市）应该是透视中国乡土社会转型时期精神气质的绝佳视点。对内可以聚焦乡土社会最细枝末节的场景与人物，对外可以将整个中国当代文化作为背景，展开对于当下传统中国裂变的观照与反思。以村镇（包括县城）为视点的作品，不可谓不多，但是大多作品仅仅是沿着现代文学以来乡土文学的继续，描写小镇风物，刻画小镇平常人物的生老病死与不间断的一种乡愁。然而，在中国乡土文化发生重大转型和断裂的当下，如果继续使用这种叙事，小说创作显然已经和当下与历史的精神气质南辕北辙。

李浩选取了村镇作为自己观察中国社会的原点，将对于当下与历史的思考融入村镇日常生存的打量与拷问中，同时又因受到西方诸多小说创作流派的深厚影响，李浩笔下的乡土社会在少年"我"的眼中是变形的，没有一般意义上乡土社会的人伦法则和熟人社会的纠葛纷争。相反，这个乡土仅仅是"我"眼中的乡土，以至于在除去"我"之外，别人甚至都不会认同"我"眼中的乡土。因此，拨开了日常的琐碎的乡土叙事，直观地表达小说家对中国当代乡土的认知，甚至是对于当下中国社会的某种认知，因为对于传统中国来说，乡土就是中国。

《如归旅店的故事》不仅仅是用一个旅店的逐渐衰败来隐喻农业文明的式微和近现代中国乡土文化的多灾多难，同时更加难得的是，文本中对于式微文明挽歌式的同情，以及同情中清醒的认知和解构色彩。对于 70 后一代人来说，剥离和梳理传统的过程，就是和自己的童年少年时代决绝的过程，而童年和少年时代的镜像又是我们切入当下生活最直接和最本质的镜像，于是我们在叙述和写作的时候，连同我们自己一起成为了迷惑、怅惘和拷问的对象。这个文本对于细节的处理，意象的运用，都是有意为之，比如门上的铃铛，城边的乌鸦，旅店的床铺……父亲小农的理想，对于乡土农业文明的自觉遵从和维护，这些渗入到日常生存的一切层面，而成为一家人赖以生存的基础，同时又是禁锢下一代的根源。在一个封闭的如归镇，一切都周而复始，一切又在周而复始中日渐坍塌衰败，直到日本人来了，毁了一切周而复始的可能。这也算是一个隐喻（不知道李浩是否是有意识的），这种隐喻可以是中国近现代社会的整个发展过程，由于外力的作用，我们无法不选择一条不同于以往的路。

李浩愿意在想象的镜像中，告诉阅读者：曾经有过以及可能继续发生的历史场景和当下生存，带着严厉气息，让文学疆土在一支枪和一个旅店中扩展至肉身、心智乃至灵魂。李浩在这一点上显示出了作为现代人对于"自我"的感知和确认，他的写作视域也因此敞开了自身的现代性身份与资源。在对于中国当代乡土社会的生存、人性和命运的现代性叙述中，他的文本突兀地体现出了某种和西方现代小说比肩的品质。

悯父：无可背叛的多余人与《乡村诗人札记》

我们如何回望传统？相对于传承的延续，现当代文学传统更多的是"弑父"。传统对于"我是谁"的回答是：我是父亲的儿子。现代对于"我是谁"的回答是：我是我自己。但是，对于 70 后一代人来说，在相当大的程度上，我们承认自己是父亲儿子，但是父亲似乎并没有可以传承的传统。丰富的中国传统知识思想资源在 70 后父辈那里彻底断裂了，因此才会有对于父辈犹疑不确定的审视目光。这种审视绝对不是先锋小说中的嘲讽与背叛，因为这一代人无处可背叛，对于没有任何思想和行动能力的父辈来说，真的是无可背叛。李浩笔下无能的时常企图自杀的父亲，一辈子无所事事的二叔。在那样一个时代，有一点点思想和行动能力的人都会被视为怪异和不正常，（在瓦当的小说中也有着这样的描述）。同时，作为接受过理想主义教育的一代人，传统在这些人心目中依然占领着灵魂最后坚守的一隅，这种传统是面目难辨的古今中外典籍、精英人物和超越性事件等等。面对着纷繁复杂的历史和当下，我们面对传统时又混杂着太多怀疑、不满甚至与嘲讽。在市场经济物质主义的裹挟下，一代青年还未成壮年似乎就已经老去，随着日渐式微的传统而衰败。因此，这一代人很难理直气壮地声称"我是我自己"这一现代性的回答。于是，在凝视中国当下社会的时候，自然有着一份不同于前辈作家的隐痛和内伤。站在传统与现代两端的小说家该如何体现作为现代个体对于"自我"的确证？

李浩的两部小说集湮没在众多的中短篇小说集中，因为这个小说集大多描述"文革"时期非常年代的事情，很容易将他的作品和以前的反映"文革"的现实主义作品混为一谈，同时在相当大的程度上，认为作者对于这个时代的回忆和叙述缺乏现实的或历史的反思性。同时因为题材、人物、故事和语言的非主流和去历史化的努力，李浩很好地隐藏了自己的历史视角以及随着这种视角产生的文本意蕴，但是这正是李浩对于当下的意义。

在小说集的大部分文本中，"我"都是一个涉世未深的少年，这个少年所关注的并非是自己青春年少的身心苦闷，或者是对于乡土社会丝缕的记忆与回眸，而是非常年代小人物的非日常的行径。在李浩的小说中，村镇作为背景，少年视角则是活跃在这个背景上的摄影者。小说《乡村诗人札记》叙述了一个司空见惯的乡村教师，因为是"我"的父亲，"我"剥离了乡村教师身上所附着的价值伦理和社会文化身份，用儿子的眼光打量家庭中乡村教师的日常生存。乡村教师的前辈可以追溯到乡里的私塾，这种私人教授学生的风俗自孔夫子以来一直是乡村文化教育和地方风俗的表征，20世纪80年代很多部家族史的长篇都会刻意摹写教化乡党的乡村私塾先生，他们是集儒家伦理与中国传统文化于一身的人物。而李浩解构了传统文化与伦理中的乡村教师，顺带也消解了师道对于民间乡土社会的影响。

文本表现了父亲的无历史感、无成就感和无能感。在父亲这一代人身上，历史的沧桑、现实的感悟、理性的觉醒似乎都停滞了，只剩下对于生活被动地应付，以及为着自己残存的爱好的一丝激动和兴奋。写诗和打麻将成为能够引起父亲兴奋和激动的两件事，偏偏他连自己最喜爱的两件事也做得不伦不类，成不了气候，这些又沦为家人和外人嘲弄轻蔑的理由。而父亲一辈正是上个世纪40年代出生的一代少年儿童，这一代人非但和古典传统断绝了可能的联系，也和五四的启蒙理性隔着千山万水，对于1980年代后期的改革与市场经济同样瞠目结舌……唯一让他们身心安宁的是一份对于生活的认真和对于家庭的责任。在前辈和后辈眼里，除了善良的无能和幼稚的理想主义，这一辈人对于当下乡土社会文化思想的影响其实微乎其微。

但是，父亲的确是一个诗人，尽管他没有唱出任何一首动听的诗歌。他是平庸无能闭塞乡土中的一个异类，因为传统私塾退场，现代教育缺失，在这样的一个中国乡土上，父亲毕竟代表了一种和知识有关的人——教师。李浩写出了这一代人对于父辈同情之理解，我们的父辈可能不会像我们理解他们一样理解我们，但是他们养育了我们，给了我们所能给予的一切，且以沉默的近于无能的方式捍卫着残存的自尊与心性。

李浩通过"悯父"主题，阐释了属于中国社会巨变中的多余人形象，这类乡土经验社会中的多余人，代表了一个时代被动生存和被动生存中灵魂之不死，尽管这种不死以一种可笑的无意义的甚至于虚妄的方式存在。李浩的阴鸷和怜悯一起并置在对于"父亲"乡村诗人的摹写中，现代性的残酷认知解构了作为父辈的无能无知甚至于无历史感。但是文本又充满了善意的怜悯，在怜悯的回望中，小说家写出了中国式的多余人形象。这种多余人切实地存在于中国转型期的乡土，在无所作为的人生处境中，以无能的可笑的方式延续着某种对于生活可怜的激情与幻想。怜悯的感情是一种让人感动的情怀，尽管我们大多数时候已经不会怜悯。

弑兄：精神后撤与《失败之书》

李浩很有勇气地探讨了失败。当我们踏入社会的时候，必定会遭遇一系列的失望、挫折、打击和失败，在无数次的失望之中，我们学会了从不言败，因为我们再也不期待理想中的成功。高昂的激情和宏大的理想远离了充斥着失望情绪的一代人。《失败之书》叙述了哥哥的失败，哥哥对于绘画的追求可以算是对于艺术理想的追求，而经商则是对于金钱的追求，当二者都无法实现的时候，他无法接受平庸的人生，彻底陷入一种非常态的生活。哥哥是时代中勇敢而盲目的实践者，他们的那种生猛的实践从某种程度上给了这个时代急遽变化加速度的推力，历史在哥哥眼中就是一轮又一轮的向着理想的行动以及行动之后的失败。这个文本从侧面还透露出了对于所谓理想的揶揄，但是在这种揶揄中，隐隐透露出李浩这一代人建构自己理想的企图。

《失败之书》写的是退缩在命运与时代之前的一群群哥哥们，实际上写的何尝不是现代人当下失败的人生。和龟缩在单元楼里冷漠孤独的哥哥不同，衣冠楚楚的现代人在物质主义的时代和自己的理想、愿望与抗争告别，迷失在现实的功利和物质的欲望中。哥哥世俗性成功无法企及导致了人生的彻底崩溃，伴随着理想毁灭的是伦理价值观的崩溃，最后甚至丧失了正常的心智。哥哥的失败是一个巨大的阴影和隐喻，越是对理想执着的人，往往在信念崩溃的时候，越是连最起码的伦理价值观都弃之不顾。

文本中的父母是典型的中国式的可怜又善良的老人，对于不孝之子，中国的老父母历来有着宠溺和护短的惯性。当失败的哥哥回归家庭的时候，中国的老父母张开老迈的双臂，希望用自己残存的一点点温暖来照亮迷失的儿子。然而，这样的儿子往往最不领情，从这个家庭中进行无尽的索取，乃至最后到了家人无法容忍的地步。因为自己失败的人生就将一切的怨气撒到最亲近者身上，这可能也是中国家庭不孝子一种突出的恶习。"我"作为旁观者，痛彻地领悟了失败者是如何用自己失败人生的阴影将一个宁静的家庭拽入阴郁暴劣的情绪中，人生至此一片黑暗。

《失败之书》探讨了对于时代气息异样敏感并将其付诸实践的一代兄长的失败人生，无疑是一种"弑兄"的行为。在对于兄长辈严厉的审视中，小说家表达了兄长一代人鲁莽前行的草率，这种草率带来的挫折感是如何一步步浸淫到当下日常生存的精神罅隙里，甚至于在这种罅隙里生根发芽。兄长的挫败感让懵懂真挚的"我"和愚拙朴讷的"父辈"陷入人生焦虑的精神困境。相比较获得世俗成功的兄长们，失败的"哥哥"无疑是被时代和历史遗忘的，但是成功兄长们依然没有解决失败的"哥哥"所未能解决的诸多问题：艺术、理想、精神建构……"哥哥"的失败隐喻着一个时代青年触目惊心的精神上的后撤与颓败。

隐喻：成人世界的消解与《碎玻璃》

自从 20 世纪 80 年代的反思文学之后，我们的叙事或是过于沉溺于繁芜丰厚的生活经验，甚至和生活本身混为一谈；或是回归到历史的迷雾中肆意想象，当下或者历史都成为叙事的道具存在。李浩努力地用反思的叙述来呈现他所理解的历史与历史中发生的一切。李浩文本让人深有感触的是：他始终在做一种叙事，这种叙事力图将自己对于当下的理解放置到一个大的时代背景之中去，这种放置又是一种内质的反思的叙事的。

李浩叙述中国社会 20 世纪 70 年代以来成长起来的一批儿童或者少年，他念念不忘我、屁虫、豆子在一起的少年时光，以及伴随着这种少年时光的对于往事的回忆与透视。《碎玻璃》表层的故事是专制的乡村教师和有个性的学生之间发生的事情，实质上则是通过这样的故事展示了 20 世纪 80 年代村镇青少年贫瘠的文化生存和孤独无助的成长环境。荒谬的是，胡老师作为成人世界的代表，实在缺乏被尊重或者被仿效的品质，比如枯燥乏味的教学、课堂上的迁怒、专制与无能。这些东西原本包裹在胡老师成人世界的威严中，我们不得而知。但是转学生徐明直接的反抗突然让所有的孩子明白了胡老师的懦弱与可怜！乡村的孩子比较淳朴，还会因为胡老师的眼泪，全班同学也流下了眼泪，而像"我"则开始了对于徐明的想象乃至向往。

《碎玻璃》是一个向成人的所谓威严和专制挑衅的文本。但是李浩作为 20 世纪 70 年代生人，他的叙述和前辈的弑父有所不同，采取的视角是冰冷而温和的，是犀利而悲悯的。因为一颗洞见生存本质的心灵，李浩对于父母一辈人是宽容的，理解了他们一代人的孤陋寡闻、短见小气，甚至于他们的专制与无知。正是因为同情的理解，他笔下的父母辈人物才会在冰冷的底色中闪现出那一辈人的善良、无用和盲目的理想主义的坚定。那份坚定以及坚定中的从容恰恰是李浩这一辈人所匮乏的，这一代人可以算作是坚定的怀疑论者。

在中国村镇上有过生活经历的人，一般都会明白碎玻璃的涵义，从现实的角度，碎玻璃是玻璃的碎片，可怕的是碎玻璃撒在地面上带来的后果——光着脚的孩子们会因此划破脚，更为要命的是碎玻璃扎进脚里，很难清理，容易发炎，同时常常引发破伤风——一种会导致败血病乃至白血病的病。碎玻璃看似不起眼，可是，被碎玻璃扎上了，又不做好善后处理的话，有可能引发非常严重的后果。《碎玻璃》全篇都是少年视角，但是它的隐喻则毫不含糊地直指成人世界。这个文本是关乎青少年成长的，并非描写少年成长过程中的身心体验，而是描写了"我"对于生活真相的质疑，从碎玻璃的隐喻中，小说家从少年记忆中走向了对转型期中国社会学校教育的反思。对于成人世界现代知性水平的拷问，在某种程度上凸现出了李浩对于当下成人世界心智认知水准的考量。善良、坚定而勤恳的前辈在自身混沌模糊的认知体系中，如何导演着亦悲亦喜的戏剧人生。在这样的历史情境中，作为一代青年人的我们该何为？

向死而生："死亡"主题与《邮差》

李浩在《邮差》中显示出他冷静的洞察能力以及写作上的野心。写的是小人物，但是尽量用大手笔去勾勒。从一个没有稳定职业的小人物的眼中，世界会呈现出什么样的面目？在日常生存的间隙里，我们又能发现和洞悉多少关于自身命运的秘密？

《邮差》是很特别的，他描写了一个死亡的信使，整篇故事暗喻颇多，种种暗喻是什么，我不得而知，或者说可以进行很多种假设和猜测，但是整个文本呈现出一种和以前不一样的风格。大多数普通人会被日常生活所淹没，投身世俗同时让这个世界变得更加世俗。世俗是一种常态，而邮差一开始是厌恶这种常态生活的，文本不厌其烦地用大量的笔墨描写了邮差日常的工作，但是邮差尽管身在其中却冷眼旁观，以旁观者的身份介入日常，因此，他和一切的日常就有了一段可以诗意的距离。这个小说中邮差这个人物作为普通人，他实际上具有普通人身上的很多特点：好奇心、同情心、善良以及某种道义上的小小坚守与责任。但是他的这些特点又比一般人要多上几分，尤其是相对于他卑微的社会身份与地位来说，这些特点安置在他的身上往往不能作为一种美德或者一种能力的体现，而成为一种令人侧目或者难以理解的行径。由此他才有可能在送信的过程中，面对死亡对于人的逼迫和打压，做出了一系列的努力，包括丢弃信件、延宕、和马面谈判等等。死亡不可逆转，人的命运似乎早已注定，邮差在心力交瘁的时候，竟然梦到了马面给自己传递死亡的信息，就在这一刻，文本急转而下，回归了日常，母亲唠唠叨叨的责骂声让邮差结束了关于死亡、诗乃至孤独的一切，还原了生存的真实。生活原本就是在俗世中浑浑噩噩，但是不排除在这种日常生存的浑噩中，有着直面死亡和苦难的努力。

中国人不太愿意（直白地说是没有勇气）探讨有关死亡的话题，谁也不会真正认真地去捕捉对于若隐若现的死亡阴影的感受，正所谓未知生焉知死。尽管有很多从风俗文化和民族风情的角度对葬礼的叙述，但是并没有触及人精神层面对于死亡的认知。李浩的《邮差》正面冲击了死亡和死亡的话题。在惯常的思维和阅读习惯中，《邮差》也是一个异数，这种风格太冷硬荒凉，即便在这种冷硬荒凉之后隐藏着作者对于人类命运巨大的怜悯与同情。我还是被李浩的《邮差》震动了！当下能够起震动的文本非常之少，它让人对自己的生存警醒，在暗夜的气息中死亡是一种隐喻，又是一种暗示，我们沉溺在世俗的浑噩中无力自拔，行尸走肉的现代人泯灭了人性中的诸多品性之后，已经自置于死亡境地而不自知。

《邮差》切入的主题是古老的，又是我们恰恰在当下遗忘的。在物质发达的当下，人类似乎忘记了自己命运的时限性和作为物种的命定性，人类误认为自己可以掌握自己的命运。邮差无疑是当下情境中的惊醒者，带着忧郁和神经质的言行，让沉溺于世俗情境的人们反感而厌恶。邮差表面上胆小懦弱，实际上却是对人类充满了同情之心的勇敢者，而我辈无视死亡投身世俗生存的人，恰恰缺失了对于人类自身命运的深刻思考与反思。因此，在抱怨了李浩的冷酷之后，我还是应该感谢他的《邮差》给当下文坛带来的哲思气息。

反讽：非确定性判断与《牛朗的织女》

作为一个真诚的阅读者，以及70后一代中的一分子，我不得不承认，我们这一拨作者写的故事大多不好看，尽管是十二分真诚地写着非常有寓意的故事，但是我们都太过心软或者说趣味都太过庸常，这种带着同情之理解的庸常，让我们时常无法清晰地界定自身被抛入的历史情境。我们既没有前辈写作者对于宏大叙述的激情，也没有师兄辈60后出生的一代人对于宏大叙述的解构姿态，甚至于在大胆讲话方面也远输于80后出生的师弟师妹们。在现代与传统，市场与体制，当下与历史的共同营造的社会文化意境中，这一代写作者心中对于生存的感知真是一言难尽。简单与复杂，清晰与混沌，坚定与暧昧，理想与现实……对于这一代人来说，从来没有一个清晰的界限去认定、认同乃至皈依，所拥有的是且行且看过程中的优柔寡断、顾盼生情和欲言又止。

李浩在《牛朗的织女》中显然用力过度了，对于一个像牛朗这样被历史命运视为草芥的小人物来说，他的所作所为是历史这本大书中的一个不起眼的注脚。这个注脚是否能够引起读者的注意，实在全靠写作者的功力了。李浩的聪明在于他提炼出了牛朗这个人物，他的失败在于他提炼出了这个人物，却态度暧昧地无法给这个人物明确的定位。在一种低回的嗤笑声中，我们读完了这个人物之后，已经彻底宣判了牛朗作为一个人的失败，他盲目的行动性直接导致了自己人生的衰败。无论是作为现实中的人物，还是作为文本中的人物，牛朗都是屈辱的、压抑的不值一提的甚至是愚不可及的，我们怎么可能去认同这种人物？甚至于觉得按照我们的聪明智慧，牛朗简直是现实生存中的废物，李浩花这样笨拙的力气去写这样一个愚不可及的人物，显然有些难以理解。

但是在这个文本中，对于牛朗的处理方式，是典型的温和的70后风格。叙述者"我"带着俯视牛朗的心态，逐一叙述牛朗的所作所为。牛朗的行为显然带着明确的目的性，从旁观者看来，这是一种愚不可及的盲目性，但是牛朗的行为却彰显了一种群众和团体的盲目性。在牛朗作为个体的盲目性被嘲弄被解构之后，群体性的盲目却逃离了被谴责被嘲弄的命运，且用一种无比正确的形式去义正词严地指责个体的盲目性。让人感兴趣的是叙述者的叙述姿态和语气，在居高临下中又带着一丝对于牛朗的认同和敬畏。"我"在叙述这个事件的时候是平静，平静到"我"有时似乎是羡慕牛朗明确的目的性，因为在潜意识里，文本中所有的人在某个时间段似乎都有着这种愚不可及的想法与念头，只不过只有牛朗说出来、问出来和做出来而已。文本用力处显然在这里！可是这种平静的迂回的低调的处理方式在当下显然有些不合时宜，因为缺乏刺激神经的叙述与人物，也就宣告了这种小说没有多少读者的命运。读者在鄙夷牛朗的同时，很少有人去体味自己是否曾经有做牛朗的冲动，以及是否有一天像牛朗一样真实地说出自己对于这个世界的想法，然后接受被教育被改造的命运，且以学会生存的名义最终走向无法言说自我的成熟。所以对于这一代叙述者来说，像牛朗一样说出对于织女的渴望是一件困难的事情！但是在具有倾向性的叙述中，叙述者仍然认同了牛朗对于明确目的性的执着。同时在更广泛的意义上，这个文本提供给我们一种回忆那段历史的机会，并且在一种类似重复的记忆中，警醒作为群体中的个人性与历史之间的关系。

总而言之，谈到李浩的写作无法不提《将军的部队》，他的"将军"让文学界认识到李浩作为小说作者的重要性。李浩的小说集中呈现出作为小说家对于当下中国社会的揣摩与思考，在对于欲望、男女和世情经验的叙事中，他的写作却在对历史的文学性把握中走向小说本身。李浩独特的少年视角下却蕴藏着宽阔的写作视域，努力而执着地把握一代人精神气质和内心世界的隐痛。在传统与现代两端，作为 20 世纪 70 年代生人，他苦恼于自身的现代性身份确认，于是在对于父辈悲悯而犀利的解读中，写出了 20 世纪 80 年代以来乡土中国的多余人。他为一代无所作为的父辈立下了一个天真而无能的影像，隐喻了一个时代被动生存和被动生存中灵魂之不死，且假定了这种灵魂心性之不死对于"我"的意义。投身当下的社会情境，李浩在弑兄的主题中，表达了对于兄长们生猛前行的犹疑与担心。尤其在现代性精神建构层面，兄长对于所谓理想、艺术、金钱甚至于生存的过度的实践与投入，都让他们在漠漠红尘中面目模糊，无法阐明自身的主体性，由此也确证了"我"这一代人冷眼旁观的身份定位。李浩对于成人世界的知性水准和群体性生存的个人性等等问题，都有着自己独到的见解和认知。李浩在属于"我"一代人温和的视角中，打量着尚未成长起来的中国人的现代知性、教育、文化、自尊乃至无法向死而生的懦弱和自卑。李浩对于当下写作的意义在于让小说走入文学性的难度和高度，同时又蕴含着属于一代人沉痛之音的现代性思考。然而，李浩自身的局限和困窘处也无可避免地一一呈现。

载《文艺争鸣》2011 年 12 期

先锋的内化及其时代言说的困境：
关于《镜子里的父亲》

  阅读《镜子里的父亲》其实是一个悖论迭起的过程，李浩在文本叙事、写作技术表现和精神言说诸多方面都有着积极的探索意识和勇气，他孜孜以求多面叠加的历史与精神镜像，凸显出一代人对于历史纵深的探究精神。中国作家这种对于当代历史的正面强攻，无论从观念上还是技术上来说都是非常值得尊敬的。

  李浩的这个长篇凸显了一代人对于多面相历史图景的个人化理解和描述，作者试图用现代和后现代的叙述方式来重构中国当代历史。这种重构深深打上了西方现代叙事方法的烙印，由此李浩笔下的爷爷和父亲，对于中国读者来说似曾相识，又决然不是我们平常所熟悉的中国农民和小知识分子。这是阅读的第一层印象。2015 年格非《春尽江南》和苏童《黄雀记》以非先锋叙事获得茅盾文学奖的时候，李浩依然用颇具先锋策略和先锋技法的写作完成了真正体现中国现代派小说技法的长篇，无疑，这是一个大胆的为自己正名的方式——用这个长篇向前辈和当代作家同行显示出先锋精神的真正内化，以及中国作家在现代派技巧上的长足进展。如果说先锋 30 年后，李浩这一代作家用自己突入历史和当下的长篇写作，证明了自己并非仅仅是 "1980 年代先锋写作的流风余韵"，而真正以一个现代人的身份在精神和形式两个维度内化中国的现代派写作，使其更具备一代人对于传统和历史的反思精神。因为现代性的本质就是和父辈的断裂，由此，在一幅幅和传统断裂的现代派镜像中，李浩笔下的中国农民和小知识分子无疑是变形的，在和传统断裂的层面，提供了祖父和父亲无法进入当代历史主流叙述的荒诞与怪异，突出祖父与父亲以小人物身份试图进入大历史叙事的种种行动和失败。李浩笔下"父亲们"的日常性和伦理性特征被遮蔽和淡化，凸显出作家对于父辈们有别于前代的观照视点和叙事路径，从而显示出李浩重新建构中国现代小说文本叙事传统的努力。但是，如果将祖父和父亲放置在面相复杂的中国现当代政治经济文化背景中，长篇虽然用了多面镜子的复调叙事，依然无法让我这样的非理想读者真正认识"父亲的历史"或者"历史中的父亲"，这是阅读的第二层印象。在沉淀了一年左右之后，再次翻开《镜子里的父亲》便是第三层阅读印象：李浩内化的先锋性体现了中国现代派文学叙事的成熟，与此同时在先锋精神内化的同时也呈现出作者巨大的言说困境。

先锋写作的内化
——中国长篇小说叙事新美学风格诞生的标志

据说博尔赫斯创造了无限而又无所不包的主观空间。他以传统小说为标靶，故意歪曲人物、事迹，将小说变成他自己所说的"生动而有趣的叙述练习（例如《世界性丑闻》)"，这种篡改歪曲，有时候甚至没有任何美学上的理由，以至于有着这样剑走偏锋的意图——小说本来就是一个大骗局。博尔赫斯作为后现代小说的鼻祖级人物，他的影响在上个世纪50、60年代席卷欧美小说界，被尊为一代宗师。博尔赫斯以其知性写作来抵抗传统小说的陈腐和僵硬，直接将罗伯格里耶单薄的"零度写作"提升了不止一个层级，将小说叙事推向了"迷宫"的境界，由此"天堂图书馆"和"迷宫"开始和传统美学意义上的"悲壮""优美""诗意的栖息地"等一样成为一种美学追求，这种反传统的解构叙事终于在一代小说宗师那里完成了新的美学建构。以李浩为代表的一代作家在接受现代小说的同时，无疑也会在写作观念上深受博氏的影响。

长篇小说《镜子里的父亲》将先锋写作与中国本土生存经验相结合，是对于西方现代派技巧狂飙式的运用。从总体上来说，文学所叙述的故事具有相当大的跳跃性，祖父和父亲的人生轨迹既表现出有迹可循的历史脉络，但是在具体情节和结构上明显又具有混乱和松散的特征，这种处理方式显然和后现代片断性以及未定性原则的叙事方法有关。小说在叙述饥饿、生育、少年成长、死亡以及乡村日常生活经验的时候，彻底从惯常的传统乡土叙事中抽身，充分利用复调、片断性和未确定性叙事方式去铺排自己对于乡土与历史的解读，他赋予每一个片断性的叙述以诗意的跳跃性和反讽的刺激性，同时叙述者和叙述对象往往又在数量巨大的细节丛林中走失，让读者无法确切捕捉其主旨和意趣。这样就产生了两个后果：**文本丰富的意义阐释空间无法真正解读和阐释的不确定性**。例如关于姑姑死亡时刻的一段文字，这段原文是这样的："我的姑姑，几乎透明的姑姑也随之开始上升。她甚至不忘告别，朝下面挥手。朝着尘世，贫苦，饥饿，畏惧，矮墙，墙上略有斑驳的标语，……高贵者最愚蠢，卑贱者最聪明，柴草，吐着牛粪和灰土的粮囤，晾衣绳，我父亲和他眯着的眼睛，院子里的枣树、槐树，最好的和最坏的，充满责任和鬼火的世界……那条有洞粗布褥单令人炫目地扑扇着和她一起飞升，同她一起渐渐离开了布满牡丹和蝴蝶的天空，穿过刚过下午四点钟的空间，同她一起永远消失在太空之中，连人们记忆所及的、飞得最高的鸟儿也赶不上。"[①] 这个段落是典型的戏仿，在戏仿的文字中，叙述上采用间断、累赘、重复、交叉、列举、排比等等手法。这种有意为之的戏仿和模拟，还出现在后面诸多对于少年时代的合唱练习、游戏、样板戏排演等重复摹写中。李浩自己也

---

① 《镜子里的父亲》，第126页，李浩著，北京十月文艺出版社，2013年。

坦白："这种戏仿来自于马尔克斯，我将她的情节借用过来，形成互文，有意给我的姑姑制造幻美……"①这种在自叙和解释中建立叙事逻辑，又在具体故事情节和互文性中穿插作者意图的写法，无疑都属于后现代叙事模式。在这样的叙事模式中，文本所表达的主旨变得极其不确定，具体到这一段来说，死亡中最悲痛的情绪被文字的魔法所消解，现实苦难在升腾变形的各类意象、观念和文辞中被赋予敞开的寓意，同时也带来表达主旨极大的不确定性，这一段极富诗意的文字让我们领略了众多意蕴，然而具体到姑姑个体飞升的精神与情感体验以及这种飞升与何种真实与历史相勾连，又显得语焉不详。《镜子里的父亲》整部长篇文本主旨和意蕴在内涵深厚芜杂的同时，也存在着同样的不确定性，以及由这种不确定性带来的言说困境。

这部长篇小说在文本的叙事中经常性地会出现反讽、自省甚至于自我否定，也会用到类似于数学的举例和排列，"我"与魔镜之间曾经出现过这样一段对话。"这枚镜子的故事已经讲完，它归于静寂，暗淡，而我也有些疲惫……我向魔镜询问，它对这些故事感觉如何，有没有继续阅读的兴致。""还行吧"，魔镜回答："虽然有许多地方，已经篡改了生活的真实。"②**在七枚镜子一章中**，显然运用了数学排列的方法，尤其是镜子 G 的表格：提出了 11 个关于这部长篇以及其他问题，和这部小说似乎有着某种联系又似乎是没有什么联系。这些都是从这个长篇文本中信手拈来的例子，可以说，李浩以一个精细手工艺匠人的精湛技艺和巨大耐心，通过一系列后现代叙事方法的运用，例如互文、跳跃性、戏仿、模拟、重复、举例排比、引用解释、自省乃至反讽等等，这些典型后现代叙事方式的运用，使得《镜子里的父亲》犹如一个巨大的蛛网，层层叠叠的细节和纠结缠绕的人物关系，在错位倒置的镜像中呈现出巨大的阐

① 《镜子里的父亲》，李浩著，北京十月文艺出版社，2013 年。

② 同上。

释性，显示出作者强大的文本结构能力和强大的叙事技术。由此，《镜子里的父亲》的出现是中国长篇小说叙事新美学风格诞生的标志，也是后现代叙事模式到目前为止在长篇写作中运用的最为娴熟自如的一个文本。从某种程度上来说，李浩部分地实现了他的理想："我的那条获救之舌，迷恋于虚构的舌头同样迷恋于此。我的第二条舌头，含在口腔内侧，与第一条舌头有着大致相同的结构：主要由平滑肌构成，它的功能是运用所有的现实、幻觉和想象，理性和感性，创造一个独立的，有别的世界，自成一体的天地：让强大的虚构产生出真实。"[①]至于这种虚构所产生的真实是单一维度，还是具有时间和空间交错构建的四维真实，其实并不重要，因为"真实性"在李浩的这个长篇里并非是问题的关键——**如何虚构**才是这部长篇的关键所在。

变形的祖辈、父辈与单向度"抽象的人"

李浩的文本一直有着非常清晰的辨识度，在个人精神特质、叙事技巧和言说方式上一直带着明显的异质性，由此，这是一个和日常语言方式谦和、犹疑甚至退让的李浩形成极大反差的文学叙事。在文本层面，李浩是一个主观性极强的作家。祖辈和父辈身上打上了作家极其强烈的主观精神观照，在这种强力的映射中，两代人的精神结构和身体感知被异质化，或者说被李浩强行拉到一个他自己的视角和思考维度上。由此，这个长篇是一个从历史多面相中抽象出的主观性理解，人物也在这种强大的主观性中成为某种单一维度的人。李浩在对于当代历史的言说中，单向度地理解中国乡土和乡土父辈的生活史与精神史，在不断追问式的叙事中，通过现代派叙述技巧，成功地将祖父和父亲抽象成为现代主义画像，在一幅幅主

---

① 《镜子里的父亲》，李浩著，北京十月文艺出版社，2013 年。

观、变形和扭曲的"人像"中，我们看到了一部分的历史及其真实图景，同时又在更大的程度上怀疑这个祖辈和父辈影像的真实性。而正是在这一点上，李浩为当代文学提供了一份不同的乡土叙事，这种和前代断裂的乡土叙事，让中国长篇小说写作在一定程度上开始摆脱家族史和苦难史的叙述模式，这是《镜子里的父亲》对于当代长篇写作最为独特的贡献。

马尔库塞在《单向度的人》中提出了"单向度的人"，"向度dime—nsion"，即"方面"或"维度"，是指那种对社会没有批判精神，一味认同于现实的人。这样的人不会去追求更高的生活，甚至没有能力去想像更好的生活[①]。马尔库塞主要是指发达资本主义社会中所产生的庸众，而我在这里借用这个概念来指称李浩笔下的"祖父"和"父亲"一类人。一百多年来，中国社会从传统向现代转型，现代社会及其现代性特征以其独特的方式在中国的广袤乡土上浸润和延展。如果说强大的资本对于西方现代文明具有某种原初意义上的塑形力量，那么，对于中国社会来说，强大的政治意识形态和由此而滋生的国民心理和性格对于现代文明自身艰难的认知和理解将会是不断变化的漫长过程，这无疑会让一代代中国人在中国社会现代化过程中进退失据，乃至彷徨无助。《镜子里的父亲》呈现了中国社会从传统到现代的过程中，追逐于时代的小人物"祖父"和"父亲"们，他们站在时代的巨流之中，没有能力去理解时代及其精神镜像，更遑论其精神困境，只能在一种盲人摸象的局促和尴尬状态中踟蹰而行，然而他们终于在李浩一代作家那里被抽象出了现代个体的个人性特征，尽管这种抽象和变形自身充满着无法克服的时代困境，其原因在于真正的中国现实并非卡夫卡笔下的奥地利，也非詹姆斯·乔伊斯笔下的都柏林……由此我们无法将中国农民祖父和小知识分子父亲和大甲壳虫、布鲁姆一类人物产生更多的类比性联想。

---

① 《单向度的人》，（美）赫伯特·马尔库塞著，刘继译，上海译文出版社，2006年。

　　从长篇文本来看，作者通过有意识地剥离"祖父"和"父亲"身上所背负的乡土因袭和伦理重负，从而使得这两个人物能够从面目模糊的农民群像和小知识分子群像中抽象出来，成为作者叙事历史的代言和道具。正是由于李浩如此专注于祖父和父亲对于生活流和政治风暴的内心感受，才会在长篇小说中形成了两个完全单向度的人。他们对于家庭、子女、生活本身不抱有太多利他的热情，没有要好好过日子的任何想法，日子丢给女人和孩子去过，他们的时间是用来进入历史的，而事情的吊诡恰恰在于过日子的人才会真正进入社会生活历史，像祖父和父亲这样"单向度的人"恰恰会消失在历史的狭缝中，与己、与人、与家庭乃至与社会而言，他们都是"多余人"。这种"多余人"是真实的吗？或者说这种多余人的生活及其生活场景和命运的叙事对于历史和当下又有什么样的启示？其实，这个长篇中所描写的"文革"、"大跃进"、三年自然灾害等等，其题材和所叙述的故事并没有什么新鲜之处，即便是挖坟鞭尸也是古已有之，算不得惊人。恰恰是作者何以会塑造这种"单向度""多余"的人，才是问题的关键。从长篇小说文本的阅读感受上来说，李浩注重的是前者，即对于重大历史事件的解构性叙事，然而由于作者自身更为擅长的是现代派观念先行的创作方式，所以这个长篇文本成功之处恰恰不是他着力的对于历史的呈现，而是通过变形人物的"单向度"生存，抵达对于中国乡土新的叙事方式。

　　李浩是通过以下方式完成人物的现代性转型的。首先，"祖父"和"父亲"置身于中国乡土社会，作家却时时让他们从乡土中抽身而去，比如爷爷的当兵，回家乡之后的不事稼穑，一味地任性自杀等等。父亲突如其来农民身份和命运的改变，以及改变之后尽管平庸却力图成为时代主流人物的徒劳奔走。其次，他们可以摆脱为了生计而度日的命运，作为生存艰难时代的男人，他们都可以坦然地置日常生活于度外，日常性的操劳和苦难都让女人来承担，比如我奶奶和我母亲对于家庭日常生存的支撑作用。同时，祖父作为一个农民，没有那个时代农民对于土地、财富的占有欲望抑或农业合作社理想的憧憬，而是沉溺在细微的无名精神疼痛中，时时要以自杀来表达某种难言之隐。而父亲在理想的诱惑中竟然一步步走向平庸，甚至于微贱，在他所鄙视的卑微生活中日益被消磨、被羞辱（而这种所谓卑微生活，如果用另一种眼光也未尝不能演绎出当代中国生存的坚韧与尊严）。他们不用为自己家庭的人伦日用和生息繁衍操心，唯一所专注的就是自己对卑微生存的内心体验。对于祖父和父亲来说，应对艰难的生活流或者猛烈的政治风暴，除了自杀之外，就是以波澜起伏的内心独白和自我世界的纠结缠绕作为回应，而这个"自我"不仅和家族的历史没有勾连，甚至于和家族当下的成员也没有多少关系。因此，这两个人物虽然被社会生活巨流所裹挟，一如浮萍和落叶般在漩涡之中打转转，一方面却能以变形异质的人生应对方式让他们自己成为独特的当代文学人物形象。这种独特性对于当代文学的意义不在于人物的典型性、圆形特征乃至解构性的价值诉求，这种通过现代派叙事方法变形后的"单向度"的人物恰恰颠覆了惯常文学思维方式对于当代中国农民和小知识分子的理解，也在文学叙事层面突破了对于中国当代历史单一的家族史或者农民史诗的叙事模式，真正从人物塑形的角度为中国当代文学提供了关于父辈的独特理解和文学建构。

结　语

　　近二十年的中国文学无疑行走在日常性经验维度，大多数作家面对芜杂丰富、前所未有的物质生活瞠目之余，开始一种价值认同或者说精神同构的言说方式，当我们将生存的现实性与存在的合理性混为一谈的时候，深陷现实之中，往往很难从这个温暖而痛苦的泥沼中拔出脚，抽身去观照一个国家和族群的群体性命运。由此在这二十年的写作中，家族史、农民命运史和小知识分子精神生活史等等，这一类 1980 年代备受关注的文学题材和文学样态反而在一个国族历经历史"三千年未有之巨变"的时代缺席。个体经验的无限丰富性和无以复加的同质性充斥着生活，也充斥着文学文本，如何叙述无限不同的个体经验和本质上同质的当下生存经验，这种世俗生存层面的生活之流和整个国族巨型经济体飞速奔跑的行动之间又有何关联？在新的社会文化语境中，每一个人似乎都因为新媒体的原因成为一个封闭的赛博空间，成为更加自我的社会动物。在这样的语境中如何重新叙述家族史、农民史和小知识分子精神生活史？这样的叙事和叙述方式如何能够和现实存在接续精神上的勾连关系？置身当下，如何言说中国当代社会重大的历史阶段以及这个阶段的中国人？其实，在某种程度上，这是一个无法完成的，或者说注定吃力不讨好的事情。然而，当我们真正面对当下时代转型的时候，有一个问题是无法回避的，那就是"我是谁"这个现代性的经典问题，当大多数作家用日常性来回答一个个个体的"我"是谁的时候，李浩的回答却是向后遥望的"我的父亲是谁？"这是一种追本溯源式的追问，这种从现实经验抽身而出的姿态在当下是稀缺的，因此也弥足珍贵。

《镜子里的父亲》从篇名来看，就有着不同于家族史的叙事意图，是"父亲"，而非"家族"；是镜子里的父亲而非家族史中的父亲。由此，李浩式的追本溯源才带上非常鲜明的现代性特征：我是我自己的，我的父辈们也是我眼中的父辈们。在对传统极大的抽离中，我看到了父辈们徘徊在历史之外的荒诞与虚妄。他笔下无法进入主流话语叙事的祖父与父亲，恰恰折射出作者这一代人内心的隐痛。祖父和父亲其实从某种程度上正是中国当代历史的主体，或者说承受者和见证者，小说提供了中国当代历史六十年的很多重大历史事件在祖父和父亲身上折射的印痕，大跃进的饥荒和"文革"中家族各类人物的命运遭际依然是作者摹写的重心，作者对于历史的反思也通过繁复的现代派写作手法运用，用一种曲径通幽的象征和隐喻，以一种旁观、探究和冷静的视点去抵达历史的黑洞与阴暗。与此同时，作为一家之主的祖父和父亲，他们在文本的叙事中恰恰有意识或无意地推卸掉自身的责任，游荡在乡土社会的人伦日用之外，同时又似乎对被历史黑洞吞噬的家人们漫不经心，这样的祖父、父亲和中国当代历史的真正关系就引起了我这样非理想读者的极大质疑：这样的祖父和父亲是否真正能够代表"父辈们"？这样被抽象和剥离出家族史和家庭生活史的父辈们，如何能够反观中国当代历史的真实镜像？总而言之，李浩坚持自己略显偏执又直抵文学平庸现实的一己之见，且在一己之见中凸显出一代作家对于历史的真诚回望与思考。这个长篇无论从写作技术上还是写作观念上都具有突破性，这种突破性在于对于已有长篇小说叙事方式的颠覆，在于对于家族史群体性观念的解构。作者尽自己所能，以文学的方式表达了一代人对于当代历史的洞见，也包括某种难以避免的陋识。相对于虚与委蛇的叙事模式来说，李浩更愿意用文学的方式去触摸历史，也期待在相当大的程度上触及时代及其真相。长篇通过一系列堪称炫技的笔调，回旋往复而又重复叠加地呈现出"抽象的人"，摹写剥离文化、地域、风俗乃至乡土伦理关系之后的乡土社会，凸显人的精神性痼疾，延续现代文学对于"国民性"问题的探讨，而这种探讨又剑走偏锋地仅仅局限在作者所在意的叙事范围。同时作家强力主观性所塑造的"单向度的人"无疑真正内化了中国文学的现代派技巧，对中国长篇小说结构美学及人物塑造具有突破性的启示。从现代日常性经验叙事模式中抽身，以现代人的身份告别已有的家族史、农民史和小知识分子精神生活史叙事。一进一入之间，李浩完成了属于自己的现代性转型——进入历史，但却是以现代独异个人的身份去叙事和摹写。

与此同时，《镜子里的父亲》在实现先锋内化的过程中，遇到了极大的言说困境。因为现代性是一种对于传统的否定，最直接的表述就是"我是我自己",而传统则表述为"我是父亲的儿子",《镜子里的父亲》通过几个层面和传统的割裂来完成——"这是我眼中的父亲"这一观点,或者说完成"这是我眼中的历史"。由此,他的言说困境具体表现在如下几个方面。

一、删去风俗层面的人和这种文化风俗层面赋予人的精神和文化面貌,所有的人物都如鬼魅般影影绰绰地晃动在精神贫瘠的中国广大农村。如果说,家族史或者农民史诗是单一维度的"乡土镜像",其所呈现的是政治意识形态或者文化观念局限中的历史认知,依然无法抵达存在的真实性,那么一味地剥离和稀释风俗伦理层面的中国乡土,其笔下的乡土及其人物也注定无法抵达历史的最深处。二、长篇小说触碰的是时代中的大历史事件,信笔所至也都沾满了历史的汁水,然而,对于生于和平年代,长于常态生存的作家来说,如何建立大历史观与日常性经验双向的价值和伦理尺度,同时在更大的时空范围来观照历史,依然是一个与写作技术迥然不同的问题,而作者的精神性建构力量恰恰来自于这种内心精神体系的建立和完善。三、后辈(甚至于很多儿童视角)视角进入历史,尽管是多层镜像,依然显示出局限性的单纯、扁平和线性特征。小说文本抽空乡村伦理经脉之后,其文学性叙事多架构在碎片化的情节和意象中,同时因为无法以体贴之情去观照苦难和苦难中的卑微生存,长篇小说无法真正看透所叙述时代的人心,以及这种人心所折射的光明与晦暗。黑洞之所以成为黑洞就是因为有光存在,光亮之所以成为光正是因为存在着阴影,长篇小说似乎更应该在叙述两者之间的相互依存关系中凸显整体的时代精神气质。四、"同情之理解",这种理解既适用于现代民族国家建立之后对于中国文化传统的理解,也适用于市场经济时代回望政治化年代,坚信中国乡土中人性的温度和善意依然会坚韧地存留在普通中国人中间。中国社会一直存在政治、经济、文化、地域、宗教、习俗和阶层差异性等造成的多元不同,也造成了不同年代乃至同时代作家对于祖辈和父辈不同的理解和认知。当我们回望一个时代的时候，理解不同生活背景的人对于时代差异性的表达是一种理性的素养。狂热的理想主义在一个时代是可怕的，然而有理想、有追求和有信念的生活并非一无是处。同样，对于深陷虚无主义文化语境的当下中国写作者来说，解构性叙事并非是唯一路径，不确定性和碎片化的言说也极易为人所诟病。

载《百家评论》2016 年 3 期

徒步的灵魂与肉身

——略论徐则臣小说

  徐则臣是一个真诚的叙述者，文风沉稳敦厚，气质内敛而心存高远。他静观大城小事，照亮平庸个体的精神维度。他冷眼文化裂变的城和人，又时时在不经意间闪耀着理想主义的丝缕光亮。

  他的小说秉承了批判现实主义传统，在写法上又有着现代派的浸润。作为 70 后的实力派作家，《水边书》年轻生猛的成长率真纯粹，《苍生》中对于"文革"的少年视角，在青春生长的背面叙写一代人的精神苦闷与迷惘，这种生长不同于以往年代物质匮乏的苦难，却在风俗和观念的嬗变中凸显 70 后对于村镇生活的独特记忆。《天上人间》《我们在北京相遇》《伪证制造者》叙述了徐则臣眼中"新北京"以及混迹于这所巨型城市的各色人物，从而让他获得了一个更为阔大辽远的视域：从乡土社会经验直接进入北京叙事，而北京又是一个新旧杂糅、兼容并包、无所不有的时空场域。《夜火车》中对于当下知识分子精神层面进行深入剖析，木年的校园成长经历凸显了前辈学者受制于权力话语的懦弱与退让，同代人受制于物质欲望的可怜与悲哀。徐则臣自身受北大文化的濡染，多方面和世界文学的亲密接触，以及身在文学现场的人生境遇，这些都在相当大的程度上让他获得了一种多声部的话语能力。由此《到世界去》和《把大师挂在嘴上》表达了当代中国青年智识者对于乡土、自我和世界的现代认知，这种认识不再具有强烈的民族、地域和文化的独异性，而是以日渐成型的现代人的眼光去打量并重塑自己的中国记忆和世界经验。近期长篇《耶路撒冷》最为突出的品质是对于世道人心宅心仁厚的摹写，大胆地以人物来结构长篇叙事。人物在当下是最难以勾勒和描写的，而徐则臣通过笔下一个个人物凸显出这个时代个体文化身份认同的复杂性，不同时代人们之间无法认同又互相体恤的同情之理解。这种同情之理解在当下文化中是稀缺的，因此也凸显了 70 后一代作家观照自我和世界经验的当下情怀与现代性特征。

京漂的边缘人生与转型中国的主流价值

徐则臣的小说呈现出了一个更为干净、纯粹、日常的中国人当代生存状态，一个有别于苦难和残酷人生经历的中国叙事。他在温情和平淡中凸显出近三十年中国人常态的生活经验，重新打量一代中国人可能具有的精神生活和精神特征。即便是"伪证制造者"，徐则臣也写出了他们进入工商业社会之后"人"的意识和现代个体生命的常态欲求。如果说上个世纪 80 年代小说试图从政治伤痕中恢复"人"的基本内涵，1990 年代以来小说是对"人"食色性的集中展现，那么徐则臣则用他的北京系列小说呈现出一个个"现代人"的自我认知。

中国城市化的过程中，数以亿计进城的淘金者可以汇聚成一个巨大的奔跑的人。这个从乡土出走的巨人身心摇动不安，情感混乱迷惑，灵魂下沉挣扎。漂在北京的人，吸引他们的是现代城市和城市生存方式：个体的、自我的、封闭的，冷漠的，又各自相安的私人化生活。贫富差依旧触目惊心，然而却被混迹于快餐店、超市、百货公司甚至于公园景点的人流冲淡，且在无数的霓虹灯和广告的暗示下，人人都觉得自己正在或将要拥有机遇与财富，成为城市的主人。边红旗、子午、姑父都是这样一个个拥堵在现代性时间维度上的淘金者。伪证制造者是独特的社会群体,但是作者笔力所在并非是伪证制造者真正的江湖生活,而是着力于边红旗的追梦人生——对于现代都市的迷恋,一种摆脱乡土伦理羁绊的沉溺。由此边红旗们所呈现的都市边缘人的常态生存和西方城市迥然有别,这里没有西方现代都市的常见病——冷漠、麻木乃至变态,而是充斥着狄更斯笔下城市平民的真诚、坦率,即便是伪证制造者的犯罪行为,也在狡诈和欺骗中透着某种不加掩饰的热情与冲动。边红旗的人生其实是无数奔赴城市,冲破中国乡土伦理者的人生,有着义无反顾的背信弃义和盲目乐观。当下的中国很多人尽管没有制作伪证,但在商品经济消费文化的挤压中,时时也会有着和"伪证"类似的人生境遇。由此,这些伪证制造者引起周围人的同情,甚至也映照出了周围所谓守法者自身面对城市生存的虚妄和虚与委蛇。

由此,徐则臣的北京系列小说不能算作是单纯意义上的京漂小说,他的独特之处在于以一种相对平视的现代人视角去看待个体生存和精神生活。他笔下的京漂一族虽然身份各异,但从个体对抗现代性庸常生存逼压的角度来说,伪证制造者、卖盗版盘的小贩和大学生、研究生、教授是没有彼此之分的。伪证制造者边红旗、子午和姑父俨然将伪证制造当做一个挣钱养家安身立命的职业。姑父情人路玉离最后拿出两万元,这种行为让民生之艰和罪与罚纠缠在一起,无法用乡土伦理也无法用城市规则解释,人性的光亮温暖处与人性之粗鄙冷漠处可以深深隐藏在同一个肉身之中。然而现代都市是最具诱惑与欺骗性的地方,由此边红旗们最终无法在一个冷漠的城市找到真正的归宿。

徐则臣笔下的京漂系列人物看似社会边缘人群,然而京漂一族的边缘人生与转型中国的主流价值观同构,所谓边缘人物却承载着叙述中国转型期移民现代梦的重新寻找。在北京系列小说中,边红旗们的精神状态集中折射了当下中国人主流价值观念的嬗变。文本没有极度变形扭曲的身体与欲望描写,而是温和叙述了一代青年的群体性价值共识，刻画了一个个走入无法预测未来的当代中国青年的背影。一明和沙袖，边红旗和老婆与情人，姑父的悲喜人生，我摇摆不定的人生路线……在一个移民城市，边缘其实就是未来的主流，当我们在中关村看到伪证和盗版光盘贩卖者的时候，无疑会想起自己初来城市的一无所有，那种站在天桥上看如潮车流的孤独与寂寞。即便在城市拥有了一套房子，甚至于生儿育女，混迹于如潮车流中的时候，我们内心依然时时会魅影般掠过巨大的荒漠感——现代人巨大的孤独终于开始以日常的形式缠绕在 70 后一代中国人的心头。

城与人：城市生存和现代性身份焦虑

北京城与人的关系在老舍那里是城市贫民艰难的生计问题，在王朔那里是无知者无畏的心态问题，到徐则臣这里终于转换成现代个体的日常精神状态摹写。徐则臣以中关村为原点的北京叙事，重构了北京作为一座现代城市和个体之间的关系。作为政治符号的北京，被无数的笔墨建构成一座无法和个体庸常生活发生联系的存在。同时，北京作为一个现代城市的内部肌理往往被多元文化的丰富繁盛所遮蔽。然而北京在徐则臣的笔下消解了政治符号所蕴含的微言大义，真正被还原为一座栖息现代个体的城市，而且是一座和青春成长、现代生存发生关系的城市。生存在一个现代都市永远都是第一位的，于是北京成为一个具体可感的生活场域。北京的包容性一如她对各色人等耐心毅力和吃苦耐劳精神的考验一样巨大，年轻的身体跑步穿过中关村，挣扎在当下生存中的灵魂则纠缠在爱欲与情感、性情与物质、理想与现实之间。对于奔赴现代城市的年轻人来说，北京具有比其他城市更多的未知性和诱惑性，于是人在北京的命运成为一种现在时的命运，北京城的精神状态终于和个体人有了直接的联系。在徐则臣笔下，一批批对现代城市充满幻想的男男女女奔赴到现代城市提供的狭窄逼仄的生存空间，且乐此不疲，以自己的热忱、盲目和冲动汇聚成一幅鲜活、嘈杂、喧闹、充斥着荷尔蒙乃至堕落与犯罪的城市图景。现代个体的精神状态呈现出了一个巨型城市的喜怒哀乐，所有人物都像我们自己一样真实。在这样现在时的写作中，我们沉溺于某种偷窥的惊喜和旁观的讥讽中，在对于现场人物的沉溺中，消解了我们对于当下生存的种种惶惑、躁动与厌烦。徐则臣的小说通过对当下北京城的诉说，塑造了一个个徒步的肉身与灵魂在浮世绘北京的生存，这是他的写作对于当下文学最为独特的意义。

徐则臣的小说直面日常性以及庸常生存的尴尬境遇，并在理想主义的照耀下书生气十足地讲述着自己视域内现代城市对个体的逼压。小人物的庸常人生却成为时代的绝好注脚：飞蛾扑火般涌向城市的庸常和无法遏制的生存渴望一起焦灼着年轻的心。北京系列小说之所以能够元气充沛地诉说"我们"，正是因为在城与人的关系中，"我们"已经天然地将城市作为不离不弃的第二故乡。《天上人间》中"我"和边红旗们同居一室，以平等个体的关系建立了某种友谊，这种常态生活中日渐增进的情谊消解了城市的压迫感，哪怕是一顿水煮鱼也让混迹在中关村的各色青年获得对于城市生活的满足感。然而，折磨人的依然是"我是谁"的精神性困惑：沙袖无法抓住任何东西的失重感，一明面对欲望的犹疑彷徨，边红旗跨越乡土伦理的理屈词穷，姑父浮浪人生的极度失败感，我夹杂在其中的种种无奈和同情……每一个人都在都市的人流中寻找着机会且追问着"自我"的意义。徐则臣的叙事并不聚焦扭曲变形的膨胀欲望，也没有乡土伦理塌陷的肉身搏斗，更非官场厚黑的模拟与教唆。在他的文本中，每一个行走在现代性旅途的个体不再有着贵贱高低之分，而是常态都市漂泊者真实到骨髓中的生存痛感，这种痛感以各种方式凌迟着现代个体的日常生存，沙袖的一无所有中的出轨，一明无法名言的无根感，边红旗旺盛生命力中透出的荒谬感，姑父一生的荒唐感……在徐则臣的小说里，即便是所谓京漂小人物的命运也沾染了一切时代的仓促、躁动与善变，因此，他的小人物便从庸常生存中透露出时代精神的真切回应。

徐则臣的小说呈现出了一座城市中现代性身份焦虑产生的一系列精神困境，其中最为独特的是在罗列小人物命运的同时，对于城市代表的所谓文明与知识的解读。每一个从乡土社会进入到现代文明的人都会痛切地领悟到徒步过程中肉身的沉重与轻盈，灵魂的下坠与飞扬。

长篇《夜火车》呈现出了个体现代成长的疼痛，这是带着审视和自嘲的疼痛书写，成长带着青春的冲动、率性和无知，一起奔涌在通向成熟也意味着平庸生存的道路上。在后辈探究窥视的目光中，学院知识分子连同所谓的知识、权力一起成为后辈学人无法接受的现实。在这部小说中，被扣押的两个证书无疑是一种隐喻，多少中国青年在获取证书的路途中牺牲个性与天才，走向一种被规范的生活模式。当下真正的读书人已经所剩无几了，不幸木年是个早慧而执着的读书人。学院开启了木年的现代心智，同时又让他深深受伤于一系列无法解释的遭遇。现代知识文明带着双面利刃行走在白昼与暗夜中，那种被学院规约打压的挫败，无法表达情感的懦弱，对道德先生和道德文章的沉溺与怀疑，无法正视生活与情感之后逃离的欲望……徐则臣在呈现出种种生存逼压的同时又描述了这种现代性身份焦虑对于现代个体心智成长的意义。木年正是在巨大的压力下一步步体验到利刃之痛，走入无法挽回的命运。他目睹前辈学人肆意操纵自己命运的现实，理想主义破灭了。木年刺向魏鸣的那一刀是现实的又是非现实的，那一刀是如此地致命：同辈庸俗却醋畅淋漓的身体被利刃穿过，前辈隐秘而伪善的精神也裂开了巨大的伤口。理想主义者木年最后搭上没有归途的夜火车，是身体更是灵魂的，小说具有相当现实的隐喻性和意指。现代文明培育出的学院和现代知识个体之间依然充斥着巨大的张力，在错乱的现实和历史中，一代知识青年最终只能在迷惘和孤独走入更大的虚无。

由此，他的小说人物获得了现代性身份，并且写出了一座城市中现代性身份焦虑产生的一系列困境。他的人物都实实在在地生活在庸常中，又群体性地上演了对于自身焦虑的挣扎与抗争。庸常现代个体对于自身生存困境与精神焦虑的自觉意识，以各类痛感的方式开始了"我是谁"的追问，这也是获取现代身份合法性的一种途径与方式。在徐则臣的小说世界中，中国经验不再是物质匮乏的苦难和欲望身心的坍塌，而是日渐觉醒的精神痛感和文化身份认同，这是徐则臣北京浮世绘的洞见与创造。

《耶路撒冷》与当代英雄

在北京系列小说之后，《耶路撒冷》是作者重新思考现代性、传统乡土、文化与个体生命经验的精神炼狱。小说诚实而不虚妄，宽厚而不妥协，直面一代人的精神困境。作者试图找到消解现代性精神焦虑的方式，返乡作为最经典的方式又一次出现在小说叙事中。在一个文化格局发生重大变化的语境中，作者敢于面对内心的真实，勇于站在被质疑的知识分子立场上来观照时代的精神气质和特征。这个长篇写出了命运感，这种命运感不是个体人物一生的遭际与经历，而是大时代中无数平庸个体的命运感。现代人生存的碎片化、无方向感和伦理价值判断的混乱等等，这是个体被抛入现实生存无法回避的宿命。易长安、舒袖、吕冬、杨杰……这些生活在我们身边的人物，在《耶路撒冷》到世界去的大情境中袒露着时代青年忙乱而琐屑的物质主义生存和无所作为的苦闷，这些人物就是当下70后一代自我生存的写照，由此这个长篇中的人物可以作为一代人的文化标本。小说中的初平阳是一个具有文化身份自觉的知识分子形象，在知识分子被嘲弄的当下，初平阳是独异的，而徐则臣也冲出了内敛低调的写作个性，终于以"记忆是一种责任"的心态来建构自己的文本和风格。如果说一直以来徐则臣的文风以质朴内敛取胜，那么《耶路撒冷》则无疑带着落拓江湖君莫问的飘逸和旷达，一路为中国青年智识者正名——庙堂家国与市井江湖都在一代人冷眼热心的胸襟里荡气回肠。

小说主人公初平阳显然不是一般意义上所谓的典型人物，他具备当下接受高等教育的莘莘学子的诸多特征：读完本科，读硕士，读博或者找钱出国，这原本是一个非常平面化的毫无戏剧冲突的非典型化人物，然而徐则臣又一次从常态生存入手，剖析个体在时代中肉身与灵魂的挣扎与苦痛。就像无数个我们曾经做过的一样，初平阳的返乡是对于水乡风物人情的彻底决裂与破坏——因为他要卖掉祖屋，攒钱去朝拜自己心中的耶路撒冷——象征所谓现代知识与文明的一所大学。

因为太急于到达自己心中的耶路撒冷，于是就以出卖大合堂为代价，初平阳和姐姐一起以亲情的名义让自己的父辈彻底斩断和故土的精神联系。初医生夫妇是具有中国传统文化素养、善良有礼的中国人，溺爱孩子的父母最后给自己的解释：就是两间破屋……同意出售大合堂，只要能够和孩子生活在一起，哪里不一样？家人和家的观念在无形中已经取代了传统社会中的伦理文化秩序，这集中体现出了父辈在日益逼仄的传统文化处境中的退让，这种退让从容而哀伤。父辈善良、无奈又带着盲目信任将未来寄托在子女"到世界去"的行动和信念上的。这种生活时刻发生在转型期的中国社会，在无声的土崩瓦解中，在现代线性时间维度奔跑的中国和中国青年从未停下脚步。

然而，70后一代最为突出的特征是骑墙或者说瞻前顾后的文化姿态，因此才会有初平阳深入骨髓的痛苦。初平阳们了解父辈的忧伤与担心，但他们依然义无反顾地前行，带着肉身和灵魂的重负，和最亲密的乡土和家人刻意地制造着远行和离别。汪曾祺的水乡意境在小说的前半部依然有着小提琴悠扬的旋律，在运河及其两岸飘荡着乡土风俗画的余韵。作为一个阅读者，潜意识里当然更希望作者能够提供更多的运河故事，无关乎当下的边城叙事，难得浮生半日的白日梦，看看水乡审美的过去。然而时代毕竟是迅猛的甚至于是破坏性的，小说的下半部也无法坐稳大合堂的气场。在这一点上，作者无疑是残酷的。因为在温暖宽厚又逼仄压抑的乡土上，即便是日日家乡鲈鱼莼菜，也无法掩盖一种不能和世界同步的失败感，这种根深蒂固的失败感来自于环境、体制、文化、生活方式和个人兴趣爱好等等从宏观到微观的复杂精神体验。

由此，初平阳的返乡之旅实质上是一次论证自己文化身份的过程，通过与乡土现实的再次正面遭遇，凸显出了自身与乡土精神的同构与断裂。其同构性在于他对乡土无限的理解与回忆，那种对于大合堂药味的回味，对于父母和运河的体恤，同时也直接目击了乡土被伪古典化的尴尬与黑色幽默。初平阳返回大合堂的时候，他是清醒的，因而也是所有人中最为痛苦的一个。返乡其实是为了告别最后的乡愁，彻底以一个无故乡的姿态进入真正的现代生存困境——无根的精神漂泊与流浪。大合堂和老何鱼汤已然逝去，乡愁本身已经伪乡愁化了，所以初平阳大声告诉自己和乡土：自己要去"耶路撒冷"。初平阳有着明确的现代性思路，尽管带着犹疑和无限怅惘却依然要"到世界去"，在这样一个目标的支撑下，初平阳具备了当代英雄的悲壮色彩。

在物质主义的当下，欲望话语裹挟着大众文化的平庸媚俗，现代个体被欲望所诱惑，同时又群体性地刺激了更大的消费欲望。消费文化杀死了古典主义与浪漫抒情，同时也冰冻了人性的柔软温润，日渐走入世俗化娱乐至死的狂欢。在如此平庸化的时代，什么样的人才能算得上当代英雄？一如司马迁所言："千人之诺诺，不如一士之谔谔"，直言胸臆在这个时代是匮乏的，坦陈自身精神困境和价值抉择也是弥足珍贵的。《马太福音》第 10 章中，耶稣说："那杀身体不能杀灵魂的，不要怕他们！惟能把身体和灵魂都灭在地狱里的，正要怕他们。"正因为初平阳是个始终有着灵魂追问的个体，且在返乡之旅中将这种追问延展至一代青年，通过文化标本式的人物抵达时代文化精神本质。那杀灵魂的消费与欲望尽管无处不在，小说在展现出欲望泛滥和人性冷漠的同时，却赋予初平阳反省自我、他者和世界的心胸和能力，他的当代英雄身份便应运而生。《耶路撒冷》试图勾勒出一个中国青年智识者的代言人，摹写时代巨变中一代新人的价值选择和天下情怀。初平阳在精神困境和灵肉迷惘中依然坚定前行，告别乡土却在巨大的悲悯中与乡野芸芸众生异质而同构，清醒而坚定地向着现代性的利刃之尖走去。从这个意义上来说，初平阳丝毫不亚于任何一个文学史上的当代英雄，在虚无与黑暗中闪耀着这个世纪最后的理想主义光芒。

告别"在场的缺席者"

徐则臣的文学表达真诚而朴素，在一个常识阙如的时代，回归常识意味着智识的健全，朴素表达则更现文学的勇气。在一个快生活的时空中，他的小说提供了徒步的风景和人物。小说中的火车具有双重的隐喻：对于乡土来说，火车意味着到世界去；对于世界来说，乡土依然属于到世界去的一部分。在这样互文的小说意境中，一个个徒步的肉身和灵魂在城市生存中庸常而无奈，人物在灵魂下坠的过程中，却能够在精神焦虑中叩问"我是谁"，并且在日益坍塌的伦理文化困境中艰难地重构自身现代个体的文化身份与合法性。

徐则臣的小说和当下写作有着一定的距离，显示出独特的品质。一、给当代文学提供了记录时代精神气质的人物。在碎片化同质化的当下生存中，初平阳们是 70 后一代的文化标本。《耶路撒冷》的意蕴和题旨表明：写作不仅仅和私密情感、身体欲望、世俗权力有关，更和一代人切肤的精神痛感有关。我们从未放弃过对于自我、他者和世界精神维度的审视，同时以现代人的平等视角重构东西方文化经验。当代英雄初平阳们仍然踟蹰而行，如西西弗斯般抱石而上，努力重构自身现代性身份。二、徐则臣描述现代个体的精神状态和焦虑，但并非仅仅是个人化写作和个人经验的记录。相反，他的写作始终关注一代人的现实生存。从某种意义上来说，他的写作有着批判现实主义锐利的光亮，行文却温情平实，以现代公民意识来观照当代中国经验，平民意识和平等意识让他的人物卓尔不群。三、徐则臣描写正常人与庸常人生的搏斗，且让他们始终保持着"人"的尊严。无论是男人和男人之间，还是男人和女人之间，大多以最常态的方式建立情感或其他联系，在情感摹写中凸显人物的心灵世界。四、《耶路撒冷》坦陈智识者的现代文化身份认同，明晰表达自己对世界的认知和看法。当下写作消平深度至价值混乱，作者往往除却强化混乱的现实之外，没有任何意义可以表达。在现实生活流的叙写中，大多70后在犹疑和内省的精神状态中遮蔽了自我成长的真实声音，由此在沉默的夹缝中难以抵达真正的自我。徐则臣因为袒露一代青年真实的精神困境，表达同质化个体的时代命运感，从而将写作和自身的价值观、世界观表达贯通，由此他的写作在多声部话语中凸显作家自身强悍的精神力量。这种精神力量照亮了复杂的经验世界，也让70后作家告别"在场缺席者"的尴尬，重新表达属于时代新人的中国经验和中国叙事。

载《中国现代文学研究丛刊》2014年6期

女性细小历史的传奇

——朱文颖和她的南方精神

朱文颖从《高跟鞋》《水姻缘》《戴女士与蓝》一路走来，带着 1970 年代作家浓厚的古典－现代的乡愁体验，叙述着属于独异个人的精神传奇。她的小说叙事在个人化情境中铺排开的是对于一个时代惊鸿一瞥式的打量，人物行走在都市亦徜徉在旗袍高跟鞋的韵致中。在对于物质器具生存景观的摹写中，试图触摸的是细小历史情境中坚韧的精神性力量，并由此体现出了苏州街巷绵软中的坚硬与执着，由此也突显了朱文颖对于中国当下文学的价值与意义。

她的近作《莉莉姨妈的细小南方》镜像纷呈，南方女性深入骨髓的某种根性在莉莉姨妈那里被揭示被袒露被呈现，这是一种同情理解中的叙事。无数的莉莉们徘徊在往昔的雨巷中，撑着的那把油纸伞渐变成为太阳镜、防晒霜、遮阳帽抑或防辐射太阳伞，然而不变的是对于烟雨江南和女性自我意识的深深沉溺。在这个文本中，男性以出走来对抗绝望与虚无，女性则以更为坚韧的内心挣扎来消磨时光。"我"家族的女人深藏在心里的粗鲁，外婆脖颈上绳子的勒印，强忍悲伤的脸，童莉莉肾病中悄然绽放的青春与记忆，一次次离婚与复婚，乐此不疲的对于美的饕餮和追逐……这些都是在无法把握男性和男性所建构的所谓历史时，女性所采取的姿态和方式。因此，当我们回望一个时代的时候，当现代革命中宏大的理想主义日渐成为过眼烟云的时候，我们的内心会悄然而问：属于我的记忆与历史何在？《莉莉姨妈的细小南方》恰恰表达了 1970 年代生人无法参与宏大历史叙事的内心独白，以及面对历史情境宽容而体谅的姿态。

被惊吓者的记忆碎片与历史真实

小说从最日常的世情叙事开始。在母腹中受到惊吓的外公终于出生了，文本从这里开始了关于莉莉姨妈的叙述。这是一个受到惊吓的个人的生活史，同时又是一部南方古旧家族被中国现当代一系列宏大历史所惊吓的人物命运史。在面对强悍粗暴的历史境遇时，阴郁的柔弱的孤独的避世的甚至于无能的人物保留了某种对于生活的诗意理解，却只能在南方的阴郁连绵中苟活与偏安。然而，恰恰在这样阴郁忧伤的情境中，小说写出了被历史所惊吓的一系列人物真正的命运感与历史感。沉默的孤独的个体在被主流历史疏离后的决绝与抗争，无论是以怎样的一种方式，只要是逃离了（或者是拒绝）主流意识形态强大的群体性意识，个体有可能主动或被动地保有一份对于时代独具面目的真切体验。在这里，站立在苏州街巷中的似乎是一个个平庸者，小说讲述的是他们暗淡无光甚至无聊的人生图景，然而，深植于这些镜像中的，是历史无法掩盖的记忆碎片，以及碎片中被打捞的真实。在对莉莉姨妈家族的南方叙事中，小说完成了对于历史叙述多面性的执着探求。

深植于日常的精神性传奇

童莉莉眼中和日常疏离与历史悖谬的父亲童有源，无疑是时代的另一面镜子。在父亲这面镜子的折射下，童莉莉的肾病、忧郁、消极甚至于某种小资情调都有了合理的来源与解释。小说塑造了一个站在时代路口沉默观望的年轻人，她不具有《长恨歌》中蓄意的对于当代主流生活的颠覆，而是在首肯现实存在合理性的语调中，悠长而缓慢地呈现出一代人对于历史与现实的欲说还休的纷繁意绪。正如莉莉姨妈是"一个把革命与浪漫联系在一起的理想主义者。她向往北京，那个火红的、纯净的、轰轰烈烈的地方。然而，她又是这样的一个理想主义者：她喜欢在蓝天下看鲜红的国旗迎风飘扬，却也喜欢在月圆之夜的梅树底下听父亲童有源吹箫"①。童莉莉们因为血缘、身份、性情甚至于南方地域一贯的气质，她像父亲童有源一样无法参与主流历史中和理想主义有关的日常事件。作为内心充满现实生存欲望和精神爆发力的女性（可能这种欲望因其细小常常被宏大历史所忽略、质疑甚至于摒弃），她们在日常性中坚守着属于自身的纯粹性和不可言喻的自我性，并以此来对抗无法进入历史叙事的尴尬与失落。正如小说所说："莉莉姨妈吃西餐时，她的背挺得那么直，她的脖子仍然有着天鹅般美丽的弧度。她面带微笑细声细气地和服务生说着话……美食、鲜衣、流淌的音乐、人世间种种看得见摸得着的快乐……我们这两个虚荣的、会娇声发嗲的南方女人……其实我那小资产阶级的漂亮母亲也是这样的，其实我那郁郁寡欢强忍悲伤的外婆也是这样的，其实这个家族的女人骨子里全都是如此，无一例外，只不过莉莉姨妈更为顽固无耻一些罢了。"②

从日常性出发对于精致生活骨子里的沉溺，滋养着莉莉姨妈们无尽延展的内心与外表。面对一个粗糙的躁动的骤变的时代，保有对于有品质生活的昂扬激情甚至于成为了莉莉姨妈们的某种宗教。童莉莉和潘小倩兄妹的情谊，月夜、留声机、书场、养着花花草草的院落与洋楼，甚至于潘小倩和潘菊民突兀地塞给童莉莉的新衣服和一叠厚厚的钱……这些透过小说情节的穿插与推进，默默地叙述

---

① 《莉莉姨妈的细小南方》，朱文颖著，作家出版社，2011 年。

② 同上。

着有悖于时代主流的日常性生活之流。在被历史所惊吓的童、潘两个家族中，童有源和潘菊民以出走的方式逃离了现实的精神苦难，而童莉莉和潘小倩，则选择了坚守。在等的过程中，以日常性的方式来逃离历史境遇的逼压，由此，僵硬的单薄的生命才得以复苏和醒转，一次次地带着不可言传的负气与娇憨，一头雾水又一路亢奋地建构着女性自身细小历史的精神传奇。

生命的解压与精神道场

无论在大小时代中，保有内心依然是女性不二的生存法则，即是所谓的柔弱胜刚强。面对家庭和子女的时候，来自于母性的建构性力量，让女性无法在生活现实面前义无反顾地出走或逃离。于是在守望的层面上，她们添加丝缕女人细小而坚韧的情趣、意味甚至于巧智乖张与反复无常。这种对于生命的解压和释放，因其细小又无章法，往往为经天纬地的男人们讪笑，但是女人们就是在这样的螺蛳壳里做着道场，这种道场所系的是人伦日用的温暖、情趣与快乐。每一个日常的惊喜、温润与趣味实际上连接着一个家庭几十年的兴味盎然。反之，每一个充斥呆板、冷漠与无趣的日子，同样导向没有任何审美意义可言的糟糕人生。女性内心之丰美与否，在相当大程度上决定了一地域一时代家庭生存场景的模式。因此，在这样的打量中，莉莉姨妈们内心执着的闹腾，对精致生活形式主义的偏执就带着几分精神传奇的性质。小说通过莉莉姨妈的细小传奇为女性内心执着的精神力量构建了属于日常又超出于日常经验的叙事，让莉莉姨妈们的精神谱系在当代文学中占有了一席之地。

在无数的汉语小说文本中，男人用风花雪夜颓废浪荡来确证生命的存在和所谓精神自我的存在，相比较而言，莉莉姨妈们深入日常性的精神确证，以及跳跃在生存中鲜活强悍的生命力，这些更体现了女性面对生存本身坦然而坚定的姿态。尽管这种姿态更为个人化，却带着对于日常人伦丰厚的精神性体验，活跃在历史与当下的时空中。在面对历史强悍性力量的时候，莉莉姨妈精神性谱系所呈现出的真挚与温暖，是细小的，但却是深入女性生命道场的一缕温润的光，并因此弥足珍贵地建构着属于女性自身的精神空间。小说让南方在更具女性意义的历史想象中，走出了螺蛳壳道场的狭隘，充溢着独具朱文颖面目的精神气质与力量。

历史场域的游离心态与文学性

当主流叙事在不断地确证当代历史的种种重大历史事件的时候，又以各种不同的宏大想象来重构历史场景和历史人物，让历史与真实在众多的影像与文字中扑朔迷离。其实这个小说通过写男人们的对于当下的出走与逃离，实际上表达了多重的意义：家庭内部无法"言说"的沉默，夫妻、父女之间无法真正交谈——无法抵达彼此的心灵，潘先生夫妇和子女之间基于时代与文化的"隔"，潘菊民和童莉莉之间错误的"对峙"，吴光荣和童莉莉之间戏剧性的"缘"与"怨"……

潘菊民的逃离在相当程度上展示了当代人物谱系中稀缺的人物形象。非主流人物对于历史的独白与倾诉，我们在相当多的小说文本中会发现类似于童有源的人物，但是这样的人物会被划分为社会学意义上的各种类型：破落的遗老遗少，软弱的旧式青年，平庸的无能者……这些标签中的当代男性被无数英雄叙事和底层苦难叙事所遮蔽，这样的人物所呈现的历史感被强大的意识形态所遮蔽，同样也被解构意识形态的文本叙事所忽略，因此，童有源在《莉莉姨妈的细小南方》中的出现便具有了某种形而上的价值与意义。朱文颖通过对童有源略显虚化的处理与叙述，呈现了一个旧时代人物在当代生活中的虚妄与抗争。一系列的出走、不谙世事，甚至于不负责任，对于生存现实来说是多么的不合时宜，但是对于文学来说又是多么的具有文学性，以及伴随着直面现实庸常与无奈的文学性的抗争。

在《莉莉姨妈的细小南方》中面对祖父辈的历史，我无疑带上了鲜明的"70后"一代人的怀疑色彩。《长恨歌》中王琦瑶的个人历史依然是建立在对于主流历史的建构或解构姿态上，而在这个长篇中，无论是过去未来和当下都无法给出一个明确的对于生存的解释，而正是在这种姿态的写作中，凸现出了一代人的自我建构意识：在不断地回望、凝视、质疑甚至忧伤与反讽夹杂的情绪中，以怀疑论者的精神来建构生存的合理性。似乎未老先衰，却又充满着对于历史与当下的无限关注与执着。这种身在历史场域内的游离性观照，让一代人有了某种对于现代与传统两端的同情性理解，因此奠定了对于祖、父辈遥望之中的同情与理解，让乡愁与诗意始终萦绕着南方家族的落魄历史。在反思主流历史的粗糙凌厉与炫目迷人的同时，带着无限的沉迷和探究，去叙述当下时代场域对于自己深深的刺激与伤痛。如果说所谓的社会学意义的文学解读曾经占据着中国主流文坛，那么，从这一代写作者开始，不是被社会先行设置了面对生存场域的姿态，而是写作者主动建构自我与社会的某种文学文化环境与场域。从某种程度上说，怀疑主义的思维方式让文学真正和自我的生命意志发生血脉联系。相对于弑父或者说无父的写作姿态，这一代人对于历史与当下的认知姿态，无疑映射了1970年代一代人自我建构的真诚努力以及这一过程中痛苦的挣扎。

《莉莉姨妈的细小南方》通过莉莉们内心无尽的坚韧最终抵达女性精神道场的温润与安然，对于逃离现实与历史的男性投去无限同情的一瞥，打捞被遗忘被遮蔽的历史与记忆的碎片，并以此来弥补宏大历史叙事所缺失的柔软声部，赋予这些人物真正的文学性。朱文颖从《莉莉姨妈的细小南方》再次出发，以中国南方及其女性的丰沛精神传奇给了当下文学一次惊艳。从生活现场中转过身段，从美女写作中抽身而出，进入对于历史现场和当下生存的精神叙事。她的莉莉们穿越了旗袍高跟鞋的女性符号标签，走入扑朔迷离的历史情境与记忆碎片中，在女性精神空间细小精致又抑郁狂躁的诗意中，走向精神传奇的开阔坚韧与明朗。与此同时，朱文颖通过这部长篇小说最终将自己在文学史写作中和他人区分开来，真正成就了朱文颖和朱文颖的南方叙事。

载《文艺报》2014 年 9 月 28 日

现代女性伦理之殇的洞察与摹写

——略论杨怡芬的小说

杨怡芬以"披肩"的方式出场，披肩既是风情的展露，亦是一种对身体欲扬先抑的遮蔽。流连在飘逸的披肩里，女人毕竟是女人。然而，杨怡芬写出了不一样的披肩和别样的女人，才情亦在披肩的背影中让我们识得。套用张爱玲的一句话，因为懂得，所以慈悲。杨怡芬因为懂得，所以投向女性、婚姻、家庭和伦理的一瞥，才会有着同情的慈悲。然而，她又决然不是张爱玲式的，甚至于恰恰和张爱玲相反的，杨怡芬的慈悲是一种凝神、忘我状态的体察与真心。

当下的社会问题不可谓不多，但是如何让社会问题进入文本艺术层面，并非是简单写实的问题。生活真实面相上的写实往往很难抵达人性坚硬的内核，在平面化的苦难叙述中，文本无法达到对于生活本质的照亮与呈现。杨怡芬是个留心的观察者，她的小说往往从当下最普遍的一类社会现象入手，比如，为什么这么多人离婚？有了《披肩》；街上为什么有那么多的棋牌室？有了《棋牌室》；房价为什么这么贵，有了《金地》；流产广告为什么会做得这么温馨？有了《鳗鲞》……她对各色的社会面相有着自己独特的视角，在长白岛众生相的世情摹写中，凸现人性中的坚韧与颓败，打量世俗中的情感，低吟婚姻内外的困扰与无奈。

杨怡芬的小说是在不断成长的。比如《披肩》和《迷藏》同样是关于婚外恋的，披肩是女人心性的展露，而《迷藏》则是对人性幽暗隧道的一次温和的触摸。如果说妻性在披肩中展露飘零的心境，迷和藏中的我则在两性的心性较量中，获得某种知性上的平等与快感。《别怕》是非常用心思的一个中篇，这个小说探讨了当下女性对于爱情的极端不信任感。忠诚与信任在当下是匮乏的，而真正的婚姻和爱情是以这两点为基本认知的。由此伦理之殇再次以对信任和忠诚的渴望在杨怡芬的小说中闪现，体现出她对社会精神生活的真心体谅和洞察。文本有着明显的浪漫与理想色彩，但却照亮了我们向好向善的灵魂。

现代伦理之殇非但呈现在两性之间，还在母与子两代人之间产生了巨大的裂缝与痛楚。《金地》同样是观察社会问题的视角，杨怡芬独特的切入点让人在母性的慈悲坚韧中，看到子辈的颓败流离。在这种坚韧与颓败中，传统母慈子孝的伦理境遇再次遭到了物质主义无情的鞭挞，甚至于让我们感慨：这对母子的境遇远比传统的不孝敬、不赡养的忤逆更不堪。子辈的颓败是根本性的，它击垮了上一辈人建立在传统伦理基础上的精神空间。母亲在上海小弄堂的吆喝声回响在长白岛潮湿的空气中，儿子建生长大的肉身却像一团甩不掉的污垢，紧紧粘在母亲宽阔的心上，无法抹去。相对于《金地》中母辈精神的被击垮，《棋牌室》则在不经意的结尾处暗示父母辈竟然也快速接受了新的非道德非伦理的现实。具有反讽意味的是，潘多拉的父母尽管教唆女儿撒谎，但自己却是勤劳而节俭的，忍耐着命运，过着卑躬屈膝的生活。在这里父母成了撒谎者的帮凶，甚至于是撒谎的启蒙者。在弥天的谎话下，潘多拉的婚姻自此笼罩在一片阴霾之中，就这样，子辈的伦理颓败便如江河日下。于是这样一个问题自然浮出水面：子辈的伦理颓败与父辈的坚韧恰恰形成了一种荒谬的悖反。这个短篇对于当下日渐颓败的传统与伦理做出了惊心动魄的揭示：父辈在金钱与物质的压力下竟然比子辈更加急速地认可了新的价值观念，传统伦理的衰败自然无可避免。

杨怡芬的创作有着明晰的变化轨迹，从自然流转地呈现女人心性，精心体贴地设置人物关系，到最近多视角多声部地进行文本探索。无论何种形式，她的眼光始终在家庭、伦理、婚姻的内瓤里，对于人性的各种维度和面相进行独特的触摸和打量。当下社会道德伦理一路坍塌崩溃，很多文学作品在呈现社会现实的时候，多从苦难、权力甚至是欲望的角度，写这个时代人的生存状况，而鲜有从道德伦理嬗变的视角去触摸中国当下普通人的精神裂变，尤其是向中国传统伦理中温和坚韧的母性和妻性投去无限同情的一瞥。因此，杨怡芬的写作在当下是独具面目的。杨怡芬行走在多路向的写作中，她善于用真心与体贴触摸社会现实对于人心和精神的伤害，她小说的慈悲处在于同情理解中的轻哂与嘲弄，不苟同也不迎合，公正地洞察着常态婚姻家庭伦理中的死水与微澜。

载《文艺报》2011 年 7 月 6 日

非物质主义的存在感
——略论吴文君小说创作

　　吴文君是近年崭露头角的浙江青年作家，在十多年的写作经历中，吴文君专注于中短篇小说创作，具有强烈的文体意识、精致的叙事策略和蕴藉的语言呈现能力。她是一位孜孜以求的小说叙述者，对于中国当下女性经验、现实生存乃至精神苦闷都保持着敏锐的感受力、叙述的野心与呈现的能力。

　　吴文君 2005 年发表《在尘埃之上》，这篇小说以独特的文体和语言风格让她脱颖而出。2006 年在《收获》发表了短篇小说《银灯笼》，引起广泛关注。她陆续发表了《后屋》《微风一息》《细香》《琉璃》《圣山》等中短篇小说，体现出对于现实生存更为深沉的反思与体认。近几年吴文君发表中篇小说七篇、短篇小说二十一篇。2013 年浙江文艺出版社出版作品集《红马》，内收十六个短篇小说，共 20 万字。吴文君有着镇定自若的叙述风度和貌似单纯但内核有力的叙事策略。阅读她的文本，时时会勾连起对于 20 世纪初中国现代自叙传抒情小说传统的回味；又有着对于 20 世纪 80 年代上海和苏杭三地平民生存叙事的重温；又会时时在意识流动的层面，进入当下城市女性的经验世界，且是迥异于欲望化图景的心灵镜像。吴文君的小说文本呈现出了多种叙事的可能性，耐心而执着的现代性追问——我是谁，我为什么生活，我为何写作？这种对于现代生存和写作本身的自觉意识，在当下的青年作家中是罕见的。因此，尽管吴文君的写作量并不大，却包含着相当丰厚的现代性特质。

当下中国 1970 年代的作家写都市的笔触，大多用乡土中国田园作为精神背景，比如魏微、付秀莹；或者以城市物质主义生存为幕后，描述都市男女的故事，比如张楚、蒋一谈。而吴文君身处商品经济发达的江浙地区，她的小说自然而然地发生在小桥流水的江南风物中，且有着一个国际大都市上海作为现代背景，由此她的人物自然生长在中国独特的都市现代性中，精神上的伤痛和物质上的匮乏都没有以极端形式出现。由此，吴文君可以从一张电脑桌上，缓缓地敲入一个个优美的汉字，极其自然地进入对于都市精神状态的呈现和拷问。她是一个耐心的叙事者，她的创作，从一开始就具有某种特别的气质，从语言韵致、叙述节奏到人物呈现都体现出了对于当代小说某种别样的思考。到目前为止，她的创作大致可以分成这样几个部分：一是自叙传抒情与"逃离"中的女性成长史，以《在尘埃之上》《六月的歌声》《琉璃》为代表，在这类作品中，吴文君描写一系列试图从日常生活经验中逃离的女性，她们的逃离更多的是内心指向上的精神逃逸，而行动上往往最终是重回归逃离之所，但是在回归的同时往往完成了精神上的某种蜕变与演变；一是现代女性经验独白中的意识流动，以《微风一息》和《细香》为代表，她善于抓住女性经验世界梦幻与真实交汇的瞬间，凸显现代女性生存中的迷惘、失落和某种精神耗散状态；一是对于现实生存的体悟与架构，建构她的灰色小人物的精神生活，以《圣山》和《红马》为代表，以此来表现自身对于当下生活本质的观察与透视。

"永远逃离的姿态"与女性成长

她很早发表的《在尘埃之上》其实是一篇宣言类的小说，一种对于女性平庸日常生存全方位的拷问，或许这样的写作也是对于自己过去精神的一种清洗和解毒。所有的对于日常生存的怨尤、愤懑、无助、伤感、内疚、遗憾、哀伤都随着"莲"在尘埃之上的眼光而消散，极像摄影镜头中阳光下飞舞的尘埃，四散飘逸，无法捉摸。而大多数的写作者关注的是尘埃飞舞中的具体状态，以及平庸无助的小人物生存的一地鸡毛。而吴文君则恰恰宣称和这一切保持距离，在保持距离之后审视与拷问这种生存的意义与价值。但是小说又借助"莲"母亲的口说出：出走多少奢侈，它不是平常人能够施用的手段，我们根本无处可走，所以只有回去。至此，她小说中的女性很多就是徘徊在出走、逃离、回去之间，辗转反侧，游移不定又执意前行。

《小维娜和猫》《六月的歌声》中的小维娜和六月，都有点类似于张爱玲笔下无根的上海女孩，吴文君同样描写了这种女孩的坚韧生长。所不同的是，小维娜自有着对于生活本分而现实的理性认知，安分地守着自己命运，安命而不堕落自弃。六月是出生在亭子间的女孩，那份城市底层平民女孩的奋斗成长史并不是吴文君铺排的中心，作者钟情于六月对于亭子间的"逃离"，同时又叙述了她对于命运的安之若素。六月那份似乎很钝的生命感受却带来隐忍的坚强和平静，当六月的歌声再次响起在亭子间的时候，我仿佛看了《琉璃》中陶秀英又一次爬在垃圾桶旁边专注地捡拾着垃圾。《琉璃》是吴文君从少女成长到女性命运书写的转折。少女总归要成长为妇人，而这就意味着作者从少女心性的摹写转向对于女性命运的把握。这个小说最为动人的地方依然在于女性面对既定命运的某种"逃离"，陶秀英所有的现实生存都带着被动色彩，而她依然希望逃离命运的安排，例如和情人不动声色的幽会，不可理喻的捡拾垃圾的行径，这种主动性的行为往往带着梦幻和非理性色彩。那种被情人欺骗后的自伤以及捡垃圾积攒了几十万财产的秘密，这些都在小说的平静叙事中留白，这种留白让读者读完整篇小说后思绪涌动：陶秀英是独特的，那份对于常态生存的逃离是强悍而执着的。女性在被规约的命运背后，依然有着一个永远"逃离"的姿态。陶秀英在弄堂里和蒋阿姐日复一日剥毛豆仅仅是生存的表象，女性日常精神的内核还有着更多阐释的空间。吴文君在这里仅仅呈现出了冰山一角，已让我们看到了女性对于命运奇绝惨淡又镇定自若的回应。

梦境与真实中的心灵镜像

《细香》是从日常生活细节来描述女性幽微的心境，少女成长那份无人理解之痛楚，以及成年之后侵入骨髓的孤独和寂寞，这些都随着白兰花细细的幽香在文本中点散开来。"我"急切地寻找倾诉对象，即便像老齐这种若即若离的男人，都因为一丝丝认同和理解的光亮而成为倾诉的对象。成长之痛在这里体现在父母对于女儿永远无法抵达心灵的关爱。父亲即便给我搬来了白兰花，依然无法理解我的人生选择，因此我的心事对于自己最亲近的亲人永远都难以启齿。我的成长史在父母眼里是一部失败史，而任何一个少女的成长史都是一部和自己搏斗的惊心动魄的心灵史，我胸上的那只蝴蝶其实就是一种隐喻。和生活的部分和解让我平静，但是精神上的不满足感一如振翅欲飞的那只蓝色蝴蝶，垂而不死。

当下如果一个女性日常婚姻镜像破碎，一食一饮的日常生存不再具有意义指向的时候，现代女性的精神走向往往会变得可疑。《微风一息》对于女性的这种精神状态进行了精细的叙述和刻画。《微风一息》无疑是时间流逝的某种叹息，婚姻的实质被剥离出日常生活之后，女性从某种程度上更加依赖幻想（其实就是梦境）来表证自身的精神生活的活跃性。在这个短篇中，我在自身面临婚姻崩溃的恍惚中，从一个稍嫌暧昧的电话开始，进行了一系列的精神幻想，原本可能是期待一个春梦般的故事，没有想到，在梦境与真实的交汇处，女性自身精神耗散行为的结局却是对时间性流逝的警醒：即作者自己所说的对于"无法挽回的忽略的悔恨"，这种含混的表达恰恰在某种程度上体现出现代女性对于生活和自身的不确定性和怀疑。梦境、扭曲、变形成为一种象征和隐喻：女性往往对于非现实性有着飞蛾扑火般的执着，而正是在这样的过程中，现代女性极端地体验自身的主体性，且以某种怪诞的方式重构自己的精神体验，从而使得这种体验亦真亦幻，如梦如影。

存在感——灰色小人物的精神生活

庸常小人物是否有着开阔的精神生活？在被抛入的现代生存中，我们的存在感何在？吴文君的小说中有着对于灰色小人物精神生活的探讨。《圣山》和《红马》的指向性是相反的，但都是灰色小人物对于自身庸常生存的反拨。男人往往用行动证明自己的坚韧，女人往往用逃离反证庸常之无法忍受。

《圣山》以第一人称"我"来叙述自己平淡无奇的生活经历，却能在对于灰色生存的叙述中跌宕出命运惨淡的血色。我的独特之处在于安于平庸生活却始终处于一个又一个秘密被发现的焦灼中，发现了秘密其实就发现了人生被隐藏的真相。我在平庸生存的背面发现了残酷真相，这种残酷真相中又凸显着人性的良善，正是平庸的善良让我作为一个生命存活下来，并且某种意义上具有了自己的"家"，由此我依然平静而淡然地过着庸常人生。这种种的根性和"我"无根的精神状态在小说内在叙事中一直保持着强大的张力，最终也因为"我"对于人性"善"的认同，最终和生活走向了和解。这种和解是建立在中国传统宽厚、容忍、克己的人生态度上的。"圣山"的寓意也就获得了多元的指向性：在圣山凸显之时，一个灰色小人物一直未能发出声音的精神搏斗终于停止了，"我"从而获得了精神上的根性。或者是面对亲生母亲的悲惨遭遇，圣山其实是虚妄的，所谓种姓的根是脆弱的，唯有现实庸常生活本身才是真实。或许每个人心里都有一个城堡，这个城堡可能幽暗，可能明亮，也可能幽冥白昼交相更迭。《圣山》冷静平稳叙事中透露出"我"内心强有力的精神挣扎，凸显了小人物在面对人生真相时的隐忍和坚强。或许很多人的人生都是于无声处听惊雷。这篇小说依然是对于现代人精神状态的透视，建构起灰色小人物丰厚饱满的精神性特征，且让灰色人物的精神指向有来路又有归途。

《红马》则充满了更多阐释的可能性，从我的阅读经验来看，《红马》不是写性和欲望挣扎的，恰恰写的是对于欲望的回避和厌倦。雅娜的婚姻和生活其实已经出现了问题，她的出走是自然而然的事情。雅娜是个生活在当下的灰色小人物，甚至于在邀请同事参加自己生日宴会的时候都好像低声下气。这种灰色人生境遇发展下去自然是婚姻的破裂或者是同床异梦的惨淡婚姻。毕竟雅娜从灰色人生境遇中抽身而出，向着某种不确定的文化寻求精神的解脱。而格桑有着独特经历，这使得他对于不同文化中女性有着几分善意和理解。由此，他们对视的眼神才会有着刹那的交集，而这种交集从某种程度上的确构成了一种暧昧：肉身和灵魂双重的张力，这些让雅娜和格桑互相吸引。带着对于现代虚伪、无聊生活的厌弃，雅娜骑上了那匹红马。这匹红马无论是现实还是象征意义上，都是灰色小人物精神裂变的某种隐喻。当然雅娜毕竟是有着内在自省性的灰色小人物，所以她不可能和格桑有真正的故事，哪怕是肉体之欢都绝无可能。这暗示着雅娜不同于米雅，她没有米雅明确的目的性，这使得她的精神性远远高于借种的米雅，从而也在另一个层面上切割了她和格桑精神上真正的联系。由此我们才能理解雅娜和格桑没有任何真正的肉体上切实的关系，雅娜才能以一个骑着红马远遁的形象冲出灰色小人物的精神困境。至于她最终到了哪里，也是作者自己无法回答的。雅娜正是对于性和欲望的失望才远走则扎寨，她放任自己的心智在这样的远走中迷失、彷徨、飘忽乃至最终逃逸，而这一切无不是灰色小人物对于人生困境的挣扎与抵抗，唯有这种挣扎才是属于吴文君笔下小人物的精神性生活。

吴文君的小说表层结构是典型的慢叙事和非故事，文本弥散着浓浓的感性经验，情绪饱满充沛，在枝蔓丛生的物象、细节和意境中，人物内心的张力缓缓发酵，最终构成每一个文本内在精神内核。在当下欲望化叙事图景中，吴文君对于女性"逃离"姿态的叙事，应该说具备了相当开阔的精神视域。女性安于命运本身和精神上对于命运的抗争并行不悖。在梦境和真实的交汇处呈现现代女性的经验，以意识的流动变形来体现女性主体性，从而抵达女性幽微的精神世界。她专注于日常小人物常态生存中的精神性建构，试图呈现凡俗人生中灰色小人物的精神走向，在"圣山"、"红马"和"白兰花"的意象中，走入初具现代人格精神的中国普通人的内心。在被欲望化描写遮蔽的当下写作中，她用非故事形式讲述普通中国人内在心灵图景，让灰色小人物获得某种精神上的存在感，由此她的写作具有相当独特的当代性。

2014 年 1 月

工人阶级市民化与新城市经验的精神透视

——读狄青小说集《闭嘴》

　　狄青的写作自觉继承了 1980 年代以来现实主义传统，又在独特的津味文化和津味地域风俗中暗承了话本小说民间化叙事风格，与此同时，狄青在文字叙事背后力求渗入自己对于时代风俗历史的个人化理解和主体心灵独白。小说集刻画了近三十年中国社会在市场经济模式下，全民所有制工人及其向市民身份转化的心路历程。狄青力图讲好听的故事，塑造鲜活人物及丰盈的内心生活，通过情节设置来掌控人物精神走向，从而委婉表达自己对于世态人心的看法。

　　两千年前后《贫嘴张大民的幸福生活》依然以传统审美和传统价值取向中的宽容、乐观和中国式喜感让文坛和读者体验了城市平民的精神价值追求和人生理想。然而十多年过去了，张大民的生存状态已经无法和当下真正接轨，庸常生活中的无奈和溃败感无疑席卷了当下生存的精神空间，个体生存比起小林们和张大民们已经繁荣了很多，但在物质主义无限扩张的空间中，大多数中国人前所未有地感受到了自身个体精神合法性的危机。体现在文学审美范畴中，往往就是一系列失败者形象的出现。在狄青小说中，出现了一系列弱男庸人（懦弱的男人和平庸的生活）形象，通过这些当代生活中几乎算是失败者的男性形象，一方面颠覆了 1950 年代传统现实主义红色经典人物，也解构了 1980 年代以来理想主义的高韬（这二者在当代文学史上都曾经承担了最为重要的阐释生活和文学审美的功能）。他恰恰将目光投入到以前文学史所回避和轻贱的庸人形象。这些活着的庸人既没有经历宏大政治历史的洗礼，也没有经历灾荒、饥饿或战争的苦难，而仅仅是卑微甚至于苟且地活着——然而这些恰恰是我们这个时代的生存的真相。一个作家试图写这些人物，自然是希望为笔下人物寻找到活着的价值和意义，从艺术审美的角度赋予这些人物现实存在和艺术的合法性。

狄青《闭嘴》中的于来水是个历史和当下弃儿，曾经的家世、政治理想和当下精神病患者的身份之间充满了张力，也是这个短篇设置中最能见作者功力的地方。于来水尽管以最彻底的方式背离了自己的教养、身份和趣味，在精神病区获得了俗女人顾秀枝来自身体的切实安慰，从而短暂地像正常的庸人一样活着，但是他无法正视日常残酷的现实，最终依然疯了。在精神病院的喋喋不休正是因为可以逃离日常的逼压，自说自话，从而完成自己精神和情感的宣泄。顾秀枝无疑也是如此，两个截然不同的人都是通过呓语来碰触属于被压抑的潜意识。《保卫马六甲》则从"单位"和体制变革对于马默生活产生的巨大影响来写人物。从这个作品中依然能够感受到上个世纪 80 年代工人阶级的主流生活状态——所谓主人翁的安全感和自豪感。作者一方面通过马默回顾了这种感受，同时更在当下生存中有力地解构了一个阶层和社会之间平衡关系被打破之后的尴尬。社会关系、人与人之间的关系都在重新组合，多变、多元和模糊暧昧的关系中，马默无论是和前妻、租户、前妻情人之间都出现了关系的错位和扭曲，马默只能在茫然中被动接受一切。最终马默带着马六甲出走，这无疑是前国营企业工人马默又一次"主人翁"的体现，带着悲愤的沉默上路。《月亮丢了》中的"我"的叙事角度非常值得重视："我要说那一年是我在那些个念头里最为感到特别的一个念头。我所居住的这座已经……所以我只能原谅自己"[①]。如果回顾一下新写实主义创作的话，就会发现尽管新写实写的是个体一地鸡毛的无意义，但是作者俨然是用一个全知全能的视角打量

① 《闭嘴》，狄青著，九州出版社，2014 年。

和洞察小林们的无意义生存，作者代表着叙事话语权力和对生活的掌控力，作者对于这种平面、零度的鸡毛蒜皮日常经验的打捞和梳理，其姿态其实是不言而喻的——无意义的日常和生存，行尸走肉的庸常吞噬了一切，而这一切是无法确立现代人的生存合法性的（尽管依然存在着对于庸常的抗争）。而到了狄青这一代作家，无疑更为充分认识到当代生活多元化的价值取向和人物多面相的生活样态，尤其在深邃强悍的历史中，人的命运的确具有相当大的不可捉摸性和偶然性。于是，作家运用个体心理独白、限定自己的叙事角度，同时承认自己认知的局限性和知识结构上的缺陷，以现代个体人的身份来认知当下和历史，从而勇敢地用"我是我自己"的视角来观照自己的生存和当下。狄青的叙事能力很强，在一个非常短的篇幅中，介绍了"我"城市平民的生活经历。"我"没有和前妻李大红一样，极快地和商品社会合作，但是一旦转身，就会极快地进入功利化的运作，竟然没有一点不适应，成为一个靠亲戚关系和熟人资源发财致富的生意人，在平淡地描述自己发家史的时候，那种以次充好、坑蒙的勾当依然是初级阶段中国市场最常见也最触目惊心的手段……这些如果都可以理解的话，那么孟大川最后蹊跷的死亡无疑象征着更为复杂的丛林法则。"月亮"作为意象的含义实在太丰富，作者在这里无非暗示善良美好的逝去，而这种黯然的逝去是水滴穿石般将人的价值取向和生存的理想主义消解于无形，从而日渐陷入庸常生活的麻木中，成为精神僵死、意志扭曲的现代人。《月亮丢了》叙事手法朴实真挚，对当下城市生存状态把握精准，平静叙述中表达了对现代都市人精神状态的透视，在这种及时和及物的体贴观察中，通过主人公"我"的自述，表达了日渐成熟的现代个体对于自身精神状态的纠结与反省，从而赋予作品鲜明的现代小说品格。

狄青笔下女性形象则显出某种强悍色彩，《闭嘴》中的顾秀枝是民间传奇中的女强人，她拾破烂的人生经历一方面呈现出了中国几十年来底层民间的世情百态，小巷人物的一地鸡毛。同时中国人富裕之后，无论男女似乎都会奔着和传统伦理价值观相悖的方向发展，最终也会因为这种追逐身体或物质的欲望而导致悲剧结局。顾秀枝的独特之处在于和于来水的婚姻关系，这是一份属于前现代传统观念中对于知识和知识分子的盲目尊崇和喜欢，由此，她和于来水的夫妻关系才会带上浓厚的社会历史印记，从而赋予顾秀枝这个人物更为丰厚的文学意蕴——在一个物质和欲望蓬勃生长的时代，任何非功利的理想主义的生长都非常艰难，而欲望又往往会导向更大的沉沦。由此，在司机情人出事之后，顾秀枝也疯了，小说由此也显示出独特的精神透视意味。在《春天的秘密》中，作为女官员的鞠乃萍和作为女人的鞠乃萍存在着微妙的平衡，一旦这个平衡被打破，鞠乃萍的生活重心就发生了倾斜。在人格面具的操纵下，现代人都身不由己地扮演着各自的角色，在利益和利害关系的利用与权衡中，鞠乃萍最终依然是退回了面具生活中，只有这样，才能真正保有精神生活的私密性和安全性。小说其实探讨了现代都市生存和人格面具之间微妙而复杂的关系，从人格心理学和现实生存法则的角度，赋予人物更为幽深和复杂的精神景观。

《满耀德的生活杂碎》作为故事来说并不新鲜，社会主义劳模随着社会变迁所经历的精神情感变化一直以来不乏媒体和作家的关注。狄青擅长写上个世纪国企、工厂等这类单位里的人，通过描写体制变迁对人生存状态变化的影响，来观风俗之变，察人心的变与常。这篇小说显示出了狄青对于当下时代变迁沉静的观察和思考，劳模满耀德被中央领导接见之后的一系列生活都是被动，这种被动生活曾经在当代历史中主宰着绝大多数人，满耀德只不过更加被动而已。在伤痕、反思文学中，我们关注更多的是被政治和历史所迫害的人，改革文学关注时代弄潮儿在体制中风生水起，新写实文学关注日常平庸生存的灰色人物。那么，作者从体制和单位的角度，关注被政治和历史裹挟前行丧失判断力和自主力的一类人，无疑是对当代历史更加多维的体察。这一类人的命运无论是在政治化年代，还是在市场经济时代无疑都更带有精神悲剧的色彩。小说中的满耀德最终和徐玉芳通过开修理铺似乎找到了个体的主体性和自主的精神状态，作者给予主人公一条精神上的出路，从某种程度上来说，这个短篇极其浓缩地表现了中国工人阶级如何随着时代的巨变转换成新市民阶层，从而在新的社会秩序和价值伦理架构中找到自身存在感。

小说集《闭嘴》是一本具有很强阐释性的小说集，小说的故事层搭建在现实主义的小巷人物志上，摹写众多人物或寻常或独特或传奇的人生经历，情节层面又和新写实以来的当下写作相勾连，多面相地叙述了时代变革中当代天津城市及城市人的生活图景。小说集从当下日常生存经验审美性的角度，叙述了从传统到现代转型过程中，现代个体新的城市经验，同时关注工人阶级市民化这一独特社会身份转换过程的精神伤痛与情感体验。

新乡土写作与农村社会转型

——略论叶炜长篇小说《后土》

叶炜在《后土》中尝试一种新的乡土写作,通过新农民形象来探讨乡村新伦理叙事与农村现代化进程之间的关系。长篇小说在中国社会基层经济政治生活场景中铺展开来,宗族、伦理、情感的诸多问题一一呈现在乡人的家长里短和婚丧嫁娶中。在新一代中国农民的眼中,苏北鲁南农村生活呈现出纠葛中的和解与平静中的嬗变。中国新农村和新农民正在被建构,这种新现象一方面被阐释、解读甚至于质疑,一边又成为当下无法回避的现实。叶炜《后土》现在时地提供了中国新乡土社会的场景及其人物,在一定程度上也暗示着建构新乡土的某种思路和模式,中国新乡土的伦理秩序建构也在求新求变中日益显示出时代紧迫性。

一

新千年之后,中国农村的时代新人还存在吗?面对日渐坍塌的乡土社会和乡村伦理,我们更多将对于农村社会的认知放到城市,城市中的打工者成为我们关注的重点,同时留守儿童和老人成为固定的乡土人物原型。然而新农村中需要时代新人,从当代生活自身来说,自上世纪 80 年代以来,农村致富能人、万元户、暴发户、包工头……这些人物伴随着中国农村转型的过程一直存在着,同时也深刻地影响着中国基层政治经济生活，乡土伦理的嬗变也在很大程度上和这些时代人物休戚相关。《后土》正是在这样一个视点上去描述当下中国农村中的时代新人，作者塑造了刘青松和唐东风两个农村基层政权的干部，通过这两个农村基层干部形象，试图构建新农民在中国变革乡土中的个体身份合法性。刘青松无疑是带着浓厚传统品质的中国农民：仗义、善良、正直、公道，有能力又肯帮助别人，是个仁义的能人。而唐东风的性格则更为复杂，也更加贴近现实人物的性格逻辑：利人的事情需先利己，功利主义色彩中又夹杂着某种适度的节制与平衡，是农村生活中会算计的能人。这两个人物都有着改变农村现实的愿望，且能够在实际行动中将愿望一点点实践，扎扎实实干事业的确是这两个农村基层干部最本色的特征。在一地鸡毛的乡土常态生存中，一桩桩鸡零狗碎的小事就是刘、唐二人苦心经营的人生和事业。《后土》试图用时代新人的行动来回答中国农村现实情境中人的日常困境，人们在波澜不惊的日常中对于生活本身的困惑，作者也有意识地用新乡土伦理的合法性来成就新农村的中国梦想。因此《后土》中的农村基层社会政治经济生活依然有着最为基本的运行秩序，小说中的基层干部代表着农村的一代新人，这些人看到中国农村巨变的机遇和挑战，仍然表达了中国农民在广阔农村有所作为的理想和勇气。但是这些农民已经不带有任何理想主义和乌托邦色彩，以一种更为务实甚至于实用主义的理念去做一番事业。由此刘青松们不再具有典型化人物的高大全，甚至于也无法具备道德伦理的高度，但是他们却在某种程度上获得了人性的真实性，同时也赋予了当下农村进入工业化时代某种积极进取的精神气质。

<h1 style="text-align:center">二</h1>

麻庄无论怎样变，在刘青松眼里都必须有土地爷的庇护。小说开篇就叙述了土地爷对于麻庄历史的重要性，也暗喻着土地对于中国乡土的根性。作品中多次叙述土地庙，用细节刻画了刘青松和土地爷的交流，刘青松在时代快节奏的奔跑前行中，时时又瞻前顾后地回溯乡俗和宗教信仰，小说在相当大的程度上赋予了这个村干部社会伦理的深度和文化根性。正是守着这样一个重心，刘青松才会比唐东风更稳健，也更加符合中国伦理中对于"善"的要求。商品经济功利主义日渐杀死了乡土田园和古典牧歌式的审美情趣，随着这种审美的式微，乡土伦理在分崩离析中让乡人们的灵魂无所皈依，土地庙成为麻庄人精神最后的避难所。在王忠厚和李麻子的丧事上，刘青松说了一句话：我们现在的斗争，是自己没事找事，人和人斗往往是两败俱伤。在一个不再为日常物质生存争斗的年代，中国农村自身所产生的哀痛和悲伤往往来自于农民自身，来自于数千年农业文明因循中的守旧、愚昧和盲目。当所有的争斗带来伤害性后果的时候，乡土中的农民依然无法找到可以安放身心的地方。由此才能理解小说"后土"的意象：土地崇拜和信仰是乡土生存的根本和重心，在求新求变的乡土转型中，作者依然希望乡土社会的人们能够把持自身的文化根性，转型的巨变中他们的生活依然能够顺应二十四节气的自然运行。

小说立足于土地庙的文化根性，一方面体现出主人公对于传统的回顾与呵护，一方面刘青松和乡人对于土地神的复魅与膜拜没有经历现代启蒙精神浸润，这在一定程度上体现出了时代新农民精神生活的贫乏与危机。《后土》所描写的新农民站在巨变的乡土上进行着前所未有的变革，在无声的转型中，当下农村已经深深烙上了经济利益、资本运营和功利主义印记。在乡土社会的转型时期，无数个麻庄构成的中国东南部乡土无疑存在着巨大的精神隐忧。麻庄人对于土地神是敬畏的，土地神成为一个遥远的隐喻，而真正能够直击乡土社会文化深层的现代文明依然在广大的农村生活中阙如。

三

叶炜的写作在 70 后一代作家中是较为独特的，他关注中国的乡土社会，在城市化过程中，将笔力集中到苏北鲁南的一个小村庄，用一种过滤后的温情叙事来摹写新的乡土经验。同时叶炜又有着 70 后作家共同的写作倾向——关注日常性。《后土》描写了苏北鲁南乡土社会碎片化的日常生存，一个个小人物的悲喜剧上演又谢幕，乡人生活平庸而琐碎，正是这种碎片化的平庸让乡土既安静又哀伤。他笔下的麻庄几乎可以代表长江中下游地区大多数的乡土社会，小说中的农民们解决了温饱问题，饥饿、贫穷和瘟疫不再是乡村生活的重心。在这样的土地上，物质的匮乏不再以饥饿的面目出现，乡人们为了获取更多财富而活着。农村生活在去饥饿化、去革命化的同时似乎也消解了生活的崇高感和价值诉求。乡人们在赚钱的同时，急需解决情感与伦理生活的现代合法性问题。由此麻庄生活的碎片化与失重感无疑是《后土》表层意蕴下潜藏的暗流，新农村新乡土的精神生活依旧没有更多可以依附的内容与形式。由此，中国当下乡土生活告别惯常的革命、阶级斗争、大跃进、人民公社，甚至于也没有分产承包制的激情。在取消了实行了千年的农业税之后，中国乡土真的在经历现代转型的过程中日渐式微，与传统渐行渐远。同时中国农村也终于平静下来，进行着艰难的精神蜕变。这种精神转型在小说中体现在对于文化根性的自觉意识，作者饱含感情地摹写当下乡村现实生活的新旧杂糅，把握复杂的宗族邻里复杂，熟悉且权宜通变地处理熟人社会的冲突纠纷等等。作者和刘青松一起在乡土社会的变与不变中寻求某种平衡与突破。例如在对待王远的态度和策略上，刘、唐二人有着政治经济利益上的考量，但是最终却在人性和伦理的层面解决了矛盾。如意、孟疯子、王傻子这样的人物在当下农村依然有着日常的悲剧性，熟人社会的人情冷暖和宗族姻亲关系中的温情与冷漠，这些都在乡村风俗画中走向新的和解与认同。作者没有刻意描写乡土伦理坍塌过程的悲惨与伤痛，而是在日常人伦风俗景观中试图重建乡土社会的新伦理和新风俗。人的命运悲剧在悄然转变成人的性格和能力的悲剧，日常性的悲伤替代了历史或革命带来的悲痛。由此，在渐进的风俗伦理层面上，乡土社会的改良与重建似乎有着一个可以预见的未来。

四

中国农村和农民是中国现代化无法回避的问题，也是中国近现代以来社会发展变革最重要的问题。作者关注中国乡土社会，关注代表着中国半数以上农民群体的物质和精神生活，在全球化背景中探讨从熟人社会中日渐出走的中国农民和他们的梦想与奋斗。这种新乡土叙事无疑具有相当重要的当下性和文学史意义。

叶炜长篇小说《后土》在日常性和碎片化的乡土叙事中，呈现出了当下中国东南部乡土社会的人伦风俗。他笔下的时代新农民以个体的方式参与时代变革，一地鸡毛的乡村日常生存景观却反映出了一个时代农民普遍性的命运特征——平面同质的温饱生活，贫乏困惑的精神状态，物质与伦理生活的悖谬与矛盾……这是一个无声却充满巨变的时代，时代是宏大，农民个体被时代裹挟着顺流而下，在毫无选择的同时又义无反顾地投身到转型的巨变中。新农村在某种意义上是传统乡土社会的式微，由此小说通过塑造新农村中的时代新人，试图赋予当下乡土以新价值和新意义。尽管如此，中国当下乡土群体性精神生活大多是前现代意义上传统伦理的延续，麻庄依然因袭着乡土社会人伦法则和土地神的想象与隐喻。小说结尾的"投资"意味着麻庄从前现代农业社会向现代工业社会转型的不可逆转，在刘、唐及其后代的带领下，麻庄向着不可知的未来一路走去。中国农村变革在全球资本运作中，已经开始了自身现代工商业化的缓慢蜕变，现代性的双面利刃也开始以"变化"的名义侵入中国的土地和土地上的人们。长篇小说《后土》无疑在相当大的程度上还原了当下乡土社会的历史真实性，且在日常性的夹缝中透露出对于农村"中国梦"和美善生活的建构性努力。

载《名作与欣赏》2016 年 19 期

疯癫虚构中的痛感叙事

——浅析刘荣书的小说创作

刘荣书的小说擅长描述人的疯癫状态，由此叙述极端事件中对于人物极端性格的呈现，也就是他自己所说的喜爱"奇异事物"。

人物的粗粝性与坚硬生活之间充满着张力。《浮屠》中苏双对于少年时饥饿以及母亲被玷污的痛苦记忆，纠缠于塔与枪这两种意象之间。正是因为无法放下心中的那杆枪——痛苦、仇恨和报复，小说通过少年视角，呈现出时代乡村记忆中令人心酸的诸多往事，小说中时时对于苦难伤痛进行闪回，尤其是母亲对于饥饿、性、伦理的态度，小说于波澜不惊处见惊雷。作者有时会设置相当"狠"的细节，例如母亲在饥饿与性爱之间的挣扎，这种叙述无疑冒犯了某种禁忌，让人产生不适应感，在相当程度上违背中国传统伦理诉求，且在一定程度上赋予女性物化色彩。在刘荣书笔下，陈武、马传、母亲都在坚硬生活中练成了某种粗糙性，又通过作者少年视角的过滤，还原出某种纯粹的精神特质。例如马传的懦弱无能和决绝，陈武的孔武有力又充斥着卑劣的欲望，母亲坚韧刚强又忍辱苟活，这些都构成了刘荣书小说强劲的张力，情绪饱满，充满紧张感。

孱弱而坚韧的人性与强大权力及世俗伦理之间的对抗性。小说通过对于疯癫和少年记忆的出色运用，突出了这种对抗性对于人的打击和对于人性的伤害。马传是一个压抑而孱弱的人，他能够为了雪耻举起镰刀，又因为一袋丢失的粮食而疯狂，从而开始了疯狂之后无休止的漫游，其实这种夜游恰恰让马传的精神完全处于放松的狂喜状态。如果仅仅描写这种疯癫并没有什么意义，其叙述重心在于母亲对于马传疯狂行为的看护和制止，用一种惯常的力量阻止疯狂的毁灭，那种漫漫长夜无尽的跟踪与纠缠，的确无望而令人遐想。

疯癫形象的力量在于隐喻出世俗伦常所掩盖的乡土社会对于生理有缺陷的人的巨大伤害。这种世俗伦常不是儒家所说的人伦日用，也不是民俗学或社会学意义上的民风民俗，而恰恰是在民俗学历史价值意义评估背后，凸显乡村日常生活中巨大的人性阴影与缺陷——一种集体无意识的人性冷漠、精神麻木，以及智识与见识上的浅陋和情感上的自私褊狭。中国人历来对于残疾人有着杂耍的心态，在《王小菊，我爱你》体现得尤为明显。"我"是个半傻，通过傻子少年视角叙述了当下乡村生活日渐坍塌的意义与价值体系。我最后以"傻子"的无畏和执着，依然守护着王小菊，就是为着曾经瞬间曾经体验到的"爱"（母爱）。《死亡信使》中潘多对于少年记忆的不断重新唤起，乡土对于潘多的伤害在于没有一个人真正关心顽劣少年的言语和精神状态。在潘多的回忆中，忙于日常生存的乡人在田园乡土中默默地为了活下去（甚至于苟活）而劳作，成人世界有着夫妻之间的争斗，权力对于生活和心灵的伤害，而少年世界同样存在着恶的阴影——无爱、冷漠、侮辱和暴力，这些纠缠在一个"忏悔"的主题中，所谓回忆的忏悔也在暴力的复仇中被消解。最后潘多的哭具有多义的象征性。《冰宫殿》写了李登峰的米镇造屋，这种故事原来并没有什么奇异之处，刘荣书最后让李登峰部分地具有了疯癫性——冰宫殿才会以一个坚硬、冰冷的意象矗立在米镇。刘荣书试图通过虚构与想象建立一个诗意的小说世界。同时，这种突兀的意象和疯癫性也在相当大的程度上阻隔了小说叙事的流畅与圆融。

刘荣书的小说游走在乡村少年记忆幽深处，撕开村镇日常生存的宁静，呈现出乡村伦理秩序中晦暗的冷漠、自私与麻木。一个个心智或清明或懵懂的少年行走在前现代的中国乡土场域中，悲伤、欢欣、痛苦和仇恨都裹挟在时代转型的强悍进程中。刘荣书的小说以疯癫虚构为某种表现形式，以写实主义的筋肉和骨骼为表现内容，呈现出一个小说叙述者对于当下乡土中国充满痛感的诗意叙事。

向异质文明出走的痛感体验

——陈纸小说创作述评

阅读陈纸的小说是一个细密风格渐渐显山露水的过程，单篇的阅读很难呈现出陈纸作为风格存在的意义，但是通过一个个纷呈在这个世纪初的中短篇文本，我逐渐触摸到了作家陈纸（曾经的"橙子"）存在的文学意义和空间。

陈纸通过百万字的小说文本，叙述了他对于这个时代真实与虚构、欲望与伦理、乡土与城市、灵魂与肉身的观察与体谅。在陈纸这一代 70 后作者那里，体谅成为一种处理现实与文本之间关系的某种价值尺度，正因为如此，陈纸的小说不仅仅是与个人的生存经历、生活经验和情感思维有关，他的创作与转型时期的乡土精神嬗变密不可分，又和城市经验的破碎积累血脉相连。正是因为从乡土中出走，且从不回头，陈纸是从乡土经验与伦理中抽身而出的。同时又因为缺乏城市物质主义的豢养与浸渍，他依然站在传统与现代的两端。作家陈纸一方面打量金钱物质对于乡土中国与传统人性的侵害，一方面又小心翼翼地叙写着现代物质生存给人带来的希望、快感与沉沦。

城市生存体验对于不同身份阶层的人来有着相当异质性的差别。城市经验书写自有源远流长的叙述传统和风格，从上个世纪的新感觉派上海都市快节奏的摩登生活，安妮宝贝们对于咖啡、红酒、颓败青春的个人化认同，蒋峰张悦然们对于青春与都市骨肉相连的认同与厌弃……从城市中滋生的理智与情感，带着冷硬金属的锐利背过身去，无视几千年中国乡土的一切。然而，对于更多的中国个体来说，乡土经验所辐射的伦理价值观是内在生长的，因此，我们在逃离乡土的迁徙中，背负着的无疑是几千年未有之变的重量。传统人的理念被根本动摇，以至于在历史上没有任何一个时代像当前这样，人对于自身如此地困惑不解。

向异质文明出走的痛感体验

陈纸的小说展现了一系列从乡土中国出走的小人物——年轻的任性的冒险者，正如当年的陈大明一样，怀揣着 700 元钱和文学梦，一路盲目而勇敢地走来。其实当下安居在农村，温饱大多是没有问题的，可是为什么大多数人还是前仆后继地涌向城市？当一个人的出走不是为了温饱，打工仅仅是一个表象。实际上市场经济时代所带来的生活方式的转变已经由城市波及到农村，农村的贫困化不再是吃不饱穿不暖，而是凋敝的经济、落后的交通、医疗和养老状况。因为信息时代资讯的发达，这种贫困更加触目惊心。所以打工者实质上是在奔向另一类生活方式和另一种文明形态。时至今日，这种文明是否更加先进暂且不论，但是这种文明给人的身体带来巨大的便利和快感是毋庸置疑的，所以奔向城市的人才会在出租屋中忍受着灵魂的煎熬。反过来，留在乡村，对于很多人来说一切皆无改变的可能，同时还要面对着中国乡土伦理千百年来遗留下来的庸常和陋习。作为平庸个体的我们该如何面对？

为了所谓更加理想的物质和精神生活，这种出走注定会带来灵魂和精神上的震痛与暗伤。陈纸的小说有着一个强大的当下乡土中国的阴影作为背景，日渐稀薄的传统经验与伦理预示着乡土中国的转型与转型中的困厄，因此，才不断地产生了各种名目下的出走，这种出走在当下有着一个词语——打工。所以我认为，所谓的打工者不仅仅理解为从农村到城市的劳动者，打工者应该是真正参与当下深刻生活方式变型的亲历者，描写他们的文字也应该是体现出中国现代性转型特征的文学。尽管他们代表着较单一的社会层面，他们的体验恰恰代表了农村大多数中国人在当下城市的感受。

陈纸描写了很多打工者的生存体验，他文本的特点在于没有描写打工者的苦感，即生存本身的经济压力和劳动艰辛，而是描写了这些人内心的痛感。我们所能记忆的农村大多是和贫穷落后密不可分的，相比较传统农村的缺衣少食，城市生活的确带来了新的便利和舒适。打工者不再依附土地，现金支付的工资以及便利的综合市场与超市，这些给年轻出走者带来新的生活体验，苦感体验有时不再是非常明确的，但是一种精神上的痛感深入骨髓。陈纸的文本正是在这样的意义上摹写了他们沉沦在出租房里的肉身和灵魂。

陈纸小说中的痛感体验涉及到乡村少女进入城市的失落无着，如《哑女安平》《刀子杀人》，城市平民日常生存的艰难与逼仄，如《哭泣的垃圾》《空调问题》，城市高速度高节奏对人精神的逼压，如《大道朝天》，所谓城市灯红酒绿的打拼生活对人身体精神的双重伤害，如《下巴咒》《布老虎》等等。陈纸是一个细心的体验者，他穿越在中下层的各类小人物身边，笔下的城市生存没有摩登时尚的气息以及浮华的都市喧闹。他写出了各类小人物生活标尺逐渐改变过程中的迷惘、失落和艰辛，甚至某种无知无觉的状态，而这些正是当下转型期中国城市的另类面目。

出租房与文学性

出租房是一个特定的意义含混的名词，出租房一方面是打工者的居所，一方面又因其低价简陋且藏污纳垢具有某种暧昧的涵义。出租房里生活着最底层的打工者，对于他们来说，出租房是在城市暂时的落脚地，同时又滋生出暂时性的诸多需求，比如解决性问题的场所。陈纸笔下，在出租房出入的男男女女都是徘徊在真正城市生活经验之外的暂住者。所谓暂住者的身份决定了所有的一切都有着暂时性、仓促性甚至于金钱的交易性，但是陈纸试图给这种出租房一种情感的体谅和生存性的观照。

他笔下出租房里的女孩子们暧昧身份的背后往往存在着一个强有力的精神性支撑。《秀发黑童》无疑是重复了一个古老的题材，从事皮肉行当的秀在当下具有相当的典型性。这里作者让秀成为一个具有女性主体意识的自我，秀发的不可玷污性以及由此带来的精神性因素，让秀从众多的妓女中像个真正的尤物一样让人亮眼。皮肉生涯依然掩盖不了穿越黑色长发的对于爱情的想象，于是，从良的主题再次显示出对于卖笑女子的意义：身在淤泥的物欲中，她或者她们依然有着不沉沦的可能性。《刀子杀人》中的宋晓娟因为美丽招惹了同是打工者的诸多男性，在男人觊觎的行动和眼神中，宋晓娟无力自保，最后一击是用刀子表白对于不堪命运的抗争。

出入于出租房中的各色男子，他们在性苦闷的发泄中则呈现出对于新伦理价值观念的迷惘和犹疑，但是又欲罢不能。《刀子杀人》通过电影闪回手法的刻画，写出了出入于出租房的各色小人物卑污的灵魂。生存的苦闷与性的苦闷纠缠着年轻出走者的肉身和灵魂，让他们的青春热血在逼仄的情境中化成满腔的悲愤和冷硬的仓皇。陈纸笔下非善非恶的男主人公时常为着自己的性苦闷而迷失，比如《道》中白怀生，白怀生从内心深处依然是一个有着爱情理想的男人。小说描写了他在出租房中和不同女人之间的性关系，实际上体现出了不同女性性观念的异质性。而白怀生最后无法成为一个忠实的好老公，是因为对于他来说，经历不同女人的性苦闷比仅仅守着老婆要有意思得多，白怀生苦闷的依然是男性无法餍足的欲望。

出租房在陈纸的笔下渐渐和底层小人物灵魂的震颤有了某种私密的联系，叙述出租房里发生的真实抑或虚构的故事成为了讲述当下城市生存的某种方式。文学用体谅的眼光打量着众多生活在蒙昧中的男女，而正是这类人物构成了城市最底层的生活情境。于是陈纸笔下的出租房具有了文学性，文学也向特定时代的一群人投去了无限同情关注的一瞥。

饭馆、酒楼、工地和单元楼里漂浮的小人物

陈纸描写了很多抱着单纯愿望来到城市的农村人，但是城市并没有善待这些人。饭馆酒楼聚集着城市的喧闹与浮华，工地是城市崛起的象征物，数亿中国农民的血汗建构起了一座座幻想中的现代摩登大厦，但是，在喧嚣摩登背后的是没有被善待的一个个灰色小人物。

《哑女安平》描写了酒楼打工者的群像，各个级别被雇佣者的特征通过安平的眼睛展露无遗。老板色迷迷的眼睛中的贪欲，中层管理者的巧言令色，下层员工无望的利益争夺，而所有的一切都发生在短短的几个小时内。纯朴的安平被这种现象刺激得语无伦次，想做一个糕点师傅的简单愿望竟然很难实现。《大道朝天》中的老莫坚信自己能够让儿子上城里的打工子弟学校，这个微小的愿望却无法实现，最终就连儿子都清醒地逃回了乡村，而老莫却一如既往天真地认为：拾破烂也要把孩子带进城里的学校里。从乡土中出走的一代人，在自己都没有融入城市文明的时候，如何能够给自己的下一代提供接受新教育的保障？《寻找美华》的题材具有相当的现实性，打工、未婚先孕、抛夫、弃子……成了很多农村来城市打工的女孩子的命运。不管美华最终的结局如何，美华都将成为一个为寻找新生活付出惨重代价的符号。《谢雅的婚事》则写了另一类在城市生活中找到方向的农村女孩。她们很快适应了打工生活，依靠自己的聪明伶俐能干甚至于世故机巧，获得了对于新生活的重新认识。

陈纸是个在城市生活中踽踽独行的拾荒者，他一路走来，满眼所见的都是平常小人物，这些平常小人物的寻常生存成为他小说重要的叙述对象。在《空调问题》里，经济拮据的小市民会为着一台空调算计着自己手中不多的几千块钱，空调对于这些人来说是作为奢侈品出现的，对于这种奢侈品的市民消费心理，陈纸半同情半揶揄地进行了及时的记录与调侃。陈纸也写到了单元楼司空见惯的拾荒者，《哭泣的垃圾》通过对一个下岗女工捡垃圾工作经历的描述，写出了韦家英心态与价值观念的转变。

在陈纸的文本中，和被伤害的打工者相对立的老板和二老板的形象也非常值得关注。在一个经济高速发展的城市里，粗俗、贪婪又自私的一些人，可能因为具备了市场经济时代唯利是图的特性，反而生活得如鱼得水。比如《哑女安平》中的黄大伟，在金钱的作用下，他的恶俗贪婪和自以为是被放大成了一副特写。在酒楼里徘徊的还有一般的城市消费者，陈纸所熟悉的所谓文化人，他们在酒楼饭店留下了酒足饭饱后的空虚，甚至于健康。在长长的暗夜里拖着疲惫的身体，在欲望中继续自己迷失的前行。

在城市的各个角落里，漂浮着一个个孤独的小人物，他们默默地劳作也无声地迷失，在城市喧哗与骚动的背面，他们用自己的精神和肉体填充着城市生活的日常性经验。这些与城市物质主义生存相异质的经验深深地扎根在转型期的中国城市，作为中国现代性体验的一维存在。陈纸通过朴素的叙述记录了属于这个时空阶段的小人物，倾诉了他们卑微的理想、可怜的欲望和无法处置的身体与灵魂。

乡土伦理审美的记忆与回望

《霸爷》是陈纸较早的短篇，文本整体叙述风格干脆硬朗，有别于后来的写作。此时，对于乡土传统与经验还存在着想象的冲动，人生在祖父辈那里依然是安稳地生与死，离别和苦难也仅仅是几笔带过。因为这些历史毕竟不是陈纸们自己所经历的乡土。作为遥远的背景存在，在想象中，我们依然会给自己的祖辈一个强悍硬气的想象。然而到了《看电影》中，农村生活经历才真正找到了属于自己的说话方式。密密的细节，场景化的设置，松散的人物关系，然而一种乡村少年对于电影刻骨的向往串起了所有的一切。我们在小说文本中重新体验了 20 世纪 80 年代农村的露天放映场、稻草堆、影影绰绰的银幕和简陋的放映机……时光流逝在老胶片昏暗的投影中。正因为无数个农村少年的电影梦，才会有着对于另一种文化与文明的向往，以及最后从乡土中国的出走。

《红棉袄》表面写母亲和妻子对红棉袄的不同态度，实际上这个文本暗合着作者浓浓的对于乡土的愁绪。自己所期待的城市生活除去艰辛和劳累，也不过是沾着灰尘的阳光和雨滴，坐在客厅里和妻子一起看看无聊的娱乐节目而已。和红棉袄相联系的，是乡土女性对于青春美好纯净的憧憬与期盼。坚守着贫穷和传统的女性，只能将所有对于生活的想象放在一件偶然捡来的红棉袄上，这本身就具有某种无法言说的悲剧性。但是因为物质的困乏和所拥有之物的贫瘠，母亲的行为又是合理的，但是这种合理性在遭遇城市物质生活之后，彻底崩溃了，带着红棉袄退回依然贫瘠的乡土可能是母亲唯一的选择。陈纸擅长描写这种城乡冲突中寻常的题材，在细心的揣摩与刻画中，保留了乡土伦理审美退缩中的伤感、尴尬与无奈，又表达出了作者对于城市文明模糊的认同感。

《田鸡的爱情》中，田鸡经历了一系列生活的磨炼，最终回归了自己平实的生活。这个短篇传递出了田鸡一类青年对于生活某种坚定的信念：生活的意义在于不断地前行以及前行中的艰辛努力，尽管最后依然和最初的结局相同，但是因为努力过了，依然平淡无奇的生活就有了不一样的存在。

到了《落木湾的火车》，对于乡土传统的记忆与积淀终于找到了一种文学性的想象。小站意象作为某种象征，也作为某种印证，带着时间流逝的痕迹和被时代抛弃的影子，站立在高速铁路的旁边。小说写了一家两代人的命运，而父辈理想坚守的生活方式随着火车的提速一去不复返了，不仅仅是乡土的，更是某种曾经的价值和传统思想在火车提速之后遭到了彻底的打击和改变。然而，小说打动人的地方在于，刘良庆夫妇沉默隐忍又付出的生活态度，他们的生命会像小站一样消失在呼啸而来的高速铁路边，但是他们那份对于生活的朴素和处之泰然的观念却依然闪烁着抚慰灵魂的温暖与光亮。在这里，陈纸终于将乡愁的情绪转化为对于传统乡土价值和理想的某种坚守与回望，文本走出了城乡对立的价值冲突，向审美之维伸出了属于自己的视角和体验。

文化人破碎的城市生存体验

在陈纸的小说叙述中，始终存在着一个叙述者"我"，"我"是旁观者，又是城市生活的积极参与者，所以作为叙述者"我"的视角带着天然的矛盾性。"我"关注城市的发展和建设，又无法容忍这种建设的无序杂乱、甚至于假冒伪劣和无情无义。《一座天桥的诞生》通过一个农村老妇的眼光，摹写了城市建设过程中杂乱和无序状态，《底线》通过报社记者的视角探讨了当下的医疗状况，《天上的房子》写的是城市化过程中的拆迁，通过覃丁香的遭遇，文本暗示了从土地上被强迫拆迁的人们所遭受到的伤害与打击。

在这样一种叙述身份的观照下，对于都市文化人的琐屑生活状态的刻画与描写，是陈纸小说中非常重要的部分。叙述者"我"正是因为具备这种文化人的身份，才会蛰伏在都市生存中，静静地叙述着满目繁荣中的各色小人物。然而，作为叙述者的"我"，依然有着内省文化人倾诉的欲望和需求。陈纸一直断断续续地抒写着作为一个都市文化人对于周围人物和情境的观察与体验，以中篇《布老虎》和最新的长篇《下巴咒》为代表。

《布老虎》写了爱岗敬业的文化人刘文刚，刘文刚兄长式的细致体贴，好领导的带头苦干，甚至于拿性命去喝酒抽烟应酬，这些在生活中司空见惯的现象，在小说中通过刘文刚被放大了。往往就是这样的人，冲在社会生活的最前面，有能力有热情有魄力地实践着当下的生存，尽管不知道对错真假，但是身体已经冲进了滚滚红尘的利益经营中，早已没有了回归之路。刘文刚的运气不好，偏偏就栽在灯红酒绿的饭局上，而饭局依旧喧闹嘈杂，吞噬着人的身体与精神。"我"是一个冷静的旁观者，在慨叹刘兄长不幸的同时，也在反观当下城市生存打拼的痼疾。刘文刚这种生前热力四射的人却是没有真正前行方向感的人，这样的城市文化人破碎地体验着自己所谓热闹的生活，在一个个辗转的饭局和会议中，被社会大潮推动着前行，直至最终的轰然倒地。

《下巴咒》是陈纸的第一个长篇文本，小说叙述了一个从乡土中出走的纯洁青年，在城市生存的打拼中如何日渐世故、混乱与欲望。这个长篇文本聚合了很多驳杂的元素，这些元素和当下真实生存密不可分，比如关于自学考试、求职面试、现实的同租生活（而非文学性的同租经历）、没有学历来城市冒险的青年男女、简陋的婚礼和贫穷而奋斗的生存……陈纸的这个长篇聚集的是很难吸引眼球的现实主义的诸多元素，这些叙述元素组合成了一部及时反映当下城市某类生存状态的现实主义文本。长篇立足于当下日常性的生存经验，倾诉主人公吉诺拉对于自己生活的认知和体验。从一个盲目热爱文学的乡村少年到一个流行刊物的编辑部主任，吉诺拉在事业的打拼中日渐成熟，在和几个女人的情感纠葛中，对生存与欲望之间的关系有着更为直观的理解。带着一份追求理想生活的愿望，吉诺拉迷失在当下的生存中，肉身和灵魂都挣扎在无力抵抗的世俗欲望中。无论是老婆、房子、情人、金钱和职位，每一样吉诺拉都需要，同时又为着这种需要支付精力、身体与日渐麻木的灵魂。吉诺拉纠缠在当下城市快节奏高负荷的生存体验中，已经身心疲惫。于是，吉诺拉寻找了属于静默和教堂的莫莉，在对莫莉的关心中，吉诺拉似乎找到了一份灵魂的安宁与慰藉。

即便是写融入城市的文化人，陈纸依然偏向于描写这些人在城市生存中的痛感体验，摹写都市打拼的艰难，同时又侧重于艰难过程对人灵魂的打击与伤害，城市生存的痛感体验再次出现在所谓都市文化人的内心。陈纸的长篇写作充斥着对于城市生存琐屑经验的倾诉，在日常性经验中，日渐麻木荒凉的灵魂在冰冷的高架和立交桥上踽踽而行。

想象、虚构与探索

陈纸小说写作一直朝着多种方向生长，文本也呈现出多元的探索色彩。他探索性的文本《流泪的鱼》、《纸风筝》（2005）、《你那边是什么声音》（2006）、《特码特码》（2007）、《归依》、《夜晚的照片》（2009）、《果》（2010）等，在这些文本中，我们触摸到异质的陈纸，以及另一个陈纸对于城市经验非日常性的体验。这种经验带着个人化的气质，讲述着关于个体性的想象，想象中呈现了城市男女内心喃喃的私语。这类文本更加个人化，同时也传递出作者试图超越自身生存体验和生活情境的真诚努力。

历史在纷呈现象的同时，会让我们遗忘关于个体的心性与性情，而女性无疑最能够体现被忽略被伤害的个性主体。《纸风筝》中，舞女鸢被历史英雄玩弄于股掌之上，她历经战乱和男性的洗礼，在歌舞生涯中冷眼旁观了建功立业的冷血与空虚，同时通过鸢婉转多情的情感表征，传达出女性对于历史与男性的虚幻构想，同时也在相当大的程度上表达了对于爱情的失望和对于历史无言的感伤。《归依》是写女同性恋的，而这种同性之恋又是因为父母不幸的婚姻造成的。心灵的归依是难的，无论何种归依似乎都找不到恰当的形式和内容，于是作为女性的自我日渐泯灭在城市功利性的生存中，作为一个性别身份的符号存在。

《夜晚的照片》采用多视角的叙述方式，通过男女主人公的自述表达了对于自身生活的困惑，这是陈纸探索男女两性身体与灵魂的文本。俞丽达和向达利各自都有着对于生活的不满足，俞丽达精神胜于物质的追求显示出某种空幻和无着落，向达利功利性的生存方式一样让人的内心充满阴霾和障碍。俞丽达和充满欲望的男性周旋，又瞧不起他们的愚蠢自私，向达利整日蝇营狗苟穿梭于酒楼歌厅按摩房，却憧憬着纯净的情感。一方面两个各怀心事的人又互相吸引互相试探，最后因为度假山庄的一宗命案，两个人的故事仓皇而终。小说较为深入地进入了城市文化人幽暗深邃的内心，呈现出陈纸对于都市男女心态细致入微的揣摩和打探。在灯红酒绿的最深处，我们能够遭遇到我们的心吗？失落的心在城市里漂浮游走，作家陈纸试图要为我们寻找失落的真心和那份蕴含在真心中的纯情。

陈纸与 70 年代写作者的意义呈现

陈纸的大多数小说从日常性出发，行走在城市生存体验的城乡接合处。在他数量较多的写实文本中，从乡土经验中出走的青年男女在出租房、饭馆、酒楼、发廊、单元楼里隐形地生活着，他们的生存被陈纸以文学的名义记录下来，成为一个时代难以抹去的伤痛和记忆。在从乡土中国出走到城市的过程中，一代农村青年在传统与现代生活标尺转变中经历着犹疑、彷徨和失意。陈纸摹写他们琐屑的欲望和卑微的生存，在支离破碎的生活情境中，他的小人物们左突右冲而不知所终。在一种前所未有的困惑与迷失中，他的人物体验着进入另一种文化类型的痛感体验。

陈纸作为站立在传统与现代两端的 70 后作者，他一如 70 后的其他作者一样，试图呈现这一代人原本多元的文学品质与格调。这一代人少年时期经历了传统体制教育的濡染，青年时期又直接面对了市场经济和金钱物欲。因为这样的经历，他们对世界的反映和表达往往带着理想和怀疑论的双重标尺，同时对于这个世界的回应似乎从来都有着一丝后滞与迟缓。欲望化和美女身体写作仅仅表达了 70 后这一群落某一部分的本质，同时又遮蔽了更多本源性的存在与特征。因此陈纸的出现并非是一种偶然，他适时地从诗歌散文转身到小说的写作中，表达对于当下时代属于陈纸的看法。在新千年之后，更多 70 后作者进入一种真正属于 70 后多数话语情境的叙事和写作。陈纸写作的姿态体现出了非常用心中的无所用心，题材上从对打工一族的关注与体谅，乡土记忆的回望，城乡文化冲突的呈现，以及到了近期的对于历史、女性、命运和个人化生存方式的探索……这些既体现出作家本人对于当下现实与历史情境认知的变化与深入，同时，从另外的侧面也反映出了陈纸这一代作家对于传统与现代两端的体谅与观察。

陈纸小说创作的特点在于真实面对城乡文化矛盾中的细节和琐碎之物，以怀疑主义眼光进行打量，又时时回顾乡土中国的温情与伤感。陈纸的写作扎实而细致，题材选取上听命于自己内心的召唤。写自己熟悉的生活，又在写作中回望这种生存体验对于自己和他人的意义。陈纸数量不算多又绝对不算少的中短篇创作，表明了他执着而坚定的文学追求。同时，陈纸的写作依然存在相当大的上升空间，对于日常性经验的抒写如何更本质地贴近文学性的表达，中短篇创作题材选取上的精准性，如何在长篇创作中渗入强大的精神性力量，如何把握文本的个人化气质以及语言的个性化特征，让自己的写作在原有的维度上有着稳定明确的方向性，应该是陈纸以后写作的题中之义。

陈纸属于 20 世纪 70 年代出生的作者，他的小说创作诚恳地面对了自己的时代与灵魂。在乡土中国的背景下，通过一个个微小的叙事表达微弱的个体对于主流历史与宏大叙事的理解和姿态。题材上的非主流与非宏大，让陈纸这一类的写作者无法被很快地聚焦和发现，同时，又正是因为这种边缘化的写作方式，让陈纸整体的小说叙事产生了沉入生活底层的静观姿态。在对一系列从乡土中国出走者的虚构与叙事中，陈纸获得了对于当下日常性生存某种本质性的观照，同时在痛感体验的叙述中为当代文学情境提供了具有别样价值的视角。

载《南方文坛》2011 年 1 期

唐诗故乡的行吟

——王妍丁和她的诗

在唐诗的故乡，我希望能够找到盛唐之音，但这是不可能的，因为现在的确不是唐朝，甚至于，我们早已失去了对盛唐之音的遥想。然而，就在那一天，我遇到了妍丁——依然在唐诗故乡行吟的诗人。在那一刻，我开始愿意相信，唐诗依然有着自己的故乡与亲人。

妍丁是个纯粹的人，她盛开的纯粹和美丽，既炫目又灼人。高傲的冷漠的抑或天真的优越的抑或莫测的忧郁的……在唐诗的故乡，自然有着关于这位女诗人无穷的想象。然而，我所认识的妍丁，最大的特征莫过于对美的执着，艺术人生化的追求和人生艺术化的品位。

她曾经说过：自己对于一切的美都是贪婪的。她的美丽清雅自内而外，幽香四溢。女性是很难互相欣赏的，要一个女人首肯另一个女人，很难的。然而，我居然愿意用多年未用过的很多词语来盛赞一个女人，连我自己都很诧异！以至于我先生揶揄我和妍丁是否有兄弟之谊。其实，从骨子里，我是欣赏妍丁那份不降低水准的生活姿态。看着她柔弱双肩上飘动的黑色长发，依然如青春年少般飞扬。而此刻，我想到的是，她对自己人生态度坚守的勇气和执着。在疲惫的人生之路上狂奔的我们，在妍丁的小屋里，坐下，品茗，聊天……肉身上的诗魂在叹息声中醒来，于是，我再次感觉到唐诗故乡的存在。

关于妍丁的诗歌，我实际上无话可说，对于艺术人生化的人来说，一饮一食一坐一行都可以是诗意的。彩陶的盆子盛着几株睡莲的叶，伴着古典的钢琴曲，一帧帧时光的照片，散落在书架上，恍若昨日重现。在一片宁静中，我打开关于唐诗故乡的诗句。我看到唐诗经历过数百年磨砺的时光，洒在依然是故乡的土地上。

妍丁的诗写满了对于这片土地骨子里的爱与爱恋，她期待着玉兰花在碧色的枝头怒放，小草像春天一样生长。在经历沧桑苦难的人世，诗人呼喊挣扎困厄，但依旧饱含着属于赤子的坦诚与率真。妍丁的诗歌里有坚定的爱与哀愁，面对灾难、孩子和土地，在烟熏火燎的人群里，她独自在诗歌里默默祈祷，眼泪纷飞！她对于爱与美有着无尽的相思与求索，甚至于在盛开的花季，遥想黄昏老境中醇酒般浓郁的爱，那样执着地相信：老来的爱更加灿烂与美丽。期待在搀扶的双手中，时间不再记录皱纹的痕迹。妍丁诗歌是追逐光亮的行走，在翩翩裙衣的浮动中，月光、黎明、一扇打开春天的门……经历的风景和风景中的经历，悄然入诗，成就着一个关于美与好与善的精灵。

第三卷诗"渡我过去"，应该是妍丁内心最隐秘真情的流露，氤氲着春日阳光的坦然与纯净。对于易逝的青春、红颜、美丽，甚至于时光，她有着太多的不忍，才有了这样的诗句：

相思
还没来得及　结果
就仓促
落幕
我的愿望如此简单
像春天一样喂养我们病中的爱情

她的爱情面目纯粹，简单得像草一样孕育春天。《等》是对这种纯粹的一次吟咏与感怀，每个人心中都有对于爱情的期待，可是真正愿意等到真爱的人又是何其之少！

> 我像花
> 我要永远开着
> 开到花谢
> 开到你用泪水捧着我的笑
> 开到你用笑轻轻捂着
> 我的疼

简洁的诗行，传达出了女性的自信、自爱、自尊，甚至于对于另一半男性也充满了无比的信任与期待。将自己比作花，非但要开，还要开到花谢，这种开放并非是孤芳自赏，而是期待着这个世界另一半真正的激赏。这种开放是带着疼的开放，甚至于让人看到的仅仅是残红飘零在秋波上。女性对爱、美以及对于爱与美的期待、信念、执着，都在无言的笑与泪的纷飞中，走入一朵肆意开放的春花。

信任和对于真爱的信念在当下是匮乏的，在妍丁的诗里，我再次看到了对于男女之间的信任，乃至基于这种信任产生的爱情。

> 爱
> 是我们所拥有的
> 最纯洁无瑕的权利

在诗人的眼中，物欲的世界可能浊浪滔天，但是我们唯一可以支配的，是我们对于爱的渴望，对于爱的主动，对于爱的信念。妍丁呼唤着人心中最为纯粹的一角，以此来修复我们千疮百孔的现世与生存，彼此照耀，彼此温暖。

妍丁的爱情诗写得炽烈动人，是因为爱情诗不仅仅写了爱情，还写了对于爱的理解与求索。"渡我过去"是叵耐寻味的题目，纯粹的诗是渡人的桥还是船？爱是渡人的过去的船？我们从此岸到彼岸的路途如此之漫长，仅仅凭着一己之心性才情实在是无从把握，因此，我们需要彼此的爱，爱更是一种需要！对于俗世和物欲来说，唯有爱能够渡我们经历苦海无边，寻到灵魂、慈悲与神。

2010 年 7 月 10 日　北京

现代女幽灵的心经

——读潘向黎《穿心莲》

《穿心莲》打动了我，这是最近几年读到的最能够引起共鸣的小说。其实这是一个说着自己不相信爱情的女人最终相信了爱情，并且为爱所伤的故事。向黎兄的这个文本无疑是当下很多知识女性的自画像，传神地勾勒出了当下知性女子精神上的暗伤与痼疾。这貌似畅销文学的文本，实际上探讨了当下城市知识女性非常致命的几个软肋，关于爱、自由、信任、温情、人生意义的延伸……带着清明温婉的调子，叙述着现代女子的心经。现代女性的玉体被横呈在世人面前的时候，女子的心只能隐藏在物质主义的阴影下，无法倾诉，更难被欣赏。而《穿心莲》写出了这个时代城市知性女子的心死、不为、寻爱、伤痛与救赎。

心死与不为

哀莫大于心死，从一个心死之人写起，无疑是对于人心浮动的红尘的轻笑与反讽。心死有很多种形式，"不为"有时是心死最为直接的表征。这种不为表现在不追求当下的价值标准中诸多外在的东西，比如嫁富人、攒金钱、求地位甚至于展露女体的癫狂情色。深蓝是个自律的女人，面对物欲芜杂的世界，她的愿望是小小的，又是大大的。有自己的一间房子，收入自足，能够有支配自己时间和金钱的能力。对于都市受过良好教育的知识女性来说，这并非是一种奢望，但要是完全凭借一己之力自给自足还是很艰难的。深蓝这样做并非是出于某种道德价值判断，而是怕受到伤害！因为无法面对物欲汹汹的现实世界，实际上她给自己制造的一个壳。在心死之后，没有男子可以为这个壳买单，深蓝付出了自己所能够付出的聪明和心智，才拥有了一个可以藏身的壳。作为女性的自己终于独立拥有了一套房子，拥有了壳之后，深蓝沉溺在写作之中。

这样一个自律的女性，非欲的、洁净的、自尊的、避世的、同时又能够自给自足的女性，在当下的文学作品中是稀缺的。我们如果想真正成为这样的人，其实是很难的。高度社会化的群居的环境，让每一个人都无法摆脱金钱、人事、物质，甚至于关系的倾轧。然而向黎兄笔下的深蓝让我们——一群在喧闹声中欲语还休的女性，停下来，思索一下我们可以为这个世界"不去做"什么，往往不去做也是一种人生的姿态。"不为"是难的，因为会失去太多功利性的东西，然而唯有不为，往往才能体现对于某些事物更加本质的看法。相对于更多的在文本和现实中大有作为的女人来说，深蓝这样的女子是很蠢很笨的吧。既缺乏撩人的风情，又很不会展现女性身体的魅惑力，像一个古典时代遗留下来的修女。然而，相对于更多女人急切地用最为古老的肉感方式去征服世界，女子在这个时代是否可以有一种别样呈现的方式和选择？向黎兄提出了这样一个维度，同时用深蓝在漆玄青面前的万种风情论证了某种可能性。

女幽灵的寻爱

这个文本传达出了对于男性的极端不信任，这是当下智识女性的一个普遍的精神特征。当我读到，在一个对男人信任度很低的时代，在每一个女人心中有着一幅醒目的标语：警惕男人！不禁黯然失笑。无数个在都市风景中徘徊游荡的寻爱的女幽灵，在向黎兄的文本里找到了一个可以幻化成人形的可能。在拒绝相信男人和爱情的游荡生涯中，这些女幽灵会有着怎样别具才情与心性的人生姿态？宅女、剩女、小资文艺女青年、女性主义……当深蓝拿到那把自己用诚实劳动挣来的房子钥匙的一瞬间，无数的我们就已经看明白：相信自己是最可靠的。正如前辈女生张爱玲不讳言自己对金钱的计较，只有这样踏实的计较，才有着奇装异服和冷艳孤傲的绝世才情。

为什么会这样？我们是否要相信男人，抑或要相信男人所承诺的婚姻与爱情？现世的现实已经将女性对于美好男性、婚姻和爱情的向往变成一种彻头彻尾的想象。在这里，向黎兄写出了男人和女人之间刻骨的非同质性。这种非同质性体现在薄荷、小瓯、豆沙等一系列形象中。这部小说通过小说中套小说的叙述方式，呈现出深蓝对于男性的诸多真知灼见，阅读时有着罕见的深刻认同，不时有着心有戚戚焉的感叹！深蓝这样说："只要是男人，就是无可理喻的动物——如果你是男人，觉得这样说冒犯了你，那么好吧，我可以改一种说法，男人也有道理，但是男人的道理通常不是女人所理解的那种道理。"这种男女之间的不可沟通和异质性依然因为强大的男性话语而为大多数男性所忽略，同时因为更多的女性在现实和想象的层面，满足了男性对于女性的定位和幻想，深蓝这样的女子要向豆沙、小瓯、薄荷这样的男子述说女子该是怎样的，是一件多么难的事情。女子不仅仅是贤妻良母，絮絮叨叨，一地鸡毛，也不仅仅是孟浪水性，物质嚣艳，冷硬金钱……她们有着独立的对于生活的看法，清淡而美丽，冷静而热血，试图用自己的血肉之躯建构一个能够给自己带来爱与自由的空间。她们愿意在这样的空间里，为人母为人妻为人女。

这个文本的女主人公经历和男主人公纯净而艰难的恋情之后，对于中年人来说，爱情会在时间的流逝中保有它该留下的，过滤它应该被忘记的。在这个时代，面对着混乱的男女之情，波涛汹汹的欲壑，对于一个悲观的理想主义来说，爱情只剩下古代情境中的飘渺吟诵和诗意遥想。因为在我们的时代，激情是如此之难，因为没有激情的对象，或怕选错了激情的对象，或是所有的激情都带着欲望的眼神，让理性者不寒而栗。于是爱情流失在当下，仅仅存在于久远的过去。因为那时的爱情带着忠贞、信任、美好。每一个沉溺于爱情的人，都相信自己会在爱情的滋润中，成为理想的另一个自己——为人妻为人夫为人母为人父。而今天，我们失落了对于这一切的美好憧憬与希望，于是爱情也弃我们而去。丢下欲望的影子，让我们徘徊、沉溺与挣扎。

向黎兄让我感动的地方还在于：在爱情弃我们而去的时代，她让心死之人再次相信爱情，即便再次被伤害，也能够从内伤中坚韧地站起来，重新成为一个独立自足的女性主体。这样的女人内心之强大，心性之宽厚仁慈，该是怎样的一种坚韧与刚强。

主人与进化

伍尔夫的《一间自己的屋子》讨论女性写作得出的结论是：女性写作一是要有钱，二是要有一间自己的屋子。拥有自己的屋子不仅仅是有一个写作的空间，更重要的是有一个自己独立的精神空间。当自己成为房子的主人，才能成为自己的主人，女性是不擅长做自己主人的，即便做了，也有着不安稳和不踏实的感觉，所以《穿心莲》中的深蓝还要继续自己的寻爱。

所谓坐稳了主人的女人仅仅是女主人，因为心里依然怀揣着对于男人的渴望，而黯然神伤。所谓坐不稳主人的女主人，就如娜娜般面临着婚姻的牢笼或者出走之后的沉沦。似乎哪一样，女人都占不了任何便宜。于是历代中国文学中出现的都是采取"守"的姿态的痴女怨女，即便像杜十娘那样的红颜也最终怒沉了百宝箱。这样历数着中国女性的来历，其实是想说明一点，女人在当下是也像是有了一点点的进化，这种和一间自己的屋子相伴的进化又和男性在道德伦理观的退化是成正比的。当家庭伦理道德的秩序日渐坍塌，女性进化的标志便是对于男性劣根性与所谓生命意志的清醒认知。于是，对于知性的现代女性来说，不相信爱情的潜意识是对于当下男性内瓤子的自私、无责任感、无道德感甚至于无品位由衷的失望！

作为现代男性自然有着经济时代巨大的社会与生存压力，但是这种压力的疏导和宣泄除了肉身的沉沦之外，还以对家庭婚姻的蔑视与践踏为代价。为了急哄哄的欲望，男性大多在红尘中左突右冲，全然不得要领地灯红酒绿，而给这个时代的家庭、女性和孩子们一个个冷漠的背影。在《穿心莲》里有这样的句子：你们（指男性）可以让世界变得好一些，可是你们不愿意！真的打动了我本似铁的女心。向黎兄借深蓝之口，说出了这个时代徘徊在婚姻爱情中的那根肉中之刺，那块在喉之骨。

非欲与温情

这个时代可悲之处在于，真正的友情和温情往往建立在纯粹理性的基础上，甚至于是残酷的理性让我们互相残酷地了解，人与人之间才会有某种恒久不变的温情。（男女之间）其实最冷血的人才能维持某种无爱的温情，她和豆沙的关系就是这样。其实当她和豆沙在非欲的状态下交往的时候，他们往往能够直抵对方心思的最深处。因为豆沙带着欲望扑向不同女性的身影倒映在深蓝理性的心湖中，她和豆沙永远只能是温情的朋友。豆沙在深蓝需要友情的时候，会伸出男性的双手。然而，依然是对于爱的警惕，让他们两个人永远保持着距离。如此相知的两个人为什么不能像小莲子（我愿意称漆玄青的女儿为小莲子）所期望的在一起？因为太过于了解彼此的本质了：豆沙是典型的现代男子——物质、精明、欲望而现实，婚姻对他而言是一种不算坏的选择，但不是唯一的和最高意义上的。而深蓝则守着现代女子聪敏的心智，要求身心意义上的对于女子主体性的理解与尊重。而对于豆沙这样的男性是不可能的，因为豆沙们太忙了，除了现实的生计、喜好与爱欲，即便是横呈在眼前的各色女子已经让他们目不暇接。和深蓝的交往是一味清淡的菜，在偶尔的闲暇，回头看看硕果仅存的几个怪女子，也不失为一种调剂人生的某种方式。豆沙这样的人也会回归婚姻，但是那是一种折腾不起的选择，与生活的温度和舒适有关，而与爱情无关。

男主人与责任

因此，向黎兄写了一个让女主人公能够动心的男人：儒雅、绅士、智性、富有、具有良好的教育背景，而且有着相当的责任感，为人夫为人父的角色扮演得一丝不苟。漆玄青像是一个经典版老电影里的优质男人，在小提琴的伴奏中，走在铺满绿荫的林荫道上。漆玄青是坚定的沉稳的安静的，更为重要的是坚贞，一种男性的执着与坚贞。多难得的男人，这样的男人可能只会在经历欧风美雨的上个世纪的旧都北平有着两三个闲散的影子，印刻在清华北大校园浓浓的荷塘月色中。在很多女性心目中，需要这样一个男主人，因为这样的男主人和婚姻的最终涵义"如归"是吻合的，能够给女子一个如归的家，这样的男子才能是主人，而女子才会心甘情愿在家中扮演妻子和母亲。其实没有任何一个女人不愿意成为自己所爱之人的妻子，而妻性和家庭伦理在当下遭到最彻底的打击，所以女子才会非常没有自信地打量婚姻甚至于所谓的爱情。

阅读到小说的结尾，心中忽然涌起这样的诗句：青青子衿，悠悠我心。是啊,如何叫人不想那青青子衿中的儒雅风流,如何不愿意在悠悠摇荡的心经中意乱情迷!然而,向黎兄的清醒冷酷处在于,遥想归遥想,现实的理性永远只有理性的现实才能够把握。小说最后的结尾无疑是作者心性的一种自然流露,面对家庭伦理和内心的道德律,漆青玄在妻子自杀之后,完全不可能成为深蓝的救赎者。因为对于这样的男子来说,自己在伦理和道德上已经是一败涂地的,没有了救赎他者的资格。而漆玄青的女儿是个典型的现代知性女孩,她有一句话说得很正点:我最受不了的是,他们那么不幸福,却不离婚。是啊!如果漆青玄真的是个理性而清明的现代知识男,无论有没有新的爱情,他都应该趁早了断自己不幸的婚姻。但是,他的个性和责任伦理决定了他的悲剧,从某种程度上来说,漆青玄依然是《家》中的觉新,带着传统的重负在现代都市中孑然独行!因为既没有同伴也没有支持者,更显示出孤立无援的境地。而对于深蓝来说,她爱的是漆玄青现代的阳光的绅士的一面,而对于他的传统与重负没有充分地体谅与把握。因此,漆青玄自然不可能是深蓝的救赎者,悲观地说,当下的男性都不可能担当救赎者,因为男性也无法寻找到可以救赎自身的方法与途径。

最后救赎深蓝的是对于小莲子的亲情,对于环保,对于弱势者的体恤与同情。世界在一间属于自己的屋子里终于延展,延展开的不仅仅是两情相悦和执子之手,还有了对于另一半世界的怜悯与和解,对于后代真心的喜悦和看护,对于人类短暂生存的哀怜、呵护与慈悲。由此,才会有对于一树梨花、一片阳光、一丝微笑的眷顾与回味。

文学阅读与同类

这是一个非常文学的文本。小说中套小说的结构,推动着情节发展，对于深蓝的叙述起到了内容上提示和遥相呼应，形式上又显示出摇曳多姿。文本对于书信、电子邮件的处理既顾及了这些书写方式的特征，同时又精致地设计了应对这些书写方式的情境与细节。《穿心莲》无疑充满着城市知识女性的趣味，对于脂艳斋、宝黛典故、古典诗词、对联信手拈来的调侃与熟稔，藏在城市知识女性日常生存中的各色流行物件，这些一并自然地流淌在文本中，留下了对于当下城市文化经验细腻传神的刻画。安插在文本中的中外历史掌故在隐喻文本的同时，让文本的叙述俨然多了几个声部的发音，站在深蓝身后的女子是读历史懂古今广见闻的，这种对于女性爱情的打量穿越了女心的狭窄逼仄，是经历过斑驳时光晾晒的沉思、体谅与心境。因此，《穿心莲》在极具当下城市文化经验与氛围的同时，又透露出古典与当下灵动的遭遇。这种遭遇折射出女子对于爱与自由的今昔之感，又在时空变幻中显示出女性自我救赎的淡定与恒久。

向黎兄在她的作品中说，写作是在寻找自己的同类！任何一种阅读也是在寻找和自己契合的文字、品性和同类。《穿心莲》打动了我，让我在伤情的情绪中沉溺，我已经很多年没有这种沉溺的感觉了。向黎兄在清明淡定的叙述中，却飞扬而凌厉地直指当下知识女性的心窝与软肋。当下知识女性的女心深邃、抑郁，像是患了某种病症似的，终日躲闪在高楼林立的阴影间，而时常在太阳下探出的一丝心影，又心惊得夜不成寐。《穿心莲》在小说中解释为去心之莲，可以保存却无法发芽。但是整部小说却在对于女子穿心之痛的叙述中，讲述了穿心莲作为一味中药的功效：清热解毒，凉血消肿。小说的确像一味清凉的药剂，抚慰着抑郁徘徊的女心，清凉滋润着兰心慧质的女子们。这些女子对于喧闹红尘中的男子们不啻是一味清热消肿的药：味苦，性寒，无毒，可入心、肺二经。

载《南方文坛》2011 年 3 期

柔软的心与坚硬的婚姻
——评李东华《桃花鱼》

《桃花鱼》是一个特别的文本，在不相信爱情的时代，安慧无疑是相信爱情的。在生活、工作、伦理和情感无数的纠葛中，爱情会变质变味，但是文本始终贯穿着一种对于爱情童话般的信念。女主人公安慧直到故事的结尾，依然能够拥有柔软的心，保持纯净的灵魂，以及面对爱情始终如一的姿态。在这种姿态中，她无疑从一个天真不谙世事的少女长成了一个坚强的女人。在将那瓣酸橘子送入嘴里的时候，安慧无疑已经真正做好了对于婚姻的准备，这一次，不再是懵懂惊愕而是坚定从容地去应对生活的一切。作为东华的第一部非儿童文学的长篇创作，这是一次成功的尝试。

在文本中，她对北里的爱一直没有变，发生变化的是女性的人生阅历、生存境遇和消磨激情的时间。安慧是一个乖女儿，品学兼优的研究生，才貌和风度在当下都算是有水准的。得益于这个时代较为宽松的生存和文化环境，她的成长也基本一帆风顺。一个有才华的聪明女性依靠机遇和自己的诚实劳动，能够在某个层面获得应有的进步和提升。然而，婚姻却在这种成长面前显得脆弱而不真实。安慧一直试图守护自己的婚姻，包括对于北里的宽容、婆婆的笼络乃至对于自己父母缺陷的针锋相对。但是婚姻危机并没有像她所想象的消失，反而凭借着惯性走向最后的终点。安慧始终保持着一颗柔软的心，婚姻却在坚硬的矛盾中日渐变质。安慧尽管相信爱情，守护婚姻，但是拒绝欺骗。

其实危机的焦点仍然在于：女性自身精神的独立与婚姻牢笼之间的矛盾。在这样一个价值多元到混乱的时代，东华是一个严肃的写作者，看似婚恋题材的文本，其中设置的冲突和情节却和人生价值、道德理念密切相关。女性的精神独立与婚姻之间的确有着被禁锢与禁锢的关系。在男人眼中，安慧是一个有品貌有风度的聪明女人，但是却是太"倔"。"倔"在某种程度上正是反映了安慧对于女性独立的一种坚守。这是一个开放的时代，聪明女人无法隐藏自己的才性，可以一如男性一样在职场纵横驰骋，在单位脱颖而出。如果抱着一种明确的功利心，迎合着这个社会男人们的兴趣，无论在职场还是在家庭，这样的女人因为无原则的宽容会获得很多现实的利益和婚姻中的和平，尽管摆脱不了骨子里的虚伪。但是安慧是一个真实的人，她有着自己明晰的价值观念和生活的准则，正如她在单位里不是靠花瓶展示媚态，而是靠着才华能力一步步走过来的。这样的女性有着自己独立的人格意志，坚强的自我和坚韧的生活能力。文本中有着这样的话：我赚十元钱，就花十元钱。有着这样生活信念的女性在当下是独特的，坚强的，同时又是无比艰难的。

老实的生活态度让安慧获得内心的安宁与自尊，但是却鲜有能够理解这种女性的男人。安慧的老公北里无疑是当下一类男性的写真，事业平平，人品平平，整个一个平庸时代世俗男人的翻版。这种男人在生活上能够尽心尽力地体贴安慧，但是却没有对于安慧精神上的理解，在对安慧的不理解中，他逐渐滑入网络虚幻的白日梦，直到将这种无法满足的白日梦转换成庸俗的婚外情。夫妻双方如果没有精神上的共同成长，婚姻生活会成为彼此的误读，在充满误差的细节中，两个人的精神生存都举步维艰。更何况当下女性整体性的精神水准提高了，男人在俗世生活中担当着责任，同样也应该担当着对于女性更深层次的尊重与理解。安慧和北里的婚姻中有爱，更有着对于彼此的占有欲，所以同样过着烦恼的人生。人生或许就是这样的难以沟通，更加难以完满。

从东华的文字中，我读到了一种慈悲，这种慈悲是无法言说的一种爱，这种爱让安慧背负着沉重的亲情债务。安慧带着一颗慈悲的心，以承担的姿态，在现代社会中踽踽而行。文本设置了两条线索的复线结构，增强了小说的历史文化意蕴，同时拉伸了文本的时空跨度，很自然地呈现出上个世纪 50 年代中国婚姻的特点。父母的婚姻能够维系下来，更多的是因为极低的物质生存条件、体制、风俗、责任和义务。在缺乏个人自由的时代，婚姻不仅仅是个人性的，带有更多的社会性。父亲黄道川塑造得非常成功，文本表现出了一个男人的懦弱、自私和没有担当，同时又在很大程度上肯定了他的博学、才气、温文尔雅和内心的多愁善感。母亲显然是一个悲剧形象，是上个世纪 50 年代常见的一类女性形象，在值得同情的同时，用我们现在的眼光来看，母亲活得又是多么的不自我。

我们可能看不清自己，但是我们却已经足够聪明，能够看清我们的父辈。他们的软弱、对于生活的妥协，他们的任性、无法交流与沟通的焦灼，更能够理解他们对于下一辈艰辛的付出。上一辈因为没有爱和理解过着黯然的人生，在从青春到老年的旅途中，父亲和母亲并未成长，依然像青春期的年轻男女一样，盲目而任性，过着非理性的老年生活。非理性的老年生活是凄惨的，因为没有和年龄相称的心态与生活方式，因此，父亲和母亲的人生是颓败的。他们的失败还在于：直至老年，在婚姻生活中，他们的精神没有一点点的提升，依然在盲目而凶狠地互相伤害着。

难能可贵的是，安慧对于父辈理解，以及作为子女的担当。相对于当下的文化语境，这种对于上一辈的宽容心态和承担的姿态是罕见的，也是这个文本与众不同的地方。安慧有着玲珑剔透的心性，却又拥有沉重的道义担当，的确难得。

文本中所有的人都不是坏人，所有人的行为都有他的合理和合法性，但是每一个人又都感觉到不满足和不幸福，这就是我们这个时代的症结。因此，从伦理的角度探讨婚姻和爱情，揭示当下婚姻中伦理的冲突和现代情感与传统观念的裂变，应该是《桃花鱼》更深层面的追求。相对于当下更多的描写两性情感、欲望乃至身体纠葛的文本，这个长篇更为真实地呈现了当下中年婚姻危机的伦理层面。爱情仅仅是婚姻的一部分，当面对婚姻的时候，我们面对的依然是无法割舍的乡土、亲情以及与此相连的无穷烦恼。

作者对于女性自身弱点的剖析是不遗余力的，比如对于母亲暴烈的脾性和变态的心理的揭示，对于安慧小资心性的刻画，以及安慧对于乡土社会因隔膜而产生的恐惧和拒斥。女性的小心思小自私在文本中丝丝缕缕地弥散，进而模糊了自己原本清澈的视线，婚姻的路途也因此变得模糊而不确定。在反思女性自身弱点的同时，安慧无疑和平庸的北里达成了某种程度的谅解。在宽容中，因为伦理和道德的纠葛，婚姻更加显示出某种无法厘清的焦灼和无奈。

《桃花鱼》的语言是独特的，东华以前是儿童文学作家，她的语言带着天然的纯净，很入眼，也就是能够提起阅读的兴趣和快感。尤其是人物的对白写得自如而跳跃，在闲话家常的同时，推动了故事情节的发展。

当然小说还存在着提升的空间，桃花鱼作为题目，在文本中还应该有一些对应的暗示，从而增加文本的象征意义；如果小说能够在情节用力的同时，在意境的营造方面再用些力气，可能会增加作品进入历史情境的深度和广度。同时适当地在文本中留下一些空白，作为一种象征，可能会进一步提升小说文本的诗性特质。

2009 年

"讲真理，但以倾斜的方式"

——评张鹰《五月端阳红》

　　《五月端阳红》讲述了萧红的青春、爱情、挣扎与死亡。读到萧红日渐散淡的思绪，无法在这非人间归拢时，我禁不住潸然泪下。传记文本体现出作者对于萧红的深度理解，一个女性对于另一个女性命运悲悯中的认同。文本折射出不同历史时空中，女性对于自身主体性的追求与认同。

　　张鹰避开了萧红的创作经历，直接进入萧红的女性情感世界。在那样一个动乱而又峥嵘的时代，一个女性面对巨大的时代和同样巨大的内心情感，如何在保有艺术感知和保留情感真实的同时，寻找到生命的大安稳？萧红一直在寻找，和陆一焚不切实际的激情与浪漫，在生活的困顿中毁灭；和王恩甲无可奈何的事实婚姻，在暗淡的阴影中死灭；和端木蕻良短暂的诗意情趣，在冷漠中消失；和萧军充满理想的生命激情，在彼此的真实中虽生犹死。最后，当骆宾基以青春少男的纯洁向萧红展示自己的爱情时，充满生命激情的萧红已经无力回应，挣扎在死亡的阴影之中。

　　这部传记作品最具有现代性探索的地方，在于对萧红命运的认知。当我们用天才女作家的悲惨命运和红颜薄命来形容萧红时，很明显，我们站在一个悲悯高韬的地位来评价萧红，给了萧红几句简单而没有任何意义的评价。实际上，真正需要悲悯的对象，恰恰是我们这些自以为是的家伙。因为我们还没有意识到，萧红作为一个活生生的人，她是独立的；作为一个娇弱的女性，她也是独立的；

作为一个刚刚崭露头角的女作家，她仍然是独立。一个小女孩为自己争取上了中学，一个弱女子勇敢地抗婚与私奔，一个新作者强调艺术的独立性，认为小说可以有多种写法，鲁迅先生也不是不可以超越的……尤其在那样一个不安稳的时代，她在人生的多个方面展示了自己作为主体的独立性。尽管从外表到内心，萧红都很容易受到伤害，但是，她的心灵和对于生活的坚定意志从来没有被平庸的生活所侵蚀。正是在这一点上，萧红的命运和命运的结局，在悲情的同时却是绚烂的，在突厄的死亡中，萧红才是萧红。

在萧红的情感经历中，在对于萧红以及与萧红有关的几个男性的叙述中，作者都给予了充分的理解与同情，甚至于挖掘出了这些男性身上所可能具有的精神内涵。王恩甲是一个入侵者，但更是一个受到爱情折磨的可怜的男人。在对于萧红自私的情感中，他充分暴露了那个时代平庸男性精神上的挣扎与委琐。作为一个平庸的男人，在接近萧红这样具有非凡感受力和理想化色彩的女性时，他只能是她的赘瘤。萧红绚烂的光亮使他阴暗的人生无法获得世俗的安宁。陆一焚作为萧红纯情时代的幻影出现，这是一个具有时代标签的大男孩，他使萧红认识到了脱离现实的爱情之美，以及这种爱情的软弱与欺骗。萧军是具有时代标签的大男人，男人的成熟与力量，让萧红得到了久违的安稳与保护，并且在充满诗意的文学维度上，结成了令人艳羡的二萧姻缘。但是，正如端木蕻良的直言，二萧的分手，可能正是由于萧军父亲一样的保护。萧红的自尊和独立，尤其是思想与情感上的自主意识，使她即便在萧军宽大的臂膀中，也感觉到了某种来自内心深处的伤感与孤独，这才是萧红与平庸女性最大的不同。端木蕻良的敏感细腻，在那个大时代，他在某种程度上不乏自私与冷漠的自我意识、自我行径，恰恰满足了萧红当时对于个体自由和艺术独立的需求。于是，萧红和端木蕻良得以建立起并未真正相互理解的爱情，这种爱情的结局揭示了人性中难以掩盖的懦弱：端木的自私令萧红伤心无语，萧红对于萧军精神上的依恋，也从根本上质疑着萧红自己所选择的自由。

萧红的情感经历似乎证明了一句女性主义的名言：讲真理，但以倾斜的方式。萧红用耗尽生命的方式，演绎了对于人生与命运的理解。她是骄傲的，她从来不愿意委屈自己的灵魂。她又是脆弱的，她经常虐待自己的身体。在当下这样一个平庸的时代，我们已经习惯了为了物质蒙昧自己的心灵，为了平庸的安稳放弃灵魂的安宁。因此，萧红与萧红的爱情都是特立独行的版本，是别人无法复制的经典。

载 2005 年 7 月 13 日《中华读书报》

不可复制的时代文本
——评顾坚《元红》

诗意的乡野与纯净的成长

《元红》是纯粹意义上的心灵史。在中国当代文学叙述中，少有和艰难生活完全无关的成长叙述。生活的艰难是成长过程中无法回避的现实，亦是一种历史境遇。然而《元红》所描写的存扣们和艰难的现实生活拉开了距离，乡土中国的农家少年不再为一日三餐发愁，被宠溺的少年在苏北水乡的土地上，快乐无忧地成长。原本少年成长是没有多少重负的单纯的生长，忧愁也是后来的文字附加在少年心性上的一抹印痕。真正的少年是不识愁滋味的，一旦意识到了忧愁，便已经从青春中抽身而过。

顾坚的这个文本之所以是独特的，是因为保有了存扣正常生长中纯净的快乐。这种少年的纯净快乐在我们的当代叙事中是如何之少！依稀在王蒙《青春之歌》中，理想主义赋予杨祥云纯净热烈和单纯的快乐向上，大声呼喊：所有的日子，都来吧！存扣们纯净的快乐则来自于对于乡土社会中一人一物一饭一食的记忆与感念。时代的物质主义让人越来越对于当下的生活感到不满足，温饱之后的匮乏感弥散在 70 后、80 后出生的几代人身上，就像得了一种机械复制的传染病。很惊奇于顾坚对于童年生活执着而清晰的记忆，在一个求新求变的时空话语模式中，这种纯净的记忆很珍贵。

少年心性中，顽和玩是两个不可分割的词，顽劣的少年和贪玩的本性结合起来似乎才是真正的少年心性。存扣的出场是在贪玩的少年时光中突然目睹了长兄的情事而幡然觉醒，于是苏北水乡的少年成长成为一种必然。存扣成长在顾庄，顾庄是顾坚的奥克斯福。在这座苏北的水乡村庄中，顾坚通过存扣的儿童视角构建了一座带着想象的丰富有趣味的南方水乡村镇。活跃在水乡村镇的存扣们对于当下生存抱着一种纯净的满足的心态，乡野的背景在少年心性中才会显示出回光返照一般迷人的魅惑力。这个长篇是完成于网络的，网络写作的门槛虽然很低，但是好的作品是不分传媒载体的。在一个忽视生存过程，在意生存结果的人生模式中，《元红》的感人之处正是在于顾坚絮絮叨叨的对于顾庄生活丝丝缕缕的叙述，对于生活过程与细节的重视。母亲的关亡生意，少年生活中的各种玩意，顾庄纳凉会杂呈的说白，夏夜里光着膀子的男人们，流传在村头巷尾的各式流言，水码头、外婆家的玩伴和各式玩乐……流动的饱满的乡间日常情境，亲切的熟稔的水乡风物，这样的生长情境中，存扣无疑是乖巧、细气甚至于文弱的。存扣在这种乡野的纯净中长大，当然，伴随着成长存扣发现越来越多的人生真相与真相中的幻想。

《元红》之中传统少女的再生

水汽氤氲的南方村庄，纯净的生长，细密亲切的生存场景，《元红》中的少女形象都是美的。若非心智有缺陷或者成长环境极其恶劣，少女其实少有不美的。无论是张扬的、嚣艳的还是沉静、温柔的，少女时代的时光短暂而美好，像一个不真实的梦幻。当少女从梦幻中被生活惊醒的时候，少女时光已从指尖飞逝而过。《元红》保留了对于传统少女的尊重和对于少女时代由衷的赞美，这种尊重和赞美在这样一个物质主义的时代是何其之少啊！正因为如此，男性作者顾坚赢得了诸多女性读者尤其是文学女青年的好感。

从女性主义的视角出发，《元红》有很多地方是可以当作靶子的，例如女性集体性的对于存扣这种男孩的爱慕与倾心。但是，《元红》的清澈与坦诚抵消了女性主义批驳的冲动。元红的奉献无疑是有象征寓意的，少女如何对待自己的贞操，在《元红》里并没有多少说教和价值判断，在当下欲望化的语境中，女性最初的身体悸动依然可以用元红来象征，元红在这里更象征着一种青春的祭奠。

《元红》中的诸多少女无疑都是东方的传统的，秀平是存扣心目中最完美的东方少女，可能也是很多农家子弟心目中待字闺中的温良形象。秀平的温婉大气知书达理，爱香的娇憨可爱，阿香的妩媚灵动，甚至于最后终成正果的春妮，无不是外表和内心都具备了传统少女的品性，而这一品性凸现的是被中国传统男权话语严格界定的审美和价值判断。顾坚笔下的中国水乡少女温柔多情，又在传统面纱的遮掩中，向着少年存扣投去深情的凝视和甜美的微笑，甚至于用美好的身体来祭奠自己最初的爱恋。这些少女形象本身并没有多少新意，尤其是站在当代文学辉煌的乡土叙事中，雨沙沙沙中少女们的清新纯洁，刘巧珍们的纯朴无私，秀平和她的姐妹们实际上并非有什么特别之处。如果说有什么特别之处，在于顾坚笔下这一系列纯情少女出现在中国乡土社会的转型时期。以后在我们的笔下，可能很难出现众多纯情的传统少女了，因为我们已经没有产生这样纯情少女的土壤了。这正是《元红》中传统少女再生的文学史意义——对于日渐失落的传统少女的一曲哀婉的牧歌。同时，传统少女的纯净之美无疑也是对于当下欲望化话语的反拨。人性之美在回归自然的时候，才能回归对于生命原初形式的尊重与赞叹。

转型乡土中的新青年

与背负历史重负的前辈高加林和孙少平大相径庭，存扣没有多少政治的家族的历史的重负，这是一代中国青年的幸运，但是也让一代人的写作失去了一以贯之的，也贯穿在当代文学史中的写作主题：在个人化的书写中呈现宏大的主题。于是向内转成为必然，自20世纪90年代中国当代文学向内转，削平深度以来，当代文学笔下的新青年大多在迷惘的个人化叙事中无法走进历史亦很难深入当下。在这种模棱两可的写作姿态中，既无法靠近历史的深度，同时随着思想的被削平，情感一并被丢弃在市场经济文化情境中。似乎我们的青年没有青春过就已经步入老年，再也无法遭遇20世纪80年代高加林一辈的时代青年，同时也失落了属于那个时代青年的懵懂、渴望、伤痛与深深的时代印记。

而《元红》提供了一个时代新青年的类型——转型乡土中的新青年。早熟的心智并非是一种常态，平常年代的平静人生才能还原自然的人性观。存扣能够成为当下写作中难得一见的典型人物，是很罕见的。在一个生活面目复杂混乱的时代，我们似乎已经丧失了概括时代人物的能力，但是一个时代仍然或者说必定有一个时代标签式的人物，存扣辈新青年在某种程度上正是20世纪90年代中国乡土社会新青年的时代标签。

存扣辈新青年具备新的时代特质。首先，少年生理的成长和心智的成长是同步的，因此对于私人化经验的描述替代了对于时代经济政治转型问题的思考。但是这种私密性的叙述恰恰抽象出了一代新青年个人成长的整体性经验，因此，存扣不仅仅是属于顾庄的，是属于整个中国20世纪90年代转型期乡土社会。其次，存扣辈新青年细腻文弱乃至有着某种恋母倾向，这种细腻文弱的气质反映出一种对于乡土文化的诗意体验与观照。文本提供了清新的充满情感的个人化叙述，这种叙述贯穿了这个苏北乡村农家子弟的心路历程。再次，面对实用的功利主义的高考制度，存扣辈新青年的生存体验并非局限于乡村中学刻板的生活与学习，而是用浪漫主义的情绪去抒写一个个朴实真切的乡土青年。浪漫主义的概念是不准确的，但是文本中青春烂漫的叙事的确属于激情浪漫，因此顾坚笔下的新青年是诗意青春的。最后，正是这样一种有别于解构高考的叙述策略和方式，顾坚用现实摹写和诗意浪漫相结合的叙述接上了五四以来知识启蒙的叙事。于是在存扣辈新青年的眼中，知识与考试是一种压力，但通过这种方式他们能够获得不同的人生和未来。文本写出了农家子弟对于知识和未来的无限憧憬和希望，尽管这种描写不够深刻和成熟，但是，对于一个乡土少年来说，未来总是在憧憬和希望中变得无与伦比的美好，于是顾坚写了一个有理想的新青年，而理想在当下是稀缺的。

《元红》的文本从整体的文学情境上来说，不但叙述了乡土社会中新一辈青年男女的情爱，同时在这种叙述中倾注了 20 世纪最后的理想主义和激情诗意，由此，《元红》表达出 20 世纪 90 年代中国传统乡土新一辈知识青年新的成长历程：在与传统日渐疏离的乡土社会文化情境中，这一辈人是如何在乡土人伦日用的亲和与呵护下经历了青春的悸动。与前辈不再相同的是：他们从乡土中出走的脚步再也没有了回到原初乡土的归路。

无法复制的时代文本

顾坚笔下或白描或勾勒或叙事，活生生的苏北方言土语俚语夹杂着乡音的各种语调，让我们进入一个似乎依然和汪曾祺的高邮水乡有着某种关联的意境中。汪曾祺在阅历了人生风雨之后，他的意境是洗练而圆润的，剔除出了日常的平庸的杂芜的细节，凸显的是他对人生底蕴的深刻洞察。而顾坚则是在原生态恣意的语言倾诉中，表达了20世纪80年代少年存扣凌乱慌张又快乐生长的青春情愫。

太平年代，衣食无虞又充满转型变动的乡土社会中，一代人承受了怎样的历史逼压，一代人的心智如何成长的，对于青春年少的认知和理解呈现出怎样的独特性？《元红》的叙事远离现实生活中艰难困苦和龃龉丑陋的一面，正是这种距离让《元红》脱离了现实主义的摹写，以浪漫主义的情绪倾诉了乡土社会转型期新青年的心灵史，《元红》的文学史意义正在于此。

《元红》被很多追求文学性的人称为"不管不顾"的写作，的确，这是一种在当下非常罕见的写作方式和写作姿态：稚嫩的技巧与诚恳的写作，杂乱的思绪与青春的诗意，丰厚的生活与毫无节制的叙述，袒露青涩灵魂的勇气与单面的对于时代生存的感知……所有这些让《元红》成为一个无法复制的文本，正像在恰当的年代产生的《青春之歌》《人生》和《平凡的世界》一样，《元红》会成为中国20世纪90年代乡土社会一份珍贵的经验文本。这个文本也一并具备了时代的很多杂质：急躁的转变、繁乱的气息以及相当程度上的粗粝和混沌。然而透过这个文本，我们解读了乡土少年盲目热切又独特的人生经验，这样的生存体验可能会湮没在日常单调复制的生活中，保留在个体生命无法被感知的幽深记忆中。然而，顾坚却让存扣们的生存在当下的乡土中散发出青春的烂漫诗意，因此，即便是这一点，顾坚的《元红》也会成为当代文学史上值得保留的一份纪念。

对 · 话 · 与 · 倾 · 听

全球视阈中的中国"70后"作家群体
——"群山合唱：新一代作家的锚定与塑形研讨会"综述

鲁迅文学院是当代重要的文学现场，一大批青年才俊在这里畅谈文学理想，涵养文学性情，切磋文学技艺，重塑文学责任感。鲁院以国家文学院的高平台和大视野培养了一大批中国文坛的生力军，与此同时，鲁院研讨和鲁院论坛日益成为研究当代文学现象、文学流变和作家作品的重要场域。2015年至今鲁院论坛已经举办了六期，本次论坛主题为：群山合唱：新一代作家的锚定与塑形。论坛旨在以新世纪中国文学的未来为宏阔景深，探讨新一代中国青年作家的文学创作实绩、文学观念嬗变、文学写作的历史感与当下性以及文学现代性审美品格的形成等等。论坛从全球70后作家写作的视角、现实与历史的向度、文学流变的维度以及中西文学的大时空，探讨了中国文学新的现实场域和历史契机。鲁院领导、历届高研班青年作家代表和教研部研究人员参加了论坛，本次论坛由邱华栋副院长主持。

各师成心，其意如面：
新一代中国作家审美现代性的特征辨识

中国作为民族国家的物质生存条件和生活境遇日渐现代，物质以最坚硬的方式改变了东方中国的文明样态，时间以无声而炫目的方式让操持汉字的写作者们进入一个迥异于传统的现代。近二十年的中国青年写作赋予当代写作清晰的现代个体存在感，日渐在审美现代性的维度上开始了关于"中国"的文学性叙事。新一代作家的写作日益呈现出现代性美学特征，且将在更大范围内对汉语写作产生质变性的影响。

吉狄马加：研讨会的题目非常具有象征意味。"群山合唱"说明文学事业发展需要更多真正有实力的，能展现个人艺术气质和才华的作家、诗人和批评家，需要一批创作的中坚力量。在座的各位都是当代中国 70 后的重要作家代表，各位鲁院 70 后作家足以代表当下中国 70 后文学创作的整体态势。研讨会用"塑形"两个字，一个作家的成长有他自己的过程，有的作家年轻时就写出代表他一生高度的作品，有的作家可能要慢慢成长和积淀。作家的塑形也是相对而言的。每个作家在不同写作阶段，都要增加文学素养，提升文学眼光，找到更好的参照体系，让写作真正达到更高水准。任何一个作家的塑形都是靠自己完成的。鲁院所谓"塑形"是希望作家在个人写作上更加成熟，自身不断的壮大，写出真正代表个人，也代表这个时代高峰的文学作品。

文学发展像一条河流，总是要奔腾向前的。不同年龄段的作家写作风格、表达方式不一样，但都写出我们时代具有标志性的作品。现在资讯便捷，阅读方便，交流多样，中国 70 后作家文化视野比较开阔，个人写作准备也有独特优势。但是在一个碎片化、极速变化的时代，作家怎么更好抓住生活和时代的本质，对这一代作家实际上也是一个考验。研讨会专门用了"新一代作家的锚定与塑形"，这个"锚定"是一个比喻，肯定 70 后作家在中国文坛上确实已经占有重要位置。如果把中国文学放到整个世界文学格局来看，欧洲、拉美和非洲的一些 70 后作家已经成为世界性作家和诗人，他们的创作也代表不同语言、民族、地域的文学标高。所以今天的研讨会，是要肯定 70 后这一创作群体。"群山合唱"需要一种集体力量，需要有更多 70 后作家加入到合唱里面来，进而成为合唱中的优秀分子和领唱，那么，才能形成我们这个时代真正意义上的高峰。

邱华栋：作为今天这个研讨会的主持人，我有见证历史时刻的感受。一大批 70 后实力派作家齐聚鲁院来自我"锚定"和"塑形"，这种场景和声势一定足以让当代文学史记录这个时刻。全球性视域中，东西方 70 后作家群体已经成为当代文学创作的重要主体，因此我们是在世界性之中发言。最近 30 年中国文学，尤其是汉语文学的提升水平特别快、特别高，但是跟西方文学的差距还是存在的，比如现在最活跃的西班牙语文学，我们很多中国作家也应该向他们学习。对于群山合唱的中国 70 后作家来说，"锚定"和"塑形"是为了创作出更为优秀的作品。在某种程度上，所有优秀作家仿佛是一个作家，大家彼此联系、彼此影响，在写作着一本有着统一文学精神的无比宏大的书，每一个作家则完成着这部巨著的一个章节。比如，从卡夫卡到福克纳，再到马尔克斯，又到莫言，甚至到最古老的诗人荷马，他们之间都有联系，直到 20 世纪之后，那些最好的作家都是一个家族的，他们干的是同一件事情：在写着彼此联系的一本巨著，类似《圣经》的那种集体的写作方式。很多作家之间的继承和彼此影响的关系，他们互相学习、互相借鉴，创造性地建立了一个个自己的文学世界，并形成了新的文学的历史。这也是我们今天齐聚鲁院的初衷和目的。

于晓威：70 后作家处于前辈 50 后、60 后作家和后辈 80 后、90 后作家之间，同时又前后经历了"文革"后期和改革开放两个极其重要的时代节点。所以 70 后作家精神上有独特的苦痛性，这个苦痛性增加了他们所谓"锚定"的厚重感。他们有 50 后、60 后作家先天的社会责任感、精英意识和文学的纯粹性，又和 80 后、90 后作家共同遭遇了市场化，日渐进入个体化写作。所以在 70 后作家当中，写作面相非常复杂。

杨怡芬：我来自舟山，那里的岛是露出海面的一个个山头，海水填满了山谷部分，一个个山头各自独立，又遥遥相望，像我们的作家队伍。渔船锚定的时候呢，它往往不是单独一只，而是一支船队，一只挨着一只，在锚地里卸货、补给。这会儿，鲁院不就是我们的锚地吗？各行各业，70后渐渐已是中坚，作家这个群体，我想，也不会独立于外。70后的作家整体上有更广阔的视野，这是拜时代所赐。当我们对外面的世界开始有比较整体的把握时，我们才有和这世界对话的能力。这一代整体上有更强的历史感，知道我们的时代是怎么一步一步走来的，世道人心又是怎样一点一点变化的。70后优秀作家的小说，从细微处对时代氛围的捕捉，普遍都有自觉，魏微做得尤其好，浓浓的是那个年代的氛围，能很清楚地体会到。70后作家在中短篇小说的写作上，对于先锋的拓展和传统的承续，是清醒和冷静的，知道自己要什么，各取所需。因此，我们的小说是相对"立体"的，无论是小说的形式、内容、结构的营造和人物的处理等等，我们比前辈和后辈们都做得更精致和从容，更蕴藉有味。我心向往之的一种境界，就是"日常性和现代性"的完美结合。如果做到了，就能把我们的时代留在文字里了，那么我们就打赢了时间。

朱文颖：90年代末"70后女作家"写作后来延伸为一种社会文化现象，随着70后概念的延伸和拓展，已经成为和当初不同的概念。70后有时候会倾向于某种意识形态的自觉表达，有时候又被商业文化影响，呈现某种不太确定的特点。这种不确定和不清晰作为整体来看是一种独特性。如果一样东西的形状和纹理特别清晰，一开头就知道这个是什么样东西，可能会影响到最后成长为真正的庞然大物。不清晰的，但是可能更复杂、更多元和更宽厚，到了一定程度上就是一个惊人的存在。就像山峰的形状，一个山峰在那儿，可能是清晰的。如果是群山环绕，很多山峰被另外山峰环绕，可能就会很难分辨出每一个的形貌。我们彼此的创作个性都非常强烈，对于整体的概念是一种抵消或者消减，但是到最后会是这一代作家整体强大的力量和气场。庞然大物不可能是一开始就像一根剑一样那么清晰，那不是庞然大物出现的一个背景。

谢宗玉：70后差不多老了，这时候还没有锚定和塑形，好像有点晚，所以鲁院提出这个主题非常及时。70后作家的长篇小说没有开始真正创作，中短篇小说完成度很全面了。如果单篇比较的话，这一代作家较之前代作家的创作更精确、新颖、别致、结构花样也多一些。但是文学史上经常要通过流派和作家来记录文学，而70后创作缺少概括性，哪座山上有哪个好汉非常模糊。70后作家群体就形成这么一个奇怪的现象，真正要数好像数不出来，可是又觉得有一大群实力派作家。数字时代怎么定型？以类型写作中的玄幻小说为例，玄幻小说是对数字、网络时代一个变形看法，一部数百万字的玄幻小说可以放置崇高、理想、象征和众多宏阔重大的题材与主题，类型文学因为特征显著，写文学史往往很容易拉进去。可能今天的"锚定"和"塑形"，也需要从我们自身的文体意识、问题意识和主题意识进行双方面的努力。

沈念：70后拥有一个共同点，多数有过正统的学院训练，有相当长的文学活动经历。他们面对已经崛起的文学之林，不断的文学流变使他们拥有的同时又被笼罩在先行者的阴影之下。70后的写作特征：一是开放性叙事。70后作家多数是在经典阅读的基础上成长的。这是与前面几代作家经验系统上的明显区别，自然推动写作有了不同的志趣和选择。在叙事上显得更加多元化，对传统叙事结构有所突破和创新，比如不追求一个故事的完整性，主题的不确定性，多人称讲述等。二是表象化。身处一个强调个性化和个人立场的文学空间，创作之初就在自觉追求个人风格，书写明显带有内心的想象和表象化的倾向。主要表现在题材的选择，笔触多数限制在具体的、为自己熟悉的个体感知范围内，并依靠迥然有异的个体经验，个性化的生存感受，追求一种与众不同的表达方式。一般少见赵树理、柳青式的文字，缺少浓郁的浪漫主义色彩，也不会有王蒙的内心苦涩和张承志铁血般的激情。三是修辞的减法。修辞在 70 后手中普遍单一化。1950、1960 年代的作家偏向于语词和句子之间的修辞化，注重语言精雕细琢后的意象。像莫言、马原、孙甘露、苏童等人，其文本中都有强烈的修辞痕迹。70 后作家多数语感好，但偏向于口语化叙事，追求直白，去描写化，去修辞化。植根于中国文学的传统，又借助西方现代主义的翅翼飞翔，70 后的绕道而行，是情不得已的必然选择，又是试图超越的自觉出发。在未来十年或更长的时间，70 后作家应该笃定心性，端正态度，以更开阔和宏大的视野，以更精微和准确的书写，为这个时代创作出优秀的作品。

西方审美现代性表现为以生命与感性为主体性立法，从而达到反对理性绝对权威与传统道德的目的，以审美的原则来代替一切其他的精神与社会原则，这些是以波德莱尔为代表的现代物欲世界开出的"恶之花"。然而，中国文学的审美现代性在时空节点和历史向度上都不同于百年前的西方现代派。中国作家无法用游戏笔墨与及时行乐精神来解构人和人的存在，而是在内化的日常性中进入多面相的主体性写作，从而形成"各师成心，其意如面"的创作特质。这一代作家又因其现实语境的板结和精神生活的个人化倾向，呈现出文本技术上很大程度的同质性，以及价值判断和审美趣味上强烈的差异性。

设文之体有常，变文之数无方：
先锋的内化与现代中国人个体精神的延展

在中国国族建构历史中，在不断重述历史的文学作品中，我们看到一个又一个想象中国的方法。这些想象的方法无疑将个体日常性更多融入国仇家恨、命运无常乃至生存艰难，个体性也日渐消弭在群体性的历史镜像之中。随着中国社会近三十年的平稳发展，70

后作家才有可能开始注重现代日常和个体生存经验的审美维度，而现代日常经验的文学性和审美维度的转换则是一个较为漫长的培育过程。现代日常生存经验及其文学叙事在当下中国文学情境中是一种新质的体现，70 后写作最突出的价值和意义在于重建世俗生活精神的合法性，完成新写实所未能完成的对于世俗生活精神特质的呈现。在文学的"常"与"变"中，新一代作家寻求中国社会从传统向现代转型的意义和价值诉求。

徐则臣： 70 后的作家更多日常叙事，日常叙事是我们主动的选择还是被动的选择？为什么这么多作家逐渐呈现出这么一个状态？我想是文学和时代发展到今天必然出现一个结果。和过去大时代相比，我们身处和平年代，而在这样的一个时代，如果要关注现实，可能就会在日常生活里面做文章，有意识地规避一种集体性写作，慢慢向内转。作家们于是写身边事，写日常的事。所谓日常的叙事是这一代作家的宿命也罢，是特点也罢，但是极有可能变成我们的优势，是我们区别于上一代作家的优势。重要的是：如何在这个日常叙事基础上寻找一种重大的可能性。

谢宗玉： 过去时代的作家，社会上发生什么，他们用这个题材创作，找到属于他们自己的审美对象、风格和价值。而和前一代作家相比，我们的形式感、运动感更强一些，网络时代的数字化、层次化、全球化、医疗改革、维稳、机械化、环保等等，我们很容易把这些题材拉进来，问题是我们为什么没有拉进来？一方面可能是评论家有那么一点责任，他们在这方面看法太少了，一般这个作家鼓励一番，那个作家也鼓励一番，每个作家都好，却没有真正方向性的批评。一方面我们好像武侠书里面练拳一样，每个人都有自己独特的审美情趣和审美价值，反而形成了这种状态——多元而芜杂其实是一种非常自然的文学生态。

于晓威： 文艺思潮的兴盛会让同代作家形成一种整体的声音和力量，身处其中的作家借着文艺风潮实现自己的创作理念。然而 70

后作家写作的时候，中国文艺思潮整体性式微与溃退。70后写作不会形成学术集结和固定的思潮流派，恰恰这可能是有利的一面。这一代完全实现了个体化书写，强化了写作的向内转，较为纯粹地书写个体精神生活。70后这一批作家开始回归和继承五四以来的文学传统，且开拓了五四以来文学所不具备的很多东西，例如现代社会经验的呈现，以及都市情感和乡土裂变的双向痛感等等。70后当代的历史责任和审美贡献就体现在众多个体化的表达，文学真正回归了本来的面貌。大量70后作家的出现和大量文学样貌的出现，真正实现了跟西方文学一个接轨和对话。

李浩：去年对于先锋文学来说既有某种纪念又有某种宣判终结的意味。先锋在某种程度极大影响了我们的写作，包括现在仍然使用传统现实主义手法的很多作家。这10年里的先锋意识，除了不断的形式创新和试验，还包含了思考和审美的某些前行。与此同时，先锋精神不再是非此即彼的断裂，有了对传统的尊重也有更多的宽厚感，这也代表着70后作家比较普遍的对于先锋写作和先锋精神的理解。

石一枫：70后作家刚开始从事写作的时候，技术就比较成熟，小说结构、艺术审美以及逸韵等方面把握非常好。整体上，一代人接受比较标准的院校教育和文化教育，文化素养和阅读资源积累较为丰厚。文学在技术和复杂性方面确实是可以递进的，这一代作家在写作的时候其实已经给自己提高了技术难度，当今作家的技术门槛已经变高了。需要花费更多时间和精力进行艺术、技术的磨炼，才能成为一个过得去、敢管自己叫作家的作家。在花大量时间和精力投入到技术方面的磨炼变成一个相对职业化作家之后，可能会忽略到某些技术层面以外的问题，比如对时代精神、价值观念的敏锐捕捉和反思等等。

杨遥：我们这一代作家的创作不断发展，达到了不亚于国外同龄作家的水平，但同质化倾向也越来越严重。在向西方学习的道路上越走越远的同时，也逐渐向东方传统文化回归。个人化写作是有价值的，但太多的人这样去写，恐怕就是灾难。这一代作家也开始不再一味关注"我"的世界，主动去融入社会，了解和反映大众的生活。不是仅仅去"走"入生活，而是在感兴趣的生活中停下来，融入进去，真正去了解生活。还应该在作品中有独立思考、敏锐洞察和不同寻常的见识，从而期待在庞杂的生活中呈现出人类隐秘的生活及历史。

陈集益：自从上世纪 90 年代有了"新写实"以后，目前的小说基本沿着这个路子走到了今天，很多小说是"新写实"的延续或者变种。当我们读到了卡佛、门罗、耶茨等人的小说后，吸取了一些新的技巧，这个路子的小说就变得越来越精致。近十年中国当代文学创作的基本特质，虽然也是现实主义，但是更个人化，大多数是一种向内转的现实主义，是一种精致的日常的现实主义。这一时期的创作总体上比较琐碎，缺乏一种大的精神指向，但是换一个角度看，能将小说写得细腻、精致，注重个人经验和内心，摆脱既定观念的束缚，本身可以看作是一种进步。但是，当这类小说泛滥二三十年，此类小说的技巧也到达极致之后，是不是还有新的发展可能呢？这可能是需要探讨的，也是我们需要警惕的。

新一代作家近十年的创作显示出先锋精神的真正内化，以及中国作家现代写作技巧上的长足进展。他们真正以一个现代人的身份在精神和形式两个维度内化中国小说创作的新质，使其不仅仅是形式上的，更具备一代人对于传统和历史的反思精神。由此，尽管写作面目模糊，文本多元芜杂，思想的深广度远未达到应有的标高，但是中国叙事终于在现代人的身份认同和现代国族的文学想象之间打通了一条关乎人、人性、人道主义、人文情怀和人的本真存在的通衢。

望今制奇，参古定法：时空褶皱中代际精神共同体

近三十年的中国文学几乎汇聚了东西方文学几百年的样态，作家们一方面"参古定法"，一方面又"望今制奇"。同时，写作又表现出不同时空地域的巨大差异性，作者和读者对文学的源流和文学本质的认知也大相径庭。由此，以年龄划分写作有一定合理性，相同年龄段的写作者大多有着较为一致的文化文学选择，也会形成对于历史和现实较为同质的理解和言说。十年中会产生几代不同知识结构和文化观念的写作者，从文学史的角度来说，任何一个代际都具有独特的研究价值和意义。从这种变革带来精神结构裂变的角度，代际划分有着文化身份与精神共同体的意味。由此，在文学时空褶皱中，中国70后作家群体形成了独具特色的代际精神共同体。

徐则臣：大部分作家都能写你想写的，写你能写的，写你能写好的，把自己特长和优势发挥到最大。但如果一代作家要区别于上一代的作家，就要考虑哪些是你应该写的，哪些是你可能写的，要拓宽写作的疆域。作品要跟时代之间产生对应关系，文学的变化和可能性要跟时代之间产生一种对应，这种对应有可能比较和谐、契合和对称，也有可能是反向对称，所谓一代一代人文学。莫言获奖对中国文学来说，意味着一个时代的终结。莫言这一代作家走过的路对于后来的作家来说，是否还能重复？重要不是故事讲述的时代，而是讲述故事的时代。莫言小说基本上呈现具有传奇性的前现代生活，那个时代能够保持或者说想象出一种原生态的状态，这个世界相对封闭的，可以导致传奇性产生。而今天传奇性产生的土壤几乎已经消失殆尽，在某一个地方建立一个传奇性可能极小。传奇性有一个特点就是整一性，所谓整一性，就是从头到尾讲述一个逻辑上非常严密的故事，这个严密故事可以解释这个时代，可以解释整个地区的生活。曹雪芹和托尔斯泰的时代的确缓慢，而且没有那

么多纷繁复杂的网络，各种无效、半有效的信息，他能够看得足够清楚，只要站得足够高，看得足够远，盯得足够久，他可以看清楚，把整体性建立起来。而当下的中外作家都面临更加细化、琐碎和纷繁复杂的现实，要看出这个现实需要有更多分析的能力、提出问题的能力和解决问题的能力，这个相对于单纯讲一个传奇性的故事，这两者之间的差别还是很大的。网络时代，实际上在很大程度上改变了我们的世界观、审美方式乃至表达方式。时代发生变化了，需要在写作上做一定的调整。

范晓波：写作者常遭遇这样的尴尬：和圈外人谈文学时，发现大家指认的文学其实只是励志鸡汤文。写作者也常表达出这样的傲慢：文学并不是给看不懂文学的人准备的，我们的作品献给无限的少数人。也许是文学的变化赶不上阅读需求的变化，读者们才会无奈地指鹿为马。适合传统文学生长的农耕和前现代语境已然消失，我们正置身一个被电视机、KTV 和网络包围裹挟的世界。传统文学讲故事的功能早已被电视剧和电影抢占；而文学在抒情的便捷性与感染力方面，更是不敌流行歌曲。不少作家就是跟着进口影碟和网上社会新闻编故事的。作家们当然无需向电视机、KTV 包厢缴笔投降，就像有了词之后，宋朝人仍旧要写诗；有了曲之后，元朝人依旧在写词。我们要做的或许是，进入宋代后，不再用唐朝人的架势写诗；到了元代，不再用宋朝人的腔调写词罢了。我喜欢时刻不忘对汉语之美进行维护与更新的写作，毕竟语言美是其他任何文艺形式很难掠美的强势文学基因。特别敬重对人的精神之美孜孜以求，对人的终极困境表现出宗教般拯救企图的文学，这也是娱乐性文艺商品无法企及的境界。还喜欢触觉、嗅觉、味觉等感官发达的文学，因为目前的影视剧和流行音乐，很难在技术上接通受众的这些感官。只想写有体温、有心跳、有生命和纪实感的文字，我也爱读色香味俱全的文学。人们从电视机和 KTV 中得不到的，正是作家要格外宠爱和珍重的。

李骏虎：70后作家是接触到文学理念和文学流派最多的一代，但相对时间不够长。在和平年代中，我们也是经历各种社会变革最多的一代，但相对时间还是不长。70后作家长期以来受二手文学思潮的影响，不能够在一个相对长的时间段之内对社会和时代有一个到位的思考、判断和把握。在剧烈变革时代下写作，时代必然让时代跟作家产生关联。作家塑造人物，应该能够表现出来内心和环境之间的矛盾，可以把内心跟外界环境的矛盾、纠结和撕裂去表现出来。

李浩：时代有时候有时代的诉求，个人趣味被它强力拉扯着，包括这个时代作家几乎共同的书写。无论个人写作还是阅读，我喜欢那些不能被归纳意外，更愿意去阅读那些和惯常思维完全不一样，甚至和时代某种诉求完全不一样的独特性东西。写作可能应当和这个时代的关联和关系是拉开的，对抗的，甚至是某种的反叛。

马笑泉：到了本世纪，借助网络，通俗小说再次在市场上取得压倒性优势。网络文学作家队伍势必产生分化，大部分继续从事类型化、模式化、快餐化、具有明确市场定位的写作，而少数网络作家则日益清晰地听到从内心深处发出的召唤，愈来愈明了从事严肃文学写作才是自己的真正志趣所在。而始终在网络上写作使他们拥有与期刊作家们有别的写作体验和思维方式，这种差异可能会给当今的严肃文学带来新的元素，注入新的活力。这就是我们这代作家和严肃文学道统共同所处的历史语境。

赵雁：当下一部分文学作品似乎沦为一面平面镜，小说成为一种复述工具，简单呈现复杂的社会现实，再穷尽想象也难敌社会现实的逼近挤压，蜷缩在小说背后的人反而是面目不清的。传世的文学作品多是批判现实主义作品，但请看看它们的深度广度。思想力羸弱可能更是创作致命伤。躲在书斋，仅靠着网络报刊的社会新闻，或者茶室饭桌上的道听途说，作为积累素材的主要渠道，其实在动笔之前，便失去了新鲜，变得滞后了。

乔叶：很久以前就想如果以70后为主题开一个会，是一件多么好的事情，现在这个愿望实现了。真的坐到这儿，谈各种话题的时候觉得很茫然，大家说出的很多话像打出的一粒粒子弹。我认为不要太被各种理论什么的所蒙蔽，真正走在道路的时候还要自己一步步走。这样会议上大家群山合唱，然后每个声部有自己声音。大家每个人都有子弹，每个人都让子弹多飞一会儿，我愿意中弹。

李燕蓉：或许没有哪一个时代像今天这样，我们的日常生活与城市已达到密不可分的地步。多数艺术家的作品都会从他的记忆入手，他会找一个记忆的节点，那个节点在他看来或者说对他而言具有非同一般的意义。而随后的创作会根据这个点逐渐扩大描绘、雕刻成一件可以表达他想法的作品。小说家架构的从来都是一个虚无的世界，但是它是可信的，可信从来不是照搬也不可能照搬些什么。"可信"是一个听上去非常简单模糊的一个词汇，但实际上没有什么比可信更重要。

周瑄璞：写作就是坚守自己的理念和创作道路及风格。因为时代变化太快，如果写作的要求与内容不断地调试、刷新，需要跟上风潮，就无法坚持自己，反而会丢失自己最鲜明的特征与风格。事实上作家也无法很快地调整自己，紧跟时代，以赢得更多认可与读者，那只是一个美好的愿望而已。写作就是以己为牺，以头撞墙，不是头破，就是墙倒。

卢一萍：我一直在学习怎样虚构一个故事，每个作家都在寻找能真实反映现实的虚构之路。事实的真实当然很重要，小说是创造一种假设的生活，这种假设的生活是在真实的条件下发生，派生出故事和细节，真实是虚构的源泉。小说虚构的品质主要来自于作家的经历、才华，来自于他对世界、生活和人生的看法，所以说"虚构是小说最真实的成分"。

赵瑜：和我们身边的70后作家一样，欧洲的70后作家的小说叙事经验大都得益于阅读。比如葡萄牙作家冈纳鲁·M·塔瓦尔斯的《六故事》便有着塞林格的影子，黑山作家奥格年·斯帕希奇的小说标题《我们失去了雷蒙德——卡佛死了》，几乎是一篇为了纪念卡佛而创作的作品。欧洲 70 后的小说家所表现出的天赋和叙述经验，并没有让我感到惊讶，甚至有些小说让我觉得失望，这也是全球化时代的一个共同的失落。叙述技巧同质化使得欧洲 70 后与中国 70 后作家们的差异越来越少了，真希望我们的差异越来越多，因为美好是因为不同才丰富。

中国 70 后作家群体的成长期适逢中国社会改革开放三十年，宏大叙事和西方价值观念表达都和这一代作家没有天然的对应关系。他们的文学表达既带有对于传统深深的眷念，又带着对于历史无尽的探究，更纠缠于当下芜杂纷乱的现实，同时还要面对新媒体带来视听阅读的划时代变迁。在现代个体的维度上，新一代作家无疑对以上诸多问题采取瞻前顾后的写作姿态，他们对历史真实或者说对于历史本质的言说在巨大的困惑与坚韧的叩问中前行。

因情立体，即体成势：
涵养中国文化自信力，抒发所来之地的历史

对于新一代中国作家来说，随着新世纪地缘政治和经济格局的转变，重新理解中西方文明成为一种必要，而对于中国文化自身的重读和体悟则是中国青年作家进入全球文化语境的身份签证。无疑印证了刘勰"因情立体，即体成势"的观点。70 后一代作家在中西方文化平台上从事写作，他们切入历史的方式更具备现代个体的主体性和反思性。现代资本在吞噬中国传统伦理风俗的同时，现代文明的基本常识依然在相当大的程度上阙如。随着中国传统社会的裂变，仅仅对于过去传统净化式的追忆无法抵达当下社会最为幽深的区域。新一代作家更多将视域从纯粹的乡土、传统和伦理叙述，扩

展到对于中国文化自身的探究和考量。

吉狄马加：中国作家协会不断深化改革，深化改革方案很重要一点，就是要贯彻好习近平总书记在文艺座谈会上的讲话、在中央群团工作会议上的讲话和在中国共产党成立95周年纪念会上的重要讲话。这些讲话要求我们不忘初心，继续前进。整个文学界和作家队伍要不断增强四个自信，文化自信对于今天的中国特别重要。我们这一代作家既有优势，也有劣势。这一代的阅读范围广阔，对世界的了解便捷。与此同时，我们又进入一个消费和物质的时代，生活节奏快，呈碎片化状态，作家的心灵和灵魂怎么和这样一个时代对接，并且在对接过程中，尽量减少错位，这很值得我们去认真总结，其中很重要的一点就是对于中国文化自身的重新回望。文化自信对于今天在座的70后作家特别重要。当下国际文化交流广泛，在不同文明和文化之间对话中，国家真正意义上增强软实力，还是要靠文化建设，要靠文学艺术，这样才能提升中国的文化影响力。希望70后一代作家自身要树立文化自信，另外确实要不断提升文学修养，进一步提高写作能力。在座很多作家都写出非常好的作品，有些作品已经产生比较广泛的影响，我想未来中国文学的发展总是寄希望于年轻的作家，寄希望于具有创造力、思想开阔、具有丰富想象力的作家。希望整个中国文学发展能真正出现一些高峰的作品，出现一些跨时代的大作家，为中华民族全面的伟大复兴做出贡献。

黄咏梅：感谢鲁院今天做的这么一件事情，将70后作家召集在一起，谈谈自身的写作。我们开始在写作中有了年龄感，表现在写作上，是对这个世界不断增加的参与、表达的愿望，恰恰在安静中谨慎地发出自己的声音，这也是一个中年写作者的姿态。70后这一代作家，总是被人说写得太小，写得太日常，写得太没有责任感。似乎只会写当下，写自己，写人性。事实上那些看似重复、经验、模式化的日常生活，以及在作家笔下那些浓密的日常生活场景中，都显现着其不可剥离的文化属性，而文化就是历史的另一种存在，这些历史与当下的生活一直发生联系，并通过作家的主体感受和表达被赋予了新的价值和意义。用自己话语讲述那些看不见的留存、割不断的传承以及如影相随的命运，写出那个不曾看到过的历史，从日常生活中聆听到的历史的回声。

哲贵：从历史的角度来看，温州的文化格局是不够大的。我作为一个出生和生活在这个地方的作家，无论在思想和行为方式上，必定会受这种文化的影响和束缚。但是，作为我来讲，首先是领受了温州和温州文化对我的恩惠，也是现实生活和文学土壤对一个作家的作用，让我拥有看待世界的方式和角度。大概有三年左右时间，我一直困惑于"格局"这个词，更困惑于如何突破温州文化对我的反作用。有一天，读《史记·太史公自序》时，突然似有所悟。温州其实只是一个支撑点，是体察这段历史和社会生活的支撑点，有这个支撑点，整个人就不会漂浮在空中。对一个中国作家来讲，可以吸收西方文化的各种营养，可我觉得真正的文学土壤还应该是先秦以来的道和儒，还有在西汉时期传入中国的释。

黄孝阳：传统小说的美学原有过辉煌，当下更臻成熟丰腴。它是对唐诗宋词里古典中国的传承及叙事，汉字的象形、会意之美是对人类文明的极大贡献。传统文本所承载的诸子、儒释道等，至今也在塑造着中国人最根本的性情。五四新文化运动的继承与发扬，是一个持续近百年的过程，是古老中国对世界的吃力打开。近三十余年间，中国的小说家把西方同行几百年做的事，用汉语及只属于他们的中国经验再做了一遍，涌现了一批值得后来者脱帽敬礼的文学经典。所以我总是不无偏执地认为，谁说当代中国小说是垃圾，那叫哗众取宠。或者只能说他被那些"集权的婢女"与"市场的妓女"弄花眼了。但问题是，传统虽好，已然匮乏。

李浩：中国作家眼光更加开放，更加尊重知识智慧，不再简单依靠自身的经验。讲述中国故事成为相对普遍的自觉，作家更多注意到日常发声，对民族文化差异强调，对陌生化和独特的成长经验的强调。中国作家更加重视审美，小说必须是一件经得起拆解的艺术品同时又不显得做作。

阿舍： 写什么比怎么写要重要许多，作品背景越来越多地移向自己少年成长的西部戈壁，作品所呈现的文学主题逐渐集中于亲情与血缘、故土与记忆、家园与远方、身份与命运的原因。这种改变是基于我对自己能力的认知，是通过阅读和创作实践得到的认知。文本的话题也越来越集中于亲情、梦想、信念、身份认同，以及人的蜕变与异化。对于这个转变与调整，因为它拥有过于突出的地域和时代特征，所以，力图突破地域和时代局限，让它们携带的情感，更朴素、纯正和真挚。

弋舟： 创作依然表明一个小说家的职业感和尚未消减的写作能力与虚构热情。写作令我进入了应有的工作状态——得以从纷扰的世相之中抽身，心怀莫名的伤感，沉浸在一个小说家应有的情绪里。如果说这种情绪异于常态，也并非在否定常态的合理，而是深感写作者岂能深陷在"常态"的泥潭里。谁都知道，"常态"会如何地消磨人。在这个意义上，写作便是对"常态"的抵抗。它让我的眼睛不只是盯着微信上的朋友圈，盯着貌似孤立的一桩桩社会事件，而是极目远眺，凝望那无论白昼还是黑夜都发着光的雪山。

黄孝阳： 我们在进入一个现代性的社会。一个开放、多元、充满悖论，极其复杂的，且日趋复杂的社会；一个世俗趣味高涨、工具理性蔓延、拜物教横行的社会；一个不再询问"你能为国家做什么"，而是询问"国家能为我做什么"的，个人即最高价值的社会。但我们的文学实践远远落后于这个现实。很多作家处理的还只是一个伪现实，很难理解这个当下，理解它为什么发生，为什么是这种悬崖瀑布似的发生，这种发生还将给我们带来一个怎样波澜壮阔的现实；这种发生与中国人固有的性灵或者说文化基因又有一个怎样的关系，又将在何种层面上重新塑造作为一个中国人的密码？作家应该关注社会的公共话题，探究人类共识的基本价值观，了解各学科所取得的最新成果，人类社会当下的形态及可能趋向……它也对作家的思辨能力、逻辑能力等提出更多的要求。作家不能再沉溺于书桌前的美学，沾沾自喜于那些乏味的叙事圈套。对公共话题的思维方式及语言系统，会让小说更丰富，会让作家有一双哲人的眼睛，起码思想与道德不落后于普通人。作家应该从每天都在野蛮生长的现实中汲取力量，这需要更多的智慧、理性和真诚的勇气。

东君：我们的写作正越来越趋同，这与期刊作品之间的相互影响不无关系。中国文学期刊之发达，有赖于庞大的作家群体。但反过来说，期刊也在"支配"着作品。在这样一个新媒体时代，我们的文学格局、写作方式和发表途径的确发生了很大的变化。其结果是，我们很可能会写得多，思考得少。因此，在条件允许的情况下，我想试着从期刊所培养的文学趣味与固有习气中慢慢脱离出来，沉潜几年，写出几篇真正经得起掂量的作品。我感到焦虑的是写作中存在的瓶颈问题：一是我还能写多久；一是我是否还能写得更好。前者让我感觉到自身的局限性；后者让我看到写作这条路子的一种可能性。

东紫：每一个时代出生的作家都注定将自身的文化气质与时代的文化基因相结合，进而通过直接的或间接的经验方式来呈现社会生活。70后作家身处社会快速的变革之中，高度发展的物质生活和数字化科技的应用，对人际关系、社会分工、城市和乡村的改变等等，产生着史无前例的影响。时代的大潮，在我们眼前滚滚而行，尤其是城市化进程中城乡冲突、融合，及与之相关的抗拒、接受、反思，都与我们息息相关。既让我们感知到乡村经验的流逝和更新，也体会到城市经验的膨胀和自我消化。既体会到高度发达的物质生活带来的便利，也感知到在膨胀的物欲里被挤压被丢失某些精神元素的悲哀、疼痛和渴求。信息化的高度发达，既养成了作家的惰性，也使"天下无奇不有、天下无新鲜事"。这既使得全体国民的"人生经验"雷同性增加——不管是发生在城市还是乡村抑或异国他乡，只要网络能覆盖的地域，几乎都能同步获知，原本的所谓城市经验、乡村经验、地域经验、民族经验、性别经验或某些独特的领域经验等，被广泛传播的同时也被混合、淡化。这一代人的创作被所谓的"经验"围困之时，鲁院提出这个议题，让我们对自己的写作进行一次反思和反省。

新一代作家更加关注现代日常性经验所透露出的隐秘社会生活史，在对地域、文化、身份和传统的认同过程中，更新自己的文学资源，从知识结构、知性思考、人性深度和文学独特性等方面重溯经典，涵养中国文化自信力，抒写所来之地的历史。

经正而后纬成，理定而后辞畅：
"中国叙事"与"现代人格"的双向建构

中国启蒙话语可以上溯到清末民初的"新民"，经历"五四新文化"天真激进的话语阐释，"1980年代思想解放潮流"的反思内省等等，这些启蒙行为的实质和内涵今天看起来，更多精英文化的理想主义色彩，带着强烈的概念化和思想先行的特征。但是启蒙国民、启迪国人心智的精神建构无疑一直有着明确的问题指向性和现实意义。正所谓"经正而后纬成，理定而后辞畅"，新一代作家通过"中国叙事"，在文学文本中呈现和照亮转型时期中国人精神的成长，建构中国人的现代人格。同时，在更大范围内为世界呈现中国经验的独特性和普适性，从而凸显中国70后作家群体对于世界文学的意义和价值。

韩春燕： 到这里来，见识到70后作家阵容非常强大。文学史在时间长河中不断叙写，文学评论是一种文学史经典化的重要手段和途径，把优秀作家不断纳入到中国文学史当中我们责无旁贷。《当代作家评论》面向当代作家作品和文学现象，我们要设一个"寻找经典"栏目，提出经典化，讨论经典标准、经典化方式以及经典化存在问题等等。一些老作家，比如 50 后，已经迈入经典的行列，但是否是经典还是打引号的，没有经过漫长历史的考验，所有的当代评价最起码只是一个文学史的草稿。60 后有一部分已经被锚定和塑形了，成为文学史的草稿了。70 后作家群依然正在进行着筛选、锚定和塑形的过程，我们的工作就是要将优秀的 70 后作家筛选出来，进入文学史的草稿。会更多关注新一代作家的创作，大家一起把 70 后作家群体真实面目呈现出来。中国文学的大旗到了 70 后手里，一定能够发扬光大。大家共同携手，把中国当代文学史写好。

沈念：写作与态度是密切联系的，如果一定有一样东西决定一个作家的文化影响力和受尊重的程度的话，那就只有"态度"。作家的态度像水中之盐，隐藏在作品之中。只有那些在写作中态度真诚、善良、勇敢和正直的作家，才能获得人们由衷而持久的尊敬。

于晓威：这一代作家历史责任重大，70 后作家未来十年的写作是非常有意味的写作，作家应该是具有高度责任感的人群，70 后作家的创作应该呈现出更为自觉的状态。我们进入一个工业化和后工业化时代，社会分工越来越明确，这个社会分工从体制运作角度来讲，越来越细致的社会分工导致每一个工人对他最终生产出的产品是没有荣誉感的，从而导致整个时代中，我们似乎找不到一个社会罪恶的分担者，同时也找不到一个社会荣誉感的分担者。而现时代，只有从事文学创作的作家拒绝了越来越明细的分工法则，以个人化的写作来呈现某种时代精神的完整性。

刘玉栋：这一代作家要想有这个突破的话，尤其是有大突破和大作为的话，长篇小说的创作是一个关键。长篇小说的宽度、厚度和复杂性是其他文体无法比拟的，对思想、社会、人性深度的呈现也是最为深刻的，期待这一代作家拿出更多优秀的长篇作品，以自身厚重的长篇写作走向世界。

石一枫：作家负担着知识分子的责任、受批判以及精神反思的责任。伴随作家海明威出现的身份是游击队长，是满世界乱窜的文化人，甚至就是一条硬汉。对于同时代的作家来说，雨果和托尔斯泰几乎是两个圣徒。在提起鲁迅、茅盾的时候，我们首先想到的不是他们职业作家的身份，而是思想家，甚至就是革命者本人。作家还是应该有一种对自我身份的反思，不要被技术困住自己的思路，更不要被作家这种身份困住自己思路。作家应该兴趣广泛一点，关心的东西多一点，包括对时代、生活有着更多的热情和反思。一个人要想从时代里面溜走是很容易，然而作家不应该让时代从眼前溜走，应该是有热情、有激情且有责任感投入到对时代反思批判之中。

鬼金：当下长篇小说写作繁盛，这些长篇创作提供了多种可能性的写作路径，这些都是时代的一个个胎记，可能是红色的，也可能是黑色的。当下长篇小说创作到达了一个高度，但还不是理想中的高度。我更加坚定个人生命体验的写作，我写我，写个人的，也是写众人的，也是人类的某种生命体验。作家应该用自身的书写照亮自己，呈现个体在时代中的情绪。我试图用情绪而不是故事留下这个时代的痕迹。任何故事都是可能编出来的，但真实的情绪不能编出来，只能通过真诚的写作在文本中自然流露。

计文君：文学资源对于作家创造的影响至关重要。某种意义上，小说创作本身就是一种对话，和此前处理此类问题的全部小说家的对话。这使得我们的写作免于一种无效的写作。这种要求生效的写作，对于小说家的文学资源也提出了更高的要求。我开始审视自己的文学资源构成，尤其对自己相当长时间十分依赖的中国传统文学资源进行了再次厘清，很多作品进行重读。此外，对于中外思想史上的经典作品进行了更新式重读。另外增加的一部分阅读是新型经济著作，此外增加对类型文学的关注。必须认识到，窗外的世界已经改变了。

郭海燕：作为一名70后写作者，在迈向而立时，我深深感受到世纪之交，几乎就在国企改革阵痛期的同时，严肃文学也在遭遇着难以言喻的困窘、困惑，这让无数的相关个体在遍尝社会转型期的特色苦乐时，历经着时代赋予的别样沧桑——这种沧桑，给了最初的文学底色，打开并锻造了观察世象的文学眼光。在数字化、信息化，人人自媒体化的今天，我们写作者是逆水行舟，不进则退。

裴指海：这十年来文学最迷人之处就在于众声喧哗。资讯发达，文化多元，价值观多样，自媒体火爆，每个人都急于表达。作家是用作品说话的，这也是表达。70后作家也逐渐走上了舞台，70后代表作家多，代表作少。这个判断简单粗暴，却也和流行的段子一样，有时也有道理。这可能与作家身处的现实及表达的现实有关。70后作家是最热衷于描述现实的，但很不幸，现实根本就不买他们的账。表面上看，这似乎理所当然，每个时代都有自己的社会文化观念、现在变化更快，去年的社会观念可能和今年就不一样，相应的，文学作品也立即会"过时"。前几年还很优秀的作品，很可能很快就会被社会文化思潮从根本性上否定，没有了作为文学作品存在的合法性。作家面目各异，各写各的，说不定忽然有一天，伟大的作品就在伟大的时代出现了，我对熟悉的70后军旅作家充满信心。文学像服装、家具一样，使用久了都会生厌。一代作家引以自豪的东西在下一代的手里可能成为背景而失去其让人注目的地位。文学通过背离已经被广泛接受的正统而实现革新。作家是这样，有知识有文化的读者未尝不也是这样，他们也喜欢新奇的事物。我们必定会创造出属于我们这一代的文学。

黄孝阳：小说只有摆脱说书人的脸庞，成为真正意义上的现代艺术中的一种，才能向死而生。今天许多小说文本的思想深度甚至要落后于普通公众，除了自以为是的道德感，连起码的逻辑与常识都不具备，这怎么可能让读者对他们的大作有兴趣？小说家要在路上，要有对世界广阔性的追求，在这个奇异旅程中，不断地发现自我与另一个维度的事实，这是"广度"；"深度"是小说家终其一生要与之搏斗的事物。小说是人类的精神产品，根源于人类对世界的不断认识，以及基于这个认识基础上的"对激情的赞颂，对美的迷恋，对神秘性的渴望等"。人类正在进化时，文学亦不例外。写作者是需要其他的职业身份，否则他就是个拍惊堂木的说书人。这个职业身份提供着一群人理解世界的观念、视角与经验（他是对他们的概括），一个可以信赖、值得尊重的知识结构。说书人不是不好，但是犹如"读者体"与"知音体"，他们说的每个故事，与真正的智性与德性毫无关系。在这个蜂巢结构的信息社会里，文学，不仅是中国的文学，都在迎来一场根本性的革命。

载 2014 年 10 月 14 日《文艺报》

我们是时间，是不可分割的河流：
"70后"写作与先锋文学（之一）

郭艳： 上个世纪80年代先锋文学对于后来中国当代文学写作的影响非常巨大，怎么评价都不为过。从先锋文学开始，中国文学写作真正开始凸显作家的主体性。在中国古典和现代传统中，作家有个体性和个人风格，但是很难突破中西方传统诗学范畴，但是80年代先锋小说解构了政治及文学主流意识形态对创作的束缚，与此同时它又的确难以维系。这个访谈不是探讨先锋文学本身，而是重点探讨70后写作自身与先锋文学在小说观念、技术、文本意识等方面的承继关系。你认为70后写作与80年代先锋文学在小说技术上是否存在明显承继关系？请具体谈谈对自己写作的影响。

马笑泉： 70后写作对80年代先锋文学的继承，体现在两个方面：一个是精神层面上的继承，即对先锋性的保持和发扬；一个更为具体，也更为明显和广泛，就是技术层面上的继承。

我在开始小说创作不久，就给自己确定了一个目标，就是把莫言的大气、余华的奇诡和苏童的灵动熔铸为一体。莫言对我的影响，主要是那种自由不羁、百无禁忌的先锋创造精神。现在看来，这种先锋精神的影响更为深远，已内化为我创作的核心驱动力。而苏童和余华更多的是在技术层面上让我受益，这种影响在起步之初是极为重要的，帮助我养成了对形式感的敏锐，进而确立了小说的文体意识。具体而言，苏童让我领悟到语感的重要性，而余华则开示了结构的艺术。至今我都深信对每一具体素材而言，都有一种最适合它的语感和结构。能否找到，是作品成功与否的关键。

李浩： 是的，我同意你的判断。上个世纪80年代先锋文学对于后来中国当代文学写作的影响非常巨大，怎么评价都不为过。它影响70后作家的，绝不仅是小说技艺，也绝非仅是突破藩篱，更重要的，可能是创作理念、人文情怀和更为宽阔开放的心态，它们可能并不那么显性，但却是本质的。在经历了先锋文学的影响后，70后写作尽管有着巨大的差别，有着不同的写作取向，但那种延接和渗入却是普遍的存在。就我自己而言，单从技艺上说，80年代先锋小说的影响是相对明显的，我不讳言，我的写作是先锋小说之上的"生出"，我首先从它们那里获得了技艺。我用过意识流、魔幻、黑色幽默、碎片的方式，当然也用过时空的多重转换、故事从发展三分之一处的小高潮开始进入等等。经过一段时间（甚至不短的时间）的模仿期，我开始将这些技艺融化成我的，我也开始给这种种方式注入新质。在最初的写作中，我有些刻意地模仿过余华，在技艺上，我感觉抓住了他的语感特点：一两句貌似平静的叙述之后，马上加入一个新奇的、有惊艳感的比喻，并且让文字生出湿漉漉的诗性来。我用四五年的时间完成了它，让它变成我的习惯。然后，又不得不通过模仿另外一些作家（譬如杜拉斯，尤瑟纳尔，博尔赫斯）将这一方式改掉！说实话改掉的时候更为痛苦，你发现，它已经和你生长在一起了，你去掉它等于用小刀挖自己的肉。

马笑泉说过一句话，他说80年代的先锋文学是我们的长兄，不过我们很快就越过长兄向"父亲"们学习——这也是我们的普遍，我相信。我们在一个时期之后很快就越过或绕开影响过我们的长兄，开始大量地阅读西方文本，并从中吸收滋养。如果谈先锋文学，我更愿意把那些具有先锋意识和探索精神的西方文本也算在其中。在这点上作家和批评家可能理解不同，对作家们而言，他们的吸收并不是单一向度，也非线性，间有交叉、互渗、修正和弥补，其中也会经历不断的排异——这就是为什么我们在谈论80年代先锋文学的时候会不知不觉地谈到昆德拉、博尔赫斯、劳伦斯或马尔克斯，对 70 后写作者来说，它们（中国的先锋文学和西方现代经典）几乎是同时渗入，难分彼此。请原谅作家们的不严谨。

至于先锋小说的影响，除了技艺，我想对我来说还有：自我意识的凸显，对不完成美学的理解和应用、深思和追问，在文本中的介入等等。甚至可以说，部分地说，它们甚至塑造了我这个人。我对人生人世的理解，对人性的理解，社会的理解，很大程度来自于文学，我承认它给我的远比哲学、社会学、政治和经济学带给的多得多。好的文学，是一种有魅力、有思考和远见的知识。

弋舟：我非常认同你对先锋文学的这个指认，并且也赞同你在讨论之前首先廓清我们谈论的边界，否则，泛泛而谈，只会导向混乱和无效。当我们将讨论只限定在你所规定的这个范畴里时，我认为一些起码的共识还是比较容易达成的，那就是——我们这代作家，毫无疑问，在小说技术上深刻地受到过昔日先锋文学的浸染（其实，说是受益，我觉得也并不勉强）。同时，我认为先锋文学对我们更大的感染还在于，它在我们提笔之初，就帮助我们建立了比较纯正的艺术观和审美趋向。由此，明显的承续必然发生——尽管，如今已经貌似换了人间，我辈也貌似换了容颜。以我个人的经验而论，这种关系可能更加明确，如果不是被那代先锋所打动，我有可能便不会走上写作之路。我必须承认，昔日的先锋文学在我眼里何其迷人，那时，先锋英雄们以自己的才华，以自己的"中国经验"，书写出了甚或比世界大师们更加令我备感亲切的中国小说，这仿佛突然拉近了我与人类一流作品的距离，从而在某种程度上，给予了我巨大的写作勇气。

郭艳：80 年代先锋文学打破公认规范与传统的理念，在语言和形式方面进行文本实验。十多年之后，先锋作家又集体转向写实主义。目睹这样的文学转向，作为后来者，70 后是如何看待这个问题的？在 70 后实力派作家中，形式风格创新与照亮现实有效叙事之间的纠结是否是一种普遍现象？你在文本中是如何处理这个问题的？

马笑泉：这次转向存在一种逻辑上的必然性：先锋作家大多满足于表现手法的更新，甚至为形式而形式，存在"炫技"之嫌，先锋精神的养成严重不足。技术上的翻新终有竟时，何况尚属舶来，鲜有原创，如无自由探索的先锋精神做支撑，注定会难以为继。要知道先锋技术并不等同于先锋性，技术总有不那么先锋的一天，而先锋性才是恒久的。对于那一代停留在形式层面的先锋作家而言，一旦完成了技术引进，其先锋色彩必然急剧减退。至于是转向写实主义，还是归于浪漫主义，都只不过是撤退后的各奔前程罢了。

在 70 后实力派作家中，形式风格创新与照亮现实有效叙事之间的纠结并非一种普遍现象，因为只有极少数在小说形式上还有创新意识，绝大多数满足于娴熟地使用各种已经被发明并推广的技巧，还有一部分甚至任由内容溢出形式，消解了小说的形式感和风格化。我对形式风格创新仍然怀有期待，但对坐在象牙塔里创造出一种新的小说形式已无多少信心。我把希望寄托在这个时代的复杂、新鲜和元气蓬勃上，期盼这种现实境况能"倒逼"出新的技巧、新的形式、新的风格。为了实现这一点，我必须深深扎进这个时代。同时正如弋舟兄所提醒的那样，我也意识到这种方式存在风险，因为它有可能消解必要的审美距离。对此，我只能仰仗长期浸淫于文学所获得的对非文学因素的免疫力。与此同时，我还得继续提高将非文学因素转化为文学作品的能力，在这种对现时经验艰难的转化中，或许会产生新的表现形式。

李浩：我的观点不代表 70 后，我只说我是如何看待这些的。我觉得，80 年代的先锋写作是一些具有超凡才能的聪明人玩的。那时，他们的出现适应着时代潮流，他们懂得，猜度，让自己适度地保持处在"风口浪尖"——之后集体转向，当然也是一种时代暗合，因为时代骤然改变了面目，商业的、经济的浪潮形成了另一股的强力，部分的还有政治机会的考量。他们的集体转向恰恰显现了他们的世俗图谋，我以为他们可能不是骨子里的先锋派，不是，他们没有一意孤行的决绝，也不想成为真正的"孤独的个人"。请原谅我的部分尖刻。说实话，我也部分地认同他们在炫目的技艺操作之后转向向沉实、丰富的现实学习，这，也是我在学习他们之后希望自己能够延展的部分，但，他们的方式绝不是出于艺术的适度调整，真的不是。这种调整是时代性的，假如80年代继续，他们的写作不会是这个样子。当年，他们宣称的某些口号（有些口号也是借来的）可能更是一种标新的、吸引的策略，他们其中的许多人并没真正想坚持实施。真正的艺术需要决绝，冒险，甚至灾变——这是我个人偏执的理解，我也还真不准备修正。

形式风格创新和照亮现实有效叙事之间……它们一直纠结，有时，它们的矛盾感会让我感觉无可调和，我觉得这是一种普遍的现象，不只是中国的70后纠结，西方的70后，拉美的70后也纠结。它们之间的矛盾、张力有一种永恒性，没有一个人能够一劳永逸地解决它，你在这篇文字里解决了它，在另一篇，就是下一篇，这个问题又会出现，它要你再一次调整……技艺，在我看来不只是技术性的，它其实连着本质，连着写作者对世界对艺术的认知，连着内容之骨。纳博科夫说过一句片面深刻的话，他说"深刻的思想不过是一腔废话，而风格和结构才是作品的精华"，而一向以思考力、思想性著称的米兰·昆德拉也这样说过，文学应当写下只有文学能够言说的那些"知识"，假如你的思想能够用一本薄薄的社会学小册子表述完成甚至更好，那，你的写作就是无效的——他们其实是在强调文学的文学性，强调它富含的技艺魅力，强调那种只有文学中能够生出的会心。我在强调了风格、结构和艺术魅力感之后还想再强调思考的部分，理想的、梦想的、智慧的部分，这点，在文学中也绝不可或缺。在一则访谈中我曾谈到我希望自己写下的是"智慧之书"，当然这只是希望，是我努力的目标。形式风格创新和照亮现实有效叙事之间……它一直纠缠着我，一直让我反复平衡，不断试错。在四十岁之前，如果我想到一篇小说，我会先从故事结构和技艺上完成考虑，我会先考虑它是不是新颖别致，有没有良好的技术运用，而在四十岁之后，我想到一篇小说，会先从表达的有效性上考虑：我说的问题是不是非说不可的问题，它有没有从别人的习焉不察中获得新的发现，它是不是更准确地标明了我的人生态度……四十岁之前，我如果感觉它在技艺上小有突破就会想办法写下它，四十岁之后，我更多地会考虑在对人（至少是中国人）的认知上有没有新的提供，我说的是不是凸显了我在这段时间里的思考。

弋舟：对于这种"集体的转向"，我并没有感到过多的不适。首先我在很大程度上是一个感性大于理性的人，我曾受惠于他们，于是便顽固地信任他们乃至宽宥他们，同时，我也相信，作为一个成熟作家，他们的每一次变调，必定都是基于了严肃的抉择；其次，我也开始了自己的写作，这让我能够感同身受地体察这些流变内在的动力。这样，便不能不涉及到写作者所身处的时代——尽管我们如此"简单粗暴"地划分了代际，但事实则是，我们与先锋前辈依旧共同生活在这个时代里，我们面临的问题与困局，几无差别。至于 70 后这一代作家是否普遍纠结，我难以替同辈代言，但这种纠结对于我是存在的——可能"纠结"一词并不准确，在我，或许没有"纠结"这样的强度，我所面对的，也许只是一个小说家理应要去处理的问题，在我看来，这样的辩难，差不多就是小说家恒久的工作要义。我总觉得，人就该缺什么补什么，在我，如果说天然便会局限在对于"形式风格"的着迷之上，那么，我便格外需要补充和强化对于现实的体认与关注，由此，反应在具体的创作中，我会努力令自己保持对于现实的警觉。以创作经验而论，我的这份警觉的确拓宽了我的写作，也令我的写作有了"矜重与诚恳"的美学诉求，但我也发现，对于"形式风格"的自觉，同时亦能激发我对于现实萌发出新鲜的触摸方式，它能令我变得更加敏感，在思维方式上，不至于过分的因循守旧——在这个意义上，形式风格的创新，就是我们照亮现实的基本前提或者途径之一，从而，我们的叙事，才有可能成为文学意义上的有效叙事。

郭艳： 对你影响最大的 80 年代先锋文学作家是谁？如果有，请谈谈他对你的具体影响，对他的经典文本进行个案分析。如果没有，请谈谈自己写作技术准备是如何完成的？

弋舟： 这真是令人惊讶，原来不想不知道——我如此高举昔日先锋文学，但当你让我细数究竟受谁影响最大时，我竟无从说起。我想，我受惠于他们的，可能更多的是一种如同空气一般的存在。至于自己的技术准备是如何完成的，我实在难以自称如今我已经完成了这个准备——这或许该是一辈子的事情。当然，最初的模仿毋庸置疑，具体到分行断句、使用标点符号，我们最初都是从头学起的。

马笑泉： 莫言、苏童、余华对我都有重要影响，说不上谁的影响最大。写作之初，苏童的影响要明显一些，但到后来，余华的早期作品更能给我启发，而莫言则自始至终是一种指引的力量。先锋文学作家传授给了我最初的写作技术，同时还成为我走向西方现代派文学的快速通道。在对卡夫卡、马尔克斯、萨拉马戈、博尔赫斯和卡尔维诺五位大师的系统阅读中，我逐渐完成了技术上的升级。同时还获得了一种能力，即以现代小说的思维方式从另一个重要文学系统中提炼出技术养分。这个系统就是中国古典叙事文学，它主要包括熠熠生辉的《史记》、无比庞杂的笔记文学和良莠不齐的明清白话小说。

李浩： 前面提到了余华。其实对我影响更大的是诗人们，北岛，杨炼，于坚，洛夫，余光中，欧阳江河……北岛给我的，一是重量感，一是语词，一是氛围，我记得我在初读他时的严重不适，它溢出我的旧审美，是我不能容纳的。我要感谢 80 年代的那个氛围，它"逼迫"我不得不调整，在一次的不适之后两次的不适之后还会再……等我喜欢上他和他们，有了豁然开朗感，也为自己之前浅薄的、狭窄的旧审美感觉羞愧。是他和他们培养了我的审美趣味，尤其是后来的、不断有着拓展的审美趣味，我也得承认，之前感觉很好的作品在我喜欢上他和他们之后，发现它们原来……审美在不断拓展，对好作品的认识也在不断调整。我曾很长一段时间读不下卡夫卡，很长一段时间读不下马尔克斯，很长一段时间对君特·格拉斯不屑，如果不是他得了诺贝尔文学奖我可能会永远地和他失之交臂。我曾拿着一支红笔，在《铁皮鼓》上勾去我以为的废话，我发现红色占有几乎一半儿……等我读出它的好来了，回头再看那些红笔的"删除"是多么可笑，它严重地破坏了喧哗性的语感也破坏了丰富性。现在，我甚至觉得，君特·格拉斯应当是为未来文学花园里培育了新树种，就像巴尔扎克开启的那样，卡夫卡开启的那样，胡安·鲁尔福开启的那样……杨炼的《诺日朗》，现在想起来我还被那种压倒性的雄浑力量所折服，他和北岛建构的世界是那样的不同！一时间，我甚至在追随北岛还是杨炼之间左右摇摆，疼痛异常。我个人的技术训练，一部分是从古典诗歌中得到的，一部分，来自于我学习美术的经历，它的影响也不可小觑。还有，就是在模仿中得到的，包括对国外文学的模仿。

　　我从诗歌转向小说写作，首先得益于作家鬼子的提醒，他说，你要学习讲故事，要学会拆小说。我承认我从中极为获益。李敬泽，他说你的小说在可发可不发之间，有一个点你没有找好……我用半年的时间，想小说的点是什么，从我喜欢的小说里找那个点。我模仿过余华，模仿过博尔赫斯，福克纳，马尔克斯……我模仿过一切我读过的作家，包括一些并不有名的作家，我愿意不断地从别人那里拿来。即使现在也依然如此。这个过程还在进行中。如果我说这一过程完成了，那将意味，我的艺术生命已经死掉。我不甘心。

　　郭艳：先锋文学源自西方现代派文学，从《拉鲁斯词典》先头部队说，到文学艺术的创新说，先锋文学发端于一群自我意识强烈的艺术家对于"不断创新"的追求。"创新"不断变化和现代性时间观念是同质的，现代就是对于传统的颠覆，先锋更是具化到对于被禁忌的、遭受忽略题材的引进和提倡，从而达到解构传统，突出变异的目的。70后创作对于先锋文学这一现代派的内核是否有着自觉的认知？在写作中有无表现？如果有，请举例一二。

弋舟：我想，这种对于现代派内核的"自觉"，绝大多数70后是没有的，我们之所以被之吸引，或许完全是因为"本能"。也许，我们更应当看重这样的"本能"。我的经验是，当"自觉"形成，局限与机械几乎便会同时降临，我不少失败的写作尝试，都与此有着不容分说的关系。

马笑泉：70后创作在起步之初，更多倾向于解构传统。由于先锋作家已经出色地完成了技术上的颠覆，70后更多是通过书写被禁忌的、遭受忽略的题材来达到突出变异的目的。如慕容雪村的《成都，今夜请将我遗忘》，盛可以的《北妹》，我的《愤怒青年》，还有卫慧的《像卫慧那样疯狂》，等等，都不约而同地注目于游走在城市中的边缘青年，以性、暴力、毒品等为切口，呈现出青春的混乱、迷茫和挣扎，形成了一个残酷青春叙事流派。有意思的是，这批作品在国内受到的关注有限，却成为70后第一批被外国主动翻译过去的作品。大约到本世纪第一个十年结束时，70后在解构传统的基础上，开始树立起建构意识，不再借助于题材的新异，而是以灵活多变的叙述姿态向时代发起正面进攻。近年来，70后在长篇小说领域集体发力，取得了可观的成绩。这一进程远未结束，在今后的十年到十五年间，70后将陆续贡献出各自最重要的作品。

李浩：创新，在我的理解中是从"传统"中的探出、延展而不是颠覆，在我这里它并不以"弑父"为目的。我承认在我的生长中，那个在别人那里可能坚固的、确立性的"现实主义"传统并不那样强烈地存在，我最初学习古诗，读《三侠五义》《山海经》《无头骑士》，金庸、梁羽生，学习绘画，后来直接读80年代先锋文学和外国文学，我非自主地绕过了那座大山，从这个意义上说，我的传统是中国古典诗歌，金庸，先锋文学，世界文学的脉系……我吸收着现代主义的解构力量，但它的力量感可能更多是针对传统里坚固、强硬的东西，但在所谓解构的过程中，我警惕了宗教之固但维护着宗教感，我警惕着唯一真理但希望自己能够不断地追求真理，我反感道貌岸然并不意味我认同无赖，或多或少，我还希望自己修身，克己，能够有一个道德的相对高标……

让自己的写作新颖别致，陌生，甚至有横空出世的突变感，是我所致力的，我曾数次反复我记下的一个漂亮的短语：所谓文学史，本质上应是文学的可能史。写作，有效的写作必须提供新可能，否则它就是跟在文学之后的文学，跟在哲学和社会学之后的文学，从出生的那刻起它实质上已经死亡。在本质上，我可能更看中"思想的前行"，看中那种和现代精神所相匹配的种种理念与认知，看中它对人（尤其是个人）的不断追问，看中它在"我是谁，我从哪里来，到哪里去"上的反复、深入的纠缠。没有一个真正意义上的先锋者，仅把力量下在技术创新上——当然，作为匠人得懂得技艺，这是先决的条件而不是目标，目标应当是没有答案的人类救赎。从这点上，作家大约是那个和上帝博弈的人，或者是，另一个。我觉得许多 70 后作家，像徐则臣，弋舟，黄笑阳，李约热，阿丁，黄土路，卫慧，盛可以，张惠雯，他们在对现代主义的精神认知上是有着非常自觉的；而像张楚，于晓威，东君，陈集益，田耳，他们在文本技艺的钻研上可能更用力些，但这并不意味他们因此匮乏。即使像乔叶，鲁敏，王十月，在较为传统化的写作中，某些现代性的因子也存在着——现代技艺本身也携带些许现代意识，它会悄然渗入。

不过，在自觉认知上，我们还不够，普遍地不够。包括对男人、女人、老人、孩子的普遍尊重，包括人物的平等意识，包括对人性、制度、权力的追问和反诘……我们做得还不够。

郭艳：80年代先锋文学完成了形式上的革新，但是鉴于历史和现实等多方面的因素，它无法完成西方现代派文学对个人与社会，人与人，人与自然，个人与自我间畸形异化关系的多样认知，从而无法真正触及现代社会的精神创伤及其所反映的时代情绪。从这个角度上来说，80年代先锋文学作家个性膨胀，但是作家作为国族表达者的现代主体意识依然阙如，因此在某种程度上是空心的。请问你是如何看待个体自我与他者及其整体世界的关系？请以自己的小说文本创作来具体阐释一下。

弋舟：这种局面令人感伤唏嘘，但是没有办法，我们就是需要面对"历史和现实等多方面的因素"，饱尝其苦，挣扎踟蹰。但是，这种"空心"的书写，除去"多方面的因素"，不争的事实也同样在于——我们的无力：能力的无力，勇气的无力，天赋的无力。承认这一点，或许对我们的写作更有益一些。个体自我与他者及其整体世界的关系，更多的时候，我是趋向于虚无的，总有一句早年的摇滚歌词在我脑子里回旋——他们看上去都比我美。这种一己的确认，必然会令我充满了被世界与他者所隔绝的情绪中。但是，我依旧和这个世界共振着，这是生命本身的事实，我无从否认，也并不渴望否认。在这种双重的力量之下，我的写作也必定被打上了如此的印迹——我是旁观者，也是参与者。或许"刘晓东系列"，对此反映的比较充分，我自罪，也想自救救人。

马笑泉：文学既不产生于自我，也不产生于外部世界，而是产生于自我与外部世界的共振中。那个共振点的出现，主要取决于作家的天赋才情、思考能力、生活体察和知识结构。而共振形式则产生和完成于自我与外部世界的互动中。一方面，作家的个体有多么敏锐，视野有多么开阔，思考能力有多么强大，决定了在共振中产生的作品以何种面貌出现，能达到何种高度、深度和广度。另一方面，外部世界的丰富复杂能够对自我造成深刻的影响，改变作家的思维方式和表达方式。我创作《愤怒青年》时二十三岁，整个人处于一种郁怒状态中，冲动而盲目，旺盛的气血一波接一波地拍打在现实的壁垒上，作品所呈现的共振关系就是抗争。到二十六岁创作《银行档案》时，参加工作已有七年，逐渐体悟到世界的混沌性，并对自我主体性的张扬进行了反思。一个偶然的机会，我接触到了某单位的人事档案。阅读那些极度规范也极度无趣的文字时，我产生了一种荒谬感：档案中所呈现的人跟现实生活中的这个人根本就不是一回事，甚至是相背离的。就算该档案记载的全部属实，也只能看到一些很平面化的东西，诸如姓名籍贯出生年月何时何地在哪里上学在哪里工作等等。也就是说，这种官方档案是相当干枯的，人的血肉和灵魂在这里被压榨一空。而这种档案居然还能左右对一个人的评价乃至使用。我当时就萌生了一个想法：虚构出一个单位，然后用小说的形式来为单位里的每个职工建立一份档案，它将比任何官方档案更能体现人的真实存在。在我的构想中，这部书的每个角色都是主角，至少在他自己的档案里是绝对的主角。我当时对传统小说中强设主角配角的做法已心生不满，因为这与真实的存在不相符合。哪怕是一个社会地位很卑微的人物，在他自己的生活中，都是主角。就存在的丰富性来说，一个守门人并不亚于一个科级干部，两者在各自的生活中，都有精彩的故事，都值得浓墨重彩地描写，不存在谁比谁更重要。这种认知方式的改变，直接导致了长篇小说《银行档案》的产生。此次的共振形式，显然不是对抗，而是发现、理解和重建。三十岁之后，哲学在我的个人阅读中比重逐渐上升。表层叙事的成功诸如语言之精准、人物之鲜活、氛围之迷人，已不太能够令我满足。我现在渴求一种直抵核心的写作，让自我和外部世界在精神现实的层面上产生共振，《审判》《河的第三条岸》《失明症漫记》等杰作成了我的文学圣典。最近创作的短篇《荒芜者》体现了这一努力。但这仅仅是一个开端，要克服的东西还很多，要走的路还很漫长。

李浩：我基本认可你的这段表述，只是对你说 80 年代先锋文学的"完成"多少有所保留，我觉得更确切的词可能是："尝试"——它做出了诸多的尝试，甚至重心在此，但多数是提供了有意味的"原点"，然而并不是已经的完成状态。80 年代的文学革新有些仓促，但其意义重大，我也看中他们在"中国化"上的种种努力，别忽略这些，他们写下的、致力写下的还是中国故事！余华，莫言，王小波，格非，苏童……如果不是他们开始用源于西方的艺术形式讲述"中国故事"，我想我和我的同龄人即使读到大量国外文本，怕也达不到我们现有的水准——尽管我们的水准还是很低的。他们是先锋，在这个意义上。你谈到的问题，说实话在 2005 年左右我意识到他们存在这样的问题的时候甚至暗暗窃喜：他们未能完成，我还有空间。我要做的，就是想办法在他们未能完成的点上做出。我是一个后觉者，是一个笨人，我很怕他们"堵塞"我的路。说实话一直都怕。好在他们后来转向，好在，他们的转向是……小人得志的样子。现在，我害怕那些在 80 年代末停笔的人，我是说，不再发表作品，但很可能还在写作，只是不屑于……我不知道他们走到怎样的高处了。我希望他们在，又希望他们不在。

我忘了是哪位作家说的，只有一个写作者不再迷恋对自我的书写的时候他才成为了真正意义上的作家，我想这句话大约也是你的意思。在现代意义上讲，社会生活对个人的侵入、影响是巨大的，它也构成"自我"的部分，报纸、刊物、微信、电视以及种种资讯已经进入你的微生活，甚至是覆盖性的，个人越来越无法成为独立个体，你作为世界总人口的分子之一无时不被可称为"共同体"的命运所左右，所淹没……那种凌空性的写作多少属于"少年写作"或"青年写作"，80 年代确是带有移植的新，它来不及生出更强的、更有和土地纠缠的根。"从这个角度上来说，80 年代先锋文学作家个性膨胀，但是作家作为国族表达者的现代主体意识依然阙如，因此在某种程度上是空心的。"——它没错；如果 80 年代有 30 年的长度，那，那些作家应也会有更深的扎入，他们一定会做出属于艺术自身的调整。莫言是做得非常不错的一位。但我赞赏的，绝不是他"大踏步后退"表面上的那些。

在现代社会上，不会有一个纯然的、和他者割裂的"自我"，小说应表达的，至少是在某些文字中表达的，就是这个自我和他者、社会、权力、世界的关系之谜，它较之纯粹的艺术创新可能更让我们着迷。我很少谈我的写作，我更愿意谈我心仪的大作家们——如果非要说，我就谈一点我在写作中的"个人禁忌"：我的小说中少有外貌描写。取消外貌，其实是我的故意，我试图以此，标明我说的是一类人，是我和"我们"，是我们所喜所厌的，而不单单是"这个人"。我无意追踪某个人的戏剧化行为，它不是我所想要的，我追踪的是，在这个人身上"我们"所共有的存在，这个人经历中我们所共有的疑难……当然，每一篇优秀的文字，都必须必然有作者血液的涌流，他也必须将"自我"放置进去——这是一枚硬币的两面。

郭艳：80年代先锋文学严肃郑重地提出了"怎么写"的问题，当下写作的难题似乎更在于"写什么"，"怎么写"和"写什么"其实是一体的。请以自己的一个短篇来谈谈70后作家是如何处理这个问题的。

马笑泉：是的，怎么写和写什么其实是一体的，正如成功的小说，其形式和内容是无法分离的。《荒芜者》首先考虑的是写什么的问题。根据我个人的体验和观察，这个时代存在一种现象：有一类人起初活得有劲，对自我的可能性充满期待，对外部世界也饶有兴趣，而且通过努力或者没有费多少力气就进入了人生的顺境，但突然在某个时刻丧失了激情，内心和外部世界沦为一片灰色，既不想拼搏，也无轻生的念头，变得淡漠、懈怠、对一切都无所谓，人生没有了兴奋点，喜怒哀乐被一种更深层次的荒芜感所遮蔽。我觉得这一个真正的问题，是我们在生存和存在层面上所遭遇的双重困境，值得书写。在叙述的具体展开中，我很自然地遵循了发现这一问题的过程：先是自我，然后是不断出现的具有相同体验的他者，最后是这些荒芜者聚集在一起共同探讨和应对与外部世界的关系。在叙述中，技术顺从于表达的需要。对存在的洞察和发现，是"写什么"的问题，而表达是否到位，则是"怎么写"的问题。两位一体，方成小说。

李浩："怎么写"和"写什么"互为表里，是一体的，我不相信谁能掌握将之截然分开的解剖学。《好兵帅克》在昆德拉眼里是人类最后一部伟大的通俗小说，是否最好不好说，但，如果我们取消那种充盈在其中的夸张、戏谑和反讽，把"怎么写"换成另一种方式，它还有无那样的效果？杜拉斯《情人》，或《抵挡太平洋的大坝》，如果你忽略它的"怎么写"，那它的意味就会全无，它就会变成一个没有多少故事性的情爱故事。再极端一些，纳博科夫《洛丽塔》，如果我们专注于"写什么"而忽略掉它的"怎么写"——无非是一个花心老男人勾搭少女的通俗故事，应刊在《花花公子》上……随类赋形，"写什么"会影响并深刻影响到"怎么写"，而"怎么写"也会为作家选择他要书写的内容，部分地决定"写什么"。还以自我为例？

弋舟：迄今我写过的最短的一个短篇大概是《有时候，姓虞的会成为多数》，大约不到 7000 字（具体的文本阐释，在这里就不展开了）。以我的经验，我还是通过形式感来驱动这篇小说的，由此，我对现实的体察才成为了"有意味"的体察。我总觉得，"怎么写"永远是一个作家恒久的第一要义，这是我们将自己与其他艺术乃至其他行业区别开来的基本前提，如果说，某一天文学会消亡，那么我想，彼时一定首先是这第一要义的丧失殆尽。这就好比，我们搭建了一间设备齐全的实验室，继而，实验的对象才有了被实验的可能。这也许只是我的个人认知，但我不惮于将之视为行业标准。如果说我们今天的文学变得无力了，我更愿意相信的是，这首先是我们文学手段的贫乏使然，首先是我们没"写"好，其次才是我们的目光短浅。

郭艳：中国社会的急剧转型，造成了现代与传统的断裂，同时又形成了观念上前现代、现代和后现代在中国社会的并行不悖。在这样芜杂的价值体系中，何为"先锋"和"创新"已经变成了一个急需辨析的问题，请你谈谈自己的看法。

李浩：这是难度，困局，但也是丰富的可能。我珍视它们的撕裂也珍视可能的调和，这种互渗（无论是优是劣，是顺淘汰还是逆淘汰）其实为我们言说提供了更大的可能，只是我们在把握它的时候多少显得贮备不足。我们应对的知识实在少得可怜，我最怕的是，我和我们以为是自己发现的，以为是自己的发明，其实并不新，是被发明之后的再次发现——只是因为我们视野的狭窄而不知。我最怕是这一结果。

在时下的语境中，"创新"确实显得可疑，它甚至被置换了内含而变向了它的反义，"先锋"也是。一方面，我们对这两个词的认知显得过浅，一方面，它们的被误用又深刻地影响着我们——具体到文学中，许多人的"先锋"理解仅停留在技术手段上，并不涉及人的现代性，思考的现代性和延展性尝试，某些标榜具有先锋意识的作品也仅是跟在发明之后的发明，对先锋的诟病也多由此而展开；"创新"，在很长一段时间里已变成利益者变相自肥的规则调整，而在文学上，它偶尔也会用来指鹿为马，把没有叙事规则、结构不完整不均衡的作品贴上"创新"的标识，而置真正意味的创新于不顾。在我的新书《变形魔术师》的后记里我谈到先锋，我说"我固执地认定先锋性是文学得以存在的首要理由之一——我所说的先锋性并不仅是写作技法，我更看中思考的前行，'对未有的补充'，以及让沉默发出回声的能力。做出发现、提出问题是重要的，帮助我们获得艺术上的新知是重要的，即使采用的是最为传统的样式；而如果仅有固定化的'先锋技艺'，不提供新质和发现，那它和先锋性就不存在必然的关联，我以为。""我们阅读任何一篇文字都希望是一场全新的探索之旅。"而创新:中国人的创新能力实在是过于匮乏,我们本质上对一切未知的幽暗都有恐惧,我以为。我们走到灯光的暗处都会恐吓自己,别说更为遥远、幽深的黑中了。我愿意多提创新,创新,即使如此,我们迈出的可能也只是可怜的一小步,一小小步。我愿意将它当成是,首先是自我警告。

弋舟:我从来怀疑文学之事会是日新月异的,我也从来反对文学的因循守旧。"先锋"于我,是眺望,亦是回望,"创新"于我更是恒久的盼望。我们今天所面对的这芜杂的一切,是考验,是棰楚,是某种生机勃勃的狂欢的条件,亦是某种成就杰出的可能,我无力专断地辨析这一切,这种"混沌",可能是我的局限,也可能是我的希望。就好比,我之歧路却是他人之坦途,反之亦然。在这样的时刻,也许一个朴素的答案会更能够安顿我们商兑未宁的心,那就是,"热爱"会拯救我们的一切。对于文学的"热爱",就是先锋,就是创新的开端。我觉得,这样的时刻,我们是否更应当重拾文学的信心?当整个世界仿佛都在轻视乃至鄙薄我们这个行当的时刻,我们岂能从"申辩"退为"招供"?

马笑泉:对这个问题的看法,实际上已经隐含在前面的回答中。真正的先锋是保持和张扬先锋性,即一种自由探索的精神。作家在此种精神的驱使下,从生存层面(即物质现实)进入存在层面(即精神现实),以具体生动的细节挖掘和表现存在的种种可能性。在这个过程中产生的形式创新,才是真正站得住脚的,才可能成为中国作家对世界文学的原创性贡献。

郭艳:如果说 80 年代先锋文学坚持艺术超乎一切之上,注重对于现代社会人的异化和内心抽象神秘经验的揭示,在小说技术上广泛采用暗示、隐喻、象征、联想、意象、通感、意识流动等手法,由此形成多层次结构文本。对于当下的写作来说,如何将先锋的小说技术和作家现代主体认知交融互补,在现代小说文本中呈现出更为深广的人类意识和人文情怀?请谈谈你的看法。

马笑泉：当下写作的缺陷恰恰在于现代主体认知的缺失和小说技术的平面化。大家在叙事表层做得相当好，但作品往往缺乏深层的结构。优秀的小说尤其是长篇小说，在叙事表层下起码有一个文化结构在支撑，比文化结构更深层的是精神结构。文化结构还受制于地域文明，精神结构则具有全人类性。先锋小说技术的存活和发展必须建立在这个深层结构上。70后作家必须强化现代主体认知，在普世价值的照耀下，深入到人类的灵魂深处，以精益求精的艺术技巧表现深广的人类意识和人文情怀。

李浩：我认同你的看法，你的看法也是我的看法。我在努力中，在不断试错的调整中，但方向，是通向更为深广的人类意识和人文情怀的。诗人奥登谈道，"在任何创造性的艺术家的作品背后，都有三个主要的愿望：制造某种东西的愿望；感知某种东西的愿望（在理性的外部世界里，或是在感觉的内部世界里）；还有跟别人交流这些感知的愿望。"我承认，它存在着，相对坚固地存在着，在我的写作中，在我的探寻中，在我的未完成中。但，小说，艺术，要容纳这些，同时它又允许充分的个人性，个人的偏执、傲慢甚至魔鬼的一面都可以成就伟大，相对于托尔斯泰的伟大传统，我可能更欣赏源自陀思妥耶夫斯基的另一传统——他，让我们理解众声喧哗的偏谬同时也让我们认识贮含其中的合理性，我们无法选择只站在某一边；他，让我们认识到那些个人，那些不一样的个人，从而让那些不一样获得我们的理解和宽容，理解不一样的他人是多么重要的一件事啊，它是小说最本质和可贵的发明，我想我们也要守护好它。"参差多态是人类幸福的本源"，或许如此，在艺术创造中，或许如此。

不给文学规定唯一路径。但，我们得承认文学有它不同的格调，达至高标是一切文学应致力的方向，无论是先锋性的，现实性的，传统的，或者其他什么什么的。奥尼尔说"不和上帝发生关系的戏剧是无趣的戏剧"，我认同其中片面而深刻的合理性，但不准备将它售于任何的写作。杜拉斯，纳博科夫，门罗，他们的存在于文学亦是有效的，我从他们那里也受益甚多，虽然我不会将他们请进我的神龛里。

弋舟：前辈们积攒下的这些文学资源，我们自当珍惜，我们由此披挂着浑身的武器上场了，这让我们不至于和世界一交手便一败涂地。而战之能胜，"更为深广"地打赢那终极的战争，当这样的命题出现之时，武器或许便又不再显得那么重要了，风格，技术，"怎么写"，一瞬间又令人痛苦地变得苍白。这就是文学之事的迷人之处，这就是文学之事的痛彻之处。而那远大的抱负和悠长的目光，在我看来，只能有赖于我们内心那种或许与生俱在的神圣的种子。原谅我，我从"技术性"来回答这样的问题，因为你已经在说伟大的事物。

载 2015 年 12 月 21 日《文艺报》

从先锋文学止步处起步：
"70 后"写作与先锋文学（之二）

郭艳：从代际来考察作家往往为人所诟病，但中国近三十年社会急遽变革，从这种变革带来精神结构裂变的角度，代际划分有着文化身份与精神共同体的意味。中国当下纯文学写作尤其是期刊写作的主力是中青年作家，或者可以说主要是大批的 70 后作家。期刊写作在某种程度上延续着中国当代文学的写作根脉。由此，梳理 70 后写作与前代文学流派和现象的文学史传承关系成为一种必然。请从自己的切身感受来谈谈 70 后写作与先锋文学的关系。

弋舟：我们 70 后受到先锋文学的熏陶更多可能是从《收获》《花城》等一系列文学期刊的阅读中来的，这些阅读为我们提供了一种路径和方法，这种阅读和吸引也可以理解为先锋文学对 70 后的方法论意义，也就是说，余华、马原那一批先锋作家与 70 后写作者的基本关系是一种烙印与传承的关系。本届茅盾文学奖从文学史的角度来说算得上是先锋文学的尘埃落定，格非、苏童的获奖透露出为艺术而艺术的某种节点。今天还有没有先锋文学？实际上，80 年代的审美诉求与今天已经发生了很大的差异，我们要询问的是中国作家的技术训练是否已逝？我经常有一种受前辈写作影响而来的焦虑，70 后对先锋文学的接续并不如前代先锋作家，我们的文字相对缺少某种精神吸引力，读者少，影响力缺乏。

郭艳：这个话题的确必须有所限定，主要是针对上个世纪 80 年代先锋文学的。1960 年代作家适逢 1980 年代活跃的时代文化氛围，他们致力于突破前辈作家的影响焦虑，热衷于先锋探索，至今依然保持着较为敏锐的文体和问题意识。而正是前辈作家对于西方文学片面深刻的汲取，产生了先锋文学，当下重要的中青年作家无疑都吸取了先锋文学的丰厚养分。

陈集益：先锋文学已经成了过去时，这是事实。但是像我这样写作之初受过先锋文学及西方现代派影响的人，内心会有一个情结（好比一个人的初恋情结），那就是总想写出跟目下流行的现实主义不一样的小说，不甘与主流文学随波逐流。那么尴尬就出现了，当年先锋文学盛行时已经出现过很多探索性很强、花样翻新的小说，再去搞形式的"异类"反被人认为是落伍的行为了。而且人类所能掌握的文学经验是有限的，先锋文学某种程度上也是对西方现代派小说的借鉴与模仿。那么先锋文学之后该怎么写小说呢，这个问题一度让我迷惘。

我们知道，近些年来文学期刊上的小说，大部分现实主义仅仅停留于讲故事，缺乏思想的穿透力不说，写作技巧也存在过于单一的问题。我对这些小说是不满意的。可是文学界不见得就欢迎有探索性、批判精神或者有创造力、想象力的作品，而我也不见得是一个有勇气一意孤行、标新立异的人。于是在我的身上，出现了"精神分裂"式的写作：为了作品能顺利发表我写过编辑能接受的风格朴实的小说；写完之后马上又意识到这是一种妥协，而妥协绝不是我的性格；于是下一篇我会不考虑发表，以至于写得过于用力，显得有些扭曲、乖戾。较长一段时间，我在一个极端与另一个极端之间摇摆，不知道自己该走哪一条路。

郭艳："精神分裂时式"写作其实是一种写作的自觉，从某种程度上来说，这种分裂始终存在。可能不仅仅表现在写作技术的选择上，更在于思想资源、价值体系和审美构建上。

李浩：我们在谈论先锋文学时，先锋文学的定义往往被窄化、矮化。事实上，优秀的小说都是先锋的。文学史本质上是文学的可能史，观照的是世界提供的可能性。80 年代先锋传统有先锋诗、外国小说，一是为我们带来了技艺触动，这不单单是对 70 后，50 后、60 后也是如此；二是为我们带来审美的溢出；三是让我们看到了为艺术而艺术的双面性，这既是当时政治环境下的产物，也是我们需要警惕的；四是先锋传统的中国化处理，我常在思考当前故事不及物状态的自我繁殖，70 后若活跃在 80 年代，将如何处理先锋传统的中国化。

王十月：一个人的写作要是缺乏先锋性，他的写作是不成立的。80 年代中国的先锋写作借鉴、模仿西方流派，在世界文学中虽不具有先锋性，但在中国却影响了中文写作。相较之下，70 后对那个时期中国先锋文学写作的继承、模仿则可谓无效、无意义，不再具有先锋性，缺乏真正的原创性。我们面临的真问题不再是形式上的翻新，而是 70 后写作格局小，写作主体如何呈现等等。

于晓威：人文科学领域术语具有张力和模糊性往往是为了提供言说的可能。我是在先锋文学的巨大惯性下开始阅读西方文学理论的，先锋文学的意义在于：先锋小说叙事所具有的革命性；先锋文学促成文学回归它的本质，它允许作家想象、有个人空间，它瓦解现实主义和伪现实主义的大一统；它拉近了中国文学与世界优秀小说的距离；它带领我们从关注写什么到关注怎么写，文学是有意味的形式。确实没有永远的先锋，王十月所言后继模仿者是湮没了先锋，但我认为，特定环境下的所谓"照搬"，应仍有其先锋性。先锋文学从未想追求永恒，先锋就是偶然和过渡，艺术的一半是先锋，另一半是永恒。

郭艳：近三十年的中国文学几乎汇聚了东西方文学几百年的样态，同时又表现出不同时空地域的巨大差异性，作者和读者对文学的源流和文学本质的认知也大相径庭。由此，以年龄划分写作有一定合理性，相同年龄段的写作者大多有着较为一致的文化文学选择，也会形成对于历史和现实较为同质的理解和言说。十年中会产生几代不同知识结构和文化观念的写作者，从文学史的角度来说，任何一个代际都具有独特的研究价值和意义。70 后作家自身文学追求较为纯粹，知识结构相对合理。这一批人的精神成长期在 1990 年代，那是一个通过商品经济和个人化方式去政治化的时代。作为和中国经济发展同步人生发展的 70 后一代，他们较为深切地体验到了体制与非体制、中国与西方、资本与理想等的差异，在相当大的程度上对于中国现实有着物质和精神结构上的自我认知和价值判断。70 后一代没有太多苦难记忆，恰恰是后苦难的时代情境给予这一代人平常心态，开始以"平视"的视角去看待西方文化，以一种平常心看古今中外的传统与继承，把文学放在较为常态的姿态来打量，对于中西方文化有着平等的接受，这些对于中国写作者来说的确是一个质的变化。

沈念："先锋"本意指优秀、拔尖，后来用到文艺领域。我认为，对先锋文学的喜爱，与 70 后当时的年龄和心理吻合。一个时代有一个时代的先锋文学，70 后应该创作与其成长相一致的先锋文学，即具有进步立场与探索精神的文学。

陈集益：2012-2014 年，我的写作干脆停了下来。我意识到自己受外界干扰太大了，必须警惕外部的文学环境左右我，而我如此脆弱。在停止写作的日子里，我试图让自己远离文学，尤其远离文学圈的功利与喧嚣。俗话说"人以群分物以类聚"，既然自己是那么一个离群索居的人，不愿投靠主流文学既定趣味的人，不喜欢被规矩约束的人，那么我未来要走的道路就异常清晰地呈现在眼前了。我要做的就是遵循自己的内心，竭尽所能写我自己想写的小说，找到最适合自己的写作领域和创作技巧，写我认为能靠近甚至超越心目中"经典"的小说，如此，就足够了。做出这个决定之前，我重读了当年先锋派的作品。我发现，人到中年的我重读这些作品时的感受与青年时有了很多不同，已经不再为文本实验和"性感"炫技而激动了。我更有感于他们写下这些作品时背后的勇气。

我想，我要继承发扬的应该是他们在当时社会背景下的反叛精神，孤独偏执的姿态，而不是花哨的形式。于我的理解，真正的先锋应该是精神层面上的，是一种审美上的前瞻，是敢于对世界发出不同的声音，或者敢于直面严峻的社会现实，"越雷池一步"。归根究底，它是骨子里的一种气质。

其实不仅仅是我，就我熟悉的"70后"作家中，很多人于写作之初受到过先锋文学的滋养，并且在此后的创作中继承了先锋文学的艺术观念，向庸俗化的写作发起过挑战。毋庸置疑，在这些作家的创作实践中，先锋文学的精髓已经成为文学传统的一部分，它是我们需要跨越的高标，也是精神的向度。从长远着眼，能在文学创作之初遭遇先锋文学的"启蒙"，是我和像我这个年纪的不少作家的幸运。我相信我们终有一天会写出无愧于这个时代的作品。

王方晨："文学上所谓'先锋'的意义，其实应该是一种先于人群的智慧的觉醒。"从某种角度来讲，先锋文学，不光是过去在，而且一直就在，不光存在于既往的60年代作家的创作中，也仍然存在于现在时的70年代、80年代作家的创作中。先锋文学的创作一直就没有中断，而且由此已经成为一种事实上的传统。先锋文学在60年代的写作中没有停止，在70年代的写作更没有停止，问题是，怎样让我们的创作带上了时代的沧桑。作为60年代的作家和刊物编辑，我十分关注70后同行们的创作，期望更多的人携带着他们富有先锋色彩的文学创作，渐渐地走入沧桑里去。事实上，他们中间有很多人，已经开始做到了。

李骏虎：我曾因余华的《活着》感动，也因他的《兄弟》《第七天》失落，还曾感动于格非的最美写作与诗性，失落于他与生活的脱离。我之于先锋文学的感召，可以说是从影响到怀疑再到不满足。我对它的反思是：先锋派在中国是没有根基的写作，几乎与传统断裂。我认为西方文学的翻译文本存在某种可疑性，以其为范本来模仿写作似乎会出现问题。伟大的作品，例如《悲惨世界》，应当是百科全书式的。先锋作家有了灵感，往往是调动经验去写作，而现实主义作家有了灵感，往往是去做田野调查。先锋派虽然有巨大的影响力，但并非终极。

黄金明：先锋是精神，不是手法，模仿是二手的，二手即是无效的。70 后作家应该为个人创作出独特的写作手法。我们真正需要的写作是未知的、神秘的。先锋文学告诉我们：现实变幻莫测，写作应不可预测。

马笑泉：每个作家都拥有自己的文学营养系统，或者部分交集，或者毫不相干。对于"70 后"作家而言，或许只有一小部分共享了"五四"时期作家留下的资源，而另一小部分则受益于明清小说，但大部分"70 后"作家都无可避免地受到了 80 年代国内先锋文学的影响，换句话说，80 年代国内先锋文学对于"70 后"作家而言，是一笔公约数最大的文学资源。这种关系是在具体历史语境中形成的，也是二者之间目前能够确定无疑的关系。而"70 后"与 80 年代国内先锋文学之间的实质性关系，至今还处在一个发展变化的过程中。最终这种关系的本质性完成，取决于"70 后"如何对这笔巨大的文学资源进行取舍和转化，不断地创造出新的文本，最终抵达这一代文学的完成。站在最后完成的高度上，才能够最终确定与 80 年代国内先锋文学的关系——是在继承中发展，还是在远离中超越，抑或是总体成就远远不及？只有在这个层面上展开讨论，方具有实质性意义。

韩东谈到第三代诗人与"朦胧诗"的关系时，创造了一个说法："长兄为父"，意为第三代诗人在新诗传统出现断裂的情况下，将"朦胧诗"作为了源头，并借此上窥现代派诗歌的堂奥。"70 后"与 80 年代国内先锋文学之间，也存在这种关系。只是由于历史进程的快速推进，阅读途径空前畅达，"70 后"很快越过"长兄"，找到了"父亲"，即西方自卡夫卡以来所开辟的现代派文学。80 年代国内先锋文学成为了我们寻找源头的快速通道，让我们少走了许多弯路。这一点，是"70后"作家永远要心怀感激的。即便是今天对先锋文学进行反思，我们也只不过是借用"父亲"的视线来审视"长兄"。我们本身目前所表现出的能力，所取得的成绩，尚未能比肩"长兄"。我们只不过是希求在这一反思中求得进步。

80年代国内先锋文学作家的贡献大抵局限于技术层面上的引进。这是否为一种有意识的策略，还是留待评论家和文学史家去厘清。"70后"作家所要面对的，是单纯技术引进所带来的后果。叙述技巧极其重要，它至少帮助我们在青年时期就确立了小说的文体意识。但是，毋庸讳言，"长兄"于先锋精神少有彻悟，多满足于表现手法的更新，甚至为形式而形式。这注定先锋文学难以为继。90年代中期，大部分先锋作家不约而同地转向，回到故事层面，满足于表层叙事，几乎放弃了精神向度的开拓。而"70后"作家已从"父亲"那里领会了真谛：先锋首先意味着一种自由探索的精神，在此种精神的驱使下，从生存层面（即物质现实）进入存在层面（即精神现实），以具体生动的细节挖掘和表现存在的种种可能性。如果说，80年代国内先锋文学作家除了极少数特例外，都是由外及内，从学习叙事技巧入手，然后慢慢接近先锋的内核。不少人在这一过程中力有未逮或主动放弃，只有极少数作家终于领会到先锋文学自由探索的精神，肆意挥洒，终成大器。我辈作家当从内核开始，将先锋精神内化为自己的写作驱动力，再外化为文字的气质和文学的形式。

文学其实既不单纯产生于内心，也不单纯来源于外部世界，它是在内心与外部世界的共振中产生的。只要秉持自由、深入、没有任何禁忌的先锋精神，文学就会在这种共振中变化出无穷的形式。这种形式就是作品本身，它是先锋精神与我们所处时代激荡交融的产物。只有在这样的书写中，"70后"作家才会真正走向阔大、深邃，才有资格向"长兄"说一声，我们没有辜负你们的筚路蓝缕。谢谢你们，因为你们，我们才能走得这么远。

郭艳：一部分"70后"作家对于写作技术的高度自觉就是先锋最丰厚的遗产，同时在对于多种文学流派和多元思想资源的吸取中，"70后"写作更多呈现出对于自身"小镇——县域生存经验"的超拔性努力。尽管这种写作依然存在着境界和格局提升的问题，但是当下的这种讨论和思辨无疑是给未来"70后"写作打开了无限的可能性。

变动的中国乡土与当下中国乡土写作

郭艳：当下乡土及其写作，我们所关注的是乡土的变动，以及这种变动对于以乡土及其人物为对象的写作的变化，这种变化相对于以前的乡土文学（中国现代文学传统）来说，乡土写作的"失去"是以农耕文明日渐衰微为大的文明背景的，中国农耕文明几千年所蕴涵的传统文化和文学经典始终是当下中国文化的渊源和原点。所谓的文化乡愁应该是指的使用汉语写作或者使用汉语（思维）的华人共同的历史和文化财富，对于这种精神文化的遥想、怀念和缅怀甚至于复古、忆旧都成为一种普遍的文化心态。文学时常表达这种文化乡愁也属于题中之意。今天我们主要讨论当下变动的中国乡土及其文学表达中的一些问题。

刘景松：我很唐突地将当下乡土写作分成了三个大类。第一类：乡土玛丽苏。将乡土和玛丽苏联系到一起，不伦不类。但是细读很多乡土文学，其中的玛丽苏味道甚至超过了布尔乔亚风更重的大都市。好像只有乡村才有真的纯洁，只有乡村才有干净的爱情，才有温暖和青春。这类作品集中在那些通过"深扎"项目，跑到一个小村庄深入生活了两个星期的作家，因为感受到了那乡村的纯朴，洋洋洒洒的一篇带着泥土芬芳的乡土散文。第二类：乡土小黄文。我称之为小黄文已经展示出我的底线之低，若是摘出其中的一些描写，可以高价卖给日本动作片作为无语言电影的剧本。我看过一些作品，我已经分不清性和乡土文学的关系，究竟是必然的情节需要还是需要的必然情节？高粱地、玉米地、甘蔗地、槐树下、土地庙甚至枯井旁都能展示出中国农民的对天地至理的热切，也许我年轻少见多怪，我只想问中国农民是这样吗？这就是中国五千年文明留下的宝贵财富吗？一个作家通过描写这些哗众取宠，赚足眼球，还美其名曰通过人性的丑，才能唤起人们对美的向往。丑就是丑，除了能拉低人们的道德底线，起不到任何作用。第三类，乡音文学。在我看来，只有这部分乡土文学才是有筋骨、有道德、有温度的文学作品。我之所以称之为"乡音"而非"乡土"，不是因为作品，而是因为作家。拿出真正有泥土味，有人情味的乡土作家，都操着一口浓重的乡音。他们是用自己半生和泥土对话，用自己的脊梁为土地遮阳的人。因为他们爱土地，懂土地才能有真正感动别人的乡土文学作品。

李清源： 如今乡村，人与人之间关系淡漠，亲睦传统和互助精神几乎消失殆尽。长辈失去了权威，子女也不再纯孝，邻里关系也大多复杂而微妙。你找人打牌，一叫一大堆，你找人帮忙盖房子，对不起，我还有事。当然这也无可厚非，付出劳动，必须有物质或货币回报，本亦天经地义，但这同时也说明，传统乡村的互助精神已经非常微弱，乡村社会也因此变得日益缺乏温情。类似的事情很多，也很普遍，相信与乡村还保持联系的人都会有所了解，兹不多举。这似乎可以说是乡村社会伦理道德的大滑坡。事实上，我是不喜欢以道德立论的人。社会秩序的最大公约数是法律，而不是道德。道德首先是用来约束自己，而不是限制别人。良好的社会道德，依托于相对公正和稳定的社会秩序与经济环境。社会秩序的混乱和社会经济的衰退，都会导致民风的大规模倒退。社会道德的败坏，永远只是社会问题的果，而不是社会问题的因。试图将社会问题归咎于道德沦丧，就是颠倒了因果。在现在的农村，农业经济已经不可遏制地走向式微，传统的社会秩序也早已崩溃，而新的秩序又难以有效建立。对于乡村社会来说，这当真是数千年未有之大变局。在这样的历史时境，肯定会乱相丛生，原有的人情伦理也必然遭到破坏。不管你是否接受，不争的事实就是，现在的乡村，民风已经不再淳朴，或者说，民风已经不再像传说中的那样淳朴。我相信，肯定还有很多人，一提到乡村，马上联想到碧绿的原野和清澈的河流，联想到袅袅炊烟，鸡鸣犬吠，联想到慈祥的老人、正直的大叔、热情的嫂子和憨厚的小伙，联想到小径上的山羊和背驮牧童的水牛。在他们想像里，乡村依旧是诗情画意的人间净土，可以寄寓在红尘世界里困顿已久的精神，安放一不小心就会迷失的心灵。

这种想像很美好，然而很遗憾，它不是真的。也许它曾经真过，但是现在不真了。想象和真相往往是相悖的，这很残忍，但是必须面对。对于写作者来说，如果要描写现在的乡村，必须要明白现在的乡村到底是什么样子。千万不要想当然，把基于某种记忆的想象当成真实。否则，写出来的就不是文学，而是鸡汤，或者金光大道。不论是对于作为描写对象的乡村，还是对于文学本身，这样的写作都是无意义的，也是无价值的。必须真正了解农村的真实状况，弄清楚它失去了什么，以及为什么失去，失去之后怎么办，才有可能写出深刻的作品，也才无负于我们热爱的文学和我们寄身的这个时代。

郭艳：当下乡土写作基本上是指现当代历史发生以来的中国乡村社会及其人和物，近百年来的中国的乡村。当下乡土文学对于苦难的欲望化表达（妖魔化、异化，审美上表现为失去真和善），以及一味地对乡土表面化的田园风光和淳朴人情的抒情，这些无疑都是乡土写作中非常突出的现象。

钱利娜：首先是作家们如何抓住这种变化，展现这种变化中的"失去"。农耕文明弱化，这是乡村面临的"失去"，但宗法制传统依然是农村顽固的根基，这是乡村乃至整个中国顽固的存在。从政治观念、社会秩序来说，中国依然是一个根深蒂固、顽固不化的《罗坎村》。高楼大厦，市场金融，建立起都市文明的外壳。与都市文明相匹配的自由、民主、法治、平等等文化内核，并没有成为城市文明的本质。袁劲梅用一个小小的罗坎村就把我泱泱大国的来龙去脉给描述和解释了。城市文明与乡土文化之间的运动犹如板块的吞噬与融合，在农村与城市的空间博弈过程中，人类的命运故事和精神挣扎正是我们能得到的震动。我们的乡村也不是以往的乡村，而是城市现代性高度影响下的乡村，如何记录并展示这种震动，是我们的一个挑战。看上去我们面临农村文明的失去，事实上却是一个写作的契机。乡土写作中的"丢失"首先是我们缺失的实践精神。几年前，我读孙惠芬的非虚构作品《生死十日谈》，契诃夫在一个岛上生活了三个月，对他后来的写作产生巨大影响，作家脚步的深度与作品在情感与思想上产生的程度密切相关，那种对于农民精神困境的深挖和命运发出的巨大叹息，曾给我惊讶与满足。我一直不太看好当代作家的中短篇小说。我觉得他们普遍缺少沉到水里去看鱼的精神，如果我不能从你的小说中获得语言的感动、情感的激动和思想的震动，我为什么要花费时间去读。前段时间我看诺曼的《刽子手之歌》，那种用调研的方式不断接近事情真相的精神，用充足的文学性和精神建构再次重构故事的写作，应该是对我们自身写作的警醒和启迪。当我们发现，我们的诗歌和小说创作对于生活的复制以及越来越沦陷于讲故事的圈套，从先锋的过于空中楼阁到如今过于迷恋于故事本身，作为一个读者，我的阅读乐趣少了很多。我想找一下，作家们如何树立自身的不可复制性，事实上，中国大地上的现实比想象更精彩。

朱旻鸢：随着中国城市化进程的加速，乡村正在越来越失去其本身特有的韵味。由于当下中国乡村城市化变革的急剧进行，以至于有论者甚至断言，在中国当下，"乡村"已经消失了，"面对被工业社会和城市化进程所遗弃的乡间景色，我像一个旅游者一样回到故乡，但注定又像一个旅游者一样匆匆离开。换言之，中国的乡村已经不再是传统意义上的乡村，而是被城市现代性高度影响下的乡村。就军队的小环境来说：一、兵员结构的变化导致乡土写作者的流失。以前在数量上占绝对优势的农村兵比重大幅减少，而且逐年减少。城市兵、大学生士兵的数量甚至已经超过了农村兵。即使许多籍贯在农村的士兵，也没有真正地在农村生活过。军队作家的来源更是多元化，纯农村出来的士兵在军队中早已没有优势，出路越来越窄，长期留部队服役的不多，从这里面产生军队作家的概率就更低了。农家子弟和大院子弟时代结束，大学生时代到来。二、农村生活体验的缺失导致乡土写作先天不足。新生代的作家，即使来自农村，对农村生活的体验也不能与阎连科陈怀国们相提并论。三、乡村发展的迅速和空间上的距离使军人与家乡产生隔膜。对于远离家乡的军人来说，乡土变得越来越难以界定，越来越难以把握，越来越难以描写。

窦红宇：我们也可以这样来看，千百年来，中国作为一个农业国度，传统文化是被农业经济和乡村生存状态所支撑起来的文化。在被费孝通先生称之为"乡土中国"，每个人都与乡土有千丝万缕的联系。这种乡土血缘，注定了中国作家文本中的乡土性，其间也构成了包括耕读传统、人文气脉、乡土情怀、审美想象等的独特性。而我们现在反复论及的所谓乡土文学，发轫于五四新文化运动，是中国现代化进程和启蒙的产物，它并非产自乡土内部的内视角，而恰恰表现出来的是那一代启蒙知识分子对现代性的种种呼唤、渴求、追寻，以及其间不安不适的各种焦虑。所以乡土文学从诞生之日起就携带着一个庞大而坚固的传统：无论鲁迅式的冷峻批判，还是沈从文式的温情怀恋，在这样两种基本书写模式的笼罩下，乡土世界在作家笔下，从来都不是它自己，作为叙事审美对象的乡村和农夫农妇们始终未能实现一种存在的主体性，乡土文学始终携带的是知识分子们各种高大上的精英诉求。近百年来的新文学在乡土的名义下诞生了各种鸿篇巨制，看起来成就巨大，但那些作家基本上都是远离了故乡的"文明人"，他们用城市中的工业化、现代化来安置肉身和舒张欲望，同时又用想象和回忆中的乡土来安抚他们的灵魂，呈现的大多为一种站在外部去俯视和远观乡土的叙事底色。

与此同时，在当下的乡土写作中，一是失去了传统。包括语言传统和思想传统的失去。二是作家的不在场。大城市写作和怀念、追忆。导致了亚故乡化写作，人间处处是故乡。广大的乡村或者故乡根本就找不到作家的身影。包括我自己。在有山有水的云南，到处都是乡村，真正的乡村。但是，我们很多的写作者忙着趋附和模仿，忘记了脚下的这块大地。三是失去了真和善。乡村在经过了工业、拆迁、农药、新媒体的轮番侮辱和整形后，变成了一个丑陋的弃妇，面目全非。乡土已经不是美丽的家园，而是一切罪恶和荒诞的所在。提到农民进城的住所，无不是人员混乱、秩序混乱和垃圾遍地的场所，他们四处碰壁，他们的精神几乎都是焦躁、焦虑、错位、异化、走投无路和无家可归的，他们，几乎成了原罪的源头。但是，有一个问题：如果进城只有悲伤没有欢乐，是什么样的力量使得三亿农民做出了这样的选择？难道仅仅是算账那么简单？

郭艳：当我们谈论当下中国乡土的时候，无法回避的问题是中国的城市化过程，城市文明是以现代工业文明为巨大背景的，城市文明不但造成对于乡村生存的物质主义的压迫，更带来精神上的异质性。沈从文早期的一些描写城市的作品和《八骏图》显然也是属于这一类作品，但是沈从文一代知识分子显然感觉到自身对于城市的把握和界定是模糊和不明确的，虽然身在其中，却对变动而复杂的城市经验缺乏精神上的勾连和情感上的认同，由此沈从文塑造他的"希腊小庙"，转入《边城》系列对于中国乡土文化和审美的正面叙述。鲁迅的作品很少自身经历和知识分子城市生存的叙写，他写孔乙己、阿 Q、祥林嫂、吕纬甫一系列的人物，而唯独没有摹写和自己最为密切的大学场景和知识分子文化现场。对于鲁迅这一代行走于现代和传统两端的知识分子来说，现代人格和现代生活情境尚在形成之中，俯拾皆是的国民劣根性在城市和乡村滋生蔓延。他们自身血液中流淌的乡土文化心理在向现代转型，在抉心自食中依然彷徨于无地。可能因为无法对刚刚进入的城市提供属于深刻观察和洞见的文学，他们大多选择了在日记中记录自己城市生存的流水账，而在文本层面叙述日益破败的乡土社会和日渐溃烂的乡土文化的负面品性。斯宾格勒认为："城市的新心灵采用一种新语言，它很快就和文化本身的语言等同起来。广阔的乡村及其村落人类受了伤害；它不能再了解这种语言，它感到狼狈，缄默无言。"

如何处理或者说理解这两种异质文明对于乡土的双向渗透和影响，无论是正面或者负面的影响。从乡土田园牧歌情境和宏大叙事背景来看，现代城市生存无疑是灰色的，但是现代城市就是钢筋混凝土中物质主义的生存，以至于还能开出各色现代艺术之花。至于现代生存和艺术仅仅是灰色、冷漠、虚妄、孤独还是有着平等自由多元基调上的明亮、温情与爱，可能正是当下面对现代城市的作家所应该思考的问题。

宋长征：我喜欢从一件普通的农具、物事，考证、分析它的实用价值，以及发展脉络，以及现代生活与之之间的关系，比如猪的驯化、进化与发展。比如纺织的起源、流变与传承。这是一个浩大而繁琐的过程，《考工记》《王祯农书》《齐民要术》《事物纪原》等等，弥补上了我对农业文明了解的不足。当然，村庄与乡土成了现实中的背景，村庄里的人成为了生活在这片土地上的主角，他们的悲欢，迁徙与无奈就成了书写的情节。我是一个不善于叙事的人，往往却能以物的视角冷静看待当下的乡村。我也知道，这可能是一条不归路，每当梳理完一件或者一宗事物，泥土之上的演变就开始变得清晰，那些旧物的温度，旧时的人，恍若眼前。最后归结到乡土文学"失去"的问题上来，无论是在场的失去，还是空间上的失去，都让乡土文学这个概念陷入尴尬的地位，农耕文明发展了几千年，现代社会或者工业社会的飞速发展，形成了一种巨大反差，物质文明的极大进步让精神文明的进步显得有些迟缓，一方面是传统品德的丧失，一方面是现代文明的颓废与凌乱，无不为书写提供了巨大空间。而另一方面，随着新式传媒的兴起，人们对文学的疏离更加明显。我倾向于一种有价值的书写，而不是情绪的漫漶，乡土或者城市，都是基于人性上的书写，这在每一种题材上都确定无疑。那么重要的是，如何使文字鲜活起来，使之拥有更多的受众，或者在以汉语为母语的写作上做出怎样的调整，才能让文学拥有其自身的生命力与延展性。

郭艳：中国古代城市和现代城市有着本质的不同。古代城市中的人和广大乡土社会中的人同属一个稳定的乡土文化心理结构，有着同构的政治、道德、伦理、情感和审美取向。古代城市更类似于一个人生的驿站，功名利禄和衣锦还乡是传统社会相辅相成的人生主题，对于大多数进入城市的人来说，告老还乡依然是最为安稳的人生结局和生命方式。在这种同质的文化模式中，城市更多上演皇权的更迭，文官制度与皇权的博弈，当然也有着士人商贾情爱悲欢的点缀，古代城市无疑是乡土价值观念的延伸和扩展。随着现代城市的兴起，商品意识和物质消费主义日渐在大城市成为主流价值取向，同时中国乡土社会的心理和价值诉求依然存在，从农村进入城市的每一个人都带着中国乡土社会价值观念和熟人社会交往经验。拥有这种经验的群体刚刚进入城市的时候，往往惊诧于现代城市这种异质文化赤裸裸的功利、冷漠、自私与无情。城市当然具备上述种种特质，同时现代城市相对宽松的个体自由、平等文明、价值多元的观念的确在相当大的程度上被当代文学叙事的乡土价值取向所遮蔽。

乡土写作中的"失去"所要面对的正是中国社会转型过程中，中国式的现代性特征正在生长，乡土裂变中具体个人的遭际命运和精神困境，由此，呈现出中国古老乡土上的人发生内在的变化，包括农民工在城市漂移的肉身和精神状态的叙事。从文本表层的情境和意象，到寻找到把握人性深度和意义最为直接和重要的文学元素，这些文学元素包括语言、思想、叙事方式、意象和意境的营造等等。作为一个现代人，面对自己文化的历史与当下，该如何去理解身处其中的城市与乡土、城市与乡土中的族群、个体的人与群体之间的现代伦理法则，是否具备现代人最为基本的人格认知和文化意识？当下的乡土写作的缺失不仅仅是一个文学问题，而是中国作家面对自身传统—现代转型的文化问题。

后刘巧珍时代的乡土女性及其文学表达

郭艳：在文学批评和写作领域，女性写作和关于女性的写作从来都是一个充满困惑与尴尬的话题。《阁楼上的疯女人》作为第一部女性主义文学史，让女性写作和关于女性的写作开始有着自己的理论阐释，而经典文本《一间自己的屋子》则从男女经济上的不平等来阐述女性写作与经济独立之间的关系。中国女性主义写作的滥觞更早可以上溯到丁玲的《莎菲女士的日记》，1980 年代女性作家林白、陈染等明确的女性经验表达引起文坛关注，与此同时，1990 年代艾晓明的女性主义文本解读和戏剧《阴道独白》一起，成为那个时代女性主义的符号。70 后女作家登场时的"身体写作"和"美女写作"遮蔽了这一批女作家对于现代都市生存的新感觉和新体验，而是在消费和传播上和 1990 年代的物质主义兴起接轨。1980 年代是一个时间的标志（当然存在着地域的差异性和时间上的前后变动），在 1980 年代前后出生的中国人，随着新媒体在现代民族国家的普及，他们大多会在传统和现代两端的纠结中，寻找自己的身体、欲望和情感定位。作为个体的中国人来说，更多的人开始不羞于谈论物质主义、身体和性，中国当代文学此前对于这方面的文学叙事也完成了自己的历史使命。新世纪以来，女性主义文本创作和女性主义文本批评都趋于沉寂，究其原因，对于更多的城市女性来说，此前文学作品中所表达的身体、欲望和情感元素都被大众文化时代的影视图像对于身体和物质主义的启蒙所消解。但是这并不意

226

味着女性主义话语在当下中国文化情境中是无效的。例如对于女性作家婚恋题材的文化消费，在关于张爱玲、萧红、丁玲等女作家的文艺片中对于女性婚恋的过度猎奇，而忽略这些女性的主体性精神欲求，用物质主义价值观穿越回民国，在一定程度上恰恰消解了这些作家女性精神主体性的特立独行。而70后女作家金仁顺、魏微、戴来等的写作则自觉地完成对于女性主义的沉默与回避，盛可以《北妹》等作品所承载的成长经验和真正女性主义之间存在着相当大悖谬等等。与此同时，网络上的"木子美日记"、"常艳的艳遇日记"等却在大众文化和公共领域引发了相当大的争议。由此可见，中国当下女性主义话题并非无效，而是缺乏对于女性精神主体性空间探幽缩微的探讨。与此同时，对于广大乡土社会的女性来说，文学更多赋予她们苦难的地母形象，或者是被侮辱被损害的形象，而少有对于她们随着时代前行的精神困境的摹写与阐释。春节年假中，各界对于中国当下乡土社会的热议不绝于耳。自1990年代市场经济之后，中国乡土社会中的女性命运也发生了极大的改变，淳朴善良的乡下妹子刘巧珍们都进城打工了，打工妹（外来妹）成为"后刘巧珍时代"最为典型的人物，这些乡土女性在乡村和城市之间辗转迁移，用劳力和身体换取着进入城市和在乡土立足的物质基础。

黄咏梅： 过年期间，网络上热传一组图片，几个年轻女人，晒出了自己在城市里的靓丽照片，同时又晒出了自己回到农村老家过年的家常照。从城市的咖啡厅到老家的土围墙，从立交桥到菜地，她们的样子从浓妆到素颜，着装从丝绸到土棉袄……这组照片让我想起以前一个说法：过年了，玛丽、珍妮都回家了，回家后都变成了小红、小莉。这就是乡土女性在乡村与城市之间的身份、角色的切换。这种切换，带来的是"水土不服"——她们已经不习惯乡村的生活，就算仍然还有乡愁，但这些乡愁是脆弱的，真正面临土地，她们会觉得难以立足；同时，她们融入城市的脚步，又是举足维艰。她们所面临最为具体的精神困境在于无归宿感，无归宿感给她们带来一系列的人生失调乃至精神的"内分泌"失调，生存问题、情感问题……更不要谈高大上一点的"存在感"这个问题了。

杨怡芬：我一直觉得自己是个乡土女性，最喜欢的活动距离是"走几步能到"，也就是在一个小村庄的范围内起居生活，一到北京或上海，我就觉得空荡荡的。当然，我知道，我这类通过高考离开乡土的乡土女性，不在今天的讨论范围里，我们今天是想讨论打工妹（外来妹），也就是和我一起度过少女时代的姐妹们。我小学之前，那还是上世纪70年代，我的大姨到我外公工作的镇海船厂打工，不过，那也算家属工吧，不是严格意义上的打工；1982年左右，有个堂姐进城做保姆，但那也不是我们现在通常意义上的"打工妹"。她们俩到了婚嫁的年龄，还是回到了我们的小岛上，重新过起母辈的生活——我知道，她们也不在我们今天讨论的范围内，她们是"刘巧珍"的妹妹们，我们这里要讨论的，应该是"刘巧珍"的女儿们——她们大都完成了初中教育，幸运的，完成了高中教育。我的两个妹妹，也在其中，她们都在广东中山取得过"十佳外来打工妹"，这个荣誉的奖励是迁她们的户口进中山市。我不知道，现在从乡村出来且又完成了大学教育的乡土女性在不在我们的讨论范围之内，也许，不在吧？我这样反复地说到女孩子们所受的教育，是为了说出我对乡土女性的了解，也就是"知识改变命运"，无论是学历的知识，还是考取各种资格证书的学习，一个女人，只要在学习，有学习的条件，她就有比较大的可能比同辈们获得人生上的成功，好吧，让我们无奈地把留在城市变成城市人作为人生的成功吧。我大姨和堂姐，之所以还是回到乡村，因为她们只有小学学历；而我的妹妹们，她们一直在工作中考取各种证书，她们留在城市里，变成了城市人，过上了至少是城市平均生活线以上的生活。我和几个朋友交流妹妹们的经历时，他们大多说妹妹们是幸运的特例，更多的打工妹是你所说的"用劳力和身体"的乡土女性，这才是我们今天要讨论的主要的女性群体。我父亲再三跟我们讲:"万万不能以你们的成功来俯瞰别人。"我父亲所说的"成功",也就是我上面所定义的,我父亲所说的别人,也就是我们要讨论的主要女性群体,是我熟悉的同学和她们的女儿——她们没有能力在城市里扎下根来,也不能再接受母辈的生活,也就是你所说的在乡村和城市之间辗转迁移。以父亲比我们更苍凉的眼光,他一定看到了比我观察到的更宽广的"打工妹进城"图景,所以,才有如此再三告诫。今天这么一梳理,才发现自己对"打工妹"这一群体,其实,是很陌生的。她们的喜怒哀乐,与我,也是隔着的。但无论怎么说,城乡区别,社会不公的存在,才会有这么个群体存在。我们可以无心无肺地说这是城市化进程中的一个必然现象,甚至可以铁着心怪她们自己不够争气,做一个占据道德高地的壁上观,是安全的,但那是我父亲一再告诫不可以的。我们也在其中,我们应该比城市人更知道其中的症结所在。原谅我如此对立城乡吧,但城市人祖辈占据了太多太多的资源,比农村人享有好得多又多的教育和就业的资源,只要城乡差别一直在,她们就一直在,在城市里"成功"的每一个人,都应该为此心存内疚。

川妮:我有过一次去深圳参观工厂的经历,仅仅半天,跟随工厂主进入厂区,经过绿茵茵的足球场,走进白色城堡风格的办公楼。工厂主的办公室在三楼的东头,差不多有四五百平方米,南北都是落地的玻璃大窗户,办公室里摆放了一些工厂主收集的雕花旧家具和高大茂盛的绿植。坐在靠近南窗户的地方喝茶,抬眼就能看见南面的足球场和精致的小花园,透过北窗户,可以看见两排树。喝茶的间隙,我走到北窗户边,隔着一条马路和路两边的树木,看见几栋灰色的长方形厂房。那条马路,把工厂分成了两个部分。工厂主的办公室里,温度适宜,音乐流淌,茶香弥漫。喝过几道茶,我坚持要去厂房里看看,工厂主带着我们来到厂房,厂房里是另外一番天地,女工们穿着一样的浅灰色工装,在噪音和复杂的空气味道里埋头做活儿,即使工厂主陪着我们走过去,她们也没有停下手里的活儿。这是一个玩具工厂。厂房后面，有一栋六层楼的红砖建筑，窗户上晾着一些女孩的衣物，红砖建筑的旁边，还有一栋矮小的房屋，飘出饭菜的味道。我很想去看看女工们的宿舍，看看食堂，还想跟做工的女孩聊聊天，但是工厂主已经一脸汗水，被汗水浸泡过的脸，显出不耐烦的神色。出了厂房，工厂主邀请我们坐进冷气很足的车里，马上谈起了在北方新建的滑雪场项目。工厂主对工人没有兴趣，他常年在各地投资，新建项目，他叫不出任何一个工人的名字，工人在他眼里，只是一个劳动的符号。车开出厂区，一个接一个工厂从视野里退去。离开工厂之后，我很久都在想着那些穿浅灰色工装的女孩，她们在这个前半部分美得像公园的工厂里，会有怎样的经历？

艾玛：很惭愧，尽管我在农村长大，一直也自以为很熟悉乡村，熟悉乡村女性，可当要认真谈论这个话题时，我才发现自己其实和乡村已在不知不觉中疏远了，甚至都不知道该从哪里开始说起。春节前后，关于乡村的话题一度在微信圈很流行，盛大的节日过去了，这个话题也就过去了。至于如何理解进城打工的乡村女性，她们进城打工当然是为了生活，个人发展什么的最初应该都是谈不上的。中国乡村女性命运的改变实际上并没有什么太大的特殊性，她们与农民这个群体密不可分。农民为什么要离开土地进城打工？90年代市场经济大潮滚滚袭来，中国需要大量的产业工人，理所当然的，吃苦耐劳而又廉价劳动力的最好来源，就是农民了。乡村女性，也就是女性农民，当然也不能幸免。她们进城是出于自愿的选择，还是生活所迫？不管答案是什么，有一点是可以确定的，那就是土地没能给农民，或者女性农民她们想要的生活。中国农民对土地的热爱没人能怀疑，可这些年来，农民，尤其是年轻的一代，也一直在逃离土地，他们宁可去做城市贫民也不愿回到家乡。按说市场经济是追求自由的，可90年代的农民并没有享受到这种自由，市场经济只是将大量农民席卷进了城市，使他们成为了农民工。农业一直是我国最弱的产业，农民对土地只有使用权，经营权，没有产权，因而也没有产权收益。农民曾长期、彻底地被甩在国家福利保障体制之外，这种情况近些年才得到改变。而女性相对于男性，在乡村社会中能享受到的资源更少，地位更低，是城市给她们提供了另外一种生活的可能。我还在大学工作的时候，去学校清洁工大姐的宿舍玩过，她们住在学校操场看台下的工具房里，条件非常简陋，没有卫生间没有厨房，工作很辛苦，报酬也不高，可她们很满足，她们朴实开心的笑容给我留下了深刻的印象。

郭艳：后刘巧珍时代的乡土女性进入城市之后的分化是多元和无序的，有着世态百相的各类生存和生活状态，呈现出面目难辨的精神面相。从女性精神自身发展的层面上来说，这些乡土女性的精神状态和情感追求与 1980 年代有了很大的区别。

黄咏梅：如果刘巧珍代表了那个时代的乡土女性，那么在她身上所体现的勇敢，除了来自于她对传统的反抗和爱情的执着之外，更重要的是在于她对文化的信仰。事实上，高加林在刘巧珍眼里，就象征着文明、文化。因此，在我们读来，刘巧珍的悲剧，是有着英雄意味的。而在"后刘巧珍时代"，多数的进城女性，她们的信仰是物质，让她们勇敢进城的动力仅仅来自于摆脱乡村绝望的生活，这是本质上的区别。物质欲望消费着"后刘巧珍"们的人生，而城市这只大胃又在消费着她们，当这些真相浮出水面的时候，她们感觉到失去尊严和自我，迷惘、空虚、孤独这些感受成为她们最终对城市的感觉，然而，回不去了，她们即使漫游在城市的中心却依旧是个边缘人，她们的漂泊感并不会因为在城市安居下来而消失。

近年来，出现了很多写这些"后刘巧珍"们的文学作品，写都市背景下一群被侮辱和损害的乡土女性，写这些作品的有男作家也有女作家，他们呈现出了一系列乡土女性的命运和际遇，然而，这些作品似乎都遵循一个套路，乡村女性被城市欲望"强暴"的方式，几乎都伴随着肉体的伤害而来，她们就像城市里那些向下生长的枝条，茂盛地坠落。这种极致的表现套路，似乎更能体现命运，但这不应该是全部，也不能代表"后刘巧珍"们的普遍状态。我更喜欢读到一些作品，捕捉女性自我迷失的轨迹，书写捍卫个体尊严的挣扎，这些作品会告诉读者——并不是只有肉体受伤才会疼痛，灵魂的伤口才是她们巨大的疼痛。

杨怡芬：依我的观察，1980 年代进城的女性心理更类似于《嘉莉妹妹》那样的，在那个时代，或许真的可以凭身体辗转在男性的、工业化的世界里改变一下自己的境遇，她们精神状态和"刘巧珍"是比较近的，受了伤害，她们可以安然回到乡村，继续生活。而现在进城的乡土女性，她们更决绝，少了许多玫瑰色的梦想，或许，是更清醒的。说实话，高中的时候，很多人都说《人生》怎样高加林怎样，尤其男生，很认同高加林的种种心态，路遥的这个小说，在这个层面上，是成功的。而我，这个"刘巧珍"的妹妹，却并不喜欢，到现在也是不喜欢这个小说。那里面的人生观都是旧的，男权的，"新的时代"里，应该有更新了的语言和思想体系，应该有新的女人和新的男人。太难了。说打工妹生活的小说，我读得少，说不好。

艾玛：没有做过具体调查，谈一点粗浅的认识吧。80 年代乡村女性的生活环境单一，就是村庄嘛，所以她们的整体精神面貌应该是比较好概括的，淳朴，善良，能忍耐，有奉献精神。进城后肯定会改变，主要是生活环境改变了，时代的冲击也不是她们能预料能完全应付的，所以不管变好变坏，改变是她们不可避免的命运。曾有一首歌这样唱："村里有个姑娘叫小芳，长得好看又善良，一双美丽的大眼睛，辫子粗又长。"进城后至少发型就会变得多样。现在人们怀念乡村，很难说不是在怀念从前小芳这样的姑娘，朴实如泥土，清纯似山泉，她们代表着那些美好的事物。可那又怎么样？"谢谢你对我的爱，伴我度过那个年代，多少次我回头看看走过的路，衷心祝福你善良的姑娘。"都过去了，不是吗？时代把小芳抛在了脑后，一句空洞的祝福告诉她们从前是回不去的，也没人愿意为她们做些什么，所以不管多头破血流，她们也得往前走了。

郭艳： 乡土社会中的女性没有条件接受真正的现代教育，获得一定的学历和技术资格，因此她们无法以现代职业女性的方式进入城市。对于她们来说，进入城市的路径逼仄，个体生存环境艰难。具体来说，她们大多只能从事有限的低收入服务型行业，或者高收入劳动强度很大的职业（也不排除高收入非法职业）。由此在传统向现代转型过程中，乡土女性被诸多客观条件所制约，她们成为庞大的沉默的集体，成为一群面目模糊而又无法言说自我的群体。作为女性作家，如何理解和呈现这样的社会现实？物质生存夹缝中的女性精神成长如何实践？作为女性作家，你的写作更关注女性物质生存层面的原生态还是女性精神困境的摹写？

川妮： 参观玩具工厂的经历，触动我写了《玩偶的眼睛》。我写得很慢，我在小说里一点一点建构起一个叫做"玩偶之家"的工厂，然后，让几个心怀梦想的乡村女孩走进工厂，开始了她们离开乡村的生活。善良胆小的禾香，泼辣能干的王小烟，心思活泛的柳春……当几个女孩被我安置在"玩偶之家"，她们好像突然有了自己的意志，自己奔着自己的命运而去。在美如童话的"玩偶之家"，她们每年为工厂主创造了上千万的利润，但是，无论她们如何努力，如何要强，都无法凭借辛苦的劳动和良好的品行在城市安身立命。柳春迫于经济的压力，第一个离开工厂去了夜总会；王小烟想靠爱情立足，被骗，工伤致残后只得到了区区两万元的赔偿；绝望的禾香乘乱偷了价值一栋楼的宝石，那是定制玩偶的眼睛。王小烟跳楼的时候，禾香和男朋友拿着宝石跑出了工厂。"银色的月光洒满了大地，月光下，安静的公路像一条银色的带子。陶强林拉着禾香跑在路上，他们越跑越快，像要飞起来。"在一个深夜，我敲下最后几行字，心痛得不能呼吸，再也没有力气回过头去重看一遍。写作的过程，既是虚构的过程，也是思考的过程。《玩偶的眼睛》，是我唯一写工厂和乡村女孩的小说，写的是我最不熟悉的生活。但是，这一次写作的经历，对我来说是最为宝贵的。这次写作，让我发现了乡村女孩令人绝望的处境。现在回过头再看，我看到了当初的局限。我对离开乡土的女性处境的认识和思考，更多停留在物质生存的层面。

我家的钟点工秀芳，促使我关注到了背井离乡的女性在精神层面的痛苦。秀芳带着两个孩子，跟丈夫一起在北京打拼，她做活儿不惜力，爱干净，是一个品行端正的女人。她给我讲了种种在别人家做活儿的遭遇，如何不受尊敬，如何被歧视，如何被怀疑……在秀芳的身上，这些精神的痛苦，已经超过了物质的困境。当我以秀芳的生活为素材写作《我们如何变得陌生》时，我思考的重心，是她们的精神处境。如果没有离开乡村，这些女性的命运不见得有多么美好，但是，在古老的乡村大地，她们，一直是大地的孩子，在大地的庇护下，哪怕是一棵最不起眼的小草，也有安放自己的角落。在那个熟悉的人情社会里，她们是女儿，妻子，母亲，她们可以凭借自己端正的品行，善良的心性，辛勤的劳动，成为凝聚一个家庭的核心人物和十里八乡受人尊敬的女性，这应该是世代乡村女性最朴素的人生理想。城市化进程改变了乡村女性的命运，离开乡村，失去了大地的庇护，她们沦落为被人同情的弱势群体，在钢筋水泥的冰冷丛林里，她们朴素的人生理想无所依凭。这样坚硬的现实，无法靠少数人的成功改写。面对如此众多女性无所依凭的人生，我无能无力。这样的写作，是令人痛苦的。这痛苦的力度，甚至让我怀疑写作的意义。

艾玛：近来我也想写点女性题材的短篇，春节回老家和亲戚朋友聚会，也收集了些素材，总体的感受是，我们现在生活的现代化程度是比从前高了许多，汽车开着，高楼住着，但从个人精神面貌来说，我们还没有完成现代化，乡村女性也是如此，一直以来她们面临的那些问题大都是些老问题，也大多还没有解决呢，有些甚至像我们的生态环境一样，变得更糟了。

　　乡村女性是农民群体中的一部分，而且是最弱的那一部分，"农民"这个身份标签跟随着她们。在农村农民是农民，进入城市农民是农民工，无论是在乡村还是在城市，从农民这个角度来看，我们还没有完成从身份到契约的转变。乡村女性更不容易摆脱因为出生在农村而具有的先天的劣势。当然现在她们的境况还是要比从前好，至少人生的选择多了嘛。乡村女性在生产和生活资源的占有与使用上与男性是不平等的，女童的失学率要高于男性，所以她们进入城市后，她们面临的困难可能要多于乡村男性，有些女性的境遇可能会变得更可悲。其实我们这个社会对女性的不公与歧视一直都是存在的，很多单位的招聘公开写着"限男性"，我甚至在一些大学的招聘广告上也看到过这样的字眼，难道他们不知道他们违宪了吗？整个社会环境不利于弱者权益的保护。《中华人民共和国劳动法》规定劳动单位应与劳动者签订劳动合同，许多单位都采取了回避法律规定的方式。我曾与环卫女工交流过，她们与环卫单位都没有签合同，普遍的做法是中介将她们打包给环卫单位。大环境如此。相对文化程度低、未受过职业培训的乡村女性进入城市后，她们可走的路又少又艰难，这是可以想象的。解决这些问题，除了政府对乡村要加大教育、职业培训等方面的投入外，推进国家的法治化进程也是非常重要的。作为写作的人，我可能会更关注女性精神困境的摹写，我对人的内心更有兴趣，当然我也明白，要想抵达人的精神世界，必须先要通过一条叫现实的路。

　　杨怡芬：是的，她们是庞大的沉默的集体，是一群面目模糊而又无法言说自我的群体，我们以她们为对象的写作，多出于观察和想象，当然，虚构也许能抵达更深的事实，我的小说里，真的没有写过她们。近五六年，我有处房子用来出租，有在酒店和夜总会上班的女孩子来租，好几茬了，我也得以有机会近距离和她们接触，都是些可爱的女孩子，我想，我或许可以梳理一下，写几个小说。

真的要谢谢你，这样说说话，我才恍然大悟。作家，也许是和将要写、正在写的人物一起去观察，去试着理解和呈现这个社会的，我的写作，不会忽略物质，女性想要精神独立，物质生存是基础，但对物质的要求是无底洞，无论处在哪个"物质层面"都会有精神困境，我对精神困境更敏感些。

黄咏梅：作为女性作家，我有意识去写这一群庞大的沉默群体。一方面，我自觉摆脱一直以来对女性所持的经验书写和私人化书写的偏见，一方面，我力图跟这一群人站在一起，用她们的视角去看这些难以言说又无处可说的问题，我不是代言者，也不是引导者，我只是个聆听者，还原她们的困境，探索她们内心昏暗不定的火光。我最希望自己的作品，还能看到这些女性在物质生存的夹缝中有着精神生长，虽然，在现实的水泥缝里，这些生长何其困难，但却何其珍贵。事实上，书写"后刘巧珍时代"的这些女性，比起写被侮辱和损害，写被尊重和理解更为艰难，正如她们所处的现实一样艰难。但这是我的理想，也是我写作的意愿。

载 2016 年 3 月 7 日《文艺报》

成为自己依然比什么都重要

——关于当下女性及女性文学

郭艳： 今天是一个关于女性和女性文学的沙龙，对于当下的中国女性来说，自身性别的主体性和作为现代个人的主体性都前所未有地进入了一个难以清晰表达的状态。"良家"被五四新民启蒙所解构，"女同志"则为物质欲望所消解。中国常态女性形象在日常和文学叙事突然成为一个沉默的区域。女性的身体和精神面临着新的时代困境和表达的艰难。

宋明珠： 我想谈谈"身体写作"之后的女性文学书写。女性文学经历了"五四"以来以"人的觉醒"为标志的新文学时期；1970年代末以"女性意识的觉醒"为标志，强调女性"成为你自己"，成为女性本身的自我觉醒时期；1990年代书写个人的女性经验，是对性、欲望的身体探秘时期。可以说女性文学写作伴随着女性精神的觉醒与成长，经历了文字解放、意识解放、身体解放和个性解放等过程。女性经过长期的压抑，最初通过身体书写，包括在性描写上表现得大胆泼辣无所顾忌、无所不至，袒露女性的性觉醒、性期待、性恐惧等等一切神秘的话题，讲述女性创伤性的个人成长记忆，表达女性个体生命体验。在这个过程中，女性文学完成了身体祛魅，欲望不再是秘密，生理体验不再是谜。但也为后来的女性文学书写留下了问题。此后，女性文学面临着身体敞开之后，女性文学的书写不再遮蔽欲望，不再侧重身体的焦虑，面临着新的困境。但是女性仍然承受着男性话语霸权为主导的文学世界乃至社会现实的压力，不符合男性固有对女性要求的观点、态度、行为等仍然被过分解读和过度消费。我们谈及女性文学，往往仍然只是对于女性身体和性的窥探。

海嫫："女性主义文学"这样的称谓，似乎是合理的，并且不折不扣地具有一定的专属性；但放在普遍意义中，这应该是一个假命题。当我们提出并且认同这样一个称谓时，我们也同时承认了女性的弱势，作为千百年来有着主导地位的男性写作者们，从来没有认为他们进行的是"男性主义文学"，若以人群命名文学主题，那么有一天我们会不会也要出现"胖人主义写作"、"病人主义写作"（本人完全没有对胖人、病人的歧视，仅仅是举例而已）呢？当然这样的想法或者完全因为是自己的偏执、或者浅薄。与其把它认为是女性主义文学兴起，倒不如认为它是女性作家自身的解放和觉醒。

1980 年代初，我国的女性作家开始在文学上，对性别有了自我意识，延延绵绵大致经历了三个阶段：以《方舟》《在同一地平线上》等作品为代表，虽然没有完全摆脱男权框架下的思维，但是已经初步具备了"女性意识"，一定程度上，触及了女性的社会地位、现实处境和存在价值，成为第一阶段；王安忆、铁凝等一批女性作家的作品更加充分展示女性自主意识，标志着我国女性作家走出了男权视角，从初步意识进入了自我关注、自我解放、自我觉醒阶段；以林白、陈染等人的作品为代表，通过展示个人生存体验来表达妇女集体生存体验，进入了真正的个人化女性话语时期，1990 年代以后，女性作家大胆地尝试，出现了"个性化写作""私人化写作""经验写作""身体写作"等等，成为被男权思维模式主导的文坛中不可小觑的新生力量，此时，基本进入了一个外扬的对抗阶段。

青鹤：如果谈及当下的女性主义文学，那么我对于当下现实女性情感与婚姻生活的选择更加困惑不解。人类社会进入一个多媒体的科技高度发达的社会，在这样巨大的文明与进步中，人们却失去了幸福感。如果幸福感不是个体生命所追求的终极目标,那么痛苦便是我们唯一想要的礼物了?天赐良缘,天作之合中的那个至高无上的"天",已经没有了,对"天"的敬畏感与神圣感也悄悄退场了,更多的人臣服于两性关系的混乱与无序当中,迷失了方向。比如中国人的离婚率高达50%,在世界范围内名列前茅。作为一个女性,我困惑的是,高离婚率并没有给众多女性带来成就感与幸福感,反而带来更多的不安全感与挫败感。剩男、剩女、恐婚、不婚、不育……自然之道,天伦之乐,渐渐成为生命中不能承受之重。与此形成鲜明对照的是,小三遍地,小四成群,小三之歌红紫一时,连痛恨小三的人,也加入到小三的行列中去,上演着一出又一出情感小戏,从城市到乡村,无所不在。这些现象与事实的背后,依然是无尽的伤害,无边的伤感,无言的孤独,无穷的寂寞。性的泛滥,爱的缺失……原本一生一世的牵手,变成了一朝一夕的合伙人,直到新的《婚姻法》以律法的形式扭转或改变了靠婚姻(离婚)发财致富的现状。女人们蔑视贞操,大拼颜值。女性们要求独立,呼喊自由,捍卫女权,可不知不觉中,却上了性自由的诺亚方舟,在消费主义中使自己不幸再次沦为商品。毋庸置疑,我们身边富人很多,贵族却很少,"富而不贵"是不争的事实。想起来《魂断蓝桥》中卧轨自杀的玛拉,她用生命的代价捍卫了爱人罗伊贵族之家的神圣与荣誉,高贵与尊严,而这,恰恰是我们严重缺失的一环。置换一下背景,也许中国的玛拉们,面对罗伊高贵的门第,修补好处女膜,然后重新开始,脸都不会红一下。我们不单失去了耻感,罪感,我们更多时候是处于可怕的无感当中,无力自拔。

宋明珠:这是当下女性现实婚恋的一种严重的倾向性,但是也仅仅是多面相的表达之一。与此同时,当下城市职业女性,尤其是知识女性为主体的女性文学体现出非常独特的个体意识和独立精神。她们的精神困境不同于"香雪"似的向往新生活。当她们面临生活上的困境,"娜拉"们可以顺利地出走,主动选择自己的生活,趋利避害，规避磨难。然而在她们走向自由的同时，在诸多表面堂皇的尊重中，仍然掩盖着更加无形却无处不在的男性话语霸权。将这些出走的女性拉回道德场域中重新审判，男性视角下的女性形象仍然有固定的模式，并且仍然存在妖魔化的、身体的、物化的特性。在这个模式之下很多词语被男权话语误读，比如职场精英是失去女性气质的等等。似乎女性在女权主义的主导下，已经争取到平等的权利，不需要要求更多，否则就是对男性的性别打压。事实上这一阶段的男女两性已经从性别对峙开始走向性别和谐，但是两性精神成长并不同步。这一时期女性文学自觉的身体写作并没有放弃道德、伦理要求。当下女作家以注重审美性为手段，积极书写个人立场与生命体验；探讨当下的伦理秩序，表达消费时代女性文学身体写作伦理的忧虑。然而这一点被具有男性霸权色彩的消费文化主动忽略了。

朝颜：事实自然远非眼前的生活这么简单。性别的歧视在历史长河中已经流淌得太长太久，断流和拐弯都不会是一件容易的事。男女的不平等，反映在文学作品和现实生活中，也是由来已久。《圣经·创世纪》中的女人夏娃，被描述为男人亚当的肋骨所造。这几乎成为根源性的灾难，将女性直接打入另册，作为男性的从属和依附。孔子在《论语》里说："唯女子与小人难养也。"就这么一句话，一锤子给女子定性，和小人划至为一类。我们看到男权思想下的女性，要么充当着"红颜祸水"的角色，要么像鲁迅作品《祝福》里的祥林嫂一样，是被侮辱和被损害的对象。就连著名女词人李清照，也在作品中下意识地表露出自己的从属立场。其实是，当男权思想被广泛地植入于生活和人脑之中，一个再有知识和见地的女人，都会不自觉地被同化。我还记得当过童养媳的奶奶，总是端着碗一个人坐在灶间吃饭，直到被我母亲逼上饭桌，只是她坐在桌前依然觉得不自在。根深蒂固的习惯是一种多么可怕的东西。至于重男轻女，更是司空见惯。我的老家至今保留着诸多贬低女性的骂辞："卖千家的，贩千家的，畚箕装掉的……"这个世界上，如果没有波伏娃、伍尔夫和杜拉斯她们，谁知道女人还将在第二性的道路上走多远呢？女人之所以激烈地提倡女权，正是因为她们没有得到基本的权利和尊重。"女人不是先天生成的，而是后天变成的。"波伏娃的这句话其实道明了许多。即后天的学习，自我意识的复苏，自我价值的实现，让自己成为一个具有主体性的真正意义上的女人。伍尔夫认为，独立女性应该有闲暇时间，有一笔由她自己支配的钱，和一个属于她自己的房间。这个观点至今仍为许多女性引为箴言。

但是在女性文学的发展过程中，也出现了许多矫枉过正的结果。比如过度强调性和欲望，以生殖器为主要描写对象的下半身写作，还有极度的自恋，对男性的诅咒和敌对，其实都呈现出一种癫狂的病态。毕竟，无论如何平等，女性与男性在生理和心理上的差别，永远不可能消除。女权思想进入到今天，当大多数女性在受教育权、婚姻自主权、择业自由权等诸多重要事件上实现了个体的自我，女性完全可以试着与这个世界握手言和。天地之间，雌及雄、阴和阳、凹或凸、正与负，就像高度咬合的两个齿轮，它们应该呈现出和谐与共进，才能使两性关系这架机器正常运转。有一天，当我们不再需要提倡男女平等，不再需要说到女权主义，我们文学作品里的女性不再是被扭曲的形象，她们阳光、自然，与世界温柔相对，那么我们才是真正的平等和谐了。

沙玉蓉：自上世纪70年代初毛泽东提出男女平等口号至今已四十多年，男女平等被确定为基本国策也已经二十多年。那么男女平等了吗？不然，我们的社会依然是典型的牢不可破的男权社会，从政界商界，学界军界，各行各业，体制内外，男尊女卑的幽灵时时游荡其中，不知不觉就控制了我们的思想和行动。男女二人同样做了违反法纪或道德伦理的事情，社会舆论的宽容度也往往更倾向于男子，而对女子严苛得多，越是经济文化落后的地区或领域越明显。

回望来处，追求男女平等的路从来没有平坦过。我们都是写作者，就以两位著名作家为例。据说萧红曾在一封给友人的信中说，当我死后，或许我的作品无人去看，但（可以）肯定的是，我的绯闻将永远流传。这句话给了导演许鞍华以灵感和启发，于是有了电影《黄金时代》。电影以与萧红一生中四个关系紧密的男人为线索，把萧红塑造成了一生追寻男性庇护，把爱情当面包，不断在感情世界瞎折腾的作女。以至萧红的粉丝们大呼导演不懂萧红，消费践踏了萧红的精神。

萧红被誉为"20世纪30年代的文学洛神"，著作勤奋，成就卓然。但她一生困顿流离，贫病交加，年仅三十一岁就客死香港。毫无疑问，她坎坷的情路让她的人生雪上加霜，是导致她早逝的一颗沉重砝码。甚至有学者对她失败的感情生活多有刻薄，认为她应该对自己的轻率和滥情负有责任。电影《黄金时代》似乎也为这样的说法做了注脚。在此且不探究影片《黄金时代》的得失功过，作为一个深受五四文化精神影响的进步知识分子，一个理想主义者，萧红的写作和生活都打上了深深的时代烙印。她在写作和生活中都表现了率性，真诚，不畏流俗，勇往直前的探索实践精神。这在当时的特殊境况里并不是那么的离经叛道，她看似"越轨"的行为与她"越轨的笔致"一样，甚至是值得称赞的。与她同时期的某些男作家在感情生活上其实比她走得更远，或说更"作"，但受到的负面关注度却远远低于她。仅仅因为她是个女人、一个女性作家。她在感情上始终是个失败者，她并没有得到孜孜以求的幸福。她挚爱过的男人最终给予她的都是失望和伤害。

海嫚：然而任何事情都存在着两面性，当极端、刻意的外露成为一种癖好、一种风气，许多女性作家忘记了写作的本来意义，沉迷于大段大段的身体描写、两性关系的描写，表面上看来似乎是在对抗着男性社会，实际上这种所谓的对抗完全是对自我世界的小视。男人和女人之间不需要对抗，作为一名女性作家，可以反思，可以觉悟，当我们真正意义上回到自我，我们应该有原则、有立场地与异性、与这个世界和平相处。

郭艳：近些年，对于女性作家婚恋题材的文化消费，尤其在关于张爱玲、萧红、丁玲等女作家的文本叙事中，对于她们女性婚恋经历的过度猎奇，而忽略这些女性的主体性精神欲求。作者用物质主义价值观穿越回民国，在一定程度上恰恰消解了这些作家女性精神主体性的特立独行。这些文学作品和文化事件对于中国女性自身现代精神主体性的建构都显示出南辕北辙的特征。

左小词：我叙述一个关于西格蒙德·弗洛伊德的老师维也纳医生约瑟夫·布洛伊尔的故事。二十一岁的安娜·欧照顾重病在榻的父亲，从而导致自己的精神几近崩溃。她出现了诸如失眠、厌食、失神等许多状况，肢体会有类似癫痫状的突然痉挛，甚至出现言语颠倒混乱的现象，伴随幻觉和强烈的自杀冲动。布洛伊尔用谈话治疗法和催眠术给她帮助。她的一些症状得以好转，一些症结也得以被引出。比如她连续多天在干渴得无法忍受时，也不能喝水，是因她小时候曾看过一只狗从她不喜欢的家庭教师的杯子里舔水喝。她的右臂麻痹症状，是因她在幻觉中看到一条蛇攻击她的父亲，而她无力也无法去施救。说到这里，说到蛇，就得说到弗洛伊德和布洛伊尔在此案例中所持的不同看法。布洛伊尔强调安娜在性发育方面是极其不成熟的。而弗洛伊德则从安娜病例叙述中出现的"蛇"、"坚硬的"、"臂膀麻痹"等这些他理解的性的象征物，以及其他实际情景分析，得出与布洛伊尔不同的观点。在此，布洛伊尔甚至存在为证明自身清白而弱化和隐藏安娜身上的"性"觉的嫌疑。也有资料记载，安娜曾出现过"癔病性假性妊娠"，她口中呼喊的就是怀上了自己的医生布洛伊尔的孩子。所以，弗洛伊德认为布洛伊尔放弃对安娜的继续治疗，也是因为这种安娜所产生的正性移情。也有说布洛伊尔无法应对安娜的移情，且还险些进入情景，不自觉间爱上了年轻的安娜，这是危险的，他迅速撤离。关于心理学方面的"移情"和"反移情"，我就不再多说。因为讲述这个案例的细节似乎有点扯远话题，我只是想继续说下面这个关键的有意思的"点"，关于之后的安娜。

安娜当然是化名，她在俗世中的名字是贝塔·帕彭海姆。她出身名门望族，在亲戚谱系中有我们知道的诗人海涅。她曾写过一些短篇小说和戏剧小品，怎么也算是个文艺女青年吧。只是我曾去搜找过她的文字，却是没有明确结果。史料记载她是一名女权革命者，热心公益，建立有孤儿院，另有一家未婚女子疗养院。有资料写，她不允许得到她照料的人接受精神分析。这是有意思的。至于她作为女性个体在精神分析疗法中到底经历了什么？治疗本身的感触和感悟是什么？还是真的进入了对医生的移情之中？还是作为女性在男性医者（男权掌控）之下的惶恐和无意识或有意识的反屈从、反引领？或者这单纯任何一种推断和后世研究者的繁杂论证都无法探究到其一个女人的精神世界深处的独特根脉和洪荒幽秘。我们可以从情感角度猜测，当时她陷入情感纠葛无法分辨，其实这就算是能分辨也无需分辨的，感情之于女人是一件犹如披挂了芒刺的真丝裙衫，刺，欲，疼。丝绸，贴肤，仍是束缚，不离痛楚的，只是疼得软绵无度罢了。更何况研究者还给她这种情感冠名为病态的情感，一种类似病理——"移情"。在她那个时代，一个女权主义者是否需要刻意超脱情感和肉身的体验？在命运、时代河流之中是独立的思想者、醒悟者和抗争者？她也许是，也许并不是。这个典型又非典型的安娜，作为一个女权主义者，作为一个曾经热爱写作的女人，也是值得我们聊聊的。

青鹤：其实，种种女性生活现象和生活遭遇背后，隐藏着复杂的不为我们所认知的更深的制度根源和社会根源，我不是社会学家、经济学家、哲学家、思想家……我没有答案，我困惑于此。但作为一个女人，面对种种汹涌而来的时尚、潮流、观念等等，保持个体的独立性，保持对社会各种思潮独立的价值判断，却是很有挑战和意义的举止。对一个女人而言，当属难能可贵。有时候，我们没有得到爱情、婚姻、幸福的眷顾，不是这些美好之物不存在，而是我们不够美好，不配得到罢了。每当思及神圣感的那些反义词，便觉得做一个有信者，一个有着对于美善坚定信仰的人，实在是有福的。

宋明珠：那么，当我们谈论当下女性文学的时候，我们在谈论什么？有几个问题值得思考，例如：当下女性精神困境在细节上发生了哪些变化？消费时代的女性精神创伤表现在哪些方面？城市变化对女性精神困境的影响？知识女性在婚姻爱情现场的精神焦虑？女性写作的出路何在？女性形象需要被重新树立，应该如何树立？面对这些问题，女性文学写作应该高扬女性主体性，侧重于女性的自信、自由和自主意识的表达，而不是有意以性别取悦受众，仅仅表现生命的喧哗。通过现代女性视角，来为女性的权利发声。但是这种发声是要正面、坚定而有力的，是审美的而非审丑的，是在新环境下的思考、审视和探索，而非面对困境逃避和妥协。写作者要对作品负责，作品应该可以让小女孩成为小女孩，让独立的现代女性成为独立的现代女性，各归其位。

郭艳：女性的困境大抵来自两个方面，一是经济上的，一是法律习俗的。在现代社会，如果女性实现了自身经济的独立，且在法律和习俗层面获得了相当大的自主权利，那么女性的困境无疑会更大程度地从外部转向自身。一个真正成熟的现代女性无疑能够在日常性中蜕变成为真正独立的母亲、妻子和女人，从而在现代日常性中构建自身的主体性精神。现代生活中很多女性都沿着这样的路径一路走来，一方面让传统"良家"的合理内涵在新的时代情境中有着现代意义上的延展，一方面又极具现代职业女性的精神和经济的独立性。当下日常性中的中国现代女性投向传统的那一瞥是如此的化腐朽为神奇：良家中的母性转换成为现代母亲的责任与义务，良家中的妻性转换为对于现代婚姻的尊重和维护，玉体横陈中的红颜祸水转换成身心愉悦的独立与自信。女同志的简单粗疏转换成为女人的美丽嫣然……伍尔夫曾经说过："成为自己比什么都重要。"从传统"良家"的妻性、母性和"女同志"的模糊性到现代女性"成为自己心目中的母亲、妻子和女人"，中国现代女性以及女性文学的精神主体性建构无疑是一个漫漫长途。

一个人的时代与一代人的写作

魏微是早熟的，她一出场就是一个成熟的作家。小镇少女带着现代性的梦幻一路狂奔一路溃退一路化妆，这就是我们曾经和正在行进中的生活及其生活方式，历史的表情隐匿在轻轻带门而去的脚步声中。

魏微用一个人的写作阐释着一个时代的表情。

郭艳：你在《化妆》中并没有写嘉丽们在贫穷生活中的挣扎，更愿意写嘉丽在都市生存中心智与情感的生长。《化妆》非常有力地呈现了嘉丽化妆生活背后心智和情感的生长，这种城市理性催生下的心智与情感生长如野草般芜杂，又如小兽般蛮横。这个短篇直指现代城市个体生存本质：面具下的生活带着群体生存的虚伪和荒诞，繁荣生活中包裹着个体日益惊醒的肉身和灵魂。是否能够再谈谈《化妆》?

魏微：这篇小说是十几年前写的，当时写作时的心理态势都忘了差不多了。记得有一个细节，写到嘉丽和前男友在宾馆见面，两人坐着聊天，嘉丽开始虚构她的下岗女工经历，讲她如何贫困，她一边镇定地在撒谎，一边很心酸，"偶尔也会眨眨眼睛"，写到这一节，我很开心，就觉得写开了，有一种自由飞扬的感觉。并不是每篇小说都能有这样的状态。记得多年前读过凡·高传记，里头有一句话"他对贫困有一种单相思"，印象很深刻，一直想把这话放到

《化妆》里，后来没做到。其实《化妆》的构思就来源于这句话，"对贫困有一种单相思"。

郭艳：日常经验在你的笔下有了两种相悖的方向，忆旧式的日常经验是漂浮在薛家巷的诗意，带着坦然的阳光和宁静的心，叙述被忆者的一日三餐，日复一日的平淡生活，那是《大老郑的女人》中对于日常诗意的刻画与叙述。一种是现在时的日常性经验，这种经验你喜欢用"物质地活着"来表达。无论是逛街、恋爱、调情、工作甚至做爱，在文本中都充溢着探究的狐疑，决然的孤独和无意义的形式感，现在时的日常经验被消解成了无意义的存在。于是，出现了一个非常致命的问题：当下是什么？

魏微：这个挺难回答的。我确实容易对当下发生质疑，成了惯性了。属于那种"生活在别处"的人，幸福感不易得。相比当下，我觉得展望和回忆都很美好，都容易带来幸福感。尤其是回忆，一件寻常小事，因为其中有时间的光影，重新看过去就不一样了。我这些年，总觉得是与什么东西连起来了，大片大片的，使我知道，我不再是孤独的个体。常常我把眼睛看向窗外，起先，我看见了肉眼能看见的：高楼、人群、万丈红尘……慢慢我就越过了这些，看到了即便走过千山万水也看不到的东西，那就是，把今生今世放在一个更广阔的时空里来打量，——从前也打量过，只看到人生短促，生命微渺；现在再打量，就看到了某种源远流长的、壮阔的东西，从我心里腾的升起，带得我也壮大了许多。我把这层意思跟一个朋友说，他劝我写出来；我觉得没那么着急，——我的问题是太不着急了，磨磨蹭蹭的，至今还纠缠于字词，可见还在受约束，内心未能真正得自由；就是心中有的，但还未找到出口，事实上，"怎么写"从来是大于"写什么"的，至少这是我的观点；我的理想是像济慈那样，他说，如果诗不是像叶子长到树上那样自然地来临，那就干脆别来了。

郭艳：你的小说中一直存在着一个"逃离"的主题，从故乡出生地的逃离，如《父亲来访》，从既有的生活中逃离，如《化妆》《到远方去》《暧昧》……现在时的人生似乎就是一系列的逃离。现在时的日常是一种逃离、不安与冷漠，似乎在越过少女成长期的青涩与纯真之后，文本中的嘉丽、长大后的"我"，无疑都过着一种逃离过去的生活，一方面是义无反顾的逃离，一方面又是对于过去揪心的牵挂与惦记。这种牵挂与惦记的结局往往又是黑色幽默式的，比如嘉丽被十年前的情人误认为是娼妓，《回家》中"我"被父母无端的猜疑，《父亲来访》中父亲一再延宕的来访，《暧昧》中无法穿越彼此身体的障碍，《到远方去》对于庸常的回归……在对于现在时日常生存的解构中，你的小说深得现代派手法精髓，解构了当下与当下的诗意，生活让位于现代性幽灵在天堂、人间与地狱的徘徊。请问现代派的幽暗与文本的诗意如何并置存在？

魏微：其实也不矛盾吧。精神上有现代性，细节上可以处理得诗意、精致一些。诗意也不全是田园乡趣，其实可以拓展的，在于我们怎样去发现。总之我觉得现代性是前提，有了这个前提，往往是越往诗意里写，越是虚枉幽暗。我没刻意这样写过。我对于生活的态度，有点唯心主义，它不是靠经历，而是靠感受；我很高兴自己曾有过这么一段善感的时期，那是我写作的最好的时期，我热衷于表达，迫切地想写出事物落进我眼里，而后折射进心里的各种层次复杂的过程，我总是想大声地说话，关于人，关于故乡和成长，关于我身处的这个时代，我渴望说出自己的陋见。如今回望我多年前的文字，我的见解既不新鲜，也不独特，它之所以得到过一些朋友的错爱，可能是因为我的文字里能看得见感情，感情遮蔽了我写作所有的缺陷，直到今天我仍认为，只有感情、激情、爱这样一些词汇才是文学创作的原动力，而不是通常所认为的生活。写作最神秘的一点是，在我年轻的时候，阅世未深，我却写出了我未曾经历的对于人生、人性的认识，直到今天，我仍认为有些认识精准而体贴，就像一个饱经沧桑的老人写的；而后来当我渐阅人世，人生的各种滋味整个把我兜住，形成翻江倒海之势的时候，我却再不愿写了，确切地说，我对说话已经丧失了热情。

郭艳：你是如何理解"我是谁"这一现代性最为经典的问题？在小说集《姐姐弟弟》中，这种现代性经典提问以性意识来反观一个时代对于自我（身体和心灵）的双重打量，请谈谈如何处理这方面的问题？

魏微：这个问题好大，写小说的人大概不会这样去考虑问题，否则会把自己吓死的，一个字都写不出来了。写作的源头，大抵还是一些情绪、细节、内心有一些积郁，就想通过小说的形式把它表达出来。写的时候，真的不会想去那些大东西，我觉得大东西都是事后诠释出来的，我们写的时候，可能还是一些技法上的难题，比如叙述、语言等。大东西真的不能刻意，一刻意就僵了，我觉得它是从小东西里顺便带出来的，能带出来很好，带不出来也没关系，因为小东西其实也很动人的。再者，如果你是一个有胸量、气魄的人，哪怕再小的题材，你都会带出大的来，藏不住的。正如一切好的艺术，指向从来都是模糊的，不确定的，并不止于一个故事，几个人物，音容笑貌，命运转折……这些都是小说的外在形迹。我想大抵能称得上是艺术的，都是先落于一个形迹，而后又跃过这形迹，指向广大和丰富。所谓"诗无达诂"，诗的指向可是有尽头的？

郭艳：对于很多作家来说宏大历史依然悬置在个人写作的上方，《流年》的写作对于你来说意味着什么？

魏微：我以前很喜欢这篇，很像我么，比较本色的一次写作。去年因为再版，把这篇东西又拿出来过了一遍，不是很满意，十几年前写的，现在挑剔得厉害。可能此一时彼一时，我现在对以前的自己也不满意。关于宏大叙事，我有一个印象，凡是涉及到"宏大叙事"的小说，在中国很容易就掉进一个模式里，开篇就是那种全景式的描写，场面很大，几代人的命运，几十年甚至是上百年的时间跨度，漫漫长途，从一个地方换到另一个地方，跌宕起伏的情节，大喜大悲的情感……就是一切都显得很像"小说"，显得很刻意，很设置。读这样的小说，我就会想，作者的创作意图在哪里？他的创作个性又在哪里？也许他是为了表达对于家国、人生命运的思考，可是以这样的程式去写小说，是很难获得独特的、有见地的思考的，很有可能是，你只是被情节推动着走，所以通篇读下来，我们很有可能留下这么一个印象，你是为了情节而情节，为了宏大叙事而宏大叙事。我以为，这也是"宏大叙事"所面临的最大的一个难题，就是个性不足，十部小说有十部小说的情节，但十部小说其实也是一部小说。这就涉及到"宏大叙事"该怎么写的问题，其实也是小说形式感的问题，我有时觉得，形式太重要了，绝对一点讲，它甚至大过内容，至少就"宏大叙事"而言是这样。而且从技术上来考量，越是大的东西越难写，阅读效果也是这样，小东西反而很动人，很悦目。我有一个看法，文学的魅力其实体现在"小"的方面，体现在细节，一些不相干的闲笔和旁枝上，一个手势，一阵风，一个人歪头在打量街景……我以为这些很小的情景是很能打动人的。所以一直以来，我就有一个想法，就是把小说往"小"处写，不写大的东西，但近些年心思有些变化，可能跟年龄有关，我是三十五岁以后，慢慢开始关注自身之外的一些事物，比如历史、宗教、哲学等，尤其是历史，是我这几年阅读的一个主要方面，在这种情况下，你看人阅世就会有一个新的角度，就是把具体的人和事放在一个更广阔的时空背景下去考量，这个时空背景，我认为就是以前我避而不谈的"宏大叙事"。所以我想，"宏大叙事"可能是每个作家都必经的一个阶段，你跳不过去，这不是野心，而是人长到一定年岁，视野开阔，心胸开朗，对于宏观世界有一定的把握能力，——如果做不到把握，至少是宏观的观察能力。在这种情况下，作为作家就会非常的矛盾，一方面，我们要去关注具体的人生人性，对他们有体谅，有同情，这是文学；另一方面，在一场大的社会变革里，个人的荣辱悲欢又是不足挂齿的，总有一些人要做出牺牲，另外一些人得以上位，这是历史。那么对于作家来说，是要能做到在多情和无情之间来回摇摆，要介怀，也要超脱，要进去，也要出来，这个其实挺难的。

郭艳： 如果将自己的写作与传统勾连起来，你如何理解传统？你认为最重要的写作资源是什么？

魏微： 十年前跟两个朋友聊天，他们年轻的时候经过了现代派文学的洗礼，是 1980 年代先锋文学的参与者，到了中年以后，那天就说，他们现在不爱读现代小说，反倒是古典文学比如 19 世纪的俄罗斯文学等，读起来还是有温暖动人的东西。基本上这也是我的态度。经过了那一遭，总会回来的。

重要的写作资源依然是和自身息息相关的一切。这些年来，我生活在外地，从南京到北京，再到广州，为了表达上的方便，我权且把这些城市称作"都市"。我长大成人的地方是个小县城，迄今这儿还有我的"家"：父母，弟弟，自己的宅院，旧家具，年年岁岁。每隔一两年，我总是要回来看看，住上十几天，就像一个客人。文学上把这个地方称作"故乡"。"乡村"在中国文学字典里是个重要词汇，于我亦如此，因为我出生在这里，我的父族得到过它的滋养，我的爷爷奶奶葬于此，我家族的大部分穷亲戚都在这里落地生根，长睡不醒……推己及人，我愿意得出一个结论：乡村——它是集体中国人的故乡。它与现代中国人的关系，或许不都是亲历，然而却比亲历更重要，那就是血肉相连：一脉相承，生生不息。我在这里列下这三个地方，是因为它囊括了一个广阔的文学空间，我们身处其中，或欢乐开怀，或黯然神伤；是缘于今年我回家过年，从广州到南京，再从南京回到家乡小城，沿途经过不知名的乡镇、村庄，看到冬天的杨树像风一样从车窗外掠过，知道我对这些地方从来就充满感情，知道它们是我的，然而我于它们却是陌生人；看到一车厢的人，和我一样风尘仆仆的脸，有生命……我喜欢他们，亦知道自己其实是个局外人——我愿意把这些视为写作的资源，那就是身处其中，游离其外，对这个熟稔的世界怀有爱、新鲜和好奇。

郭艳：对你影响最大的作家是谁？如果有，请谈谈他对你的具体影响。

魏微：我最近又在重读《红楼梦》，无论翻到哪一页，都能津津有味地读下去。其实故事早就烂熟于心了，那些人，说什么话，穿什么衣服，熟得不得了，为什么还要重读呢，是因为它里头的中国味，又温暖又凄凉，又热闹又虚无，特别的贴身、贴心。

郭艳：面对新媒体，你如何处理独立写作和市场传播之间的关系？

魏微：我不传播了，由它去吧。如果读者喜欢，他们会帮你传播的，我就常做这样的事，看到好的文字，都会跟身边的朋友推荐的。

难以承受之重

——关于历史、现实与选择

李浩对文学和西方经典的热情是独有，甚至于成为他的某种标签。他曾经的光头和长出的板寸成为大家打趣的对象，就像他对小楷孜孜以求的练习一样，他对于文学的执着和面对纷扰文学圈的姿态，这些都成为李浩的镜像。当所有的镜子在文学时空螺旋状转动起来，李浩或许就是那个站在黑洞边缘的叙述者，招呼着大家说：你看，我说得怎么样……

郭艳：你的小说带着浓浓的非日常性，却散发着属于一代人独有的精神气息。在沉默低吟的倾诉中，呈现了一个被自我照亮的世界。你在这个被自己心性智慧照亮的世界中艰难跋涉，并在自己设定的文学性维度上倾诉对于世界的复杂体验。能谈谈这方面的写作体会吗？

李浩：我得承认"非日常性"是我有意的写作诉求之一，之所以如此，当然也是有意为之的。我看中作家的"天赋魔法"，大作家肯定是大魔法师，即使他书写的是基本日常，我们也可见其中的"魔法"成分，"设计"成分，"虚构"成分——我试图让这个"魔法"更宽阔些，更有拓展感。另外，我觉得我们的写作也许被僵化、矮化的"现实主义"困围太久了，太多的写作都在这个所谓现实里打转，我不想跟在其后，我一定要另辟：我想你也能看出，我还有另外的绕开、回避和"禁忌"，它当然不是自我限度，而是出于：你们能做的，你们总是在做的，我不做，我不使用你们的这套惯常语系，同样能够。还有一点，更为本质的一点，我之所以呈现"非日常性"，是出于这样的理解：文学（尤其是现代文学）应当挖掘的是人的存在和存在可能，是伸向人"沉默着的幽暗区域"的神经末梢，是对人性之谜的深入勘探，是对那些微点的审察与指认——那些微点存在于日常，生活，人性之中，可它被种种的其他所包裹，甚至会自觉不自觉地被掩盖着，忽略着，但它又是在某些时刻起作用的，关键作用的。要呈现这些微点，让它更明晰明确，让它成为我们必须的面对，那作家们就得将它"推向极端"，将它放在"非日常性"的显微镜下观察，就像卡夫卡在《变形记》里所做的那样，就像布鲁诺·舒尔茨在《鸟》里所做的那样，就像贝克特在《等待戈多》那里所做的那样。还有，我和昆德拉一样认为文学存在的理由应当是它得守住只有在它那里存在的、无法被其他艺术门类、其他学科所替代的东西——日常性、现实性甚至传奇性的那些本属于文学的东西，部分地被摄影摄像，被电影电视"掠夺"去了，我相信这个区域的领地还会进一步地丧失。"非日常性"部分的也是文学的"被迫"，但由此，它却寻见了更为丰富、广阔和有魅力的路径。

还有一点儿，是我，作为写作者的兴趣。我对"非日常性"，对思考人的可能，对"智慧之书"有着特殊的迷恋，我时常会有诸多"不及物"的想法，念头——我的兴趣点也决定，我的写作会呈现更多的非日常性。我不会放弃我的长项，但多少，会悄悄改善可能的短板。

当然，所有的日常和非日常，所有的写作，其目标都是呈现人的存在，认识和发现我们所处的世界和时代，认识和发现"我"和"我们"——所以，我必须要通过我的写作呈现"我"和"我们"的精神气息，我觉得"非日常性"更能逼近我想要的表达。

郭艳：你的写作从村镇视角出发，却能够抵达乡土历史的深处，请谈谈是如何将对于当下与历史的思考融入村镇日常生存情境的？

李浩：这是个好问题当然也是一个回答起来有难度的问题。

乡土，甚至历史，时代，我承认在我写作时并未将它们看成是怎样的"问题"，在另一则访谈中我说过一句狂妄的话，"如果愿意，我可将我的写作在任何时间点上放置，在任何地域里放置——都放在唐朝，元朝，都放在德国，它依然成立。我要写的是人，人类，作品的有效在于作品的本身，在于共感力，它并不依借特殊背景的存在才获得理解和价值。在我看来，强调地域性、时间性和某一时期的特殊性，都是种画地为牢，是对自我的束困。"

此刻，我依然部分地承认它的合理性；当然也将部分地，对它进行修正。年少的时候时常"真理在握"，随着时间，忐忑和犹疑则越来越多。

村镇视角确非是有意选择，而是种自觉，因为它和我的成长环境、成长境遇密切相关，在那个场域里，诸多的事物、经验都是"自明"的，在书写的时候我得以游刃，也便于建立相对充沛的诗性，在我看来，好的文学本质上应当是"诗"的，它一定要向诗性靠近。这一诗性就是文学性，是文学独特的魅力之一。在我的写作中，村镇视角的作品占有一个绝对的多数。

借用一句用滥的俗语，"一切历史都是当代史"，对于乡土历史的书写也应这样；如果只停留于描述"日常生活经验"，对我而言是不够的，远远不够的，社会学、摄影和网络能做的更多，我也不想重复旧有的文学文艺旧范。我希望我的写作是种"发现"，我希望我能书写的，是他者、历史、社会学和哲学的未尽之处。所以，对于乡土对于城镇，包括对于我书写的其他题材（国王，刺客，魔术师，谋士，童话里的黑森林和拉拉国），我都是用一种具有现代性的眼光来统摄观照的，它是当下的，甚至也是未来的。赋予现代性，是现代文学的本质要求，而对于乡土的书写它则更为迫切些。

所以，在我笔下的乡土和乡土人物，都是那种被审视的、观察的、体味的客体，他们的面目特征和生不生六指不是我所关注的，我注意的，是他们的内在、内心，面对生活和世界时的种种选择——我写下的，是一类人，一群人，甚至是我和我们。我让他们一起面对：什么是我，什么是我的存在，生活非如此不可吗，有没有更好的选择？在这个"我"的身上，有哪些，是"我"一直不能正视的幽暗，它起着怎样的作用？

把它写得像"生活"，像生活里的发生，写得富有烟火气并符合小说设定的逻辑，完成小说仿生学，是小说家最初的基本功，不太值得夸耀。当然，由生活来，让它能够按照你的想法实施"创造"一个和旧有相仿的新世界，是"魔法师"在起作用，确是精心设计，但它也属于常规套路，是写作者入门的必备技巧，对此，我不敢自夸。

你的提问，让我重新思考、审视自己的写作：我不自觉地专注在合理性之外是否还有别的什么？"诗性"的充沛在乡土写作中得以流畅保全，那在另外的写作中呢，在书写城市日常时呢？我是否无意中回避了某些难度而毫无察知地踏上了"不冒险的旅程"？我强调着现代性对乡土书写的赋予，那些属于生活日常的、多汁的歧义的细节是否遭到了忽略？……感谢你的提问，它其实更是提醒，警告。

郭艳：你的写作姿态很理性，节制简约的文本意识，呈现出技巧层面的多样性，表现了对于小说整体诗意境界的追求。请谈谈如何将西方叙事技巧和当下中国乡土经验与历史意识融为一体？

李浩：相对而言，中国缺少"叙事"传统，我们是"诗教"，叙事尝试被当作不入流的小技而遭到普遍漠视，它未能获得充沛的发展，在西方则不同。所以，学习叙事技巧，西方的技艺更可以参照，而它，也是最容易学到的部分。不止是我，60后、70后的作家们普遍使用着从西方学来的技艺，就是40、50后，更早，鲁迅以降，多数作家的叙事技艺也都是非本土的，只是部分人是从当时的"苏联"作家那里学到的而已。可能，我们习惯上把从苏联学来的当成是本土的、传统的了。这其实是习惯上的误解。

使用西方技巧书写中国故事，不是我的首创，这也是由鲁迅开始的，而80年代的"先锋写作"亦可借鉴，他们的成功尝试让我获益甚多，如果让我"首创"，第一个引进，以我的智商和外语水平怕是难以完成的。我得承认，在这点上我只是跟随者，当然小小的前行还是有的。

所有的技，尤其是那些具有"现代性"的技艺，它本身就是世界观，就携带着思考世界的独特方式，我对它们的使用当然也就把那种思的成分也带了进来，技艺就是思考，就是内容。至于如何将西方叙事技巧和当下中国乡土经验与历史意识融为一体？哈，你不问我，我倒是明白的，而你问我，我却不知该如何回答……让圣·奥古斯丁先替我挡一下。我再想想。

……可能，在我的写作思维中，中国乡土经验与历史意识不是坚固的、不变的固体形态，它，更多地虚化为背景，而走上前台的是行动的和被追问的人；而且，在我的写作中，这些行动的人也往往是无面目的，他不彰显个性而更多地携带着时代共性、民族共性和人性共性，这样，使我使用西方现代技巧来塑造"他"和"他们"成为自然的可能。中国乡土经验与历史意识，在我这里是被追问和被认识的客体，我时常会从中切下我感兴趣的片断放置于显微镜下，这样，它就不会成为一种笼罩，不会让我在使用"西方技巧"时有怎样的不适……事实上，在被我父亲称为"满清遗少"的那个时期我努力学习的是中国古典，对西方和现代是有排拒的，所以在刚读到北岛、杨炼等人的诗，读到卡夫卡和余华时甚至有强烈的厌恶和愤怒。我当着同学的面说了一连串的脏词儿，那时，我对任何脏词儿也是有排拒的。好在，那是在80年代，"敞开"是一个巨大的洪流。面对你的这个问题，我在想，从排拒到接纳，到运用自如，到"将西方叙事技巧和当下中国乡土经验与历史意识融为一体"，其间有一个复杂的、难以细细言说的交战过程，各有战胜，直到基本地合成一个。就是现在，这二者也还有不融的时候，不合的错位的时候，让我只得暂时放下。

五六年前，我是一路向西的，即使在写东方的、中国的小说，在写乡土经验与历史意识；这几年，中国化或者更微观些，海兴化、辛集化越来越成为我思考的显性问题。如何更具世界性的同时更具异质性？我还在路上。写作，也许是一个不断试错、不断修正的过程。它面向黑暗。

当然，我想我还得申明，我书写的，是小说，它的前面没有"东方的""中国的"这类的定语——我极为认可米兰·昆德拉的论断：唯有在这种超民族的语境中，一部作品的价值（也就是说，它做出的发现的意义）才能被充分地看出和理解。他还说，如果一个人的写作只能获得他本民族的理解，那他是有罪的，因为他造成了这个民族的短视。我希望我以我的写作反哺西方，像拉美作家们做到的那样。当然这是目标，并不是已经达到。

郭艳："我是谁"是现代性最为经典的问题，这种现代性经典提问在你的写作中却被置换成了乡土少年"我"对于父辈和爷爷辈的观察，从而在直面历史的同时，用"我"一代人重新解释历史，请谈谈这方面的问题。

李浩：在对父辈、爷爷辈的观察中，"我是谁"的问题依然是核心问题，我在他们身上、对他们的观察中放置了"我"。小说强调"共感力"，之所以我们阅读《红楼梦》《战争与和平》《永别了，武器》《树上的男爵》时能有共鸣，感同身受，就是这一共感力的作用：我们发现尽管生活是别样的，故事是虚构的，但它指涉的问题是我和我们都要面对的，是针对于我和我的当下的。我观察他们的生活，生活状况和态度，而内在的问题更多是提给我的：如果我在他那个境遇中，会如何？有没有别的选择？我们只能有这一种生活么，非如此不可？……

至于"现代性经典提问在你的写作中却被置换成了乡土少年'我'对于父辈和爷爷辈的观察"，首先是叙事策略（充当观察者而不是经历者，会让"我"得以出出进进，有体验和追问的双重），另外则是观察方法，还有则是，和他人区别的可能。创新真是条追你咬你的狗啊。我认同昆德拉的说法，那种跟在小说、跟在哲学社会学后面的小说是死掉的小说。我试图跑到前面去，在其他学科未尽的区域里建立自己的王国——当然，在其他学科里、在前人经验里的有益都可拿来，以完成我的王国的建筑。

至于重新解释历史——我在使用的，是小说家、小说所允诺的方式，这点儿，是受昆德拉批评的启发，他说小说的存在理由是，让"生命世界"处于永久的光芒之下，使我们免于"存在的遗忘"。是对生命世界的察看使历史变新的，而非我的解释。

郭艳：中国乡土与现代个体之间无疑存在巨大的悖谬，请问长篇《镜子里的父亲》对于你来说意味着什么？

李浩：中国乡土与现代个体之间无疑存在巨大的悖谬，诚哉斯言！"现代个体"的意识就不是中国土生的，即使在当下的政治语系、城市语系中，它也依然有某种的离隔。它们，还是油和水的关系，完成交融可能需要一个漫长而复杂的过程，甚至需要增添化学制剂。在这里，我必须承认，我没有试图让中国乡土与现代个体完成交融，从一开始就没有，我所做的和能做的，是用现代个体观念这副"有色眼镜"，观察放置于镜片下的"中国乡土"。它们之间的悖谬恰成为我可充分利用的"张力"。我不以为自己是回避，而是我选择了文学能做和该做的。它呈现问题，引发思考，但未必解决问题或给出解决方案。

具体到《镜子里的父亲》：在一篇文字中，我曾这样谈及我对"父亲"这个词的理解，在我看来它就是一件"制服"，"父亲，我关注'父亲'是因为在他身上有着巨大的、复杂的背负，他不仅仅是在我们生活中最先出现的那个男人，还因为他具有象征性，象征历史、政治、权威、力量、责任，象征经验，面对生活的态度，象征我们生活中需要正视无法回避的坚固存在。我关注'父亲'，还因为个人的阅读和写作趣味，在我二十余年的写作生涯中，父亲一次次出现，并且可能还会继续出现……"《镜子里的父亲》是我"父亲系列"的总领式建筑，它也是我思考、想象、言说和追问的总领式建筑。

我极为看中这部长篇，我将自己放置在里面，将自己的思想、幻想和梦想放置在里面，我不知道怎样用其他的方式来表达。它是我对历史潮涌和个人命运的集中思考，中国乡土与现代个体之间巨大悖谬的集中思考，对随波者生存命运的集中思考，对"我"在与不在的集中思考……《镜子里的父亲》，我透过种种的镜像来观察他，审视他，试图拼贴起一个丰富而歧义的个人，一段热烈、吊诡、云涌与消散的历史，生活日常和人生追问的盘结……我承认，我试图写一部目前我所能及的"百科全书"。我为这部"百科全书"做了近二十年的准备，直到有一天，在宁肯谈刘建东小说时将我点醒，让我在突然中找到了"镜子"和它最终呈现的结构方式。

它是思考的"百科全书"，同时也是技艺的"百科全书"，我承认我在其中使用了几乎一切我所能知的、所能想到的小说技法，把"炫技"成分化到最小并将它化到整体叙述中，尽可能交融地贴，是我小小的得意；同时，它也是"互文"的"百科全书"，我在每一章节都有对他人写作的剪贴、化用、借用和篡改，让它们变成我的，让它们像水落在水中……它是我一贯的一个兴趣点，只是在这里，我更加充分、"不计后果"地运用了它。

它会"阻挡"一部分读者……阻挡不是我有意的预设，但我不想为所谓的读者而放弃我的艺术理想。我想你也许注意到，在小说第一章的第一节，第二章的第一节，我等于是从不同角度做了两次"内容简介"，它在事先告知：小说是如此写的，父亲的生活轨迹是这样的，他和"目标"的关系是如此变化的……它破坏掉你对小说故事的"传奇"预期，取消惯常小说所用的故事允诺。尽管在我这里也有传奇性，但只想跟着故事走、追逐跌宕起伏的人生传奇的人不是我的"理想读者"，我要的是，一个阅读者"清醒的头脑和健全的知觉"，要的是阅读者的心智参与，要的是耐心和会心——我极为看中这个会心。这部书，也许对读者过分挑剔了。我在下一篇改，还不行么？

郭艳： 如果将自己的写作与传统勾连起来，你如何理解传统？

李浩： 我觉得自己的写作是对传统的延接，我相信我的写作也将汇入到这一传统之中。作为旗帜鲜明的"先锋"小说家，我的先锋性并不是对传统的割裂而是在延接的基础上致力于再次推进，做出新的发现。本质上，我是传统的，甚至是更为传统的。在这里，我突然想为当年发起"断裂"的那群作家们说句话，他们发起"断裂"并不是与一个大传统、与世界文明的传统的断裂，他们要断开的，是被榨干了汁液、用坏了、虚假了的"传统现实主义"的断裂，他们断开这一"传统"，恰是希望能和更为宽阔、深厚、累积的大传统重新粘接——至少，我是这样认为的。他们试图，切掉带菌的、患有炎症的盲肠。

我确是一个共产主义者，我的"传统"既有中国的文明也有欧洲的、拉美的、非洲的文明，也包括来自佛教、道教、基督教、伊斯兰教的滋养。我从整个人类的历史中、文化中、写作中汲取，它们都是我的"传统背景"。不止一次，我宣称我信奉"拿来主义"，凡是好的、有益的都希望它成为我的：当然我的索取不会造成任何一个他人的减少。这一"传统"，是超越国度、民族、肤色和性别阻隔的——那在这个传统的基础上完成个人书写，当然也就更具备难度：不仅要提供与当下中国作家不同的新质，也需要提供与古代中国作家、西方古代和现代的作家不同的新质。面对传统的滋养时，整个世界都在滋养；而致力前行时，整个世界的所有作家都是

"假想的对手"。有时，我也确实希望借助地域性和局部意识差异（东方化）达至区别。有学者说过一句片面深刻的话，"所谓个性本质上就是地域性"，我不是特别认同，但其中的合理成分对写作还是有效的。我选择有效的就是了。

郭艳：你是如何看待"写什么"与"怎么写"的？

李浩：我觉得"写什么"和"怎么写"是互为表里的，"写什么"大约略重，多出一根两根羽毛吧，它对"怎么写"有着相当的影响，我不太相信谁能掌握将"写什么"与"怎么写"断然分开、不带出一滴血来的解剖学。对"怎么写"有所忽略的写作，在"写什么"上肯定也不会有太大的作为，我可以和你打赌；而只把注意力放在"怎么写"上，也是不智的，它很可能会流于平庸的典雅，只有炫技的文字同样是我所不喜欢的。没有能够脱离"写什么"的"怎么写"，内容的深度自然会造就技艺上的调整，同样写"偷情"，你看托尔斯泰的《安娜·卡列尼娜》，福楼拜的《包法利夫人》，他们的"怎么写"是和他们对事件的理解、认知和审视紧紧相联的，而在莫言那里，巴别尔那里，毛姆那里，卡尔维诺那里，这个"偷情"则有着完全不同的质地，他们之所以那样写，除了技艺手段上的变化翻新，更重要的是他们对此的个人认识。

在中国画中，画漓江山水和画黄山、华山所使用的笔墨是不同的，画雨中的芭蕉、雨后的芭蕉、正午炎阳下的芭蕉使用的也不是同一种笔墨，米友仁、吴昌硕、张大千、赵孟𫖯使用的笔墨也绝不一样，高兴时、悲愤时的笔墨也不一样……"随类赋形"，对绘画如此，对文学更是如此。

郭艳：对你影响最大的作家是谁？如果有，请谈谈他对你的具体影响。

李浩：对我影响最大的……不是一个作家，而是一群，一个大的群落，"如果让我列举他们的名字，将会让整个大厅都笼罩于黯淡之中"（略萨语）。最初给我影响的是李煜，哈，在骨子里，我更是古典的，李煜对我影响的是血脉，他让我一直感觉，自己也是那个丧失了疆土、惨遭罢黜的皇帝。还有李白，他是另一个方向，在想象力上，在建构自我上。北岛和痖弦，余光中和洛夫曾是黑暗中的灯盏，而余华对我的影响也是巨大的，他为我搭建了通向"现代"和"先锋"的桥梁。海子，普拉斯，布罗茨基，艾利蒂斯，希尼，帕思捷尔纳克，马克·斯特兰德……我得先梳理我的诗歌承继，他们给予我甚多，不止是抒情和诗性！至少还有对精致文字的苛刻，对灵魂、灵性的注重，和上帝发生关系的思考向度，以及对"纯粹"的刻意维护。

十七八年前，对我影响最大的是马尔克斯，他在很长一段时间里充当我背后的神灵，我着迷于他精致的繁复，对小说构建的精心和使惯常生活"陌生化"的能力；十四五年前，对我影响最大的是米兰·昆德拉，他"塑造"了我的审美！那本黑皮的《小说的智慧》曾是我的枕边书，之后每年，我几乎都会重读一遍。现在，我对小说的诸多理解还依然是他的，是从他那里得来的或延承的。是他教给我，"缺乏幽默感，不思考，媚俗，是小说的三大敌人"，"发现是小说唯一的道德"，"小说思考的是人存在的可能"，"每一篇小说都旨在告诉人们，生活并不像你想象得那么简单"……如果没有昆德拉，我的写作肯定不是现在的样子，当然，很可能显得更"成功"一些。十年前，意塔洛·卡尔维诺进入到我的阅读，真是相见恨晚！套用萨拉马戈的某一句式，"卡尔维诺没有读过李煜。但假如他能够读到，我们或可断言他们拥有相近的气质"——在这点上，我觉得他们两个都是我的血亲，是我的前生。卡尔维诺举重若轻的能力让我叹服。在《我们的祖先》中，他说的几乎就是我想对人类说的，而他说得那么好，第一次，我感觉我的话也被说完了，百感交集。他逼迫我只得寻找另外的路径。《铁皮鼓》，《比目鱼》，《猫与鼠》，以及……在君特·格拉斯那里，我学习了一种被我称为"复眼式"写作的结构方式，在他之前，没有哪位作家能使用如此灵性、繁复、多重而又有整体统摄感的技艺，这种创举让我叹服，我得承认，《镜子里的父亲》在叙述上从君特·格拉斯那里获得诸多。此外，还有杜拉斯，尤瑟纳尔，陀思妥耶夫斯基，艾略特，罗素，卡夫卡，胡安·鲁尔福，科塔萨尔，史铁生……他们还在增加，肯定。

他们在不同的时期影响我，参与着对我的塑造，让我获得知识、技巧、经验和对美妙的感觉能力，拓展我的审美。

在这里，我想也借机梳理一下我的基本审美，我欣赏怎样的作家？一是在技艺上、思考上给我启示启发的，甚至是以某种我不适的、"灾变"的方式，让我在惊讶的同时叹服：原来可以如此，还可以如此。二是具有独特的艺术气息，能让我在"众人"中轻易将它认出，能让我着迷，激赏，玩味，感觉作家（无论是中国人还是外国人）比我更会用汉语；三是我个人，倾向那种"和上帝发生关系"的文学，倾向于雅致，倾向允许我思考与争辩的文学——这当然有部分的偏见在，不过我不准备修正自己的这一偏见。

郭艳： 面对新媒体，你如何处理独立写作和市场传播之间的关系？

李浩： 说实话我对这个问题没有太多的考虑，我的关注点一直在文学本身，我希望能穷尽一生的全部精力，创作出能让自己满意的作品，打上强烈的自我印迹，上升为星辰……"写给无限的少数"，我不惮如此，而且对通俗性抱有强烈的警惕与轻视。我希望我的写作是"高端"的，是和上帝发生关系的"智慧之书"，是能够和这个世界上专业的聪明人进行智力博弈的书，如果我力不能及，因此造成"市场惨淡"，那也是我必须要接受的后果。我选择，那就承担。

我看中你所提及的"独立"，它于我是嘉许，也是底线：我希望自己在写作中还拥有着无限的国王，尽管在别人眼里它只是封闭的果壳。我不想把任何的谄媚带到里面。对市场不，权力不，评奖不，对外国人也不。我的独立写作：它是我能够守住的唯一领地，我甚至期望在这一领地内能够战胜时间和踏入的上帝。

面对新媒体：我想某种的与时俱进是必须的，当然这个"与时俱进"必须是源自文学自身的要求，也就是说，我会适度调整让自己的写作更具现代性、先锋性、前瞻性，建立某种的超越时代的"未来向度"，让在下一个十年、百年或者更久的阅读者读到它，依然会有新意和共鸣。当然，我也不会拒绝宣传和阐释，所有的写作都希望能够有自己的读者，多些，但它肯定是以不减损我的文学质地为原则的。

在这里，请尊重我有些过敏的"审美的傲慢"。

当然，把活儿做好，做得更具魅力更吸引人，是每个时代的写作都要考虑的，尤其是新媒体时代。略萨谈到，"文学没有欺骗，因为当我们打开一部虚构小说时，我们是静下来准备看一场演出的；在演出中，我们很清楚是流泪还是打呵欠，仅仅取决于叙述者巫术的好坏，他企图让我们拿他的谎话当真情来享受，而不取决于他忠实地再现生活的能力。"——把这个巫术练好于我是个永恒的课题。

至于时下的阅读……说实话我有些悲观，不敢有太多的期待。导演姜文在一个访谈中谈到，"我们的观众在感受《让子弹飞》层次上比较狭窄，这同时反映了当时他们为什么说看不懂《太阳照常升起》。因为他们不知道什么叫精神世界，不知道什么叫你用真实的眼睛看生活，这个电影的生活，跟你所受的教育的生活是不一样的。"电影如此，文学也是如此。我希望我们的新媒体能够培养起一批懂得何谓精神世界的欣赏者，也许，这个过程需要二十年，三十年，或者上百年。我能表达对此的悲观么？

告别"在场的缺席者"

跑步经过中关村的是徐则臣的影子，当影子们如暗夜般融入夜晚的城市，则臣只有到世界去寻找他的耶路撒冷。则臣日渐饱满的演讲激情让他在追寻大师的路上看着各色风景。我时常会想到那个让他无比自豪的名字——巴顿，拥有了巴顿之后的则臣显然进入人生和写作的黄金期。

郭艳：《天上人间》《我们在北京相遇》《伪证制造者》叙述了你眼中"新北京"以及混迹于这所巨型城市的各色人物，从而让你获得了一个更为阔大辽远的视域：从乡土社会经验直接进入北京叙事，而北京又是一个新旧杂糅、兼容并包、无所不有的时空场域。你如何理解北京城？

徐则臣：只有"城"成不了城市，还得有"市"。"市"是交易，可以引申为交流、生活、人与人之间的关系，在这个意义上，真正的城市是人与城发生了关系之后的现实，城市因为人才有意义，北京也如此。北京的完整性和标本价值，在于这个城市里生活了中国的各色人等，无数的目光和情感、思想深处呈现出的北京才是真实的北京。尤其在当下，你没法孤立地仅仅从一座现代化的城市的意义上理解北京，而是要把她放在整个中国社会从乡土向城市转型的背景下来理解，乡土正在进入、已经进入、犹豫是否撤出诸如北京这样的城市，乡土正在这些城市里辗转、焦虑、煎熬，寻找心理和身份认同。这座城市由"城市"构成，也由"乡土"构成，二者之间你不能顾此失彼，因为它们都在改变和发展着这座城市。我希望引入这种外来者的目光，也许"旁观者清"。

郭艳：北京城与人的关系在老舍那里是城市贫民艰难的生计问题，在王朔那里是无知者无畏的心态问题，到你这里终于转换成现代个体的日常精神状态而不是日常生存艰难的摹写。你是如何重构北京作为一座现代城市和个体精神之间的关系？

徐则臣：中国人好像从未面临现在这般巨大的身份转型的焦虑。"骆驼祥子"的时代，你可以来北京混，混不下去想回去也没问题，你还是你，你依然能获得你的那个身份；"顽主"时代几乎没有身份认同的问题，就是混得好不好、开心不开心的事；而在当下，你艰难地来到北京，希望过上心仪的生活，但未必见容于这里，混不下去想回去，突然也成了问题，回去后你发现你已经不是你，你和故乡的关系，你的原来身份没有了——如果你从乡村来，回去后可能会发现你的土地流转了，乡土社会的结构正在坍塌，乡村正在消失，你成了流离失所的外乡人，你两头不着地，"你是谁"成了个大问题。可能在欧美这个问题不那么明显，但中国人安土重迁，看重这个归属感和认同。你让一个穿行在北京的大街小巷的外来人不考虑这个，不大可能，而这座城市里，绝大多数都是外来人。我想弄明白的就是这些人与这座城市之间的关系是什么。

郭艳："我是谁"是现代性最为经典的问题，你的作品中，一个个徒步的肉身和灵魂在城市生存中庸常而无奈，人物在灵魂下坠的过程中，却能够在精神焦虑中叩问"我是谁"。请问京漂的边缘人生与转型中国的主流价值之间存在着怎样的关系？

徐则臣：主流价值究竟指什么，我不甚了了，但我想它跟寄身在北京的边缘人生肯定相距甚远。也许他们在怯懦的内心里也趋之若鹜，因为那的确是成功和好日子的表征，不过我还是认为，要逾越一个鸿沟无比艰难，贴不上，反而他们自身倒可能慢慢形成一个与主流价值存在着某种张力的一个亚文化圈。这种亚文化没那么"高大上"，却更真实及物，更能有效地映鉴出这个时代的现实和问题，给"高冷"、抽象的主流价值接接地气。

郭艳：城与人之间体现了个体城市生存和现代性身份焦虑的纠结，《耶路撒冷》中初平阳的出现对于你的创作意味着什么？

徐则臣：初平阳这个纠结的智识分子有人可能未必喜欢，觉得他没事瞎操心，但他可能是这个时代最需要的人。他有文化，有问题意识，能沉下心来琢磨事，宽阔、复杂、纠结，像个受难者。他有能力深入这个时代的肌理和病灶，更重要的是，他有能力深入自己真实的内心：弄明白了自己，才可能弄明白别人和这个时代。你在评论里曾说他是"局外人"，是个"当代英雄"，我觉得这个评价很恰当，他冷眼却热心，有一个很好的角度去审视自身和世界，他甚至也在努力践行，我对这个人物满怀复杂的感情。对我的创作而言，他打开了我一扇通往内心和世界的巨大的窗，是一个结束，更是一个开始。

郭艳：如果将自己的写作与传统勾连起来，你如何理解传统？

徐则臣：写作日久，自觉不自觉地就在寻找自己的写作与传统接上头的契机，没办法，你在用汉语写中国人，传统是我们的源头，必然会越来越清晰。但我也在接头的过程中体味到了艰难和某种绝望，传统当然有无数的好东西，但不是好东西你就能用上的：一个是否有能力用上，另一个是这东西本身是否可用。实话实说，我们这代作家（其实也包括上一代作家），动用传统资源的并不多，素养、底蕴和能力欠缺固然是重要原因，还有一个无法回避的事实是，我们的文学传统并非与生俱来地携带"现代性"的，而现代性这个东西是今天我们写作的一个根本性特质。现代小说是个舶来品，半路插进了中国文学。很多年前林毓生先生写过一本书，叫《中国传统的创造性转化》，已经在试图解决这个问题。这个问题是否可以解决，我不知道，但这肯定是我们这几代作家的共同课题，假如实现了与传统的这个无缝对接，中国文学肯定会是又一番境界。

郭艳：你是如何看待"写什么"与"怎么写"的？

徐则臣：归根结底，两者是一回事："怎么写"建立在"写什么"的基础上，什么样的题材和问题决定了相应的写作方法和方式。或者说，世界观决定了方法论。我一直觉得我们对"内容"抱着某种可笑的优越感，好像"什么"高明了，"怎么"就不是个问题了，谈"怎么写"都是绣花枕头花哨的形式主义。堪称经典的作品没有不重视"怎么写"的，所以我们才会看到那些经典一部一个样，每部经典的形式和内容都无比地契合，看着赏心悦目。我一直认为，"怎么写"和"写什么"一样都是自发和自觉的行为，水到渠成的事。必然有一些形式无限地贴切某些题材和问题，一个作家要做的就是从内容出发，努力寻找可供自我表达的最佳方式，找到了，你的形式肯定跟别的作家和作品有所区别，因为你要表达的跟别人和别的作品本就不同。《耶路撒冷》的写作耗时这么久，一个重要原因就是我一直没能找到合适这小说的形式，之前我熟悉的形式也许也可以解决这小说，但肯定差强人意，不舒服。于是前三年里我反复琢磨，推翻了三四种结构，最终找到了现在这个形式。写这个小说时我的一个强烈的感觉是，我在写自己的小说，即得益于这个独特的形式。

郭艳：对你影响最大的作家是谁？如果有，请谈谈他对你的具体影响。

徐则臣：就写作而言，很多作家都对我有所影响，但起决定性的即影响最大的作家好像还真没有。我就说说不同阶段对我产生不同影响的作家。小时候喜欢文学，因为钱钟书，整个中学阶段我几乎每个寒暑假都看一遍《围城》，那时候我觉得文学竟有如此睿智、绚烂的诱惑力。大一暑假读过张炜的《家族》，开始决定做一个作家，《家族》让我觉得作家很神奇，可以知道一个遥远的陌生人内心隐秘的想法，并且能把这想法如此淋漓尽致地表达出来。读研究生我师从作家曹文轩教授，曹老师的文学创作和理论以及言传身教，让我对文学的很多问题的理解发生了巨大的变化，写作也更加开阔和深入。还有鲁迅，我看鲁迅不仅看文学，更重要的是修习一种精神，我一直建议怯懦和绝望的人多看看鲁迅。此外，像巴别尔和胡安·鲁尔福，教给我短篇之短的精妙；卡尔维诺，如何"艺术"；托尔斯泰、陀思妥耶夫斯基、君特·格拉斯、菲利普·罗斯，如何宽阔、复杂；萨拉马戈，如何奇崛而深刻地展开自己的怀疑主义；唐·德里罗，如何深入一座现代化的大都市；E.L. 多克托罗，如何重返历史现场；奈保尔，如何苛刻地保持自我与世界的微妙关系；卡达莱，如何处理社会主义经验；库切，如何以个体的方式有效地进入这个世界；帕慕克，如何把文学还原为一门科学；波拉尼奥，让我重温叙述是一场自由的冒险；乔纳森·弗兰岑，他找到了把日常生活淬炼成为史诗的一种可能性。还有很多。每一个好作家都是一面充满无限可能与契机的镜子。

郭艳：面对新媒体，你如何处理独立写作和市场传播之间的关系？

徐则臣：对我来说，独立写作永远是第一位的。忠直、充分地自我表达结束之后，才是传播和市场的问题。我的作品很难畅销，所以也很少主动考虑这方面的事，在我能够接受的范围内，出版社的营销我也会尽力配合。小说出版了就是商品，既然愿意它成为商品，我就必须正视市场和价值规律。作为一件完成品，我希望能有更多的人读到它。

时光中的"慢活"

乔叶是那个让人喜爱的硕丫头，她的文字和她的人一样充斥着某种让人安适的味道。读乔叶的东西，你的心能够在文字中静下来，无论是慢活还是快活，在时光中都成为瞬间的永恒，一如她教我的微拍：聚焦中的变形和有角度的深入。

郭艳：中国当下的青年写作者远离学而优则仕的古典人生样态，也不同于近百年中国社会外辱内乱的苦难境遇，同时也日渐远离政治、阶级斗争意识形态桎梏下板结固化的思维模式，写作者们被抛入传统到现代的社会巨大转型中，个体盲目地置身于无序而焦虑的生活流之中。这些人是时光中的闲逛者，是生活夹缝中的观察者，是波涛汹涌资本浪潮中的溃败者，是城乡结合部逡巡于光明与阴暗的流浪者……作为70后的实力派作家，你是如何给自己写作定位的？在今后的写作中，城市与乡土的当下现实与历史之间的张力将会以怎样的方式呈现？

乔叶："这些人是时光中的闲逛者，是生活夹缝中的观察者，是波涛汹涌资本浪潮中的溃败者，是城乡结合部逡巡于光明与阴暗的流浪者……"这排比句说得好。我觉得自己就是那个闲逛者、观察者、溃败者和流浪者。但我不大同意"个体盲目地置身于无序而焦虑的生活流之中"这样的表述。在任何时代，一个人，作为个体都是微小的，但生活流不见得就是无序和焦虑的。无论社会怎么转型，日常生活都有它的基本秩序和基本原则，也有在这些前提下可以探索和表达的基本人性，作为一个写作者，认识到这些让我心里踏实。所以，"城市与乡土的当下现实与历史之间的张力"这样宏大的主题，在我的作品里，也只能以特别微小的人性个体来切入。别无他选。

郭艳：其实"时光中的闲逛者"是本雅明的话，个体面对一个急剧变革的时代有时是无能为力的，而你则能坚信：日常生活都有它的基本秩序和基本原则，也有在这些前提下可以探索和表达的基本人性，无疑这是作为乔叶的镇定自若，很佩服。与此同时，并非每一个人都能够在浮躁的时代回归常识判断，你如何看待当下缺乏常识的日常性经验。作为一个 70 后作家，先锋写作以及新写实对于你的影响是什么？

乔叶：我不太明白"缺乏常识的日常性经验"的具体所指，就我的感受而言，日常性很本质的部分就是常识，而常识常常是被遮蔽的，也常常是沉默的。对于我这样的写作者，对常识的发现和表达是我写作的重要母体，也是责任。毕飞宇老师曾言，坚守常识，比什么都重要。因而一个作家，就像小区的热心大妈，在小区里喊着，要下雨了，大家快收衣服，天晴了，大家快晾衣服。也许，大多数人根本没有听到，但总会有人听到，这就够了。

先锋写作对我更像是遥远的风景，我欣赏这些风景，阅读这些风景，但这些风景就是风景，不是家乡。我只能路过，不能安居。

郭艳："缺乏常识的日常性经验"就是被生活之流所遮蔽的生活真相或本质。的确如你所说，这种真相往往非常具体和简单，然而很多人究其一生都无法澄明或者照亮最基本的人性。你的小说叙事中透露着细腻而倔强的心性，在对于人性温厚的抚摸中呈现出缜密的构思与匠心。请谈谈你笔下最重要的几个人物，这些人物的写作让你和这个世界的哪些维度有了更为亲密的接触？

乔叶：最重要的几个人物？没有想过。就《拆楼记》里的那些

273

人吧。他们是最近几年来写作历程里比较特别的存在。无论是姐姐姐夫、赵老师夫妇、小换等这些村民，还是那些负责拆迁的乡镇干部，我承认，在写作之前，我对他们是有程式化的习惯性认识的，但是，当我密切地跟踪这个事件，深入到事件内部之后，当我忠实于自己的眼睛和心灵去表述这一切的时候，我承认自己被颠覆了一次又一次。

"有很多事情，我曾经以为我知道。但是，现在，我必须得承认：我并不知道。而我曾经以为的那些知道，其实使得我反而远离了那种真正的知道。——此时，如果一定要确认一下我的知道，我只能说：我最知道的是，张庄事件之前的我，和之后的我，已不太一样。"这是《拆楼记》的最后一段。或许还可以进一步阐释：这些人物让我看待世界的维度更为多元，层次更为丰富。他们让写作之前的我和之后的我，已不太一样。

郭艳：写作赋予作品中众多个性迥异的人物，而多样的人物摹写让作家成为更为丰富博大的主体。那么，你是如何理解"我是谁"这一现代性最为经典的问题？《最慢的是活着》叙述了祖母和我之间的复杂情感体验，这个文本让中国现代女性的自我与传统之间的关系显得更为缠绕芜杂。小说非常出色地用女性情感体验表达出文学线性叙事的时空穿透性。请谈谈这方面的体会。

乔叶：这个问题太经典了，也太难言了。我是谁呢？我曾写作一篇文章，谈到对"我是谁"的感受：

"坐在街心花园的椅子上时，我会想：谁还在这张椅子上坐过？谁还将会在这张椅子上坐下？走在大街上时我会想：我走过的路还会有谁在走？我走过的又是谁走过的路？同样，谁和我一样在喝茶？谁和我一样在看某一片树叶？我之前，我之后，我之左，我之右，……我叫这样一个名字，有着这样一颗心，我的一个个拈指而过的瞬间将我带来又将我带走——我到底是谁？

"我是我。我当然知道这个。我是我爱人的身体，是我朋友的记忆，是我名字的主人，是天空飞翔着的上帝，是大地舞动着的尘埃，是天地之间流浪的空气……我是我，我知道我是我。但我还是想问：我是谁？我心中的善与恶，明与暗，爱与恨，情与仇，狭隘与宽广，简单与复杂，洁净与肮脏……我到底是谁？

"我在豫北故乡的街道漫步，我在江南水乡的湖里采莲，我在黑龙江的冰雪中摔跤，我在海南的海水里游泳，我在云南，我在贵州，我在广西，我在宁夏，我在新疆，我在美国，我在俄罗斯，我在韩国，我在日本，我在欧洲……我在一个庄重的礼堂，我在一个热闹的会场，我在一个喧嚣的酒吧，我在一个陌生的小镇的厕所里。我去参加葬礼，参加婚礼，参加寿庆，去看望婴儿，看望老人，看望病人。我上网和不知道性别的人聊天，我接一个打错的电话，我和小贩讨论蔬菜的保鲜，和医生谈关节炎的预防。我当女儿，姐姐，当妹妹，当妻子，当老师，当学生，当梦中情人，当红颜知己……在早市上和老板们搞价的时候，我常常假装是下岗职工——被人同情也别有一番滋味呢。

"而我什么都不当的时候，我蜷缩在自己的床上，看书，看电视，看影碟，或者拿起镜子，看我自己。——这时候的我，才是我自己吗？

"不，我从不认为在众人面前的不是我，独自一人时才是我。我不认为。我知道那些个我也都是我。我的一个个侧面都是我的孩子，它们在一起，才组成了一个真正的我。我是所有的'我'的母亲。"

——抱歉，可我实在欠缺用理论来回答这个问题的能力。我只能很感性地说：从这样的感受出发，《最慢的是活着》中祖母和我其实是一个人。甚至可以说，我小说中写到的所有人，都和我是一个人。

郭艳：王国维在《人间词话》中说："一切景语皆情语"，小说意境也即是从这里出来的，《最慢的是活着》从某种程度上来说的确抵达了小说的诗意。对于很多 70 后作家来说，宏大历史依然悬置在个人写作的上方。你在长篇《认罪书》中处理很多历史与现实之间的问题，请谈谈写作这个长篇的过程中，最让你困惑的是什么？

乔叶：小说中第十七章第五节，是《黄河文化报》记者对申明教授的访谈，那里面那个记者的提问就是我的困惑。而最让我困惑的核心，也许就是那个访谈的题目：《这土壤的成分到底如何》。可以说，我写作《认罪书》的动力也来源于此。我想知道，如果我们都是这片土壤上生长的植物，那么这片土壤的成分到底如何。这个问题很复杂，也正因为复杂，才值得深究。

郭艳：如果从隐喻和象征的角度来看，土壤无疑就是地母般的传统，如果将自己的写作与传统勾连起来，你如何理解传统？你认为最重要的写作资源是什么？

乔叶：我一直在传统中。近年来，我越来越深刻地认识到了这一点。传统就是父亲，就是母亲。我不可能和这种"胎里带"的血缘剥离开来。

最重要的写作资源？那就是自我。自我是危险的，但危险同时也蕴含着宝藏。写作某种意义就是照镜子，深度地照镜子，所以认识自我肯定是必要的。自我还是第一个他人。这话有些绕。我的意思是：如果一个写作者不想只写自己，如果还想写写别人，那首先就要认识自己，面对自己，只有在面对自我之后，由己推人，才可以体察他人。没有别的渠道，这是认识他人的唯一的也是最重要的渠道。——综上所述，在我看来，自我就是首要的写作资源，甚至是最终的写作资源。

郭艳：对你影响最大的作家是谁？如果有，请谈谈他对你的具体影响。

乔叶：没有影响最大，只有影响很大。对我影响很大的作家太多了。我喜欢福楼拜，《包法利夫人》百读不厌，其冷酷和精准让我不寒而栗。也喜欢卡尔维诺，读他的《不存在的骑士》《树上的男爵》，惊为天人。还喜欢卡夫卡，为《变形记》落泪多次……名单很长，就不列举了。我一直觉得，读书如吃饭，无论是中餐西餐，都要荤素有度，粗细精配，营养合理。当然，首先是选用经典的美食。

郭艳：面对新媒体，你如何处理独立写作和市场传播之间的关系？

乔叶：没有怎么处理，只能依靠本能。本能告诉我：人生有限，时间短暂，想要的不能太多。作为一个写作者，写作永远是最重要的，也永远是第一位的。至于市场传播，那是另一码事。这个概念很实在，买你书的人读你小说的人，可以说都是市场。但是也很虚无。茫茫人海中市场到底在哪里啊？你怎么投市场的喜好去传播啊？它今年言情，明年谍战，我觉得没办法投。如果市场是光的话，让我追着光跑，那么我有一万条腿也跑不过来，因为不知道该冲着哪一道光跑。所以我能做的就是把自己的东西写好，让自己更强大，让自己的光芒更耀眼，以此吸引市场过来主动为我传播。我觉得这样比较好。而很多优秀作家多年的实践也证明了，尽力做好自己，市场自然就会选择为你传播。

伦理之殇中的慈悲与母性

    杨怡芬卸下披肩的一瞬，看到是一片森林。她是那个在舟山一隅写得很慢的朋友，细致妥协温吞的那么一个肤白女子。静静的像那个米歇尔笔下的乌龟淘淘——她要去参加狮王二十八世的婚礼，她在相夫教子的路上柴米油盐地一路写来，很慢很细腻很温暖，母性从小说中满溢到一饮一食的时光中，在小花园的绿植生长的噼里啪啦的寂静中，怡芬终究会来到属于她的那片文学森林。

    郭艳：你以"披肩"的方式出场，披肩既是风情的展露，亦是一种对身体欲扬先抑的遮蔽。流连在飘逸的披肩里，女人毕竟是女人。然而，你写出了不一样的披肩和别样的女人，才情亦在披肩的背影中让我们识得。你的小说往往从当下最普遍的一类社会现象入手，比如，为什么这么多人离婚？街上为什么有那么多的棋牌室？房价为什么这么贵？流产广告为什么会做得这么温馨？你对各色的社会面相有着自己独特的视角，在长白岛众生相的世情摹写中，凸现人性中的坚韧与颓败，打量世俗中的情感，低吟婚姻内外的困扰与无奈。请谈谈这方面的感受。

    杨怡芬：这"出场"一说，蛮有意思，确实啊，原来我真是裹着"披肩"出场的，紧接着还有《珠片》，也是一个短篇，都是 2003 年的。一个三十出头的女人，懵懵懂懂写起小说来，披肩啊，珠片啊，都是很现成的材料，抓在手上就写了。这个女人还是一个常常尝到挫败滋味的女人，觉得自己怎么就那么笨呢，好端端的，怎么总是把事情弄砸了呢。《披肩》里的肖雅芬就是这样的。无论是《披肩》还是《珠片》，说的都是不知该如何自处的妇人。我觉得写作者开始写作时有两种状况，一种是一上手就贴着自己写，热乎乎的有体温；一种是像我这样，觉得还是写别人的故事比较自在，冷眼旁观似的。当然，这是我此刻回望十年前的自己得出的结论，当时不过就是稀里糊涂写着。我应该是那种后知后觉的人，事情过了一段时间，会回头打量张望，心头慢慢明白自己当初所处的情境，明白当初别人的处境，连带着，也更看清楚当时的各种社会环境——我们这个社会变化太快了。如果说我看到的各色社会面相，好歹有点特别，大概就是因为我的"木"吧。人家习以为常的东西，常能让我吃一惊，生出疑问来，有了疑问，存在心里，盘着，盘着，老想琢磨清楚，时日久了，这疑问也就有了"盘浆"，一个字一个字串将起来，就是一篇小说了。写作十多年了，促动我去写的，都是盘在我心头的一个个疑问。在这个起疑的过程里，就多少能看到颓败，看到困扰和无奈，以及抵抗这些的"坚韧"。这个起疑的过程，同时就是仔细回望仔细打量的过程，我的现在和我的写作，在时间和空间上，总是隔着一定的距离。当下的热点，我不会去写它，这个热点，如果触动了我，那就成了一个疑点，就又在我心头盘上了。当然，这种距离感，没有远到"历史感"的高度，索性，我把它拔高一下吧，就说它是"不即不离"好了。这是个会行动会成长的好词，对吧？

郭艳：你的小说是成长的，比如《披肩》和《迷藏》同样是关于婚外恋的，披肩是女人心性的展露，而《迷藏》则是对人性幽暗隧道的一次温和的触摸。如果说妻性在《披肩》中展露飘零的心境，《迷藏》中的我则在两性的心性较量中，获得某种知性上的平等与快感。请谈谈你是如何理解女性、妻性、母性乃至当下流行的"女汉子"？

杨怡芬：《披肩》是 2003 年的，《迷藏》是 2009 年的，隔了 6 年；《披肩》是从妻子的角度，《迷藏》是从第三者的角度；时间和角度不同，面貌也就不同，看上去，似乎是"成长"了啊。在现实世界中，这 6 年间，发生了一些事情，有过那么一两回称得上痛彻心扉的体验，对一些事情，有了更宽容些的看法。对"女性、妻性、母性"这样的大问题，发呆的时候，总也要想想的。女性，是相对于男性而言的一个词，说是女权主义也好，女性主义也好，说到底无非要的也就是个男女平等。可是，我觉得，男女平等，也是不平等的一种，体质上，男女大不同，思维方式上，也很多不同，一不小心，就会让要求平等的女性以男性的标准来要求自己——也就是说，成了"女汉子"，有些人引以为豪，要是男性以女性的标准来要求自己，那就是伪娘，很贬义对吧？我理解的平等，是精神上的平等，承认男女之间存在的各种差异，诸如体质上的、智力上的、社会地位上的，在这个基础上，男性女性互相尊重，社会才有诚意为女性提供更多保障，这就是平等。可到底应该怎么做呢？女性，落实到生活中，就是女儿性、妻性和母性，为了方便说话，就按一个普通女人的可能有的三种角色分那么一下。我姑妈快 80 岁了，她有回和我说："我觉得心里我还是十多岁哪。"我姑妈是属于人情练达的那种女人，是家里的主心骨，带着丈夫儿子开了家造船厂，开了三十多年了，前年才算正式"退休"，从厂里搬回家里住了。她也是我崇拜的长辈之一，很宽容，温和，又刚烈。她绝对是个"女汉子"，她一生的行止，也称得上是贤妻良母，心底里却一直藏着一个小小女孩子。我想，妻性和母性，前者索要的是爱情多点，后者给予的则纯粹是亲情，在完整的婚姻生活中，妻子和母亲是合一的，你很难把她们撕扯开来。关于母性，相对简单，不过就是无条件地把自己奉献出去，而妻性，却是个复杂得多的事情。即便撇去更为复杂的爱情不说，单就"两个人搭伴过日子"这种生活模式，要进行下去，也是不容易的。一点点鸡毛蒜皮的事情，因为对方说话时候使用的语气、表情、态度，另一方就会很不舒服。这是时时刻刻发生在婚姻里的。你到底是用妻性去面对呢还是用母性？或者，我是在跑题，我前面所说的，更关乎的是教养的问题。我觉得，目前我们缺的正是教养。如果男权社会践踏了柔弱的妻性，利用了宽容的母性，消费了天真的女儿性，这个社会肯定是没有教养的社会。妻性到底是柔弱的还是强悍的？按我们的传统观念，妻性多是依附的，应该是柔弱的，完全依赖和支持丈夫的，而如今，一个家庭，你一个男人家能全部都扛得下来吗？一个坚强的妻子好过一个柔弱的妻子。母性如水，泛滥就会成灾，一个家可能就都毁在母性的"包办"里了，每个家庭个体都得去自己独立成长，孩子也是，丈夫也是。我觉得，女人活得只剩下母性的话，是女人的悲哀，也是一个家庭的悲哀——因为家庭成员没有帮母亲建设她自己。说来说去，说到底，还是说女人该如何自处的问题。这很难，很多精神困境、物质困境，没法像很久很久前可以向男性求援，这些困境，都是小说之境吧，我想，我应该会把它们越看越清楚的。

郭艳：《金地》中母辈精神的被击垮，《棋牌室》则在不经意的结尾处暗示父母辈竟然也快速接受了新的非道德非伦理的现实。请谈谈你在小说中是如何处理传统信念在日常经验中的耗散与坍塌的？

杨怡芬：如果你从小生活在乡村，而且这些年也还是和乡村保持着密切联系的话，那么，自有记忆之后的三十多年里，你就能清楚地看到传统信念在日常生活中的耗散和崩塌。《金地》是2004年的小说，那年，我们岛城的房价是3000多一平方米（上海当时的房价是7000多一平方米），那年的我，觉得这房价真贵啊，简直是金子铺地，所以，就有了《金地》，十年之后，对着当初这房价数字，我想，呵，那时候真便宜。这世界，每年都不一样，变化太快。《棋牌室》是2006年的小说，那一年我感觉怎么大家都在玩牌玩麻将啊，从乡村到城市，大家都在玩这个。在城市，老老实实拿小工资，你可能就永远买不起房子；在乡村，老老实实种地的，那都是特"没用"的人。这是社会问题。其实,我很害怕自己把小说写成"社会问题"小说,我想说的似乎更多。中国的父母,都是特别想帮孩子的父母,在这一点上,他们往往最没有底线。《金地》说的是一个乡村母亲为城里儿子买房子的故事,《棋牌室》说的是乡村父母为城里女儿还赌债的故事,其中,都写到父母辈对"传统"的全线失守。曾经有那么一段时间,只要是回到乡村,我耳边听到的就是"钱钱钱",只要你有了钱,别的一切,就都可以被摆平被原谅。乡村传统所坚守的"做人的面子",都可以用金钱来粉饰,道德和伦理,已经后退到了可以忽略不提的地步了。父母辈想要的,仍旧不过是孩子们的幸福,而他们发现,这幸福甚至需要他们别过头扭转脸。父母辈身上承载着传统的重压,他们故意视而不见的背后,肯定有热泪滚滚。这一点,从前我没有感觉,我甚至有些责怪他们没把我们教好,但现在的我相信,是有的。我如果能写好我的父母辈,我也就能写好传统在如何溃败吧。

郭艳:"我是谁"是现代性最为经典的问题,这种现代性经典提问在你的创作中体现为对于笔下人物的"狠",这种"狠"不在于语言的凌厉和欲望化,而在于结尾处颇为用力的一推,将人物推入某种无法突围的境地——陷入伦理或人性的困境。《金地》中的建军非但做了"鸭",而且还将继续零卖或包养地出卖自己的身体。现实的荒谬让勤劳刚强的母亲完全无法面对,或者说完全陷入一种无能、无奈和乏力的状态。社会问题弱化了,人性命题冲出了所谓底层叙事的牢笼,坚韧的母性在一路吆喝声中破碎了、被打趴下了,所谓的社会问题中包裹的是人性在困厄中的多面相。请谈谈这方面体会。

杨怡芬:据一个编辑朋友说,"女人出卖自己"这样的小说,到现在也挺多的,在我写《金地》的那年,也是挺多。我就故意反着来,好吧,我偏偏写"男人出卖自己",有一个男性读者还因此批评我,说如果不写建军做"鸭",这小说能更好,他读着不舒服。关于读着不舒服这事情，有个女记者读了我的《迷藏》之后，也和我直说过她不喜欢，因为我写得让她不舒服。我把这些"不舒服"的投诉是当表扬听的。因为写过"鸭子"，所以，有机会遇到这个话题的时候，我会跟进再聊几句。有一回坐出租车，司机不知道怎么说起他昨晚载的某个富婆，说她老公在外头玩，所以，为了报复，她也在外面玩，故意找"鸭子"，我就问了他们都是怎样的男孩子，是不是不太正常。他说，看上去蛮正常的，不过一般做不长，做一两年就歇了。

所以，你看，写《金地》的时候，我这样处理人物，是有些随性的，建军一定还有别的办法来还他的贷款，但在小说里，他选择了那条路，我没写他为什么会选择这条路，因为我自己也不知道，我只知道，世界上是有那么一种人在的，他们也是男人中的一种。但我这样选择之后，对建军母亲香秧的伤害，我只能硬起心肠来写了，写得比较戏剧化。好吧，我在底层叙事的框架里——你发现没有，很多这样的小说都是有很强戏剧性的，而对香秧的伤害，实在是我一直不忍心的地方，对男孩子，我们一向是金贵的，香秧，又是个很要强很护犊的女人，所以，她的心理活动，反倒脱离了我的设计，有了她自己的表达。也就是你说的，冲破底层叙事的牢笼，到了人性的层面。如果让我现在重新来写《金地》，我不会像当初那样写了，我会弱化戏剧性，更注重人物的内心，那就是不一样的一个小说了。一个社会问题肯定包裹着人性在困厄中的多面相，而我做到的，实在是太有限了。再扯远一点吧。这两天在读奈保尔的《芽中有虫》，他说道："这就是我们这些来自海岛、抱着文学雄心的人都要面对的：地方狭隘，经济简单，养育出来的人思想狭隘，命运简单。这些海岛很小，和易卜生的挪威相比，相去不可以道里计。海岛上的人在文学上的可造性，如同他们在经济方面的可造性，和他们个人成就方面的可造性一样有限。"我不知道这篇文章奈保尔写于何时，我觉得很有道理的，虽说现在是互联网时代，但是，你到网上能看见的还是在你的认知范围之内的，海岛的局限性，真的是在那里。年轻的时候不觉得，现在，有些感觉了。海岛中的女人的局限，那更是局限之中的局限了。

郭艳：当下有着太多的关于女性身体的展示，女性身体成为欲望的符号，女性身体特征的本源性意义被遮蔽久矣！乳房的哺乳和子宫的孕育，都被欲望挤压殆尽，甚至于更为年轻的人对于乳房的理解仅仅和性相联系，而子宫更是退缩到可以任意处置的地步。这个时代，女性对于表皮的描摹着色过于用力，同时又彻底放弃了对于身体内在经脉器官的经营呵护。由此《鳗秧》成为一种隐喻和象征：母性在母亲一辈人那里颠沛流离却依然本色，到了女儿辈这里，就连子宫也被现代生活阉割了，母性连同颓败的身体一并被抛弃在急行的人生之路上。请谈谈《鳗秧》的写作。

杨怡芬：《鳗秧》是我 2010 年在鲁院时写的，一个人关在一个房间里，有的是发呆的时间。我很怀念很怀念那段清静的日子。《鳗秧》就是在发呆中想出来的，在《鳗秧》之前还有《你怎么还不来找我》，说的是一个残疾女孩儿特想要个孩子，怎么也是关乎"母性"的啊？回过头来，我发觉我的小说还是有路向可循的，只是当时都是很惘然的状态，写着一个的时候，另一个已经在悄悄"怀上了"，那就接着写吧，没多想别的。我写小说，真的是很随性的。一刻意，一有计划，我试过，反倒写不出来，自己被自己吓住了。2010 年那个春天，万物复苏的季节，我枯坐在鲁院思考的是"母性"这个大命题——当时毫无感觉。《你怎么还不来找我》的女人是热切想要孩子，《鳗秧》里的女人却是怎么也不想要孩子，在此刻，我才发现这两篇小说就像硬币的两面。我发现一旦我想说点什么的时候，我总设置了父母辈作为我们此在的映衬，《鳗秧》里也是，我不能确定，我是想肯定他们，还是去否定他们，我也许只想说，我们现在这些都是"其来有自"的。我还写了三个不想要孩子的年轻人：一个是深怕孩子也像自己一样失去母爱因而不想生孩子的女孩，一个是因为流产多次而失去子宫的女人，还有一个会超度的年轻僧人，他们在一个小岛上相遇，各怀心事。这个小岛曾经是很传统的一个小岛，现在整个岛都被改建成一个西洋味道十足的度假酒店，除了保留了一个小小的庙。岛、酒店和庙，都有其隐喻。鳗鱼千里回溯只为产卵这一本能，是母性的象征。我把这个短篇写得很繁复。在鲁院的时候，我总是很想我的孩子。孩子那时读小学 5 年级，每天下午他放学回家，就打开 QQ 视频，呼唤我上网陪他。我们娘俩守着摄像头，他做作业，我写小说。他很想我，我也很想他，儿子说过："妈妈你真狠心，居然离开我四个月。四个月啦！"也许，正是这种很强烈的想念，让我不由自主去"思考"母性这样的主题吧。有个孩子真的非常好。本来的本来，女人也就是用来延续后代的物种，对于这一点，现在这么说，倒好像是看不起女人似的。我们离我们的"本来"实在太遥远了。如果政策允许，我一直很想再要个孩子——到现在，我已经对此断念了。但很多朋友听我说想再要个孩子这个事情，心里都有点不以为然的。如果肚子里有了孩子，而你有更重要的人生大事要做，孩子会妨碍你的话，很多人会毫不犹豫地"做"掉孩子，像解决一个麻烦一样平常——反正孩子以后还会有的嘛！这倒是正常的。对于生育，我们目前的状态是不正常的，但没有人觉得这是不正常的了。最让我觉得不可思议的是，居然有人为减肥而去怀孕，说流产之后马上锻炼，就会瘦许多。外在的胖瘦竟然如此重要！我们好像都忘记了子宫！种种感触，就促成了《鳗秧》，这个小说也是我运用对话比较多的一个小说，是因为很寂寞，自言自语就比较多。不像我平常在家的写作，千辛万苦挤出一个时间段来写上几百字，每个字都很珍贵似的。

郭艳：如果将自己的写作与传统勾连起来，你如何理解传统？

杨怡芬：有段时间，我很想把我们的传统理一理，我就按我的理解，读了郑振铎和鲁迅的文学史，尽我所能地搜罗到唐朝的变文、笔记，还有元剧，还有话本小说——它是我少年时代文学启蒙的很大一部分，我熟悉它的腔调，一不小心，它就会在我小说里露出尾巴，我也在想，什么时候我就按那个腔调来写个小说吧——虽然我一直想，可是，我一直认为，在叙事语言上，在什么时代，就该说什么话，不要搔首弄姿地让人不自在。唐诗宋词的意象当然很美，论传统来说，那是我们最大的文学传统了吧。所以，我理解的我们的文学传统，就是话本叙事的手段和唐诗宋词的意象，再有，就是我们的"思维方式"，中国人自有中国人一套说话处事的方式，这个，在话本小说里，是照顾得最妥帖了，你仔细去读的话，人心，和现在也差不离。而现在我们有些小说，人物说话做事的方式啊，都不像中国出产似的。我想，看问题的时候，如果能站到"世界"的高度看，那是再好不过的了，但落实到写这个层面，无论结构怎样，我们的人物怎么想怎么做还是要忠实于"中国"的。

郭艳：你是如何看待"写什么"与"怎么写"的？

杨怡芬：说实话，以前，我不大看重"写什么"的，我更重视"怎么写"，所以，我写小说是不忌讳庸俗的题材的，就是在很需要奇情的短篇小说里，我也不忌讳去写俗而又俗的题材，我喜欢烟火味道浓重的小说。"怎么写"方面，我又很不喜欢那种主题明确的作文一样的写法，我喜欢暧昧繁复和多义的表达；也不喜欢紧锣密鼓走在小说的主干上，我喜欢悠悠闲闲、枝枝蔓蔓、弯弯绕绕。但现在，我好像在选择题材上，不像从前那么随性了；在叙事上，我也知道不要离开主干道太远了。我不知道这是进步还是退步，我真的不确定。但对于想获得持续写作能力的我来说，修正自己，慢慢学着改变，是必须的。

郭艳：对你影响最大的作家是谁？如果有，请谈谈他对你的具体影响。

杨怡芬：这个，就像有人说自己恋爱的"专一"程度一样：我都是一段一段的。从前，我喜欢张爱玲，看到有关她的都会买下来，但最近由她英文小说译过来的一个小说，我就不打算买了。村上春树，我也喜欢，他最新的《没有女人的男人们》，我还是要买的，但不像从前那么急不可待了，不慌不忙地列入待买的书单，得空了顺道一起买。川端康成、三岛由纪夫、芥川龙之介、卡尔维诺、纳博科夫、麦卡勒斯、门罗……好吧，我还是打住吧，因为你问的是对我影响最大的作家，最大的，是谁呢？我必须诚实地回答，是张爱玲吗？我最初在本地的《海中洲》杂志发小说的时候，有人去跟主编提意见：你怎么老是发张爱玲味道的小说啊？可见，总是有影响的。再就是读村上读那么多年，有些小说，比如《迷藏》，似乎就是在他的影响下写成的，有点冷幽幽的。我举的这两个作家，可都是畅销作家啊，承认受他们影响，似乎不够有范儿哈，可我想，我总得诚实些。我喜欢的作家，对我的这种怀着学徒心态的人来说，多多少少都会受影响的。比如，君特·格拉斯的《铁皮鼓》，有段时间，我把它拿来校我叙述的音高，《财神到》那一时期的差不多就是偏高的调门，热热闹闹、兴高采烈地往下说。麦卡勒斯的叙述，对我的《追鱼》是有影响的。但这些，只是我觉得自己"受影响"，具体到底受了没有，这个，也不好说啊。我在写的时候，没有刻意去模仿，或者，也可以这么说，模仿，也是一种能力，我这方面的能力不够强。

郭艳：面对新媒体，你如何处理独立写作和市场传播之间的关系？

杨怡芬：这个问题啊，目前对我不是问题。你觉得呢？我是一个冷门作家，得热门起来，才会有这个困惑。前年吧，签了数字版权合同，网上现在能找到我大部分的小说，可是，我看看阅读量也不大，目前来看，似乎没有多大意义。真正意义上的"市场"，我觉得自己还没有涉足过。不过，我还是蛮喜欢自己这种类似过家家的状态，做学徒的心态，我还是默默写着，等着这个困惑的到来吧。

冰明玉润天然色，冷暖镜像人间事

　　黄咏梅的维多利亚时代长裙席卷着无声的文字，西湖边的漫步或许恰恰印证了某种命定的气韵。我和她喜欢谈论彼此的服饰，一款中意的包包会在面目庄重的文学叙事中显示出活色生香的日常，在微澜的情感与理智中，带着淡淡小香风的味道，咏梅是那个让人回想起来面露微笑的金牛座的家伙。

　　郭艳： 近二十年中国青年写作赋予当代写作清晰的个体存在感，这种个人主体性日渐在一个审美现代性的维度上开始了对于中国当下生存的文学性叙事。在《负一层》《单双》《把梦想喂肥》等小说中有着对于他者小人物的精彩摹写，在《父亲的后视镜》《小姨》中呈现出自我镜像中的主体性叙事，请谈谈你创作中个体存在感的叙述转换。

　　黄咏梅： 在你面前谈主体性这个问题，我觉得很心虚，因为我读过你的长篇小说《小霓裳》，早几年前吧，那时我们还没见过。但是我就认定，那里边的女博士，就是你，虽然不完全是你，但起码大部分是你。几年后我们相识于鲁院，更加坚定了我的判断。可以说，在小说里无论是个体的价值观、世界观、美学观都跟现实中的你很贴近，你一贯独立、坚守、知性，实际上，我认为这样的文学形象在当下小说中实在太少，而现实生活中却有不少，我很奇怪为什么没有人去阐释这类形象呢？或者真的是男权社会所一贯秉持的方式——躲避？

我的小说，如你所说的，早期的作品主要写他者，在我身上找不到对应的地方，即使连人物的存在感都不明确。拿陈晓明老师对我的评价就是——"去主体性的小说"。我喜欢把"我"隐藏起来，以使得我与人物可以共存在同一境遇中，存在着人物的存在。我认为这样隐藏的好处，就是我可以变身，变身为他者，这样看起来我的叙述转换会显得自然。到了后期，我有了些改变，我的自我在小说里藏不住了，因为我对小说不再满足于呈现，我迫切地希望自我附着在人物身上，以贴切地表达我的想法和判断。这种改变，我理解为从一种不自觉的感性写作转换成一种自觉的理性写作。我读过帕慕克谈写作的那本《天真的和感伤的小说家》。天真和感伤的划分，席勒早就作过阐释，前者的创作倾向于自然性、感性，他们将自我与自然融合并呈现，毫无分裂感，而后者的创作则是理性的，他们时刻感到自我与周遭的分裂。帕慕克属于后者。两者不存在谁好谁坏，只是由个体的想法所左右。当我与自我常常感到分裂的时候，小说自然变得感伤。那么你呢，你在写《小霓裳》时，有没有觉得在那里边，实现了自我？

郭艳：实际上《小霓裳》的写作是为了和自己的一部分过去告别。我这半年就是在不断地告别自己的过去，父母是搁在你和死亡之间的一道帘子，把你挡了一下，老父亲大归让我直面生死，世界至此对于我有着大不同。这半年生活对于我来说是颠覆性，能够听到来自不同时间的声音，在一种无法和过去厘清又纠结于一切记忆的状态中，唯有深夜抄录《心经》才能获得片刻安宁。我明白，对于我而言，《小霓裳》时代真正结束了。然而，书斋生活及其褊狭趣味依然对于我有着某种原初意义。作为受过现代教育的女性在坚硬的现实面前何以确证自己的心性和面目？在日常性中的穿越，在物质主义中的徜徉，在城市人群中的游荡……内在性的分裂造成了自我主体性的碎片和漂浮，在对于他者的碎片化的感知中，小说和文字日渐沉沦在钝感的叙事中，日渐告别纯粹的快乐，却依然期待有着饱满充沛的情感与经验，而我依然希望能够重塑一种自我经验世界的部分完整性。在你的小说中，"冷"的去主体性中，实际上暗含着对于他者主体性的艰难寻找，即便负一层中的女孩，也在地下室中为着自己幻想中的主体性付出了最为骇人的热情。

在日渐告别饥饿和战争的日常中，现代人既无法体验苦难又无法获得更多的幸福感，现代病由此产生，而现代人的精神病症和现代物质生存方式密切相关。请谈谈《暖死亡》的写作。

黄咏梅：这个小说写于 2007 年。也是我第一次给《十月》杂志投稿，当时的责编是我喜欢的作家周晓枫老师，我记得她读完给我打电话要我对小说里的一些细节进行修改，有一句话我印象特别深刻："你这个小说里探寻的死亡问题，比现在大量小说里那些轰轰烈烈的死亡要有意义得多。"除了感激之外，我还很庆幸，庆幸这个作品落在了像晓枫老师这样的编辑手上。说实在的，我觉得这个小说不会有很多人喜欢，因为它太温吞了，就像小说里那个胖子，总是在一点点慢慢地咀嚼、吞食食物，它所探寻的死亡问题，看起来一点没有震撼性，也就是说一点都不"轰轰烈烈"。正如你说的，我们日渐告别饥饿和战争，我们日渐满足、和平，直至平庸，轰轰烈烈只出现在艺术品上。正是这些平庸让我们失去了感受力，就像渡边淳一说的"钝感力"。失去感受力，使得现代人呈现了同样表情的面目。小说里的林求安除了他的体重超人之外，绝对不是生活中的异数。对于一个写作的人来说，失去感受力无异于终结。我时刻都在提醒自己，或者说强迫自己。这又很像患上强迫症的林求安。总之，失去感受力或者强迫自己去感受，归其咎都是因为精神慵懒，这种慵懒会一点点地导致精神在舒舒服服中死去。写这个小说的时候，我应该是很焦虑的。现代人一直都很矛盾的，既求安，又怕安，既需要俗世，又想要挣脱俗世，我也不例外。其实，只要想明白，一旦精神或者说思想摆脱了慵懒，人就不会恐惧肉身的安了，但做到很难。

郭艳： 你自己对《暖死亡》的阐释远比批评家要精准，从这一点来说，很多出色的作家都是出色的批评家。《暖死亡》叙述是温吞的，而其隐喻和象征是尖锐的。对于当下中国城市经验的摹写，"暖死亡"无疑具有世纪寓言的性质，这个短篇应该得到更多的重视。如果我写近二十年文学现象，一定会让短篇《暖死亡》进入文学史。我们进入一个物质日渐丰裕却前途未卜的时代，70后写作最突出的价值和意义在于重建现代世俗生活精神合法性。近二十年中国社会世俗生活日渐繁荣。在经历了近现代无数次殖民、战乱、政治运动之后，终于以常态现代人的心态去考虑自己的日常生活，对于现代生存的温和态度成为一种价值共识。2014年以《少爷威威》为小说集名，对于这个短篇小说是否有着不一样的偏爱？

黄咏梅： 嗯，倒也不是对这个小说有多偏爱，它的确是很日常，很世俗的一篇小说。70后作家一贯偏爱写日常生活，甚至还旗帜鲜明地认为现代世俗生活也有它的精神性和审美性，可以说我们对宏大命题做出了近乎集体性的挑战。我不认为这是我们的默契，而是，时代选择了我们这一代，就像时代选择了1949年以后17年时期的那批作家成为政治的传声筒一样。时势造就了我们的书写。我们真诚地表达着这个时代的现实生活。我很喜欢你在《城市文学写作与当下中国经验表达》这篇文章里的阐述："70后正是以这种对于日常经验的固守才完成了先锋文学没有完成的任务——从文学题材和精神气质上真正与主流意识形态的宏大叙事告别，开始一种现代性的写作，寻找作为现代个人主体性的中国人。"的确如此。如果说60后作家的主体性表达还呈现暧昧或者期期艾艾，那么70后则显得更为决绝。

具体说到《少爷威威》这个小说。题目是上世纪80年代香港流行的一首歌的名字，它几乎是我少时对香港的一种想象，花花绿绿，银子多多，生活自由、潇洒，就如这首歌里唱的那样。我生活在广西梧州，方言是粤语，后来在广州工作，也是讲粤语。我是听"香港年度十大金曲"长大的一代，我们见证了香港娱乐从黄金时代到没落的全过程，这过程，就像小说《少爷威威》里的那个东山少爷所展现的一样。这篇小说里有大量的粤语方言。很长一段时间以来，我都被认为是岭南小说作家。主要因为我写广州，运用粤语腔调。写完这个小说不久，我就离开广州，到杭州生活了，我告别岭南生活而投入另一种江南生活。我的生活发生了重大的改变，更重要的是，地理位移决定了精神气息、文化土壤的变更。现在，我很少写广州，几乎不用粤语腔调。实际上，我是很依依不舍的。大概因为这种不舍的情绪，我把《少爷威威》作为小说集的标题。倒并没有从这个小说的日常化的标志性方面考虑，因为，在我这里，写日常不需要"宣誓"，哈哈。

说到这里，我有个困惑想请教你，我这样舍弃粤语腔调写作，是否好？粤语因为一向偏离北方官话系统，远离文化中心，不像其他如东北方言、陕北方言等北方语系，说起来都能通，都是一根血管分出来的支脉，而粤语无论从音调还是语序上，都像是另外一支血脉，都会让你们这些北方语系的读者难以产生呼应。在我起步写小说的时候，就有一位北京的著名评论家劝说我不应该只做岭南作家，要摆脱粤语这种"鸟语"的写作，因为他觉得它们阻碍了我的表达效果。我很想听听你的看法。

郭艳： 小说家的直觉体现在对于语辞的选择上，《少爷威威》作为一部短篇小说集的名字，的确耐人寻味。我所感兴趣的是少爷威威身上那种天然的城市生活经验描述，当香港的迪斯尼在中国孩子眼中也不过如此而已的时候，少爷威威的生活成了一种过去时态的缅怀，由此日常性经验通过倒转的镜头发现了时代底色上凡人俗世的光影痕迹。所谓的普通话写作是不断丢失方言及其文化魅性的过程，我自己出生于皖西南，对于南方方言无疑很有亲切感。很喜欢经过作家转化之后进入文本的方言，像现代经典作家吴组缃的皖南味道、李劼人的巴蜀风格都很让人痴迷。语言即风格依然适用于当下小说，遗憾的是，我们的往往在言辞的表达中更深地迷失了自我。

中国作家无法用游戏笔墨与及时行乐精神来解构被物化的人和人群，写作依然在坚硬的现实情境中游走，你的写作在触及庸常小人物的时候是"冷"的，同时又带着一种坚韧的精神性想象，比如《负一层》地下室飞翔的遥想，《瓜子》中女孩"我"在中途下了车，努力在纵横交错的轨道中寻找广州的方向。正是因为"我"对于现代都市文明的想象，小说才呈现出了现代少年个体自省和自觉的意蕴。请问这个人物对于你写作的意义。

黄咏梅：我记得在鲁院学习的时候，你给我们上课，我印象特别深的是你讲道："古代城市中的人和广大乡土社会中的人同属一个稳定的乡土文化心理结构，有着同构的政治、道德、伦理、情感和审美取向。古代的城市更类似于一个人生的驿站，古人主要有几个理想——功名利禄、衣锦还乡。这样的人生主题，对于大多数进入城市的人而言，最终的结局就是告老还乡，告老还乡是一种安稳的人生结局和生命方式。而现在我们进入城市之后，是没有退路可言的。"《瓜子》里的"我"正是那一大群没有退路的人。城市容不下她，但她在成长过程中，已经强行使自己跟乡村进行了割断，她不再愿意讲一句方言、她接受城市的教育、她的娱乐也是城市式的，尽管她明白自己依旧处于城市的边缘，无法进入真正的城市，命运依旧无法自己掌控，但是，正如你在课堂上说的，这些人"城市理性催生下的心智与情感生长如野草般芜杂，又如小兽般蛮横"，所以，她断然在被送回家乡的火车途中，偷溜下了车，往回走。实际上，她的前方不是她的故乡，往回走也不是她的城市，但是这种"蛮横"和"执拗"主宰了她的人生。说实在的，我觉得她们这些人真的很可怜，身份的不确定使得她们自我不完整，她们是现代都市文明想象孕育出来的畸形儿。

郭艳："我"沿河铁轨的行走也可以延伸出更为深入的寓意——现代人沿着时间的线性路径狼奔豕突，上演着黑色幽默基调上的悲喜剧。现代和古典被传统所衔接，在断裂的当下，我们更需要回溯的乡愁来衔接古与今的裂缝。现代城市孕育出了更多的精神病人，现代人是没有故乡的无根者，他们在现代社会的漂游浪荡既是过程，也是目的，一如卡夫卡的《城堡》的经典摹写。

《小姨》是一篇具有相当阐释空间的出色短篇小说，小说独特的视点和进入历史的路径让你的写作开始直面整体性社会经验和现时代精神气质。小姨是文本层面的主人公，"我"作为叙事者，实质上是真正潜伏在常态生存中的偷窥者、闲逛者和发现者，"我"对于历史与当下的观察体现出了70后一代人独特的宽容与同情之理解的心态。请谈谈这方面的体会。

黄咏梅：《小姨》是我2013年写的短篇。正如你说的，"我"的确是常态生存中的一个旁观者。有时候我会想，在当下这个和平年代，那些貌似常态的状态下，涌动着多少想挣脱常态而又颓然失败的理想呢？小说里的"师哥"就是如今的常态，而"小姨"就是那些异数的失败者。如果一条河流可以回溯，我们可以看得见过去，实在难以想象，这两个人的结局会是如此迥异。而造成这种迥异的原因是，"小姨"还驻足在过去的河岸上，而"师哥"已经随波逐流了。我觉得他们都是历史的受伤者。我记得大学的时候，我那位87级的师哥在整理铺盖准备离校的时候，对我说过一句话："你们是留下来打扫战场的人。"这话当时我听得不知所以然，直到若干年后的某一天，忽然就明白了。我们这一代人，生于和平年代，成长一帆风顺，但是我们却隐约知道自己实际上是站在了某个历史的转折点，就像《小姨》里的那个"我"，她既是一个叙事角度，同时也是那个留下来"打扫历史战场"的人，从残存下来的一张画像、半封书信、撕碎的日记本……这些东西里，试图整理并且保存下来。在我看来，每一代人都有每一代人所需要打扫的"战场"，我们也不例外。至于你说的宽容和理解的心态，我认为这是我最终所要追求的目标——与整段历史的和解。说起来，你也是 70 年代出生的，你怎么看我们这一代人对历史与写作的关系处理？

郭艳：因为你的《小姨》，最近去法国卢浮宫，特地在小姨钟爱的画像前留影。这是一代人对另一代人的观察与揣度，小说中的师哥和小姨是投射在"我"这一代人心中最为直观的历史印痕。在所谓多媒体、历史终结与现代社会体制全球性板结的时空节点上，"我"穿透师哥与小姨的肉身与灵魂，看到的是历史与个体之间的谬误与荒诞。小姨用貌似怪诞的行为来挽救自身的颓败，而师哥则彻底投身于颓败的欲望社会，以新世纪成功"师哥"吸引着长发的小师妹们。即便是相差几十岁的年龄，只要有着欲望都市和商品社会的虚假繁荣，"师哥"们依然会是永远的师哥们，他们以世俗的成功为自己和自己一代人的历史画上滑稽的句号。所以，我认为 70 后一代人切入历史的方式更具备现代个体的主体性和反思性。

如果将自己的写作与传统勾连起来，你如何理解传统？《何似在人间》对于乡土人物和风俗的叙事，在以后的写作中还会大量涉及吗？你如何在写作中重置"死亡"等终极性问题，并使之获得超出庸常的意义？

黄咏梅：传统在我的写作中，意义更多指向于内部的精神气息，而不是技巧，更不是写作的内容。在《何似在人间》之前，我还写过《档案》，里边也涉及到乡土风物和风俗。这些内容不是我所擅长，因为我从小在城市长大，对于乡村经验，仅仅是跟随父母、丈夫回乡村短暂停留所获取。但是，我对乡村经验、乡土伦理遭遇城市文明、城市伦理所产生的错位很感兴趣，对于那些根深蒂固的东西如何被消解的过程感到既无奈又痛心，大概这些东西很符合我的审美趣味，就像张柠老师说我的小说总是呈现一种"挽歌"情绪。我正在写一个中篇《滴水观音》，也涉及到这类素材，对我来说，把握起来有点困难，但我真的想写。

"死亡"这个文学母题，在我的写作中，也是有阶段性的。过去写小说，为了体现"惨烈"和"冲突"，动不动就把人写死。现在回想起来，真的太草率了，即使小说的逻辑没问题，但用你的话来说，这些死亡都是很"庸常"的。随意地用"死亡"作为一种解决问题的手段，对于作家来说是很不负责任的，就像《涂自强的个人悲伤》里的涂自强。所以，我现在很谨慎。死亡是上帝交给每个人的答案，而向死而生才是我们文学需要面对的问题。就像人们常常引用爱米莉·狄金森给她的老师托·温·希金逊先生的一封信中说的话："从九月份起，我感到有一种恐惧却又无法向别人诉说，于是我就歌唱，就像一个男孩走过坟场时所做的那样，因为我害怕。"我也很喜欢这段话，并将它视为写作的内心动源。死亡只有通过写作中才有可能超出庸常，因为作家歌唱着越过了它，即使看不见人了，但那歌声仍在。文学就是面对死亡、面对终极唱出的歌。

郭艳：你的小说叙事既有轻盈、灵动的才华，又有冷酷、倔强的心性。你是如何看待"写什么"与"怎么写"的？请谈谈以后的写作路向。

黄咏梅：这个问题我更想听听评论家的看法，呵呵。二者的侧重点不同，就会产生不同的效果。前者能产生文本的意义，后者能产生文本的意味。有意义的小说和有意味的小说共同构成了丰富的小说世界。就目前我的写作体会来说，我会花更多的心思在"怎么写"上，更在意如何能写出让人回味的小说。因为自身的局限性，我似乎不太能建构复杂的故事，所以，我对于"内容"的意义的丰富性不是特别苦心，但对题材的敏感度还是有的。再说，我前边说过，我喜欢也擅长写日常，实际上写日常生活的小说更应该在"怎么写"上下功夫，因为天下并无新鲜事。因为对这个问题，我以前没想太多，也许我理解得不对。

郭艳：影响的焦虑无处不在，对你影响最大的作家是谁？如果有，请谈谈他对你的具体影响。

黄咏梅： 读了不少古今中外作家的优秀作品，我想，在里边总是能汲取到很多看不到的营养吧。我喜欢的作家是有阶段性的。比方说，我大学时代，喜欢废名和张爱玲，还喜欢冯至和里尔克的诗歌。后来，我开始写小说，就不怎么读他们了，读余华、苏童、三岛由纪夫、奈保尔、菲利·普罗斯。如果非要提到对我影响最深的，目前来看是奈保尔和门罗。我想说他们的小说都很对我的路子，或者说我有意识去学习他们。奈保尔是我在以前很喜欢的，他的《米格尔大街》几乎被我翻烂，我特别被他那些既尖酸刻薄又感伤无奈的笔调所吸引，一段时间以来，我将他的尖酸刻薄视为真诚。很奇怪的，40岁以后，我越发怀疑这些真诚。我在门罗的小说里找到了这些怀疑的证据。如果说，奈保尔那些敢于挑剔、敢于撕裂、敢于反思是作家勇敢的真诚的话，那么门罗小说里那些乐于倾听、乐于理解、乐于接纳的善意就是一种更宽阔的真诚。勇敢的真诚是作家在写作时的一种姿态，这姿态随着作家抓起笔的那一刻就必须端起来，而更为宽阔的真诚，是作家的一种常态，它既是生活的也是写作的，它与作家的价值观水乳交融。进入中年之后，我慢慢戒掉了那种被我称为"文艺青年腔"的真诚姿态，试图向一种淡然无声的常态靠近，试图打开世界、打开他人、打开自己的方式变得多声部些。

郭艳： 面对新媒体，你如何处理独立写作和市场传播之间的关系？

黄咏梅： 这个问题很容易使人说一些"大话"。谁都希望自己的作品被广泛传播，从而赢取利益，所谓"名利双收"。我并没有高尚到说自己不在乎，但是，我实在做不到。我既做不到写出自己想写的作品又拥有市场，也做不到为了市场而写出自己不想写的作品。按照李敬泽先生说的"理想的读者"，虽然有点自我安慰的意思，我还是得说，我暗自期待我的作品有幸能被我"理想的读者"所看到，并喜欢。这是我对自己作为一个"理想的作者"的信念。

闺里闲谈天　絮语话中年
——关于长篇小说《小霓裳》

杨怡芬： 正常生活对作家是一种庇护，身心庇护，但对作品也许是一种伤害吧，或许创造力是需要一种非常态的生活来激发的。我发现，我们俩都爱看宫崎骏的动画电影，我很喜欢其中一部叫做《哈韦尔的移动城堡》的，里面那个魔术师献出了自己的心作为拥有魔力的代价，很让人唏嘘的。女人的创作与生活，老话题了，我们也拿来说说如何？就像新晋诺奖得主艾丽丝门罗，因为要养儿育女过正常生活，愣是短篇到底。不过，她的短篇都是一个系列同一主题，结集起来，就营造出一个世界了。如果说短篇小说是世界的一个截面，长篇小说就是一个世界啊。这两年，我也已经试着在这么做，围绕同一主题，在一个相对集中的时间里，写出八九个短篇，看起来容易，做起来难的，我已经写到第七个了，一不小心就写偏了，跑题了。就跟我说话一样，先说着正常生活对作家和作品的利弊，结果说到长篇和短篇了。你已经写过长篇，又写着短篇，说说吧，关于这两者的手感。我们先跑题吧。据说，中短篇小说是用来叩敲各大文学奖项的大门，赢得文坛的赞誉，长篇小说呢，是来收获读者和市场的。可细想想，也未必是。我们的市场没法以长中短来细分，也许，是该分纯文学与娱乐文学，本来纯文学就很边缘化，对市场上的读者来说，中短篇是边缘的边缘，而在业界，衡量一个作家水平高下，还是要看中短篇，是有这样的共识吗？还是我自己的一厢情愿？

郭艳： 我们还真是有同好，我喜爱宫崎骏的动画，因为他的作品画面是日式的，而精神气质却是世界性的，至今我的电脑屏保都是龙猫中那个可爱的小女孩。《哈韦尔的移动城堡》中最打动我的也是心与魔力之间的关系。看到那一幕，我惊悚而震颤，舍得抛心入魔，真有浮士德和魔鬼交换的意思。想想动画片能够有这样的细节，也的确是大师级的。我倒是不同意常态生活是对作品的伤害。正如可以列举出无数非常态生活激发创作力的例子，也可以列举无数常态生活亦有创作力的例子，铁证如托尔斯泰。但是那种和魔鬼交换的、舍身饲虎的身心状态倒是对于小说写作极佳的譬喻。小说是虚构的艺术，这种和魔鬼的交换的确可以通过移情作用来完成，而所谓作家种种的非常态生活恰恰是某种无法对常态生活具有敏锐感觉的结果。其实，在这样一个平面化的时代，除却感官、欲望和暧昧情感的追逐之外，非常态的生活本身已经遭受很大程度的质疑。魏晋风度、士人典范、绅士淑女风甚至于民国气质都随着"木秀于林，风必折之"而日渐飘零，又有多少非常态的生活是精彩和多义的呢？正如当下写作的标准，何为文学性？其实已经成了某种难言之痛。

相对于传统经典的精英性，随着现代教育的普及，在大多数人识字获得普通教育的同时，精英文化传统其实在日渐式微，曾经世俗性最浓的小说也在影视、电子游戏和网络类型写作的冲击下，渐渐转而成为少数人的爱好。文学的鉴赏是需要较长时间培育的，而在一个快节奏的考试教育环境中，文学素养和鉴赏能力普遍下降。这可能是除却多媒体之外，文学性评价混乱更为重要的因素。由此，文学写作与文学评价、文学与市场甚至于文学与名声才成为一个个问题。从我个人来看，纯文学写作从来都是个体性劳动，在一个资本全球化时代，传统文学写作无论从哪个方面来说，都不会短时间带来明显的物质利益和显赫的名声。除非你的写作契合了时代前行的某种节奏，但是声望和名誉有时是实至名归，大多时候是徒有虚名。中短篇小说的确最见作家基本功力，长篇写作则显示作家对整体社会经验的把握，其实是世界观和价值观的综合呈现。说到门罗，如果仅仅将门罗理解成为一个"逃离"的叙述者，恰恰不能真正领悟门罗对于北美文学真正的意义。《逃离》集子中的主人公：卡拉十八岁从父母家中出走，如今又打算逃脱丈夫和婚姻；朱丽叶放弃学术，毅然投奔在火车上偶遇的乡间男子；佩内洛普从小与母亲相依为命，某一天忽然消失得无影无踪；格蕾丝，已经准备嫁人，却和未婚夫的哥哥出逃了一个下午……于是中国读者在门罗的作品里发现了资本主义妇女不安于室的心理和行径，在优裕生活环境中的多愁善感和扭曲变异，但这肯定不是门罗对于北美文学的意义。从阅读体验上来说，我的确不是太喜欢这类无厘头的逃离，尤其不符合中国文化中的很多观念。但是我们转而探讨一下门罗的人生经历，就会发现门罗对于加拿大乃至北美文学意味着什么。门罗生活在当代加拿大，她的生活没有太多可以诉诸于一线主流文化圈的记忆，甚至于连像北美新英格兰地区欧洲文化传统的浸润都很稀薄。在这样的文化环境中，门罗所表现和抵达的文学情境，恰恰对于加拿大文学和当下生存来说具有非常出色的时代感。其实，正是面对强大的过于常态而停滞的高度发达的资本主义生存本身，门罗笔下的"逃离"才代表现代人对于自己深陷生活情境难以自拔的渴望与追求。"逃离"是一种姿态，一种对抗资本主义现代主流意识形态强大控制力量的姿态。门罗被喻为这个时代的卡夫卡，她的现代叙事具有相当广泛的指向性。门罗给当下中国文学的启示，我想更多的应是反思物质主义对于群体和个人心灵的扭曲。在集体上演的欲望化生存图景中，当下的现代个体如何回归到理性和智识层面，重塑个体灵魂和自尊。

杨怡芬：马年春节前后，我一直在读门罗，译林出版社新出了一套门罗的作品集。读过之后，才知道《逃离》对于门罗来说也是个例外。她更擅长写常态里的非常态，从日常出发，抵达人心深处，唤醒"自尊"——女人的自尊。真是厉害。对我这样平常以家庭主妇自居的"作家"，觉得自己的生活状态和门罗有点可比性，因而从前读到《逃离》时，心生喜欢，到处嚷嚷自己喜欢她。在读过她的作品集之后，我真是服了她了。但这心态，不再是单纯的喜欢，说崇拜吧，还是有点距离——不知道哪里在让我感觉不满足。

我一直满心"崇拜"既是作家又是学者的，比如纳博科夫。理性和感性的平衡，抽象与具体，清晰与暧昧，在两者之间游走，触动了哪根弦都不知道。不过，我更愿意把你和林徽因、凌叔华她们相比，我觉得，反倒是她们那会儿不缺少现代性呵，沐过欧风美雨，又熟稔本国文化，视角就很现代。读你的《小霓裳》时，自觉不自觉的，我就把你笔下的女博士拿来和她们比比。你觉得，你们这一代的博士和林徽因她们那一代相比，有没有更"女权"呢？五四那会儿的新女性，很"女权"的，悲壮的女权。

郭艳：其实我们这代人和那一代人的区别就在于：精英文化和大众生存。她们那一代人是精英文化和文人圈的"女权"，而我们这一代是大众文化和世俗生存中的"女性"。精英文化中的女权无论是温婉的、激烈的还是悲壮的，都有着被欣赏被呈现被意义化的可能，因此回眸民国女性，母爱、情爱、奇装、异服、小脚、旗袍与西服都婉转流连，有着一个文人文化阶层对于此类"女权"的关注与赞赏，皆有无限文化时空可以阐释。而当下，无论是哪种女性所面对的都是一个同质的大众文化心态：玉体横陈和白富美的欲望图景。当下的知识女性无疑在很大程度上也被符号化了，甚至于产生了像常燕们这样的互文效果。在历史的黑暗中，时光目睹了女性从女婴、女童、少女、妻子、母亲的角色转换。到了今天，我们终于可以大胆地昂首挺胸，丰乳美臀，内衣外穿。女性的美丽不再是红颜祸水，女性的身体获得了前所未有的地位，写作的女性获得了自己的一间屋子……时代的确在进步，女性从沉默失语，走向了自由表达。可是，当下女性自我表达在多大程度上是真实的？女性真正的性别体验，成长历程，精神与肉体的成熟……这一系列的问题是否得到了清晰的表述？在何种向度上，当代文化体现出女性自身的意义空间？在物质主义时代，女性以情色为武器，做蛊惑男性的妲己，从而完成对于这个时代的反动？还是坚守女性自然的生长历程，同当下的物欲主义进行着柔韧的抗衡？然而，在身体符号的遮蔽下，女性精神在当下飘忽不定，更像游魂一般在广袤的世间游荡。所以《小霓裳》中的女博士们的"女权"在当下真是自说自话，仅仅是不甘心被欲望化符号化的一种低语。我试图用还相信读书，还能够静下心来读书的几个女书生来表明：这样的时代也有着这么一类女性，在现代的过程中，女性被开发的不仅仅是身体，更有沿着前辈女生精神夜航的努力。当然，没有欣赏者的舞者是寂寞的。

杨怡芬：也许，有深度的表达都是在寂寞中发出的，在围观之下，热闹之中，有几个人是能冷静思考的？自说自话，低语，都是小说的好状态。话说村上春树就是这样低语的。《小霓裳》第十三章标题是：死不再是生的对立，未读之前，我就想，八成这里要说村上了。果然，你借李丝可的口评论村上：我说村上是逃避型的，我们是直面惨淡人生的。这评点，真的是很到位的。这回村上出了本新书《没有色彩的多崎作和他的巡礼之年》，你读了吗？这回村上不逃避了，可是，我读后很失望，不是村上那种味道了。不逃避就没味道了，难道，村上一直面人生，他的文字就惨淡了？其实说《高墙与鸡蛋》的村上很勇敢的，写《地下》村上也不能算逃避者，只是他真的擅长写避世者。啊哈打住了，看来我真的是村上的粉丝啊。说粉丝的意思就是，明知道他肯定不如那些巨大的作家，明知道他真的也就那样，但还是蛮热爱的。这状态，和恋爱有那么点相似啊。

郭艳：几年前，我曾经被一个村上的热爱者所嘲弄：一个做文学批评的人竟然没有好好读村上。于是我读了当时能够找到的村上春树的所有作品。喜欢村上但是却无法像喜欢简·奥斯汀一样沉溺其中。高墙与鸡蛋原本就是村上最为核心的世界观，他以避世来衬托万丈红尘中的高垒铁幕，这红尘撕开一角就足以让现代个体茫然无措。我读《挪威的森林》，看到村上低下现代人的头，摘下一朵颤巍巍的小雏菊，悄然而立，倾诉都市少年的成长经验。少年，向前他们是物质主义的孩童，向后，他们是功利主义的成人。而此刻，他们跨在生命的门槛上，还试图去承载生命的意义与重量。都市、家庭、学校作为现代社会的公共场所，提供的是触目惊心的孤独。每个人是独异的，每个人又是无法沟通的。充足的物质，规约的秩序，规范的行为，如此，现代成人所必须遵循的程式化，最终带来的是一系列的疯狂。木月、直子、玲子乃至纠缠玲子的小女孩，是理智社会的结果。所谓疯狂者，本质上的清醒比疯狂本身更具杀伤力。疯狂者病态的沉寂，喧嚣着生命噪杂的回响。心智健全者的喧闹，其中又暗自流动着销骨蚀髓的疯狂。于是，目光停留在关于敢死队的叙述中。简单、规律的早操，在坚持的固执中，具有了某种生活方式的意义。认真愚拙的生活态度，可笑中蕴含着对于生命本身的重视。画地图的现实理想，呈现出对于未来确切的把握。这些属于古典时代的生活、逻辑与理念，在现代少年嘲弄的笑声背后，展示了宗教般的质朴与深厚。有了敢死队，现代少年有了嘲弄的对象，没有敢死队，现代少年又怅然若失，无法寻找到嘲弄之外的意义阐释。在内心深处，每个人或多或少都遭遇过敢死队！和敢死队遭遇，放松了自我，愉悦了身心。于是，敢死队一再成为我们缅怀的对象。这本书的结尾，我最终去寻找绿子，寻找为成长付出艰辛劳动的都市少年。唯有直面惨淡人生，才可能体味出：烧得一手好菜的意义，实在不亚于初吻和初夜权的归属问题。于是，村上无限浪漫的如歌行板，被我辈读成字字血泪的现实主义，实在有点可笑之至。因为，我辈70初生人在理智上接受了都市少年的漫不经心、自我与自闭，在情感上，仍然向敢死队靠拢，走着瞻前顾后的古典路线。

杨怡芬：在村上看似轻松的文字下面，真的藏着一些蛮复杂的东西，可以让你从"如歌行板"看到"字字血泪"。我想，这是村上高明的地方，所以，他成了我阅读中的一个例外，一个和流行接轨的点。其实，我喜欢的小说，大多是庞杂的，无论是结构啊人物啊叙述啊，弯弯绕绕的，牵牵绊绊的，我都喜欢。生活，不就是这样吗？我觉得，小说一清晰，它就扁平了，有效的庞杂可以在文字中搭建一个三维世界——当然，它需要投入的读者。我就是那种很沉浸的读者，有时候，好像想拥有人物的记忆一般，某个细节在哪里出现过，在哪里又出现，遥相呼应，拿捏得好，很让人沉迷的。好的电影，也是如此。说《小霓裳》，它就足够丰富，前世今生，虚幻与现实，叙述者的跳跃更使文本空间开阔，而细节处，也足够丰满。感觉世界就是这个样子的。

郭艳：《小霓裳》有些地方的确需要投入的读者，有耐心的读者可能不会很多，你能够静下心来读，真的让我很感动。其实阅读是有强烈个人趣味的，差异之大可能直抵小品与美剧。一般意义上，有思考的人难免痛苦，有头脑有知识的女人更是如此。中国人常言"难得糊涂"，可是这种糊涂旨在清醒之后的彻悟和通达。我试图用幽默调侃的语调来写现代知识女性精神上的痛苦，这种与食色性无关的不满足感是独特的，同时也是难以引起共鸣的。《小霓裳》希望表达一种精神上的坚守。女性似乎注定了无法清晰地表达自己，但是女性需要一种真正能够表达自己对当下世界看法的话语，尽管很难，但也并非不可能。女性只有表达出真正的自我感受，才能向这个世界发出自己的声音。女性文学写作在此通向了极其珍贵的精神建构，这种对于女性两难境遇的精神投射，让女性从飘忽不定的游魂状态回到自我内心，重新打量当下男人与女人精神上的痼疾与伤痛。

作为一种现实的存在，女性仍然可以通过身体与灵魂表达自己，发出来自于地下的声音。这种真实的声音启迪人类心智，它能在一个新的层面上，带来真正的男女两性之间的理解。这样，男女两性的关系才有可能推向一个新的时空境界。可能女性的智性写作可以成为女性思考自身精神空间的某种方式，通过这种写作来建构属于女性自身的话语与意义。在物质主义蛊惑人心的时代，女性凭借自身原初的生命体验，仍然能够溯流而上，让自己回归自然，回归辽阔地母最后的庇护，寻找到属于自己的一间屋子。在这种追本溯源的行为中，女性发出属于自己的真正声音，唤回自己对于身心的真切体验。我相信只有坚守灵肉的完整性，女性身体的快乐与灵魂的飞扬才具有某种可能性。

杨怡芬：你这些对于女性写作的"理想"，让我想到正在读着的门罗的《女孩和女人们的生活》，她就在努力这么做。我们"作为一种现实的存在"，是在男性话语体系里的存在，还是我们自己话语体系里的存在，这真的是要好好考虑的一个问题。

前两天我去电信局付宽带年费，正好看到一位五十开外的大姐来兑换积分，工作人员要她到展品台先去看看样品，选出她想要的，记住物品所需积分，再来柜台兑换。她很可怜地说，我记不住，真的，我记不住啊。我赶紧拿了柜面上的纸笔给她，说："你写下来。"如果换作男人，他可能就不肯这样当面坦承自己"记不住"，他会立刻去拿纸笔去记下这些他记不住的东西吧？

说实话，那一刻，我莫名有些伤感：她就是我不远的将来啊。"老"已经一步步来了，眼睛开始老花，得借助备忘录记事，脑筋开始跟不上趟了。阅读和写作也许还行，对处理杂务，我越来越觉得力不从心。从前暗暗笑人家用备忘录，笑人家戴老花镜，总觉得自己还年轻，而现在我开始初尝"老"的滋味了。而这一切，都只是开始。中年的感觉，如同晚秋。这个题材，好像没有被我们认真开掘过吧？哦，早先有个《人到中年》。我们这个时代里的中年哀乐，是别具风貌的。这些天，我回望少年时光，感觉特别真切。大概人到中年，才具有回望的能力。也许，是写作的好时候吧？因为，这个时期和青春期一样，后者是不习惯青春的到来，前者呢，是不习惯"老"的到来，都是很有说头的，方方面面，探索自己内心未知的领域。

郭艳： 记得有人说过你的小说有着和自己年龄不相称的母性，慈悲心可不就是母性的延伸吗。中年哀乐这四个字颇有意味，你没有用中年心境，而直接用了哀乐二字，可见对于这两个字体味之深。这让我想起了你一系列的小说《金地》《棋牌室》《财神到》和近期的《长白岛》系列。其实中年心态是小说的心态，可以在宽容中有激烈，在悲伤中有欢欣，在幽暗中有光亮，在陡峭处见温厚。而哀乐自察，欢欣自知，则直指小说特质本身了。小说其实就是对于已经或即将被遗忘的时代做一个私人的注脚，正如朱天心在《古都》开头写道：难道，你的记忆都不算数……，而德里达则说："唤起记忆即唤起责任。缺少一项，怎么思考另一项？"在喧嚣的在场叙事中，充斥着对于时代现场真实的曲解和误读。而我们所能够做的，仅仅是呈现出另一种时代记忆，安静地叙写有间离的在场和有哀乐的人生，用一项的呈现去照亮另一项的意义。不习惯老的到来，真是很别致的说法。因为不习惯，所以才会敏感而至洞见生存。当中年拿起一张纸开始备忘的时候，的确就是开始承担记忆责任之时。

杨怡芬： 是啊，我好像没有真正的年轻过，一直心态很老的样子，真是无奈。朱家姐妹里，你会比较认同朱天心吧，我就比较认同朱天文，觉得天心的那些像小孩儿办家家——因为我是用"老"心态在看。读你的《小霓裳》，一不小心，会被你各式各样奇妙的比喻捉拿而去。《小霓裳》行文真的是称得上绮丽，气质上简直能和80后那拨炫文字的有得一拼。后来一想，你对80后的研究，也是很深入的，这其中，是不是有某种暗暗的认同。或许你会觉得70后很老土吧？虽然我们是同龄人，可是，面对文字中的你，我觉得，你的心情属于70后，精神气质上，可能属于80后吧。我这个没有贬义的啊。我就想，皖南这地方，到底是什么样的呢，应该生态很复杂吧？才养出一个这么丰富的你来，暗暗不动声色地复杂？我想，你在这两个年代中穿行是无碍的吧？

郭艳：你总是一个非常用心思的鉴赏者，温婉而锐利地指向文本的幽深处。我在很多方面的确有着对于 80 后都市感觉的认同，那种对于现代城市精神的书写与我的某一神经暗合。现代人原本就是没有故乡的，因为现代即是从传统中出走，"我是谁"是最经典的现代性问题。我们无法回到乡土社会，行为上也力争做个现代人，但恰恰在心中往往固守一个地理和文化意义上的故乡。甚至于在完全进入都市生存之后，依然要用以前现代熟人社会的伦理法则来规约自己和他人。现代生存最为常态的是大众庸常的生存图景，我们不缺乏对于城市生活的描写，但是对于这种城市生活流的描写恰恰是以忽略现代城市自身精神气质为代价的。说得更明晰些，就是个体的现代启蒙依然缺失，科学技术和生活方式日渐现代，可是我们的心灵和文化伦理依旧无法在城市中找到精神皈依。而 80 后写作在某种程度上恰恰描写了那种丢失文化伦理故乡的漂泊和无依，尽管多以个体情感的单向度来表达，但是确实有着某种非常真实的都市精神气质。我们深陷现代都市生存，每一个人从式微乡土奔赴现代化进程中的大小城市，无疑就是一部部城市生活史，而当下的都市文学写作在相当大程度上缺乏对于现代城市精神内核的深度摹写，甚至于很难有着像流行歌曲《春天里》那样直白却直击人心的言语表达。

随着现代大众教育普及之后，精英阶层日渐被多元的经济文化阶层所消解，从精神性上来说，我们都是一个个平庸的现代个体。现实生存已经让我们开始直面物质主义和现代生存难以承受之轻，我们该何为？现代人面对却魅与却魅之后充满怀疑主义的心灵世界，在黑暗和虚无的无物之阵中，庸俗凡人在走向现代的时空中依然需要精神支点，在传统与现代中重新建构自己的精神生活。70后的写作和 80 后其实是同质的，只不过 70 后更多传统乡愁的吟唱，并在瞻前顾后的文化心态中多些犹疑少些尖锐而已。

后　记

　　鲁院作为当代重要的文学现场，对于作家来说是喧闹的。这里风生水起，一届届作家在这个文学高地上遭遇文学，由此开始他们因缘汇聚的文学之旅。对于鲁院教师来说，这里又是沉寂的。从这里出发的是青年作者，他们的写作之于当代文坛乃至当代文学史都是未来式的。由此，在这里发生的更多的是无法进入公众视野的对于作家作品的悉心研读、研讨、打磨和修改……对于鲁院老师来说，只有真诚面对这些尚未、甚至于永远无法进入文学史的文学人，我们似乎才能称得上"称职的"抑或是"敬业的"，然而无疑又必须是甘于寂寞的。

　　整理这本书稿的时候，我发现这本书依然是鲁院工作印象式的总结，某种程度上这种"总结"恰恰反映了文学现场的芜杂、纷乱和丰富，一届届学员从鲁院走出，一张张面孔连同他们的文字在时光中延展，这本书算是我在鲁院文学批评现场的文字版还原。对于一个天性散漫的人来说，遇到工作上、兴趣上、性情上感兴趣的文本，会兴头头地写上几千字，写完了之后，便丢开了，又开始了另一轮和现场作家的谈文论道。往往那种相互间对于文学和文学性的探讨是最值得珍视的，这些探讨是一锅高汤里汤的部分，而这些文字今天看来似乎都是汤里的渣子，然而渣子会提醒曾经喝过的汤的滋味。

　　在一个地方呆了十年以上，一种工作干了十年以上，那种感

觉就像是亲人，而亲人自然就会有着最为亲密的感情，有着最为
尖锐的龃龉，也会产生深深的倦怠，尤其在盲人摸象般的现场批
评中，时时会产生深度的自我怀疑。面对海量的作家和文本，还
能保持清醒的判断吗？在各类工作性的、事务性的，甚至于人情
性的会议中，还能保有理论和思维的敏感性吗？在各类喧嚣的批
评话语体系中，自己还在说着真实无妄的人语吗……这些文字记
录着我如何从一个文学青年进入文学中年，我对文学批评的认知
也随着时光流逝悄然而变。现场批评是难的，正是因为入手似乎
容易，才更加容易进入歧途，更会在无数条歧路上走向世俗的平
庸、文学意义的消解乃至文学的功利主义。所幸，到目前为止，
我自信还算是在认真履行一个鲁院教师的职责。

　　从某种程度上来说，当回首十多年文学批评现场经历的时
候，更多的是慨叹：当初竟然无知无畏地开始了自己无法真正应
对的现场文学批评，写下了近百万字的现场交流文字。这些文字
一半是文学批评文章，一半是各类探讨和交流的文字。本书选取
的文章有宏观现象批评，如对于中国当下的文学流变、青年作家
的写作特征、城市文学、乡土文学和女性文学等的论述，有关于
当下重要 70 后作家的评论和访谈，例如魏微之于时代情绪的表
达，乔叶对于人性人情在当下世俗生活中的呈现，李浩对于先锋
意识的承继，徐则臣对于现实主义与现代性经验的叙事，杨怡芬
对于日常伦理和精神情感的摹写，黄咏梅对于现代生存经验颇具
都市质感的发现等等。与此同时，书中收录了各类单篇评论也有
着某些代表性，如陈纸小说是十年前众多他那一类作家的典型案
例，狄青小说的工人阶级属性和天津韵味，刘荣书写作带着浓郁
的地方性和扭曲变异的乡土性，也足以暗示着如他一样正在生长
着作家，顾坚对于江南少女和村镇高中生活的复原以及像他那样
一现而过不知所终的写作等等。这本书的一部分内容是鲁院论坛
和研讨会的成果。"群山合唱"综述从中国当下青年写作与现代

性经验表达以及与中外古今关系的角度，较为全面地梳理了当下重要青年作家的观点。关于先锋的两次讨论都是鲁28研讨的成果，因为参与对话的作家是当下实力派作家的代表，他们目前的写作与先锋文学、现实主义和现代派乃至拉美魔幻现实主义之间存在相当纠结的联系，同时中国本土传统与现实又对于他们的创作有着国族血缘的浸润……

从某种程度上来说，我更倾向于建构性的作家和建构性的作品。在批评话语中，无疑想表达我能够从这些作品中看到的东西：文学性、多样性、爱、理性、智商、敏锐、悲悯、宽容乃至和解。一个拥有真正社会阅历和慈悲心的人，最终会选择最无害于人的言说方式，当然也包括行为方式。

这些琐碎而庞杂的文字交流对于我来说，既有着无休止阅读重压下的疲惫，同时又无疑极大地拓展了我的阅读边界。我在不同品类文学作品中自由自在地穿梭，在海量的文学文本阅读中，日渐对当下文学有着较为清晰的判断，从而为自己下一阶段的学术研究打下了非常扎实的文本与现场的基础。当然更多的还是面对已经回归常态却依然品流杂呈、清浊难辨的文学现场的困惑，由此也由衷地感叹：做一个真正的文学批评者何其难！人在旅途，在犹疑和徘徊中，时时回顾心目中真正的批评大家，对他们致以最诚恳的敬意，是一种懂得之后真正的尊敬。

感谢鲁迅文学院常务副院长邱华栋先生，他一直以来对于鲁院学术研究和文学创作给予不懈的鼓励与支持，那种文人对于书以及写书人的呵护，让我深深动容。鲁院文丛也将以文字的方式记录着我们一线教师的文学工作。

芍药居

鲁院312室

二零一七　丁酉夏

图书在版编目（CIP）数据

在场的词语：鲁院文学批评小集 / 郭艳著. -- 北京：作家出版社，2019.1

ISBN 978-7-5212-0393-6

Ⅰ.①在… Ⅱ.①郭… Ⅲ.①中国文学－当代文学－文学评论－文集 Ⅳ.①I206.7-53

中国版本图书馆CIP数据核字（2019）第033797号

在场的词语：鲁院文学批评小集

作　　者：郭艳

责任编辑：李宏伟　秦　悦

装帧设计：申晓声

出版发行：作家出版社有限公司

社　　址：北京农展馆南里10号　　邮　　编：100125

电话传真：86-10-65067186（发行中心及邮购部）
　　　　　86-10-65004079（总编室）

E-mail:zuojia@zuojia.net.cn

http://www.zuojiachubanshe.com

印　　刷：北京明月印务有限责任公司

成品尺寸：152×230

字　　数：253千

印　　张：19.75

版　　次：2019年5月第1版

印　　次：2019年5月第1次印刷

ISBN 978-7-5212-0393-6

定　　价：52.00元
